民国词学史著集成

第六卷

薛礪若《宋詞通論》

【日】林謙三著　郭沫若譯《隋唐燕樂調研究》

孙克强　和希林◎主编

南開大學出版社

图书在版编目(CIP)数据

民国词学史著集成. 第六卷 / 孙克强，和希林主编.
—天津：南开大学出版社，2016.12
ISBN 978-7-310-05270-7

Ⅰ. ①民… Ⅱ. ①孙… ②和… Ⅲ. ①词学—诗歌史—中国—民国 Ⅳ. ①I207.23

中国版本图书馆 CIP 数据核字(2016)第 297152 号

南开大学出版社出版发行
出版人：刘立松
地址：天津市南开区卫津路 94 号　　邮政编码：300071
营销部电话：(022)23508339　23500755
营销部传真：(022)23508542　　邮购部电话：(022)23502200
*
天津市蓟县宏图印务有限公司印刷
全国各地新华书店经销
*
2016 年 12 月第 1 版　　2016 年 12 月第 1 次印刷
210×148 毫米　32 开本　19 印张　4 插页　542 千字
定价：95.00 元

如遇图书印装质量问题，请与本社营销部联系调换，电话：(022)23507125

總　序

清末民初詞學界出現了新的局面。在以晚清四大家王鵬運、朱祖謀、鄭文焯、況周頤為代表的傳統詞學（亦稱體制內詞學、舊派詞學）之外出現了新派詞學（亦稱體制外詞學）。新派詞學以王國維、胡適、胡雲翼為代表，與傳統詞學強調『尊體』和『意格音律』不同，新派在觀念上借鑒了西方的文藝學思想，以情感表現和藝術審美為標準，對詞學的諸多問題展開了全新的闡述。同時引進了西方的著述方式：專題學術論文和章節結構的著作。傳統的詞學批評理論以詞話為主要形式，感悟式、點評式、片段式以及文言為其特點；民國時期的詞學論著則以內容的系統性、結構的章節佈局和語言的白話表述為其主要特徵。當然也有一些論著遺存有傳統詞話的某些語言習慣。民國詞學論著的作者，既有新派大師王國維、胡適的追隨者，也有舊派領袖晚清四大家的弟子、再傳弟子。他們雖然觀點不盡相同，但同樣運用這種新興的著述形式，他們共同推動了民國詞學的發展。民國詞學論著的蓬勃興起是民國詞學興盛的重要原因。

民國的詞學論著主要有三種類型：概論類、史著類和文獻類。這種分類僅是舉其主要內容而言，實際情況則是各類著作亦不免有內容交錯的現象。

概論類詞學著作主要內容是介紹詞學基礎知識，通常冠以『指南』『常識』『概論』『講義』之名。這類著作無論是淺顯的入門知識，還是精深的系統理論，皆表明著者已經從傳統詞學中片段的詩詞之辨、詞曲之辨，提升到系統的詞體特徵認識和研究，是文體學意識的體現。史著類是詞學論著的大宗，既有詞通史，也有斷代詞史，還有性別詞史。唐宋詞成為後世的典範，對唐宋詞史的梳理和認識成為詞學研究者關注的焦點，如詞史的分期、各期的主要特徵、詞派的流變等。值得注意的是詞學史上的南北宋之爭，在民國時期又一次達到了高潮，有尊南者，有尚北者，亦有不分軒輊者，精義紛呈。南北宋之爭的論題又與新派、舊派基本立場的分歧對立相聯繫，一般來說，新派多持尚北貶南的觀點。史著類中清代詞史亦值得關注，詞學研究者開始總結清詞的流變和得失，清詞中興之說已經發佈，進而加以討論，影響深遠直至今日。文獻類著作主要是指一些詞人小傳、評傳之類，著者廣泛搜集歷代詞人的文獻資料，加以剪裁編排，清晰眉目，為進一步的研究打下基礎。

『民國詞學史著集成』有兩點應予說明：其一，收錄了一些中國文學史類著作中的詞學史部分。民國時期的中國文學史著作主要有兩種結構方式：一種是以時代為經，文體為緯，此種寫法的文學史，詞史內容分散於各個時代和時期。另一種則是以文體為綱，注重文體的發展演變，如鄭賓於的《中國文學流變史》的下冊單獨成冊，題名《詞（新體詩）的歷史》，篇幅近五百頁，可以說是一部獨立的詞史；又如鄭振鐸的《中國文學史》（中世卷第三篇上），單獨刊行，從名稱上看是唐五代兩宋斷代文學史，其實是一部獨立的唐宋詞史。

『民國詞學史著集成』視這樣的文學史著作中的詞史部分，為特殊的詞史予以收錄。其二，『民國詞學史著集成』收入五部詞曲合論的史著，著者將詞曲同源作為立論的基礎，合而論之，本套叢書亦整體收錄。至於詩詞合論的史著，援例亦應收入，如劉麟生的《中國詩詞概論》等，因該著已收入南開大學出版社出版的『民國詩歌史著集成』，故『民國詞學史著集成』不再收錄。

『民國詞學史著集成』收錄的詞學史著，大體依照以下方式編排：參照發表時間、內容分類、著者以及著述方式等各種因素，分別編輯成冊。每種著作之前均有簡明的提要，介紹著者、論著內容及版本情況。

在『民國詞學史著集成』中，許多著作在詞學史上影響甚大，如吳梅的《詞學通論》等，多次重印、再版，已經成為詞學研究的經典；也有一些塵封多年，本套叢書加以發掘披露，如孫人和的《詞學通論》等。這些文獻的影印出版，對詞學研究具有重要的參考價值。近些年，民國詞學研究趨熱，期待『民國詞學史著集成』能夠為學界提供使用文獻資料的方便，從而進一步推動民國詞學的研究。

孫克強　和希林

2016年10月

總目

第一卷

第二卷

第三卷

第四卷

第五卷

第六卷

第七卷

第八卷

第九卷

第十卷

第十一卷

第十二卷

第十三卷

第十四卷

第十五卷

第十六卷

本卷目錄

薛礪若《宋詞通論》

薛礪若(1903–1957)，名光泰，字保恒，號礪若，安徽霍邱人。1920年以優異成績考入北京大學預科，兩年後轉入政法系。其間六年，傾力於學術研究。後歷任敷文中學校長、山東大學、蘇魯豫皖邊區學院、安徽大學中文系、安徽教師進修學院教授等。著有《宋詞通論》《中國詞學史》《兩代詞人傳略》《兩宋詞人生卒年表》等。

《宋詞通論》是一部頗有特色的宋代詞史，既有歷時性的詞的發展軌跡的描述，又有共時性的對宋詞整體風貌的考察。全書共七編：總論、第二編至第七編分六期論宋詞史，每編重點敘述和研究本時期内代表詞家及其代表作品之風貌。《宋詞通論》出版後，國内各大報紙如《中央日報》《大公報》等，紛紛刊登評介文章，認為該書是宋詞研究的一個里程碑。《宋詞通論》於民國二十六年(1937)上海開明書店初版，後有多家出版社再版印行。本書據開明書店初版影印。

宋詞通論

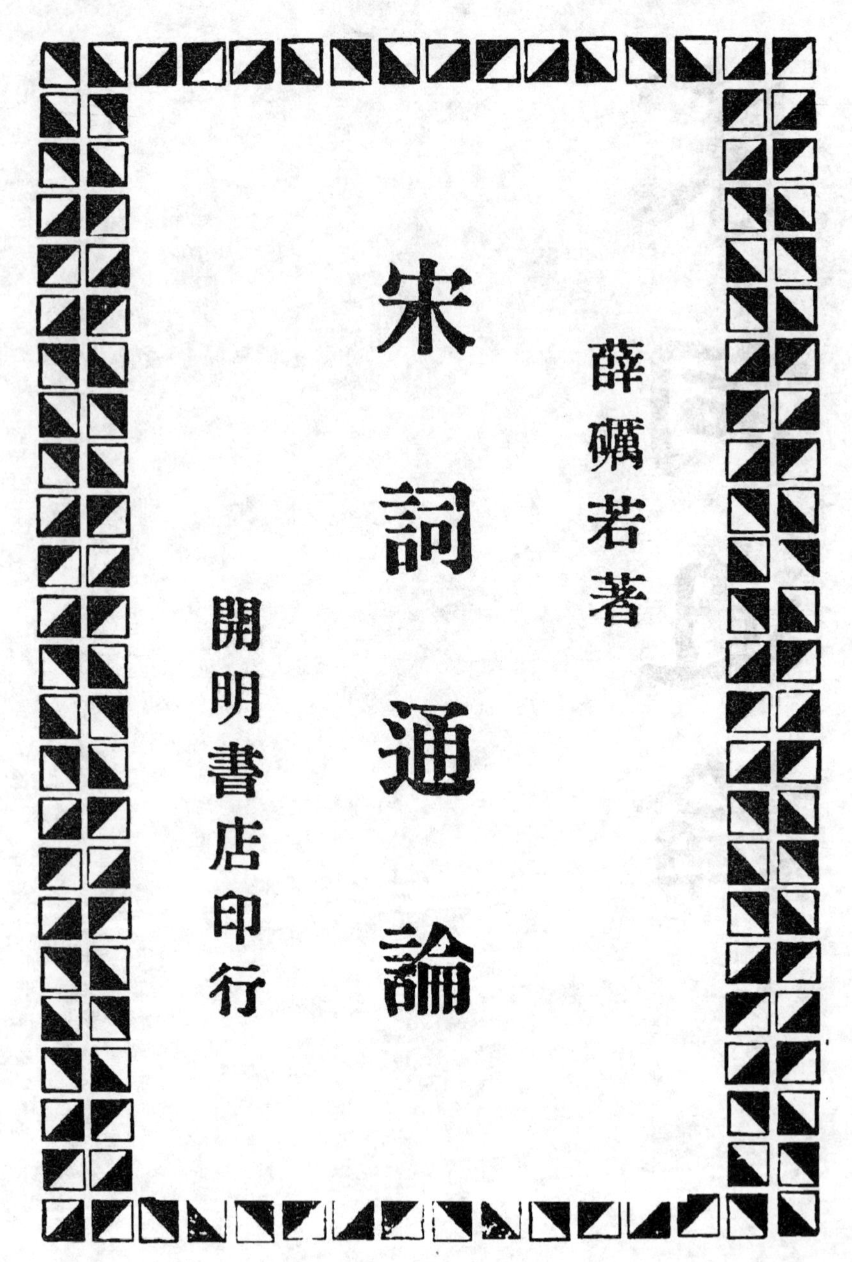

薛礪若著

宋詞通論

開明書店印行

宋詞通論

民國二十六年七月初版
民國三十八年四月三版

每冊定價一·四〇

著作者　薛礪若

發行者　開明書店
上海福州路
代表人范洗人

印刷者　開明書店

(179 P.) K　宋

目次

第四編　宋詞第三期……………………………………一五五

第五編　宋詞第四期……………………………………二〇五

第七編　宋詞第六期……三一五

第一編 總論

第一章　作家及其詞集

人人都曉得唐詩、宋詞、元曲是中國中古以後的詩歌上三個階段。這「詞」上冠一個「宋」字，就是表示詞到兩宋正如赤日中天，嬌花放蕊；前乎此者，尚未曁於純熟自然之境，後乎此者，則又爲餘聲末流，漸成絕響了。在兩宋時期，我們可以看見那樣風起雲湧的詞林巨擘，那樣精邃繁縟的作風，使我們於驚嘆之餘，更深深的認識了詞的義意與範圍。

兩宋時代在文學上的貢獻，不是歐陽修等所倡導的八家派古文，不是黃庭堅等人所造成的江西詩派，而爲當時及後來人所目爲「詩餘」，遠不足與詩及古文分庭抗禮的一種「詞」。這「詞」雖非宋人的特創，然發揚光大，使形成爲中國全部詩歌中最重要的一段者，其功績舍宋人莫屬了。當時風氣所播，無論是帝王、卿相、武夫、文士、方外、隱逸、名媛、歌妓，以及市儈、走卒、野叟、村夫，都能製作幾首歌曲，都能詠唱各種新調，他們肺腑中的眞情、隱痛、歡愉，都由這種新體詩歌流露出來，所以詞在兩宋，不獨能代表宋人的文學，且爲宋人的靈魂。

因年遠代隔，當日詞家總集及專集，多已散失，明清人如毛晉、王鵬運、吳昌綬、朱祖謀、江標等，始將

3　作家及其詞集

各人專集，彙集成書，或取宋元明舊本重加審定，或東鱗西爪，勉成卷帙，比勘箋校，多瘁畢生精力爲之。於是宋元宏著，乃得復接吾人眼簾了。計毛氏所收宋人專集凡六十一家，王氏共收三十八家，吳氏共收十八家，朱氏共收一百一十二家，江氏共收十家，去其複見者，約爲一百九十九家，茲記錄如後：

宋徽宗詞　　潘閬逍遙詞　　晏殊珠玉詞

歐陽修六一詞又名醉翁琴趣外篇　　張先張子野詞

晏幾道小山詞　　范仲淹范文正公詩餘　　范純仁忠宣公詩餘附上集內

柳永樂章集　　王安石臨川先生歌曲又名半山老人詞

蘇軾東坡樂府又名東坡詞　　韋驤韋先生詞　　劉弇龍雲先生樂府

黃庭堅山谷琴趣外篇又名山谷詞　　米芾寶晉長短句

秦觀淮海居士長短句又名淮海詞　　韓維南陽詞

張伯端紫陽眞人詞　　賀鑄東山詞又名東山寓聲樂府

毛滂東堂詞　　陳師道後山詞　　晁補之琴趣外篇

張舜民畫墁詞　　李之儀姑溪詞

周邦彥片玉詞又名片玉集又名清眞集　　米友仁陽春集

謝逸溪堂詞　謝邁竹友詞　晁端禮閑齋琴趣外篇
葛郯信齋集　向鎬喜樂詞　黃裳演山詞
吳則禮北湖詩餘　陳克赤城詞　王安中初寮詞
阮閱阮戶部詞　汪藻浮溪詞　沈與求龜溪長短句
呂渭老聖求詞　趙長卿惜香樂府　王之道相山居士詞
王灼頤堂詞　蔡伸友古詞　葛勝仲丹陽詞
廖行之省齋詩餘　杜安世壽域詞　沈瀛竹齋詞
方千里和清眞詞　劉一止苕溪樂章　楊澤民和清眞詞
向子諲酒邊詞　洪皓鄱陽詞　曹勛松隱樂府
張綱華陽長短句　周紫芝竹坡詞　程垓書舟詞
趙端彥介庵詞又名介庵琴趣外篇　趙師俠坦庵詞
朱翌灊山詩餘　陳與義無住詞　葉夢得石林詞
趙鼎得全居士詞　李清照漱玉詞　李光莊簡公詞
李綱梁溪詞　胡銓澹庵長短句　朱敦儒樵歌

作家及其詞集

李彌遜筠溪詞
張孝祥于湖詞
葛立方歸愚詞
劉子翬屏山詞
王以寧王周士詞
韓元吉南澗詩餘又名焦尾集詞
洪适盤洲樂章
韓玉東浦詞
曾協雲莊詞
王質雪山詞又名雪山詩餘
陸游放翁詞又名渭南詞
陳三聘和石湖詞
陳亮龍川詞
朱雍梅詞

丘崈文定公詞
侯寘嬾窟詞
周必大平園近體樂府
曾覿海野詞
李流謙澹齋詞
王之望漢濱詩餘
沈端節克齋詞
李呂澹軒詩餘
楊萬里誠齋樂府
張繼先虛靖眞君詞
京鏜松坡詞
高登東溪詞
倪偁綺川詞

張元幹蘆川詞
楊无咎逃禪詞
鄧肅栟櫚詞
仲并浮山詩餘
張掄蓮社詞
史浩鄮峯眞隱大曲又名詞曲
王千秋審齋詞
李洪芸庵詩餘
程大昌文簡公詞
范成大石湖詞
歐陽澈飄然先生詞
辛棄疾稼軒詞又名稼軒長短句
曹冠燕喜詞
呂勝己渭川居士詞

姚述堯簫臺公詩餘
劉學箕方是閒居士詞
楊冠卿客亭樂府
姜夔白石道人歌曲又名白石詞
史達祖梅溪詞
朱熹晦庵詞
張輯東澤綺語債
王邁臞軒詩餘
吳潛履齋先生詩餘
李處全晦庵詞
楊炎正西樵語業
黃機竹齋詩餘
徐經孫矩山詞
姜特立梅山詞

葛長庚玉蟾先生詩餘
林正大風雅遺音
毛幵樵隱詞又名樵隱樂府
劉過龍洲詞
張鎡南湖詩餘
徐鹿卿徐清正公詞
陳耆卿篔窗詞
張榘芸窗詞
黃公度知稼翁詞
朱淑貞斷腸詞
程珌洺水詞
吳泳鶴林詞
趙善括應齋詞

李石方舟詞
韓淲澗泉詩餘
汪晫康範詩餘
高觀國竹屋癡語
吳文英夢窗詞
張樞詞附上集內
汪莘方壺詩餘
吳淵退庵詞
吳儆竹洲詞
袁去華宣卿詞
盧祖皋蒲江詞
李公昂文溪詞
洪咨夔平齋詞
蔡戡完齋詩餘

郭應祥笑笑詞

陳人傑龜峯詞

方岳秋崖先生小稿 又名 秋崖詩餘

趙孟堅彝齋詩餘

盧炳烘堂詞

黃昇散花庵詞

劉克莊後村長短句 又名 後村別調

柴望秋堂詩餘

王沂孫花外集 又名 碧山樂府

張炎山中白雲詞 又名 玉田詞

周密蘋洲漁笛譜

馮取洽雙溪詞

陳德武白雪遺音

汪元量水雲詞

游九言默齋詞

許棐梅屋詩餘

管鑑養拙堂詞

戴復古石屏詞

歐良撫掌詞

石孝友金谷遺書

衛宗武秋聲詩餘

熊禾勿軒長短句

李彭萊老龜溪二隱詞

家鉉翁則堂詩餘

夏元鼎蓬萊鼓吹

李好古碎錦詞

趙崇嶓白雲小稿

王炎雙溪詩餘

洪瑹空同詞

魏了翁鶴山長短句

無名氏章華詞

趙以夫虛齋樂府

陳著本堂詞

牟巘陵陽詞

陳允平日湖漁唱及西麓繼周集

黃公紹在軒詞

劉辰翁須溪詞

汪夢斗北遊詞

何夢桂潛齋詞　趙必瑑覆瓿詞　文天祥文山樂府

姚勉雪坡詞　李曾伯可齋詞　蒲壽宬心泉詩餘

張玉闌雪詞　趙磻老拙庵詞　蔣捷竹山詞

陳深寧極齋樂府

以上各作家專集，互見於明毛晉宋六十名家詞，清王鵬運四印齋刻詞，吳昌綬雙照樓景刊宋元本詞，朱祖謀彊村叢書，江標靈鶼閣刻詞五大詞集叢刊中。毛氏本爲最早，然南北宋人多不案時代先後，校勘亦未能精審，惟其首刊此鉅帙，於詞壇上貢獻亦甚偉異。王氏吳氏志在傳真，刊刻多依宋元之舊。江氏僅得十家，數量爲最少。五家之中以朱刻收集最宏，且校勘亦最工，惟所收者或非專業詞人之作，或僅彙集三五篇什成集，如阮閱阮戶部詞，沈與求龜溪詞，劉子翬屏山詞，徐經孫矩山詞，張舜民畫墁詞，游九言默齋詞，均只四首，陳耆卿篔窗詞，家鉉翁則堂詩餘，均只三首，吳淵退庵詞，汪夢斗北遊詞，范仲淹范文正公詩餘，均只六首，他如朱翌、歐陽徹、楊萬里、張榲、牟巘、陳深等人詞，均不過五七首，最多至九首，韋驤、張伯端、米芾、謝過、米友仁、曾協、李洪、周必大、汪晫、徐鹿卿、王邁、趙孟堅、柴望、衛宗武、趙崇嶓、洪珙等人詞，約自十首至十九首不等，其范純仁忠宣公詩餘（附在范仲淹詞集內）僅只一首。

近人海寧趙萬里先生最精版本校勘之學，於上五家詞刻之外，又輯得宋代作家五十六人詞，刊於校輯宋金元人詞中，除陳克赤城詞，李清照漱玉詞，辛棄疾稼軒詞丁集，王邁臞軒詩餘四家已見王朱等刻外，（均較前輯精審）凡五十二家：

宋祁宋景文公長短句共六首附錄二首
李元膺李元膺詞共九首
王詵王晉卿詞共十二首附錄二首
晁冲之晁叔用詞共十六首
僧揮寶月集共三十首附錄四首
万俟詠大聲集共二十七首附錄二首
蔡柟浩歌集共五首
陳懽了齋詞共二十三首
王庭珪盧溪詞共四十二首附錄一首
孫道絢沖虛詞共九首附錄三首
劉仙倫招山樂章共二十七首附錄一首
劉鎮隨如百詠共二十六首
張耒柯山詩餘共六首
舒亶舒學士詞共四十八首附錄一首
趙令畤聊復集共三十六首
王觀冠柳集共十五首附錄二首
田為洋嘔集共六首
曾組箕潁詞共三十五首附錄一首
沈會中沈文伯詞共二十三首附錄二首
趙君舉趙子發詞共十七首附錄二首
呂本中紫微詞共二十六首
康與之順庵樂府共三十五首附錄七首
謝懋靜寄居士樂章共十四首
吳禮之順受老人詞共十七首附錄一首

劉光祖鶴林詞共十一首

李洪等李氏花萼集共十三首附錄二首

潘牥紫岩詞共五首附錄二首

李廷忠橘山樂府共十一首

劉子寰篁㟅詞共十九首

黃人傑可軒曲林共七首

韓㴲蕭閒詞共六首

万俟紹之郢莊詞共四首

趙汝茪退齋詞共九首

翁元龍處靜詞共二十首

奚㴸秋崖詞共十首

周端臣葵窗詞稿共五首

趙聞禮釣月詞共十五首

鄧剡中齋詞共十二首

馬子嚴古洲詞共二十七首

鄭域松窗詞共十一首

陳造江湖長翁詞共三首

宋自遜漁樵笛譜共七首附錄一首

張侃拙軒詞共四首

孫惟信花翁詞共十一首

馬廷鸞碧梧玩芳詩餘共四首

翁孟寅五峯詞共五首

李肩吾蠙洲詞共十首

譚宣子在庵詞共十三首附錄一首

張矩梅淵詞共十二首

曹豳松山詞共六首

袁易靜春詞共三十首

利登碧澗詞共十首

趙氏本胡適之先生曾爲作序，極加推崇，其校輯之精，遠過前賢，並於毛、王、吳、朱等家所彙刊的各專集所未曾收入的佚詞，又輯得若干首，類附於每人名後。

近人易大厂又彙刊北宋三家詞，除舒亶信道詞，曹組元寵詞，已見趙本外，又得一家。

蘇庠後湖詞 一卷

總計上面共得詞人凡二百五十六，（李彭老李萊老二人詞合爲一集，李洪弟兄五人詞，亦合爲一集）詞集凡二百五十一。其他原集已失，僅散見於各選本，尚無人爲之彙輯成集者；或其詞僅附見於詩文集者；或僅存三五篇什及零章斷句者；或其詞已隻字無存，僅從別人記述中知其曾爲某詞者；或其詞雖盛傳人口，而迄不知爲何人所作者；若細爲搜求，則兩宋作家，何止千數？茲從宋、元、明、清及近代重要的選本，如曾慥樂府雅詞，黃昇花庵詞選，周密絕妙好詞，趙聞禮陽春白雪，草堂詩餘，花草粹編，楊慎詞林萬選，朱彝尊詞綜，（附王昶補遺）歷代詩餘，張宗橚詞林紀事，全芳備祖等，以及重要的叢書本，如上面所舉的毛、王、吳、江、朱、趙等家所刻詞，並筆記、方志、小說、金石、書畫題跋、永樂大典內，共搜得可以考證的作家，（去其複見及名號兩出者）約八百人。（可參閱拙著兩宋詞人傳略）

在過去的選本往往不注意作家的時代先後，隨意採選，以致前後倒置，令人頭目爲之眩亂，如何能尋出一點流變演進的迹象，如何能得着一個明確的史的概念呢？即如花庵詞選、絕妙好詞箋、詞林紀事、歷代詩餘諸書，雖曾略按時代先後，或曾附詞人姓氏錄於後，然亦未能十分精審正確；且爲時三百餘年，亦漫無時期上的劃分，不獨令檢閱者茫無端倪，即文學史上的時間性與作家著述的時間，亦不能悉其流衍之迹，故作者另編有兩宋詞人傳略，可用爲本書之參攷。至於本書分期所述各詞人，其彙列的標準完全以所居時代及生卒爲斷；遇有特殊情形時，則斟酌其享年的壽夭，（如張先姜夔劉克莊等人均享壽逾八十以上，王雱早年即夭折，其個人生命的久暫影響於文學史者甚大）得名的早遲，（如晏殊以神童薦，歐陽修蘇軾等年過二十即登進士，張先四十一歲始登進士皆是。又如周紫芝暮年始登第，若以成名爲斷則應列爲南宋紹興時間的作家了）著作的先後，（如葉夢得詞及其詩話等著作，多係晚年作品，故雖於北宋哲宗時即登進士第，而仍列在南渡初期中的）朋輩的觀摹，（如周邦彥與賀鑄年相若，然因其著作有先後，故所與從游者，亦自不同了。又如晁端禮本爲補之冲之之叔，無論年齡行輩，均較其二姪爲長，但因補之冲之成名較早，且所與交游者均爲早一期的作家，故反列在伊叔端禮之上）因於彙列時，亦略有變通之處。

第二章　宋詞中所表現的一個宋代社會素描

我們在研究宋詞之先，且看一看它的時代背景。

宋初承五代紛亂之餘，政治復歸一統，其間歷太祖太宗之開疆擘業，仁宗之長期內治，其餘澤所及，直至徽欽被虜以前，中原未受干戈之擾，兵燹之禍者，凡一百七十餘年，爲中國歷史所僅見，不可不爲宋人稱慶了。然因晏安日久，狃於承平，國力駸以不振，於是遂啓了異族窺伺的野心。在眞宗仁宗時，雖有西夏與遼的侵逼，但只在西北邊疆的地方，宋人也還有相當的防禦能力，所以並未感到外患的嚴重。直到公元一一一五年（宋徽宗政和五年）女眞族完顏氏建國以後，情形爲之頓變，以久處安樂的北宋民族，如何能抗禦此獷悍的新興強敵？所以不到十年，卒致國都——汴京——爲金人所陷落，帝后均爲擄去。南渡以後，淮北盡失，僅偏安於江左一隅。後金雖受蒙古族的威脅，未能南侵，又苟延四五十年，然結果於金亡後亦爲蒙古所覆滅。

計宋自趙匡胤篡周稱帝（公元九六〇年）至元師陷崖山（公元一二七九年）約爲三百二十年。在此三百餘年中，由鼎盛而蹙於式微，由昇平而遞遭亂離，由一統而漸成偏安，終至於覆亡，其間承平晏享之樂，異族侵凌之苦，故國河山之慟，中原糜爛之慘，所侵蝕於詩人胸臆，及影響於一般人之生活者，均可由全部宋詞中尋其端緒，因爲一橫斷的鳥瞰和分剖，而爲述之如左。

一　承平時代的享樂

北宋自開基至仁宗，休養生息，中原未嘗少受兵燹亂離之禍，社會上一切都太平穩定，人人感到盛世熙攘之樂，上自宮庭、閥閱顯宦，下至名士、學者、市儈、妓女、武夫、走卒，以及隱逸方外之人，都能製作幾首歌詞，偷那時的教坊（官家妓院）娼樓和妓院，更爲這種風靡一世的新歌詞的中心。㊀所以歌妓之享盛名也較別的朝代爲多，（南渡後此風仍未少替）如聶勝瓊、蘇瓊、李師師、僧兒、嚴蕊等不獨能煊赫一時，而且多能塡詞製曲與文人相爭勝。其中以師師㊁的豔名爲最著。她係汴京名妓，她不獨傾倒了一般才子詞人與王孫公子，連一個堂堂之尊的宋徽宗，竟不惜迂尊降貴，常微服夜幸其家；後來因感不便，竟從內宮通了一個潛道到她的家裏。關於師師的軼聞豔事，散見於稗史雜錄者，幾乎不亞於開天時代的楊妃與明皇。我們若讀了周邦彥的少年游「低聲問『向誰行宿，城上已三更，馬滑

㊀因爲當日每一曲成，多付樂部及此輩女子歌之，見於宋人的詩話與雜記者極多，故不另舉例。

㊁關於師師的事，可參看貴耳錄、宣和遺事等類的宋人所撰的雜記及小說一類的書。

霜濃，不如休去，直是少人行」」一首清倩的小調，我們可以想見一個風流自賞的天子和一個「浪漫少檢」的詞人演出一段三角戀愛喜劇的韻事。

我們更取宣和遺事來一讀，我們可以看見有這樣一段的記載：

宣和間，上元張燈，許士女縱觀，各賜酒一杯。一女子竊所飲金杯，衛士見之，押至御前。女誦鷓鴣天詞云：「月滿蓬壺燦爛燈，與郎攜手至端門，貪看鶴陣笙歌舉，不覺鴛鴦失卻羣。天漸曉，感皇恩，傳宣賜酒飲杯巡。歸家恐被翁姑責，竊取金杯作照憑。」徽宗大喜，以金杯賜之，衛士送歸。

在這一段記載內，把當年太平盛世的景象和宮庭的軼聞，給我們一個縮小的寫照，這與徽宗的「鳳帳龍簾縈嫩風，御座深翠金間繞」來寫自家宮幃之綺麗，與「龍樓一點玉燈明，簫韶遠高宴在蓬瀛」寫佳節之賞樂者，更足兩相發明了。

宣政以前，及南渡以後，不獨宮庭能如此宴樂，即所謂士大夫階級的人們，也都過着優崇而安閒的生活。他們除宴會、賞花、品茶、賦詩、慶佳節以外，幾不知人間有何苦辛與煩惱的事。他們的家庭，往往羅致許多歌姬侍妾，以供他們宴客或慶賀時歌唱之用，在當時尤爲一個最普遍而需要的點綴。所以蓮紅、蘋雲、嚼春鶯、小紅、美奴等歌姬之名，都能織芳詞林傳爲千秋佳話。其爲詞家所豔稱，亦不下於詩人之有小蠻、樊素，那時一般士大夫的生活情形，可看下面幾段的記載：

子京（宋祁）博學能文章，天資蘊藉，好游宴。……晚年知成都府，帶唐書於本任刊修，每宴罷，盥漱畢，開寢門，垂簾，燃二椽燭，

騃婢夾侍和墨伸紙，遠近觀者知尙書修唐書矣。——望之如神仙焉！（東軒筆錄）

（宋）……多內寵後庭曳羅綺者甚衆。嘗宴於錦江，偶微寒，命取半臂。諸婢各送一枚，凡十餘枚皆至。子京視之茫然。恐有薄厚之嫌，竟不敢服，忍冷而歸！（東軒筆錄）

這正是代表一個「鐘鳴鼎食，侍妾滿前」的卿相生活一斑了。

其（毛滂）令武康，東堂盡山溪詞最著。……迄今說山花子、剔銀燈、西江月諸詞，想見一時主賓試茶、勸酒、競渡、觀燈、伐柳看山插花劚飲、風流跌宕承平盛事。試取「聽訟陰中苔自綠，舞衣紅」之句，曼聲歌之，不禁低徊欲絕也。（詞林紀事）

張約齋（鎡）能詩，一時名士大夫莫不交游。其園池聲妓服玩之麗甲天下。嘗於南湖園作駕霄亭於四古松間，以巨鐵絙懸之半空而羈之松身。當風月清夜，與客梯登之，飄搖雲表，眞有挾飛仙、遡紫清之意。王簡卿侍郎嘗赴其「牡丹會」云：「衆賓旣集，坐一虛堂，……命捲簾，則異香自內出，郁然滿座。羣妓以酒肴絲竹，次第而至。別有名姬十輩，皆衣白，凡首飾衣領皆牡丹，首帶『照殿紅』。一妓執板奏歌侑觴，歌罷樂作乃退。復垂簾談論自如。良久，香起捲簾如前。別十姬易服與花而出。大抵簪白花則衣紫，紫花則衣鵝黃，黃花則衣紅。——如是十盃，衣與花凡十易。所謳者皆前輩牡丹名詞。酒竟，歌者樂者，無慮百數十人，列行送客；燭光香霧，歌吹雜作，客皆恍然如仙游也。」（齊東野語）

在這兩段內，我們可以看出當年詩人名士的生活一斑。以一個平常人的地位，而能使其「園地聲妓服玩之麗甲天下」；開一個「牡丹會」，而能羅致豔姝名姬及樂工「無慮百數十人」。其賓主觥宴之窮奢極慾，令人儼然覺置身在二十世紀一個金迷紙醉的大都市中的跳舞廳與音樂會。

以上所舉四段，只是一個大概。其他兩宋一般士大夫的生活享樂情形，不難以此類推了。所以他們開始唱歌他們的得意新曲，誇耀着他們的「美滿的人生」！

他們唱着：「神仙神仙瑤池宴，片片碧桃零落春風晚，翠雲開處，隱隱金輿輓」（蘇易簡越江吟）的應制宮詞。他們唱着：「此際宸遊，鳳輦何處？度管弦聲脆，太液波翻，披香簾捲，月明風細」（柳永醉蓬萊）的祥瑞頌辭。他們唱着「三十六宮簪豔粉濃香，慈寧玉殿慶清賞，占東君，誰比花王？良夜萬燭熒煌，影裏留着年光」（宋高宗舞楊花，康與之擬作）來頌揚聖壽。他們的時代，是這樣承平而祥瑞！

他們有的是退休宴樂的餘暇，有的是侍妾歌姬的點綴，有的是山林原野的浪遊，有的是歌樓舞榭的豪興。他們在唱着「彩袖殷勤捧玉鍾，當筵拚卻醉顏紅。」（晏幾道鷓鴣天）他們在唱着「舞低楊柳樓心月，歌盡桃花扇底風！」（同上）他們在唱着：「才子詞人，自是白衣卿相……忍把浮名，換了淺斟低唱！」（柳永鶴冲天）他們在唱着：「今宵酒醒何處？楊柳岸，曉風殘月。」（柳永雨霖鈴）他們在唱着：「烟柳畫橋，風簾翠幙，參差十萬人家，……市列珠璣，戶盈綺羅，豪奢。」（柳永望海潮）他們在唱着：「三秋桂子，十里荷花，羌管弄晴，菱歌泛夜，嬉嬉釣叟蓮娃。」（同上）他們的生活，是這樣的浪漫而豪奢！

他們唱着：「酒濃春入夢，窗破月尋人」（毛滂臨江仙）的幽情詩句。他們唱着：「塵香拂馬，逢謝女城南道，秀豔過施粉，多媚生輕笑」（張先謝池春慢）的豔冶新詞。他們唱着：「西園夜飲鳴笳，有華燈礙月，飛蓋妨花」（秦觀望海潮）的春遊曲。他們唱着：「笛聲依約蘆花裏，白鳥數行忽驚起」（潘閬酒家傲）的漁歌。他們的生涯，是這樣的安舒而閒適！

「鬢嚲欲迎眉際月，酒紅初上臉邊霞，一場春夢日西斜：」（晏殊浣溪沙）這是他們所寫的金閨麗質。

「巧笑東鄰女伴，採桑徑裏逢迎，疑怪昨宵春夢好，元是今朝鬥草贏，笑從雙臉生：」（晏殊破陣子）這是他們所寫的小家碧玉。

「舞餘裙帶綠雙垂，酒入香腮紅一抹；」（歐陽修玉樓春）「戶外綠楊春繫馬，牀頭紅燭夜呼盧，相逢還解有情無：」（晏幾道浣溪沙）這是他們所寫的秦樓楚館。

「江南依舊稱佳麗，水村漁市，一縷孤烟細；」（王禹偁點絳脣）「望中酒旆閃閃，一簇烟村，數行霜樹，殘日下，漁人鳴榔歸去：」（柳永夜半樂）這是他們所寫的水村山市。

總之在他們的歌聲裏只感到人生的幸福與美滿。他們永遠頌祝這個太平快樂的世界。他們的生活，是多麼令人豔羨呵！

二　故宮春夢

但是治亂是一個循環的線索，當他們正在歌舞享樂，慶頌承平之時，正是北族厲兵秣馬，準備着廝殺的時候。在靖康（欽宗年號）那一年，一個初興的女眞民族——金——乘併有東北各族（時遼爲所滅）的餘威，振旅南下，直陷汴京，將徽欽二帝及后妃皇族擄去的有三千多人，其餘民間之受踐踏蹂躪、焚殺淫掠者，則更可想像得之。這是一個非常事變——開國一百七十餘年未經的事變，一個重大的國際恥辱，是永遠留在一般人的心房和記憶中的。

他們被押解流遞至五國城，受盡了人世上最慘酷的經歷和恥辱。㊀回想當年故宮種種，簡直是一場春夢。他（徽宗）對着飄零的杏花，感到個人的身世，他唱着：

……易得凋零，更多少無情風雨，愁苦！問院落淒涼，幾番春暮？憑寄離恨重重，這雙燕何曾會人言語？天遙地遠、萬水千山，知他故宮何處？怎不思量，除夢裏有時曾去；無據！——和夢也新來不做（燕山亭）

這是何等的哀傷悽楚。他竟不幸作了這樣一個落魄的皇帝。他的臣子唱着「依依宮柳拂宮牆，樓殿無人春晝長，……憶君王，月照黃昏人斷腸」（謝克家憶君王）的悼辭，以誌他個人的悲痛。至於一般龍子龍孫，六宮粉黛，也都淪落異國，老死風塵。㊁一般故都的遺老偶然重遊舊地，已不勝麥秀黍離之感

㊀見宣和遺事，此書不著作者姓氏，爲宋人撰，多記南渡前後間事。其寫徽欽被虜，以至展轉流徙，其景狀之慘厲，極逼眞而動人，爲全書最精采處，似曾親見北地情形者。

㊁宣和遺事中記宋妃嬪被金人所擄爲妻室者凡兩三條，吳彥高人月圓詞亦係詠宋宮人者，其詳見中州樂府。

了。他們不免有「到於今，餘霜鬢。嗟前事，夢魂中。但寒烟滿目飛蓬。雕欄玉砌，空餘三十六離宮。塞笳驚起暮天雁，寂寞東風」（曾觀金人捧露盤）的感嘆了；不免有「阿房廢址漢荒坵，狐兔又羣遊。豪華盡成春夢，留下古今愁」（康與之訴衷情令）的嘘唏了。

這是南渡以前，國亡家破的情形。我們再看南宋末期爲蒙古所覆滅的慘狀：

至正丙子，元兵入杭，宋謝全兩后以下，皆赴北。有王昭儀（宮中女官名）名淸惠者，題詞於驛壁，即所傳滿江紅也：「太液芙蓉，渾不似舊時顏色，曾記得春風雨露，玉樓金闕；名播蘭簪妃后裏，暈生蓮臉君王側。忽一聲鼙鼓揭天來，繁華歇。　龍虎散，風雲絕。無限事，憑誰說？對山河百二，淚霑襟血。驛館夜驚鄉國夢，宮車曉碾關山月，願嫦娥相顧肯從容，隨圓缺！」後王抵上都，（元開平府，今之多倫縣）懇爲女道士——號沖華，——以終。（詞苑叢談）

這是一個故宮弱女子的收場！我們讀她的「對河山百二，淚霑襟血。驛館夜驚鄉國夢，宮車曉碾關山月，」眞不勝國破家亡，萬里征途之感了！結語更隱見其孤芳之志，寧與皓月同其圓缺，絕不委身胡虜。她當遁入空門時，回首前塵，永脫苦劫，能勿爲之拈花一笑！我們再看下面一段記載：

章邱李生至燕都，嘗對月獨歌曰：「萬里倦行役，秋來瘦幾分？因看河北月，忽憶海東雲。」夜靜，聞鄰館有倚樓而泣者。明日訪之，則宋宮人金德淑也。謂李曰：「客非昨暮悲歌人乎？」李曰：「歌非己作，有同舟人自杭來吟此句，故記之耳。」金泣曰：「此亡宋昭儀黃惠淸所寄汪水雲詩；當時我輩數人，皆有詩贈汪。」因舉其望江南詞云：「春睡起，積雪滿燕山。萬里長城橫縞帶，六街燈火已闌珊，人立玉樓間。」後遂委身於李。（樂府記聞）

此與西宮南內，白髮宮人之說開元天寶軼事者，亦復同一悽豔動人了。

三 亂離時代的哀鳴

以上都是關於宮庭的軼聞。我們且看這汴京被陷，及南宋覆亡時，幾個被踐踏於異族鐵蹄之下的一般女性，和她們婉轉待死時的哀鳴。

據梅磵詩話所載：靖康間金人至闕，陽武令蔣興祖（浙西人）死之。其女年方及笄，美顏色，能詩詞，被擄至雄州驛，因題減字木蘭花一首於驛壁。其詞云：

朝雲橫度，轆轆車聲如水去。白草黃沙，月照孤村三兩家。 飛鴻過也，百結愁腸無晝夜。漸近燕山，回首鄉關歸路難！

詞意極眞切動人，迴非舞文弄墨的文士所能寫出。其音吐之悽婉，亦不減於王昭君的出塞辭。㊂

又據輟耕錄所載

岳州徐君寶妻某氏，被掠來杭，居韓蘄王府，自岳至杭，相從數千里，其主者（指元之裨將）數欲犯之，而終以計脫。——蓋某氏有令姿，主者弗忍殺之也。——一日，主者怒甚，將卽強焉。因告曰：「俟妾祭謝先夫，然後爲君婦不遲也。」主者喜諾。卽嚴妝，焚香再拜默祝，南向飲泣；題滿庭芳於壁上，投池中死。其詞云：「漢上繁華，江南人物，尙遺宣政風流。綠窗朱戶，十里爛銀鉤。一旦刀兵齊舉，旌旗擁百萬貔貅，長驅入，歌樓舞榭，風捲落花愁。 淸平三百載，典章人物，掃地都休。幸此身未北，猶客南州。破鑑

㊂名怨詩，又名昭君怨，爲琴曲歌辭之一，見古詩源。

徐郎何在？空惆悵相見無由！從今後，斷魂千里，夜夜岳陽樓！」（氏岳州人，故斷魂猶念念於故鄉也）

我們讀她的「江南人物，尚遺宣政風流，綠窗朱戶，十里爛銀鉤，」猶可想見南渡以後，一般人士尚過着這樣享樂豪奢的生活，毫無異族威脅的感覺，眞可謂之喪心病狂了。我們讀她的「一旦刀兵齊舉，旌旗擁百萬貔貅，……風捲落花愁」使我們感到滿眼的亂離之象。所謂「淸平三百載，典章人物，掃地都休，」不啻是一個慘痛的兩宋悼辭。至寫到「破鑑徐郎何在，空惆悵，相見無由，」其個人身世的感慟，令我們表無限的同情。「從今後，斷魂千里，夜夜岳陽樓。」更使我們感到一種說不出的悲惘。我們彷彿看見她飲恨而死的慘笑，彷彿看見她縹緲淒厲的孤魂，在一個淒風苦雨的夜裏！我們在一切文人詞集中，永不會找見這樣哀感頑豔、眞切逼人的偉異作品。我們在這樣兩個鼎革轉變的亂離時代，（金人陷汴京與元人下江南）竟找不着其他更完備的紀實詩詞，眞是一件憾事！

四　故國河山之慟

這汴京之陷，與二帝的被擄，給與宋人一個最大的刺激與隱痛。他們無時無刻不想收復已往的失地，湔雪已往的恥辱。我們在李綱、趙鼎、宗澤、朱熹等一般忠耿的大臣們的奏議中，已可窺見那時激昂痛憤的情形了。然而這種激憤的思想，仍敵不過宴安成性的南宋庸主與權臣。他們只知道暫時的苟安，只知道一味的媚外。他們所取的外交，只是一個片面的親善主義。南渡以後，這兩種思想，（主戰主和兩派）儼然成了一個對立的形勢。主戰派的人物，則有李趙等文臣和張（俊）韓（世忠）劉（錡）岳（飛）等名將，他們唱着壯烈的歌聲，他們念念不忘的，是：

靖康恥，猶未雪；臣子恨，何時滅？駕長車踏破賀蘭山缺！壯志饑餐胡虜肉，笑談渴飲匈奴血。待從頭收拾舊山河，朝天闕！（岳飛滿江紅）

他們的孤忠血戰，竟使獷悍的金人不敢南下。㊀他們的成績，已收回了黃河一帶的偽國。㊁但終為主和派的權相秦檜和庸弱的君主高宗所阻撓；不獨未竟他們的功業，反將他們問罪，（如岳飛等之遭陷殺）以取媚於異族。世上竟有這樣全無心肝的人們！從此以後，何人再敢言戰？然而政治的壓力愈大，思想上的反映亦愈深。這種民族的恥辱，仍然留在他們的腦中，他們憤鬱之情無處發瀉，往往於歌詞中藉着歷史的陳迹，或當前的景物，來抒寫他們的牢騷。他們唱着：

元嘉草草，封狼居胥，贏得倉黃北顧。四十三年，望中猶記烽火揚州路！可堪回首，佛狸祠下，一片神鴉社鼓！憑誰問：廉頗老矣，尚能飯否？（辛棄疾永遇樂）

他們唱着：

㊀如韓世忠黃天蕩之戰，岳飛朱仙鎮之戰，虞允文采石之戰，均足寒金人之膽。

㊁金人所建的國家，仍以漢奸劉豫張邦昌等主持之，金人得隨時向其恣索或劫奪。

他們唱着：君莫舞！君不見玉環飛燕皆塵土；閒愁最苦。休去倚危欄，斜陽正在烟柳斷腸處！（辛棄疾摸魚兒）

他們唱着：聞道中原遺老，常南望翠葆霓旌。使行人到此，忠憤氣塡膺，有淚如傾！（張孝祥六州歌頭）

他們唱着：涼生岸柳摧殘暑，耿斜河疎星淡月，斷雲微度。萬里江山知何處？……目斷青天懷今古，肯兒曹恩怨相爾汝！舉大白，聽金縷。（張元幹賀新郎）

他們唱着：過春風十里，盡薺麥青青。自胡馬窺江去後，廢池喬木，猶厭言兵。漸黃昏淸角，吹寒都在空城。……二十四橋仍在，波心蕩冷月無聲！（姜夔揚州慢）

他們實在不幸，竟生長在這樣一個時代！

五　噤若寒蟬的悲吟

那時的民族思想，全被高壓的政府摧毀。直至南宋的末期，異族侵逼更甚；蒙古兵力所至，如風掃殘葉，以積弱待覆的局面，如何敢言抵抗？所以在此時期中簡直找不出一篇壯烈的歌曲。他們僅僅藉着春花秋月，衰柳寒蟬，或朋輩的餞別，來寫他們的故國之痛，和身世之感。他們唱着：

病翼驚秋，枯形閱世，消得斜陽幾度！餘音更苦，甚獨抱清商，頓成淒楚；漫想薰風柳絲千萬縷！（王沂孫齊天樂詠蟬）

他們唱着：

千古盈虧休問！嘆謾磨玉斧，難補金鏡。太液池猶在，淒涼處何人重賦清景，——故山夜永！（王沂孫眉嫵詠新月）

他們唱着：

虛沙動月，嘆千里悲歌，唾壺敲缺。……閒潮似咽；還一點愁心，故人天末，江影沉沉，夜涼歸夢闊！（張炎臺城路）

他們唱着：

候蛩淒斷，人語西風，岸月落沙平江似練，望盡蘆花無雁。暗教愁損蘭成，可憐夜夜關情，只有一枝梧葉，不知多少秋聲！（張炎清平樂）

他們唱着：

寂寞古豪華，烏衣日又斜，說興亡燕入誰家？只有南來無數雁，和明月，宿蘆花！（鄧剡南樓令）

這眞是噤若寒蟬的亡國人的哀吟了！

六　一般社會的意識與心理的結晶

宋朝開國以後，因有長期的太平，社會一切都感着安樂舒適，漸漸養成一種奢侈逸樂的習慣，和苟安脆弱的心理；又加以繁華豐腴的物質的誘惑，和綺羅香澤的肉體的沈湎，於是中國民族性乃爲之一變。那時一般社會意識的結晶，有三種最明顯的表示：

(甲)反戰爭的思想　在昔漢唐盛世，我們中國民族，常常誇耀着他的武力，向各接壤的種族進攻；結果，總是作了一個勝利者，負着領袖或指導他們的資格，用以自豪，如漢武唐太之遠征雄圖，均能震耀寰區，表現出我們中國民族的偉大與盛強。那時不獨有這樣不世出的霸主，並且有極壯勇的名將，而社會上一般心理與意識，亦均以此爲無上的光榮，有以養成此種應時而起的傑出人物。他們的志願，在封侯萬里，立功窮荒。他們要勒石燕然，他們要威淩海外。這些壯烈的事蹟，在過去史册上，眞不勝枚舉呀！到了宋代，因人民備受唐末五代的百年禍亂，所以在統一之後，上自君相，下及庶民，均有厭惡戰爭的傾向；而宋太祖遂開始解除他的臣屬們的兵權，且悉罷諸州郡的兵備。於是自漢唐以來雄武的民風，乃漸變成柔順脆弱了。其後更經仁宗的長期內治，人民益習於安樂，厭惡戰爭的思想，更成了一般社會的意識；雖然南渡以後，儘管有許多主戰的名臣和勇將，但只是因靖康之難的一種暫時的刺激和反映，所以終於被反戰爭的思想所壓倒。我們看王安石的政治建議及其國防的計劃，所以在北宋深遭社會的反對與拒絕，也就可以窺見那時思想的一般了。所以在北宋，如韓琦范仲淹等重臣名將，當他們鎮守邊郡時，他們尚且唱着：

濁酒一杯家萬里，燕然未勒歸無計。羌管悠悠霜滿地，人不寐，將軍白髮征夫淚！（范仲淹漁家傲）

這樣一個厭惡戰爭的「窮塞主詞」！㊀有時邊郡有事，要派一個督師的人去，他們總覺得是一件辛勞非常的任務，他們總要唱着：

向晚愁思誰念玉關人老？太平也，且歡娛，莫惜金樽頻倒！（蔡挺喜遷鶯）

我們若與「何奴未滅，何以家爲！」（漢霍去病語）「大丈夫當立功異域，安能終老筆硏間乎！」（班超語）的話來相較，眞判若天壤了。

（乙）現實的享樂思想　在上面講過，宋自開國以來，卽裁減武備，一意修養，又值一個承平的長期內，治漸漸養成一種享樂的現實的思想。這種思想深印在兩宋一般人的心中，無論是何種階級的人，他們總過着一種極安適的生活。從他們所唱的歌聲裏，已經把他們的生活內部和外部，表現得無餘了；我們在第一節內已經看見他們的一切了，勿庸再加緊敍。就因爲這種思想深入人心，遂形成了

㊀當時反對的人，如范仲淹、歐陽修、司馬光、蘇軾等，都係社會極有重望的人。

㊀王安石的政治見解，是包涵社會建設與政治建設兩部份的。所謂靑苗保甲等新法，卽係社會的一部份，其政治上的見解，則深以北宋之積弱爲慮，其目的在能使之國富兵强，以應强敵。

㊀歐陽修語見東軒筆錄。

一個一成不變的社會意識。所以他們想縱慾時，儘管縱慾，想淫奢時，儘管淫奢，無論他們的環境是怎樣的險惡和緊張，他們認為「萬事元來有命」，他們只「領取而今現在」的一種享樂。他們安慰自己道：

休休，何必傷嗟，謾贏得青青兩鬢華。且不知門外桃花何代，不知江左燕子誰家。世事無情，天公有意，歲歲東風歲歲花。拚一笑，且醒來杯酒，醉後杯茶！（王鼎翁沁園春）

這簡直是一種病態的社會心理表現了。

（丙）女性的沈湎　他們的精神，都消磨在溫柔鄉中。他們的時間，都耗費在美人裙下。我們試將柳永、秦觀、黃庭堅、晏幾道、賀鑄、周邦彥等北宋大半的詞家集子，翻開來一看，十分之八九都是沈湎於女性的寫作。貴族和仕宦階級，他們能羅致許多麗姝豔質，以供他們的玩弄。文士和士庶階級，也終朝留戀於秦樓楚館，過着他們的放浪頹廢生涯。在他們詞集裏，可以找出許多贈妓的名曲，或妓席上的豔歌。因為可舉的例子太多，所以姑且從略了。即一般金閨麗質：如魏夫人、吳淑姬、李清照、朱淑真等，無不在寫她們的戀歌，一般歌院名姝如聶勝瓊、蘇瓊、嚴蕊等，無不在作她們的膩曲。她們唱着：

三見柳綿飛，離人猶未歸！（魏夫人菩薩蠻）

一種相思，兩處閒愁。此情無計可消除，纔下眉頭，卻上心頭。（李清照一翦梅）

尋好夢，夢難成；有誰知我此時情？枕前淚共階前雨，隔箇窗兒滴到明！（聶勝瓊鷓鴣天）

去年元夜時，花市燈如晝，月上柳梢頭，人約黃昏後！今年元夜時，月與燈依舊，不見去年人，淚溼春衫袖！（朱淑貞生查子，或云係歐陽修作。）

獨自倚妝樓，一川烟草浪襯雲浮。不如歸去下簾鉤。心兒小，難着許多愁！（吳淑姬小重山）

這只是異性方面的一種反映。我們且略舉幾首男作家的戀慕與追求女性的作品：

脈脈橫波珠淚滿，歸心亂，離腸便逐星橋斷！（歐陽修漁家傲）

那堪更別離情緒，羅巾掩淚，任粉痕霑汙，爭奈向千留萬留留不住！（晏殊殢人嬌）

共奈風流端正外，更別有繫人心處，一日不思量，也攢眉千度！（柳永晝夜樂）

消魂！當此際，香囊暗解，羅帶輕分。謾贏得青樓薄倖名存。此去何時見也？襟袖上空染啼痕！（秦觀滿庭芳）

還有更甚的描寫：

紅茵翠被，當時事一一堪垂淚。怎生得依前似，恁偎香倚暖，抱着日高猶睡！（柳永慢曲紬）

覷着無由得近伊，添憔悴，鎮花銷翠減，玉瘦香肌。奴兒又有行期，你去即無妨我共誰？向眼前常見，心猶未足，怎禁得眞個分離？（黃庭堅沁園春）

恨眉醉眼，甚輕輕覷着，神魂迷亂。常記那回，小曲闌干西畔，鬢雲鬆，羅襪剗。丁香笑吐嬌無限，語軟聲低，道我何曾慣？……（秦觀河傳）

像這樣熱烈的戀歌，與隱約的情詩，簡直是舉不勝舉的。總之：在他們的詞集裏，大半都是些章臺淫賦之聲，金閨香豔之曲，與懷人贈別之調。像從前大風、垓下、易水、秋風等英雄俠士騷人的歌曲，是再也夢想不到的了。他們的壯志完全消磨在女性的麻醉之上了。以這樣思想和習尚構成的社會，無怪其人民都脆弱無能，要遭異族的顛覆了。

第三章　宋詞作風的時間分剖

在上章內，我們對於兩宋的社會，從他們的歌聲裏，已有了一個明確的認識了。更進一步來研究這三百餘年中詞風的演變和趨勢，是比較有點興趣的。

以前研究詞學的人們，對於宋詞時間劃分問題，都是分爲北宋南宋兩個部分的。即一般人談起宋詞來，也毫不加思索的而稱之爲「北宋詞」與「南宋詞」。其實這北宋南宋的術語，只能用在政治史上，若用在詞學史上，不獨太感籠統與模糊，而且也是一種很不自然的分解。因此本書對於此問題，乃劃爲六個時期，加以敍述，打破向來籠統模糊之弊。在這六個時期中，我們可以看出宋詞的自然趨變；同時大作家的影響，與時代的變轉，也都能給我們一個溝通連索的新的發覺。

這六個時期，本書分爲六編，詳爲敍述。因爲篇幅太冗長，內容太複雜，讀者或不能倉卒識辨，因作簡括的說明如後。

第一期　由宋初一直到仁宗天聖、慶曆間，是北宋詞的蓓蕾含苞時期。大作家如晏歐等人，只係花間派與馮延巳的一種繼承，一種終結。他們的歌聲，最足表現士大夫階級雍容享樂的生活反映。他們是保守的貴族的，典雅的，富有溫婉情緒的，具有端麗風調的。她如一朵將要開放的蓓蕾，她如少女之羞澀靜默。在本期內，其中心人物，如晏殊，如歐陽修，均係當年一個縉紳階級的典範，又值北宋仁宗四十年中最承平的時期，更爲此階級的文學增加了環境上的適合條件；他們遂造成一個燦爛的北宋初期詞學史蹟。在他們歌聲裏，只聽到「金風細細，葉葉梧桐墜，綠酒初嘗人易醉，一枕小窗濃睡；」（晏殊清平樂）只聽到「梧桐昨夜西風急，淡月朧明，好夢頻驚，何處高樓雁一聲；」（晏殊采桑子）只聽到「芳菲次第長相續，自是情高無處足，尊前百計留春歸，莫爲傷春眉黛促；」（歐陽修玉樓春）只聽到「秋千散後朦朧月，滿院人閒，幾處離闌，一夜風吹杏粉殘；」（晏幾道采桑子）只聽到「沙上並禽池上瞑，雲破月來花弄影，重重簾幙密遮燈，風不定，人初靜，明日落紅應滿徑。」（張先天仙子）他們的歌聲，有這樣溫和而舒寬的情調，有這樣含蘊而清雋的辭彩。因爲他們的精神是保守的，所以在他們的詞集中，看不出什麼特創和自度的腔調來。他們的作品，只是五代詞風的最大的光輝集結與終了。

第二期　由仁宗、天聖、景祐以後起，直至英宗、神宗、哲宗三朝。是花之怒放時期，是創造時期，同時也是北宋詞最燦爛、最絢麗的時期。這時候大作家，如柳永、蘇軾、秦觀、賀鑄、毛滂等，儼然成了五個最大的派別，籠罩着整個的中國詞壇。（說詳後宋詞第二期編中）而最先創造此特殊史蹟的人物，則爲一個不齒及於縉紳階級的「多游狹邪」的舉子柳永。因爲他能接近民衆，他能於三教九流最雜亂的倡寮歌院之中取裁了市井流行的歌調，創造一種「旖旎近情」的新曲。㊀古今詩話載：

「眞州柳永少讀書時，以無名氏眉峯碧詞題壁，後悟作詞章法。一妓向人道之。永曰：『某於此亦頗變化多方也。』然遂成屯田蹊徑。」

他當年作詞的淵源，既不是花間集，又不是陽春錄，（馮延巳詞集名）而是民間無名之作，如眉峯碧㊁等類的作品。他敢大膽用通俗的字句，來寫他的漂泊的詩人情緒與肉體的追求。他脫盡了花間以來所習用的填詞術語、腔調及其內容。他的精神比「能逐弦吹之音，爲側豔之曲」的溫庭筠更爲解放。他的天才，則與溫氏向相反的兩條路上走去。他從五代以來「詩客曲子詞」的登峯造極時代，又轉向這條民衆化與音樂化的「里巷之曲」路上了。他由貴族與文士的平穩牢固的「詞的路線」轉變成一個新興的生動的局面，他用忠實的通俗的自然的描寫，代替了詩人與貴族的詞。（溫庭筠所領導的一派詞）與溫庭筠從有腔無詞的幼稚時代，一手造成一個文彩燦爛的花間系統者恰恰相反。而其在詞學的演變與昇降上，則二人同爲一個時代的最大導師，一個最有關鍵的人物；雖然他們的作品，或尚不及其同時與後起者的造詣之精邃優異。

㊀后山詩話：柳三變（永本名）游東都南北二巷，作新樂府，骫骳從俗，天下詠之。

㊁此詞載張宗橚詞林紀事卷十八。

他（柳永）這種作風，震驚了一般社會。他的作品傳播之廣，凡遐荒異域，㊂及有「井水之處」無不在歌唱着諷詠着，眞是一個空前絕後的事例。他雖不爲士大夫階級及囿於傳統觀念的人們所齒及，而受着絕大的譏抨，（說詳後柳永傳評中）然當時大詞人如秦觀、賀鑄等人，無不取法他的風調，而成爲並時的開山。即天才橫溢的蘇軾，也無形中受了他的反映，開始寫他那奔放豪縱的慢詞，而另成詞學中一個旁枝了。在運用白話一方面講，則蘇軾與黃庭堅更深受他的影響，而尤以黃詞爲更甚。其他二三等作家，及後期的詞人受他的影響而成名者，尤不可勝舉。所以在此時期中我們也可以稱爲「柳永的時期。」

他們的特質，在能「鋪敍展衍，備足無餘」，在能用新體詞來寫他們自己要說的話，與上一期的作家只用含蘊不盡的詩人之筆來寫詞者，顯然不同了。這時候已由含苞的蓓蕾展開她的濃豔花瓣了，已由少女期進而爲成熟的少婦期了。他們唱着：「多情自古傷離別，更那堪冷落淸秋節！今宵酒醒何處？楊柳岸，曉風殘月。」（柳永雨霖鈴）他們唱着：「消魂，當此際，香囊暗解，羅帶輕分。謾贏得靑樓薄倖名存。此去何時見也？襟袖上空染淚痕。傷情處，高城望斷，燈火已黃昏。」（秦觀滿庭芳）他們唱着：「不成歡笑不成哭，戲人目遠山蹙。有份看伊，無份共伊宿。」（黃庭堅江城子）他們唱着：「淡妝多態，更滴滴

㊂金主亮聞他的望海潮詞而起南征的野心。（見錢塘遺事）

頻迴盼睞便認得琴心先許，欲綰合歡雙帶。記畫堂風月逢迎，輕顰淺笑嬌無奈。」（賀鑄薄倖）他們唱着：「明月幾時有？把酒問青天：「不知天上宮闕，今夕是何年？」我欲乘風歸去，又恐瓊樓玉宇，高處不勝寒。」（蘇軾水調歌頭）這些歌不獨在花間集、陽春集中找不出來，卽在珠玉詞、六一詞、小山詞中亦無這樣盡興淋漓的詩篇。

在這個時期中，不獨詞的內容與色彩向創造路上走去，卽詞的腔調——尤其是慢詞——更經柳永等的製作，增加了許多的新譜，這也是與五代及北宋第一期不同的地方。

第三期　由哲宗末年，歷徽宗一朝，直至汴京被陷以前止。是「柳永時期」的總集結時期。那時正值宣政文物鼎盛的時代，大晟樂府的設立，更利用國家的力量來搜求審定已往的曲拍及腔調，重新加了一番製作；並於舊譜之外，又增衍許多「慢曲、引、近」及所謂「三犯、四犯」之曲。於是詞的牌調，乃益繁縟。音樂與詩歌融成一氣。當時詞家的作品，殆無一不能入奏。這自從有詞學以來，關於音樂方面的發展，已經到了一個頂點了。然自此以後，因金人攻陷汴京，南渡舊譜漸漸失傳，於是中國詞學乃由樂府的地位，漸向純文學方面發展，離開了音樂的部份了。

在此時期中，一般作家均在模仿前期柳、蘇、秦、賀、毛五大家的風調，尤以周邦彥成績為最偉異。他兼具前一期各作家的長處，榮膺着「集大成」的頭銜。他替「柳永時期」作一個總結束，他替南宋風雅派與古典派的大詞人，如姜夔、史達祖、吳文英、王沂孫、張炎、周密、張輯、蔣捷、盧祖臯、陳允平等人開了一條先路。所以他在中國詞壇上，是由北宋到南宋兩極端的詞風（說詳下章）一個變轉的樞紐，與過渡的梯航。我們可以說他是柳永派的結局，是南宋姜、張等人的肇始。

那時於周邦彥之外，有兩個卓異的天才作家並起：一為宋徽宗趙佶，一為女詞人李清照。他們兩個雖都未能完全脫盡柳永時期的籠罩，但他們多少總要有點例外。如徽宗北虜後燕山亭詞，其才華之高俊，還要在柳永、周邦彥等人以上；李清照以一個最大的女詩人來寫眞正女性的詞，她的作品源泉，為南唐後主、為歐陽修、為秦觀（說詳李清照傳評中）似乎還要跨過柳永的時期，未曾受時代色彩的束縛。

第四期　約自宣和以後起，直至南渡後慶元間，約七十餘年當中，是傳統下來的詞學史中一個橫枝旁幹的怒出。是由蘇軾到辛棄疾的一個最光輝的時期。中國詞學，在南渡以後，本可直接由周邦彥一條路線走下去的，因為政治上受了一個最慘烈的打擊，在承平一百七十餘年的北宋社會，忽然被一種暴力所劫持，而變換了政治與生活的常態。於是國都被異族攻陷了，皇帝也被擄去了，長淮以北完全為胡馬所縱橫踐踏的場所了。這種刺激與震驚，遂使百年以來所代表的一種承平享樂的詞風，為之遽變。這時候有兩大詞派的出現，代表兩部分相反的意見與思想。

一派因鑒於國勢險惡，朝政日非，忠耿熱烈之士反足殺身買禍，他們遂遁迹江湖，或與世浮沈，成爲一種放達頹廢的詩人，一切國政世情與他們毫不關心。他們唱着：「醉眠小塢黃茅店，夢倚高城赤葉樓。」（蘇庠鷓鴣天）他們唱着「萬事不理醉復醒，長占烟波弄明月。」（蘇庠清江曲）他們唱着：「世事短如春夢，人情薄似秋雲，不須計較苦勞心，萬事元來有命。」（朱敦儒西江月）他們唱着：「日日深杯酒滿，朝朝小圃花開，自歌自舞自開懷，且喜無拘無礙。」（朱敦儒西江月）他們唱着「一杯且買明朝事，送了斜陽月又生。」（范成大鷓鴣天）他們抱着「萬事有命」主義，得過一天是一天。這一派的詞人如楊无咎、蘇庠、陳與義、朱敦儒、范成大、楊萬里等都係由毛滂、謝逸等一派瀟灑的作家傳下來的，因南渡一件政治的事變，而染上了一重灰色與頹廢的時代色彩。在這些作家中以朱敦儒爲最傑出。

還有一派是憤時的詩人，是熱烈的志士。他們目睹國勢的陵替，權奸的當路，忠臣之慘遭禍辱，他們憤痛之情無處發瀉，都寫入他們的歌聲裏。他們唱着：「欲駕巾車歸去，有豺狼當轍。」（胡銓好事近）他們唱着「夢繞神州路，悵秋風連營畫角，故宮離黍。底事崑崙傾砥柱，九地黃流亂注，聚萬落千村狐兔。」（張元幹賀新郎）他們唱着：「念腰間箭，匣中劍，空埃蠹，竟何成！時易失，心徒壯，歲將零。」（張孝祥六州歌頭）他們唱着：「易水蕭蕭西風冷，滿座衣冠似雪，正壯士悲歌未徹。啼鳥還知如許恨，料不啼清淚長啼血。誰伴我，醉明月！」（辛棄疾賀新郎）他們唱着「胡未滅，鬢先秋，淚空流。此生誰料，心在天山，身老蒼州」（陸游訴衷情）他們的歌聲，都是極悲壯的，極熱烈的，是最具有時代性的。此派作家如：岳飛、張元幹、張孝祥、陸游、辛棄疾、陳亮等，而以辛棄疾爲最偉大。他不獨集此派詞人的大成，且自蘇軾、晁補之、葉夢得「一直到朱敦儒所有豪放及瀟灑派的詞人特長無不在他的包容涵淹中，造成了一個空前的作家。

在這南渡前後七十年中，我們可以叫做「蘇軾派的開展與擡頭」。這時已經不是柳永與周邦彥的時期，而是朱敦儒與辛棄疾的時期了。因爲辛棄疾的造詣最精邃博大，所以我們就簡稱爲「辛棄疾的時期」。

在此時期也有兩個很大的作家，如周紫芝、程垓，其造詣確能遠接柳永、秦觀、賀鑄之精髓。其次等的作家，則有康與之、張掄、張鎡、謝懋、葛立方等人，在當年的詞壇上，亦頗燦爛可觀。惟均爲辛棄疾的作風所掩，而且他們全係模仿第二三期柳、賀、秦、周等大詞人的風調，於時代的背景上無深透的表現力。他們只是柳永時期的一種餘波了。

第五期　由嘉泰、開禧間起，是蘇辛一派詞的終了，姜夔時期的開始。蘇辛一派詞至稼軒已臻絕境，無能再繼，故後此雖有劉過、岳珂、李昂英、方岳、劉克莊、陳經國、文及翁、王埜、程珌等人仍在仿效着他的風調，但只是一個末流，一種尾聲，不足代表他們的時期了。代表這個時期的，（慶元至淳祐間約半世紀）則爲姜夔、史達祖、吳文英三個人，而尤以姜夔的地位更爲重要，他以清超的詩人筆鋒，寫出一種「體製高雅」的歌曲。他有極高的音樂天才，他能自製許多新譜，他能改正許多舊調。（說詳後姜夔傳評中）他繼承了周邦彥的一條路線，他從南渡前後詞風過於凌雜叫囂的時期中，走上了一個風雅派正統派詞人的平穩道路。他遂成爲南宋詞的唯一開山大師，（辛棄疾只能算是一種結束，於後期的影響甚微）也可以說是元、明、清以來的唯一詞林巨擘。（說詳下章）因爲中國詞學自南宋中末期一直到清代，可以說完全是「姜夔的時期」。在此六百餘年中，代表最大多數的作家與詞風的，無不奉姜夔爲唯一典範，以周邦彥爲最終的指歸。所以他在詞壇上的影響，亦無異溫庭筠與柳永。溫庭筠由萌芽原始的時期，造成了真正詞學，其精神爲創造的；柳永由詩人與貴族的成熟歌曲，又轉向民間文學上去，其精神爲革命的；至於姜夔，則僅係馬邦彥的一轉，其精神只是繼承的。他將以前雅俗共賞的詞變成一個純粹文人吟唱的詞，由「詩人」自然抒寫的詞漸變成一種「詩匠」雕斲藻繪的詞了。所以自此以後，詞的領域反而縮小，詞的意義也日益偏狹了。

與姜夔同時的，有一個很大的助手作家史達祖。他雖無白石的氣魄，但他能以婉妙的詩情，及工麗的術語入詞，不啻給白石一個最大的幫助，遂使此派詞學更加生色，而予後人一個模仿的榜樣。在此期內，成名的作家如：高觀國、盧祖皋、孫惟信、張輯、劉光祖、汪莘、趙以夫、魏了翁、趙汝茪等，都係姜、史的附庸；一時詞人之衆，如蜂起林立，遂造成「姜夔時期」最初期的優異史蹟。

繼姜史之後，略爲晚出的吳文英，又爲此派人添了一個異樣的色彩。他是姜夔時期一貫下來的一個小小的旁枝，一個奇特的結晶。他的作風亦如姜史之雅正，而更要來得古典，更要來得溫麗。他將姜史的風調，披上一層北宋縉紳階級（晏歐等）詩歌的神貌，於是由周邦彥派以來的詞風，至此乃成一個凝固的軀殼，一個唯一的典型作品了。崇拜他的人至稱之爲「前有清眞，後有夢窗」，而列爲兩宋詞壇中最大的兩個巨頭。

所以自從有了姜、史、吳三個大作家互相輝映發明以後，遂替後來此派詞人造了一個堅穩牢固的基礎。至於他們的歌聲與風調，均詳論於他們的傳評中，無庸再爲引證了。

第六期　爲南宋末期，是「姜夔時期」的穩定與擡高時期。這時候大作家如王沂孫、張炎、周密三個人，都係姜夔的繼承人。他們對於白石也異常崇拜，他們認爲「其高處有美成所不能及」，認爲他「如野雲孤飛，去留無迹」。他們奉之爲唯一典範。所以在此時期中，只是姜夔作風的擴大與其地位的擡高。他們除謹守上期的餘緒外，更於遣辭造語和音律上，益求其工協雅正，並於吳文英的過於凝固而失之「晦澀」的詞風，更易以「空靈」「清空」之說，以相標榜，於是塡詞一道，更要受許多音律文辭及體製上的桎梏，而益離開一般社會所能瞭解的範圍了。

這時候蒙古勢力已籠罩了東亞大陸，他們久處積威之下，已失卻了民族的反抗性。他們往往於歌詞中露出一點遺民的嘆息因而造成一個「殘蟬尾聲」的異樣作品，這是他們的唯一特色。（說詳上章及他們的傳評中）在他們旗幟之下的作家如陳允平、蔣捷、趙崇嶓、趙孟堅、李彭老、李萊老、何夢桂、唐珏、施岳等多至不能備舉，其盛況亦無異於姜、史、吳三人所領導的時期。

在此期中亦有幾個關心時事發出一種亡國人的哭聲作家，如文天祥、鄧剡、劉辰翁、陳德武、汪夢斗、徐一初、汪元量等，都還能說出心中的真實話來。他們唱着：「睨柱吞嬴，回旗走懿，千古衝冠髮。伴人無寐，秦淮應是孤月。」（文天祥大江東去）他們唱着：「感古恨無窮，歎表忠無觀，古墓誰封！掉纜錢塘，淘瀏和淚灑秋風。」（陳德武望海潮）他們唱着：「追往事，滿目山河晉土，征鴻又過邊羽。登臨莫上高層望，怕見故宮禾黍。綠醑澆萬斛牢愁，淚閣新亭雨。黃花無語，畢竟是西風披拂，猶識舊時主。」（徐一初摸魚兒）他們唱着：「聽樓頭哀笳怨角，未把酒愁心先醉。漸夜深月滿秦淮，烟籠寒水。……烏衣巷口青蕪路，認依稀王謝舊鄰里，臨春結綺，可憐紅粉成灰，蕭索白楊風起！」（汪元量鶯啼序）他們唱着：「葉聲寒，飛透窗紗。懊恨西風催世換，更隨我落天涯！」（文天祥南樓令，鄧剡代作）他們仍係辛派的承續者。他們的作品，也可以說是南宋人最後的哀鳴了。

第四章　北宋與南宋詞風的一般比較和觀察

在上章內，我們對於宋詞的演變，大概是分六個階段的。其間因時代的轉變，與天才作家的出現，遂成了互為因果與構成的狀態，我們已有了一個歷史的概念了，更進一步來作一個橫斷的研究。這個研究的對象，即為本章的標題。其綱目為：

一、時代的背景不同

二、文學上的自然趨變

A自然的抒寫與刻意的藻繪

B小令與慢詞

C描寫的內容

三、「應歌」與「應社」兩大主流

現依次述之如後：

一　時代的背景不同

北宋因有長期的承平，故其詞風所表現，自有一種寬舒中和的音調與色彩。我在三四兩章內已詳爲說明了。這種歌聲，正足代表一個昇平享樂的時代。自從汴京失陷，遷都臨安以後，外受強鄰侵逼，內則權奸當路，凡是熱心祖國，過於激烈的人，都遭殺身竄謫之禍。（如岳飛被誣詔而死於非命，趙鼎、胡銓、朱熹等均遠竄嶺表及窮荒之地。）所以他們的詞中，多半是抒寫他們的內在的痛憤。到了末期，更其是國破家亡，斂迹銷聲，故其詞中亦隱露悽惻之意和淪落之感。若與北宋承平盛世相較，顯然有一種不同的色彩與聲調了。譬如同屬一物，同係一境，自北宋人看來，都欣欣有自得之趣，感着共生之樂，而自南宋人看來，則反覺觸目傷懷，對景增痛了。比方同是一個月亮，北宋人則這樣的寫出：

明月幾時有？把酒問青天，不知天上宮闕，今夕是何年？我欲乘風歸去，又恐瓊樓玉宇，高處不勝寒；起舞弄清影，何似在人間！（蘇軾水調歌頭）

但南宋人不獨無此豪興，反要唱着：

千古盈虧休問，嘆謾磨玉斧，難補金鏡。太液池猶在，淒涼處何人重賦清景，——故山夜永！（王沂孫眉嫵）

已不勝悽涼之感了。比方同是一種景象，自北宋人看來，則爲：

綵索身輕長趁燕，紅窗睡重不聞鶯，困人天氣近清明。（蘇軾浣溪沙）

舞困榆錢自落，秋千外，綠水橋平。東風裏，朱門映柳，低按小秦箏。（秦觀滿庭芳）

心境非常寬舒自得，自南宋人看來，則爲：

怕上層樓，十日九風雨。斷腸點點飛紅，都無人管，更誰勸流鶯聲住！（辛棄疾祝英臺近）

君莫上古原頭，淚難收。夕陽西下，塞雁南飛，渭水東流！（康與之訴衷情令）

君莫舞，君不見玉環飛燕皆塵土。閒愁最苦，休去倚危欄，斜陽正在烟柳斷腸處！（辛棄疾摸魚兒）

寂寞古豪華，烏衣日又斜，說興亡，燕入誰家？只有南來無數雁，和明月，宿蘆花！（文天祥南樓令鄧剡代作）

反覺觸景生愁，惹起無限的煩惱。所以他們的歌聲，自然要偏激，不能得其中和了。

二　文學上的自然趨變

大凡一種文學，其最初期總以自然與質樸勝，如三百篇、楚辭中的九歌、漢魏間的樂府以及元人的雜劇，雖經文學家爲之略加删改與創製，而其風調與情趣則仍與原始的民間文學無大差異。故凡此類作品，讀之均足以「沁人心脾，豁人耳目。」「其辭脫口而出，無矯揉妝束之態，以其所見者眞，所知者深也。」（用王國維論詞語）其後漸經文人雅士之推敲研習，日在文字上求其精純，以期於「雅」，以期於「免俗」。於是所謂文學，乃非衆人之文學，僅係極少數的文人爲飾會或羣聚時以一種唱酬消遣的資料；對於文學本來的面目，與偉大的含義，漸漸喪失，因而有所謂「文會」「詩社」「詞社」

者於以產生。而宗派義法之說，亦日趨於嚴密繁瑣，一切「開宗」「尊體」及「蜂腰」「鶴膝」「犯上」「複下」……等等機械荒謬的說法出現了。甚至謂「說桃不可直說破桃，須用紅雨、劉郎等字，說柳不可直說破柳，須用章臺、灞岸等字。」（沈伯時樂府指迷）凡是詠桃柳的人，不問其身居何時，所處何境，居然人人都見劉郎，人人都在章臺灞岸了。這種見解，眞是世界文學史上所無的怪例，㊀惟獨在我們中國，這種思想充滿了一切自命爲「文人雅士」者的頭腦，而掌有文壇上鑑賞與評判的威權。

不幸的中國詞學也不能獨爲例外，不受此種思想的牢籠與支配，於是由抒情的、寫實的、便於歌唱的北宋人詞，一變而爲雕琢的、藻繪的、南宋中末期的詞了。

A自然的抒寫與刻意的雕琢　北宋詞無論是抒情或寫景寫物，總是很自然的，質樸的，眞實的。比方同是寫美人的，北宋人則謹寫她全部的姿態和風神，南宋人則偏從她的眉眼上，指甲上，甚至於纖足上，㊁作一種局部的機械的描寫，因爲寫得太機械了，太瑣碎了，實在是難於着筆，於是不得不專藉古典的烘襯和辭彩的藻繪，大作其無病呻吟的文章了。結果是愈寫愈機械，愈寫愈古典，簡直將一

㊀這只是一種古典虛靡的文學，與象徵派文學不可混爲一談，讀者千萬注意！

㊁劉過沁園春兩闋：一詠美人足，一詠美人指甲。

位活活的美人，寫得像一座石像或木偶了。……而且要拆成片段，如生理院中所製的標本，以供人們的展覽了！比方北宋人寫雁：

驚起卻回頭，有恨無人省。揀盡寒枝不肯棲，寂寞沙洲冷。（蘇軾卜算子）

只是一種寫實的作法，南宋人寫雁：

正沙淨草枯，水平天遠，寫不成書，只寄得相思一點。料因循誤了，殘氈擁雪，故人心眼。（張炎解連環）

卻用蘇武牧羊北海，繫書雁足事來作襯文，假使未曾讀過漢書，不知道有這一段的傳說，那麼簡直不明白他在說什麼了，比方北宋人詠物：

闌干十二獨憑春，晴碧遠連雲，千里萬里，二月三月，行色苦愁人。（歐陽修少年游詠春草）

亂入紅樓，低飛綠岸，畫梁輕拂歌塵轉。為誰歸去為誰來，主人恩重珠簾捲。（陳堯佐踏莎行詠春燕）

一首係寫春草，一首係寫春燕，語語明白如話，而寫來卻自然明媚動人，南宋人詠物：

苔枝綴玉，有翠禽小小，枝上同宿。客裏相逢，籬邊黃昏，無言自倚修竹。昭君不慣胡沙遠，但暗憶江南江北。……

猶記深宮舊事，那人正睡裏，飛近蛾綠。莫似春風，不管盈盈，早與安排金屋。（姜夔疏影）

壽陽宮裏愁鸞鏡，問誰調玉髓，暗補香瘢？細雨歸鴻，孤山無限寒。離情難倩招清些，夢縞衣，解環溪邊。（吳文英高陽臺）

這兩首都係詠梅花的，一闋之內，能用許多不相連貫的典故，硬來妝襯，不獨「非文人」階級看不懂他在說什麽，就是自命爲文人的，對於這樣雜湊補綴的寫法，若與上面兩首詠草詠燕的詞一比較，也可以立刻判別出高下了。這種純文人的詞，在南宋風靡一世，其影響直至清末而尚未少減。所以中國詞學，也自此以後，漸日就式微了。

然自技巧上言之，則南宋詞因經數百年之浸染涵育，其遣辭之工巧，與鍊句之精純，與北宋詞僅以便於歌唱者之口，往往不計文辭之工拙者，顯然有一種長足的邁進了。周介存說道：

北宋詞下者在南宋下，以其不能空且不知寄託也。高者則在南宋上，以其能實且能無寄託也。南宋則下不犯北宋拙率之病，高不到北宋渾涵之詣。（介存齋論詞雜著）

所謂「空」「實」之說，卽代表「自然」與「技巧」互爲優長的意思。南宋詞既長於「技巧」之美，故絕無北宋「拙率」之病，惟因太重在遣辭，太重在技巧，反覺過於刻畫藻繪，遠不若北宋人之「涵渾」有致了。

B 小令與慢詞　北宋初期，因承五代詞風的餘緒，多用詩人含蘊之筆來寫詞，往往以短雋勝。中期以後，雖經柳永、蘇軾等藉慢詞以馳騁其才華，然一般作家，其詞的量與質，仍係小令與慢詞二者並重。南渡以後，辛棄疾以縱逸的天才，來作「詞論」的詞，姜夔等以詩人的筆調，來作「雅士」的詞，遂開慢詞特盛的風氣。這時更因描寫的範圍擴大，（詳下段）可以任意抒寫，比較上慢詞當然更適合於此種新的條件和需要了。譬如我們詠唱一段歷史陳迹，或描寫一種宮觀園囿，絕非三言兩語所能發揮得盡致述說得完整的。又況文人每喜馳騁其才華，誇張其富麗，誰肯再作那樣很短的小令呢？所以慢詞在南宋更爲發展。一般成名的作家，如辛、姜、高、史、吳、張、王、周等人，無一不以慢詞見長，這種事實，你只要翻開南宋人詞來一讀，就可證明，勿庸再來舉例了。因爲慢詞特別發展，遂成了一種「縱筆直書，或刻意描繪」的詞風，無論是小令或長調，寫得總太露骨，無北宋詞的含蘊。其長處在能「盡興窮態，」其流弊往往失之「雕琢瑣碎」而落於下乘。

C描寫的內容　北宋詞所描寫的範圍很狹，他們所寫的不過是春愁、閨情、別緒、羈懷，和簡單的寫景作品而已。他們所常用的語句，則爲：

其奈風流端正外，更別有繫人心處。一日不思量，也攢眉千度！（柳永晝夜樂）

淡妝多態，更滴滴頻迴盼睞。便認得琴心先許，欲綰合歡雙帶。（賀鑄薄倖）

尊前擬把歸期說，未語春容先慘咽。人生自是有情癡，此恨不關風與月。（歐陽修玉樓春）

思往事，惜流光，易成傷。未歌先斂，欲笑還顰，最斷人腸。（歐陽修訴衷情）

傷春懷遠幾時窮，無物似情濃。離愁更恁牽絲亂，更南陌飛絮濛濛。（張先一叢花）

這不過隨便舉幾首罷了。這一類的歌詞，要占北宋作品十分之七八以上，所以我們在北宋人的詞集中，除王安石、蘇軾、毛滂等極少數的人有點異樣外，其餘的大作家如晏殊、晏幾道、歐陽修、張先、柳永、賀鑄、秦觀等，除描寫閨情別緒或春愁外，幾乎找不着別樣的作品。——縱有點例外，仍不脫此窠臼與色彩。——但我們若取南宋詞來一讀，我們覺得詞學的領域並不以描寫春愁閨情別緒爲中心，儘可向外開展，其範圍並不如此的狹小了。例如

將軍百戰身名裂，向河梁回頭萬里，故人長絕。（辛棄疾賀新郎）

記出塞黃雲堆雪，馬上離愁三萬里，望昭陽宮殿孤鴻沒，弦解語，恨難說。（同上）

可以用來寫前代的英雄美人事蹟了。又如

元嘉草草，封狼居胥，贏得蒼黃北顧。四十三年，望中猶記，烽火揚州路，可堪回首，佛貍祠下，一片神鴉社鼓。（辛棄疾永遇樂）

淮左名都，竹西佳處，解鞍少駐初程。過春風十里，盡薺麥青青。自胡馬窺江去後，廢池喬木，猶厭言兵。漸黃昏，清角吹寒，都在空城。（姜夔揚州慢）

登臨處，喬木老，大江流。書生報國無地，空白九分頭。一夜寒生關塞，萬里雲埋陵闕，耿耿恨難休。徙倚霜風裏，落日伴人愁。（袁去華定王臺）

未把酒，愁心先醉，漸夜深月滿秦淮，烟籠寒水。悽悽慘慘，冷冷清清，燈火渡頭市。慨商女不知興廢，隔江猶唱庭花，餘音亹亹；傷心千古，淚痕如洗。烏衣巷口青燕路，認依稀王謝舊鄰里。臨春結綺，可憐紅粉成灰，蕭索白楊風

起（汪元量鶯啼序重過金陵）凡古今盛衰之迹，興亡之感，也都可寫入詞中了。

其他如記遊、記事、贈別、慶弔以及花鳥、蟲魚、宮室、玩好、服飾等，凡可用詩與散文寫出者，均可一一倚聲製為新詞了。其範圍之廣闊，遠非北宋人所能臆想得到的事。

三 「應歌」與「應社」兩大主流

就上面種種的分解，北宋詞與南宋詞顯然有一種極明顯的轉變了。這種轉變的原因，固然是如上面所說：受了時代與文學上的自然趨變所造成；但一大部份的原因，則在歌詞的環境上有了變易。

在北宋宣、政以前，詞學製作的領域，非常廣泛，上自帝王卿相，下至文人、學士、市儈、妓女、販夫、走卒，都是這詞學製作的中心，都是這歌唱的主角。故凡每一詞脫手，妓女即可用以上口，如柳永、周邦彥等人的作品，當時「凡有井水之處，即能傳唱」，無論是「貴人、學士、市儈、妓女，皆知其詞為可愛。」所以那時候的詞學雖然與原始的「胡夷里巷之曲」完全變了面目，但總還能與民衆接近，而且賴妓女的傳唱，於是流傳更普及於一般社會，雖不能算是純「民衆的文學」，但經此文士階級與妓女階級的聯結作用，其性質亦逐漸民衆化音樂化了。南宋自紹熙、慶元以後，詞風為之大變，不獨不能與民衆接近，而且與妓女也絕緣了。其範圍僅限於少數的文人爲之主體，且譜調多已淪失，漸漸不能入唱，一般作家，除極少數——如姜夔、張炎等——號稱知音外，其餘則僅在文字上塡作，完全失卻了音樂上的作用。他們的領域，只限於純文人階級，所以他們唯一的結集，只有一種「詞社」，以爲製作和歌唱的中心了。周介存說道：

北宋有無謂之詞以應歌，南宋有無謂之詞以應社。（論詞雜著）

這「應歌」「應社」之說，最能說出兩宋詞風變易的主要原因。北宋詞多半作過，即付樂工或妓女以資歌唱，故只求聲調之諸美，往往忽於文辭的內容，此即周氏所謂「有無謂之詞以應歌」者是也。南宋詞（指中末期而言）多係文人一種團體——詞社——的聚歡酬唱之作，純爲文人雅士的消遣資料，其下等的作品，僅係一種「應社」的「無謂」作品了。他們因爲有此應歌應社兩大動機與事實上的不同，所以他們的觀點與趨向，亦向兩條路上發展了。故就大體論之：北宋詞在能得聲調之諸美，以自然入勝，南宋詞則立求體製之雅正，以技巧工麗見長。

在南宋第一個領導着向這「雅正」路上走的人，則爲姜白石（夔），他一手承續了周美成的作風，更走上了這「風雅派」的頂點。他的暗香、疏影二闋，即爲他平生的代表作。其「體製之高雅」，一稱爲「古今絕唱」，尤爲後人所驚羡而奉爲唯一的典型。自此以後，人人爭趨向於風雅一途，如史達祖、張輯、孫惟信、吳文英、王沂孫、陳允平、盧祖皋、高觀國、張炎、周密、蔣捷等，均係衣鉢姜氏而卓然名世者。其流風所及，直至清之中葉，更開浙派詞人之先河。其影響之鉅，與學之而成大名者之多，爲任何詞派所無。他們擡高了姜氏，嚴立了宗派，於是遂有了「開宗」之說了。自此以後，詞的地位，雖然日益昇高，而其歌詩的含義，反逐漸喪失了。它離開了民衆，離開了一般人的欣賞，只供文人於結社集會時，一種唱和與消遣的資料了。

所以我們研究南宋詞，第一要明白南渡以後，時代的背景變了，故其歌聲亦隨之變易。第二要明白姜夔的作風與其在詞壇上的重要。第三要明白北宋、南宋詞風的劃分，乃在所謂「應歌」「應社」兩大主流，有以變其趨向與發展。如此則對於此龐雜衆盛的南宋人詞，方不致眩於歧途，淵源莫辨了。

第五章 宋代樂曲概論

——北宋樂曲概況——北宋樂舞構成的部份——慢詞的創製——大晟樂府南渡以後的樂部——中末期的文人製作——歌法失傳與北曲的代起——

宋自太祖肇興，在位僅十七年，其間因戎馬倥偬，於文教上未遑設施。至太宗繼立，頗能留心禮樂，又復洞曉音律，能自製新聲，於是有宋樂制，乃始燦然大備。據宋史樂志：

宋初循舊制，置教坊凡四部，所奏樂凡十八調四十六曲：

一曰正宮調，其曲三曰梁州，瀛府，齊天樂。

二曰中呂宮，其曲二曰萬年歡，劍器。

三曰道調宮，其曲三曰梁州，薄媚，大聖樂。

四曰南呂宮，其曲二曰瀛府，薄媚。

五曰仙呂宮，其曲三曰梁州，保金枝，延壽樂。

六曰黃鐘宮，其曲三曰梁州，中和樂，劍器。

七曰越調，其曲二曰伊州，石州。

八曰大石調，其曲二曰清平樂，大明樂。

九曰雙調，其曲三曰降聖樂，新水調，採蓮。

十日小石調，其曲二：曰胡渭州，嘉慶樂。

十一曰歇指調，其曲三：曰伊州，君臣相遇樂，慶雲樂。

十二曰林鐘商，其曲三：曰賀皇恩，泛淸波，胡渭州。

十三曰中呂調，其曲二：曰綠腰，道人歡。

十四曰南呂調，其曲二：曰綠腰，罷金鉦。

十五曰仙呂調，其曲二：曰綠腰，綵雲歸。

十六曰黃鐘羽，其曲一：曰千春樂。

十七曰般涉調，其曲二：曰長壽仙，滿宮春。

十八曰正平調，無大曲，小曲無定數。不用者有十調：一曰高宮，二曰高大石，三曰高般涉，四曰越角，五曰商角，六曰高大石角，七曰雙角，八曰小石角，九曰歇指角，十曰林鐘角。

法曲部，其曲二：一曰道調宮望瀛，二曰小石調獻仙音。

龜茲部，其曲二，皆雙調：一曰宇宙淸，一曰感皇恩。

這是宋初樂曲的大概情形，又據樂志載，太宗前後親製大小曲及因舊曲創新聲者，總三百九十，凡製大曲十八，曲破二十九，小曲二百七十。凡所謂大曲法曲，多用之以昭示功德。小曲有因舊曲造新聲者，有隨事製曲名者，多通常習用之調。其調名如傾杯樂、朝中措、醉花間、小重山等，且均爲舊有之名。乾興以來通用的新樂，凡十七調，總四十八曲，其急慢諸曲幾千數。又法曲、龜茲、鼓笛三部，凡二十有四曲。至仁宗時，自度之曲與教坊撰進者，凡五十四曲。以上均係太宗、仁宗兩朝宮庭間的製作，而民間作新聲者，尙極衆盛，不在教坊習用之數。其數量之多，至足令人驚詫。仁宗時，因中原息兵，汴京繁庶，歌舞之勝，更過前朝。據樂志載：

每春秋聖節三大宴，其第一：皇帝升座，宰相進酒，庭中吹觱篥，以衆樂和之；賜羣臣酒，皆就坐，宰相飲，作傾杯；百官飲，作三臺。第二：皇帝再舉酒，羣臣立於席後，樂以歌起。第三：如第二之制，以次進食。第四：百戲皆作。第五：如第二之制。第六：樂工致辭，繼以詩一章，謂之口號。第七：合奏大曲。第八：皇帝舉酒，殿上獨彈琵琶。第九：小兒隊舞，亦致辭。第十：雜劇罷，皇帝起更衣。第十一：皇帝再坐，舉酒，殿上獨吹笙。第十二：蹴踘。第十三：皇帝舉酒，殿上獨彈箏。第十四：女弟子隊舞，亦致辭。第十五：雜劇。第十六：如第二之制。第十七：奏鼓吹曲，或用法曲、或用龜茲。第十八：如第二之制。第十九：用角觝。

宴畢，上元觀燈，及曲宴，賞花，習射，觀稼，游幸，慶節上壽。

大宴則唱編曲，餘通用慢曲而唱三臺。朝臣宴覓，亦用致語口號，民間化之，對酒當歌，以永朝夕。

所謂隊舞雜劇，即爲後世戲劇的雛形。

當時於大曲、法曲、諸宮調以外，更有所謂蕃曲，至徽宗朝，頗爲盛行。獨醒雜志謂：「宣和末，京師街巷鄙人，多歌蕃曲，名曰異國朝、四國朝、六國朝、蠻牌序、蓬萊花等，其言至俚，一時士大夫亦皆歌之。」

北宋當年，樂曲既如此繁縟，爲什麼我們在晏、歐等北宋人詞集中所看見的，仍不外唐、五代以來爲文人所習用的幾十種調子呢？這是我們所急待研究的一個問題。我們研究此問題之先，且將當年樂部，略略加以分析：

第一：在太宗、仁宗朝，雖曾有此巨量的製作，但其中大曲法曲，均爲朝廟之樂，儀式優隆，民間何得妄加模擬？其中小曲部份，僅付教坊樂工傳習，以供宮庭享樂之用，民間難見底本，傳播之力，爲之低減。

第二：民間製作與習用者，爲小曲，爲諸宮調，數量雖衆，然多市井塵鄙之辭，不爲文人所重視。

第三：大曲等奏演頗繁重。據王灼碧雞漫志載：「凡大曲有散序、靸、排遍、攧、正攧、入破、虛催、實催、袞遍、歇指、殺袞，始成一曲，此謂大遍。而涼州排遍，予曾見一本，有二十四段。後世就大曲製詞者，類從簡省。而管弦家又不肯從首至尾吹彈，甚者學不能盡。」

第四：各種歌曲所用的樂器有繁簡不同。據張炎詞源：法曲則以倍四頭管品之，其聲清越。大曲則以倍六頭管品之，其聲流美。慢引等曲在當時名曰小唱，以啞觱篥合之，不必備衆樂器，隨時隨地，皆可歌唱，尤便於平常人之用。

根據以上事實，所以北宋全部樂曲雖如此繁縟，而爲文人所採用者，則僅小令與引近兩項。慢詞則又稍遲始被採用，全部樂舞中，如大曲，各種曲舞，番曲，隊舞，雜劇等，則向另一條路上發展，遂構成金人的院本，元人的雜劇，爲中國戲劇源流的主幹。其構成詞的部份者，則因文人心理，多喜避難就易，舍繁用簡。故當時播諸詩歌而見諸採裁者，不外下列數種：

一、仍衍花間派與陽春集之舊調名，不外：浣溪沙、小重山、鷓鴣天、虞美人、御街行、清平樂、酒泉子、更漏子、喜遷鶯、少年游、玉樓春、踏莎行、臨江仙、蝶戀花、菩薩蠻、漁家傲、破陣子、生查子、訴衷情、點絳脣、采桑子、阮郎歸、西江月、浪淘沙、河滿子等。如晏氏父子，歐陽修等人卽屬此派謹守傳統的詞家。

二、由當年大曲法曲中揀取一部份的，其例如：梁州、伊州、甘州、石州、氐州、婆羅門、霓裳、綠腰、泛清波、六州歌頭、齊天樂、萬年歡、劍器近、大聖樂、水調歌頭、採蓮令、採雲歸、法曲獻仙音、法曲第二、感皇恩，以及甘州子、甘州徧、甘州令、八聲甘州、石州慢、伊州令、梁州令、梁州令疊韻、氐州第一、婆羅門令、婆羅門引、霓裳中序第一、六么令、六么花十八、泛清波摘徧之屬，均係就大曲法曲中因愛其聲韻之流美，又感其全徧之繁重，因取採其頭中尾的一段，以之入詞，後又經文人增衍爲令近慢序等詞，其聲調去原有樂曲，殆全變其抑揚抗墜之節了。

三、採自井市俗樂及依式創製者。此類詞調，以柳永樂章集中爲最多。現在雖無從爲之辨析，然就耆卿生平考之，集中如慢卷紬、雪梅香、黃鶯兒、夜半樂、晝夜樂、鬭百花等詞，多於歌樓娼院中倚聲試作者，其爲當年井市習用之曲或類似的製作，殆無可疑。

宋詞的構成部份不外上面三種來源。製詞者可以就大曲法曲及井市之作，以製引序慢近令，輕而易舉，盡人能歌，故當時尤風靡一時。然有嫌此種詞曲過於單純，不足以鋪敍故事者，於是有所謂「轉踏」（見曾慥樂府雅詞卽碧雞漫志所謂「傳踏」，夢粱錄所謂「纏達」，爲一音之轉。）取一種曲調，重疊用之，以詠一事，以歌者爲一隊，且歌且舞，以侑賓客。（見王國維宋元戲曲史，龍沐勛詞體之演進）如曾慥樂府雅詞所載有鄭僅調笑轉踏，分詠羅敷、莫愁等十二事，晁無咎之調笑，分詠西子、宋玉等七事，以及毛滂東堂詞之調笑，分詠崔徽、泰娘等八事，洪适盤洲樂章之番禺調笑，漁家傲引等，皆屬「轉踏」一種。其徒歌而不舞者則有歐陽修之采桑子，凡十一首，係詠西湖之勝，趙德麟之商調蝶戀花，凡十首，係詠會真之事。

以上就當年歌曲演進的程序中，亦可略略窺見「詞」「曲」二者其始本爲一源，特進展各異其旨耳。現在更就詞由小令進爲慢詞的過程，加以系統的說明如後：

慢詞在唐、五代時，已略具雛形，其經文人創製而流傳至今者，如杜牧的八六子，鍾輻的卜算子慢，後唐莊宗的歌頭，尹鶚的金浮圖、秋夜月，李珣的中興令，薛昭蘊的離別難等詞，其字數約自八十四字至一百三十六字。所以碧雞漫志稱：「唐中葉始漸有慢曲。凡大曲就本宮調轉引序慢近令，如仙呂、甘州，有八聲慢是也。」但當時因風氣未開，仿作極少。故唐、五代人詞，錄於花間、尊前及全唐詩者，仍以小令爲主，且如卜算子慢、秋夜月等調，其字數句讀，亦與後來張先、柳永的作品少異，這時只是慢詞的萌芽時期，眞正慢詞的創製，則在宋仁宗登極以後。晏、歐等人，志在擬古，故集中仍以小令爲多，珠玉集中的拂霓裳，六一集中的摸魚兒、御帶花，雖係慢詞，然數量極少，且二家詞集，多雜入別人及耆卿之作，未是深據。其次如吳感的折紅梅，闕永言的迷仙引，聶冠卿的多麗，均係初期的製作，然不甚工麗。其時成績最著，辭彩最優的慢詞作家則爲柳永，樂章集中幾全係慢引近詞，小令反占極少的部份。他係仁宗景祐元年進士，距仁宗登極僅十一年，在未登第以前，卽以「淫媟」之詞，傳唱汴京。致遭仁宗的一再斥退，晏殊的當面指責，（詳見柳永傳評中）所以北宋慢詞眞正肇始的人物，不是晏、歐、吳、闕、聶等人，而爲此「失意無聊，流連坊曲」的柳三變、（未第前原名）能改齋漫錄道：

詞自南唐以來，但有小令，其慢詞起自仁宗朝，中原息兵，汴京繁庶，歌臺舞榭，競賭新聲。耆卿失意無聊，流連坊曲，遂盡收俚俗言語，編入詞中，以便伎人傳唱。一時動聽，散佈四方，其後東坡、少游、山谷輩，相繼有作，慢詞遂盛。

於當年慢詞發生的原因，及耆卿創始的功勞，說得頗爲透闢。所以那時雖以晏歐之聲望，盡力模仿五代之作，然不能挽囘此自然趨變，其影響於當年詞壇者，亦較耆卿相去遠甚。此時一般作家，每喜自度新曲。如蘇軾的哨遍、無愁可解、賀新涼、醉翁操，秦觀的夢揚州、靑門引、鼓笛慢，賀鑄的薄倖、兀令、玉京秋、蕙淸風、定情曲、擁鼻吟、各州引、望湘人、梅香慢、菱花怨、馬家春慢等，皆是與耆卿齊名，慢詞的製作亦最多者，則爲張子野氏二家詞集，皆區分宮譜，尤精於音律，能自度新曲，以數量太多，不另舉例。

當年詞壇既有此新興的途徑，用資發展，故作者蔚起，競製新聲。有從大曲法曲及舊曲中，增衍爲引近慢序令者，有將舊調增減其字句，而爲攤破摘徧者，有故爲翻譜，少易平仄爲叶者。有本爲一名，而因所屬宮調不同，其詞句亦隨之變易者，如柳永樂章集中分屬各宮調之詞牌名同而實殊者極衆，有雖同屬一調，而字句長短，亦極自由不齊者，如樂章集中輪臺子二首，相差至二十七字，鳳歸雲二首，相差至十七字。惜宋詞譜調失傳無從質證當年作家既得各馳其才華，廣製新曲，而其字句之繁簡，音節之抑揚抗墜，又復人各少異，則搜求、考訂、比勘、類分之功，必有待於政府以國家之力而收集成之效了。故徽宗於登極後，既設大晟府以司理此事。大晟爲崇寧四年所造新樂之名，即用以名府。以周邦彥提舉其事，設大司樂一員，典樂二員，並爲長貳；大樂令一員，協律郎四員；又有製撰官七員，是時舊曲存者千數，相與討論古音，審定古調，由此八十四調之聲稍傳，而美成諸人又復增演慢曲、引、近，或移宮換羽，爲三犯四犯之曲，案月律爲之，其曲遂繁，（見張炎詞源、王易詞曲史。）所謂三犯四犯云者，即取幾種不同的詞調，參互成之，而爲一調是也。如陸游江月晃重山詞，半爲西江月，半爲小重山，周邦彥玲瓏四犯詞，乃合四調而成，六醜詞乃合六調而成，即其例證。所謂案月律爲之者，即取詞情能與節令相應之調也。如周邦彥淸眞集，據涉園影宋刊陳元龍集注本及四印齋影元巾箱本，並分春景、夏景、秋景、冬景、單題、雜賦等六類，而於每調之下，各注宮調，草堂詩餘分類集詞，於春夏秋冬四季中且各分爲若干門，如初春、早春、初夏、殘夏、小冬、暮冬等節序中又分爲元宵、立春、寒食、七夕、重陽、除夕等，殆即當年所謂「案月令爲之」之意也。至於慢詞的製作，更較仁宗一朝爲多。在淸眞集中則有拜新月慢、浪淘沙慢、浣溪沙慢、粉蝶兒慢、長相思慢、華胥引、蕙蘭芳引、早梅芳近、隔浦蓮近、荔枝香近、紅林檎近、側犯、倒犯、花犯、玲瓏四犯等，皆係自度新聲。協律郎晁端禮亦有黃河清慢、壽星明、並蒂芙蓉、百寶妝、金人捧露盤、玉樓宴、山林春慢、慶壽光、黃鸝繞碧樹、舜韶新、脫銀袍等新腔。製撰官万俟雅言亦有春草碧、三臺、戀芳春慢、平安樂慢、卓牌兒、鈿帶長等新詞，同官田不伐亦有江神子慢、惜黃花慢、探春慢等新調。即教坊大使丁現仙亦能製曲，並糾正大樂，補徵調之失。其不官樂府而競製新聲者，如杜安世的合歡帶、杜韋娘、採明珠，劉几的花發狀元紅慢，曹勳的大椿、保壽樂、賞松菊、松梢月、隔簾花、憶吹簫、秋蕊香、十六賢、杏花天、蜀溪春、倚樓人、夾竹桃花、峭寒輕、二色蓮、八音諧、清風滿桂樓、雁侵雲慢、紫酒、錦標歸、六花飛、四檻花等調，皆是。故有宋一代樂曲之盛，莫過於宣、政前後。

自汴京被陷，太常所存儀章鐘磬樂簴，全爲金人掣去。南渡以後，故老尚存，歌詞之法，未致隕替。高宗雅愛文辭，獎掖才士，如康與之、張掄、吳琚之倫，皆以詞受知遇。又嘗自製舞楊花及漁歌子，風教所播，詞人蔚起。又因在位三十餘年，偏安江左，禮樂文教，漸漸恢復宣、政舊觀。當時於北宋人諸宮調之外，更有「賺詞」。碧雞漫志云：

> 熙寧、元豐間，澤州孔三傳始創諸宮調古傳，士大夫皆能誦之。

此風至南渡後尚流傳未絕，故夢粱錄云：

說唱諸宮調，昨汴京有孔三傳，編成傳奇靈怪，入曲說唱。今杭城有女流熊保保，及後輩女童，皆效此說唱。

賺詞唱法與諸宮調頗相似，取一宮調之曲若干合之以成一全體。大約二者與近代說唱大鼓書詞正相同。據夢粱錄云：

紹興年間，有張五牛大夫因聽動鼓板中有太平令或賺鼓板，——即今拍板大節抑揚處是也。——遂撰為「賺」。賺者，誤賺之之義，正堪美聽中不覺已至尾聲，是不宜片序也。又有「覆賺」，其中變花前月下之情及鐵騎之類。

此種諸宮調與賺詞唱法，影響於詞壇者甚微。後遂開元人北曲的先聲。南宋樂制，仍多衍北宋大晟府之舊，惟音調與樂器未必能充分適應，故深為姜白石所不滿，特於慶元三年上大樂議，略謂：

紹興大樂，用大晟所造，三鐘三磬，未必相應；塤有大小，篪篴有長短，笙竽之簧有厚薄，未必能合度；琴瑟絃有緩急燥濕，軫有旋復，柱有進退，未必能合調。

可見南渡以後，歌曲的中心已由政府移轉於布衣名士，所謂「詩亡求諸野」了。故南宋中期以後，詞學漸成雅士文人所專享，非復北宋當年概付教坊樂工或歌院妓女，以資傳習為一般人所共賞了。故詞漸漸離開一般民衆，不獨文辭的內容，遠非村夫俗子所能了解，即歌詞的聲調，亦因為文人所獨享，而成陽春和寡之勢，終致式微了。當時最號知音者，首推白石，其次則為張叔夏。姜張二氏均精通樂律，於前人的謬誤，及宋代樂曲的流變，皆有極精邃之見解。白石自度詞曲尤多，詳後本人傳評中，不另舉例。叔夏詞源一書，尤為研究宋代樂曲所必讀之專籍。繼白石而起的作家，如史達祖、盧祖皋、吳文英、楊守齋、周密、王質、馮艾子等皆能自度新曲。史則有壽樓春、玉簟涼、月當廳、湘江靜、換巢鸞鳳等詞，盧則有錦園春三犯詞（又名月城春，即劉過龍洲詞之四犯翦梅花者是也）吳則有西子妝慢、江南春、夢芙蓉、高山流水、霜花腴、澡蘭香、玉京謠、探芳新、秋思、暗香疏影（合白石二調爲一者）惜秋華、夢行雲等詞，周則有采綠吟、綠蓋舞風輕、月邊嬌等詞，楊則有被花惱詞。王則有無月不登樓、別素質、鳳時春、紅窗怨等詞，馮則有春風嫋娜、春雲怨、雲仙引等詞，他如史浩之鄮峯眞隱詞，反以大曲著稱矣。

所以詞至南宋中期後完全變爲文人的專業了。其作家之衆，儼如雨後春筍，遠非北宋所可比擬。其文辭的內容，亦雅正精工，遠過前此作家。故朱彝尊謂：「詞至南宋始極其工，至宋季始極其變」實在是一種很深透的觀察。但經此「窮工極變」之後，中國詞學，反而日就式微了。式微的原因，不外上述離開了民衆所能了解之範圍，離開了公共欣賞的地域，失卻了一般人詠唱的機會，以致詞的領域日狹，生機日促，漸成詩匠的典型機械之作，非復詩人抒寫心靈的歌聲了。當此文人製作日益枯竭沒落之時，正是民間新文學漸漸擡頭之時，故前則有金人的院本出現，後則有元人的雜劇代興。其所寫者，均爲民間習見的兒女之情與前代興亡掌故之事，其辭脫口而出，極通俗自然，無文人矯揉造作之態，而自有沁人心脾，豁人耳目之魔力，於是道宮薄媚、錄鬼簿等作，乃漸成藝苑珍品，關、王、馬、鄭之倫，亦列爲文壇巨擘了。這時候詞的唱法，不獨一般人不了解，卽文士階級於大曲、法曲、慢曲及引近之均拍節奏，亦少知其急慢異同者，故仇山村致譏於不知宮調。謹能四字沁園春，五字水調，七字鷓鴣天了。自此以後，中國詞學乃由樂府詩歌的地位，成爲純粹文學的擬古作品而入於沒落狀態，遠不如元曲之出色當行了。

參考書目

毛晉：宋六十一家詞。　有原刊本，有廣州刻本。

王鵬運：四印齋所刻詞及四印齋彙刻宋元三十一家詞。　有自刊本。

吳昌綬：雙照樓影刊宋元明本詞及續刊景宋元本詞。　有自刊本，及陶湘續刊本。

江標：宋元名家詞十卷　有光緒間湖南刻本。

朱祖謀：彊村叢書　有自刊本。

近人趙萬里：校輯宋金元人詞　有中央研究院刊本。

宋黃昇花庵詞選二十卷　有清內府藏本，及汲古閣刊詞苑英華本。

宋曾慥樂府雅詞三卷拾遺一卷　有四部叢刊本。

宋趙聞禮陽春白雪八卷外集一卷　有粵雅堂叢書本。

宋周密絕妙好詞七卷　有清查爲仁厲鶚箋註本。

草堂詩餘四卷　有詞苑英華本及通行本。

花草粹編：此書傳本絕稀，近南京盔山精舍出所得錢唐丁氏八千卷樓舊藏明刊本，用石版影印，共附訂二冊。

清朱彝尊詞綜三十八卷（王昶補遺附）有原刊本及坊間通行本。

歷代詩餘一百二十卷　清乾隆間館臣奉命撰，有內刊本及石印本。

清張宗橚詞林紀事二十二卷　有上海掃葉山房刊本。

元脫克脫：宋史樂志　有二十五史本。

宋張炎：詞源二卷　有粵雅堂叢書本。

宋陳振孫：直齋書錄解題二十二卷　有清武英殿刊本。

宋王灼：碧雞漫志一卷　有知不足齋叢書本。

宋胡仔：苕溪漁隱叢話前集六十卷，後集四十卷　有海山仙館叢書本，有康熙趙氏耘經堂仿宋本。

宋阮閱：詩話總龜前後集九十八卷　有四部叢刊本。

宋楊偍古今詞話　此書向無專書，僅散見於各家詩話詞話中，近趙萬里始爲輯集爲一卷，刊於校輯宋金元人詞本中。

宋周密：浩然齋雅談三卷　下卷爲詞話，有清武英殿叢書本。

齊東野語二十卷　有開明書店校印本。

宋釋惠洪冷齋夜話十卷　有稗海本及文明書局印本。

近代王國維宋元戲曲史　有商務印書館鉛印本。

近人王易：詞曲史　有神州國光社鉛印本。

薛礪若　**宋詞通論**

第二編 宋詞第一期

——公元九七六—一〇四〇——

——蓓蕾時期——

第一章 晏歐以前的作家

——徐昌圖——蘇易簡——潘閬——錢維演——王禹偁——寇準——陳堯佐——陳亞——林逋——

我們爲欲明瞭晏、歐以前的詞學醞釀和胚胎的情形，所以不能不作一種史的探討，而於上面幾個作家，加以評述。除他們九人之外，尚有幾個作家，如丁謂、陳彭年、李遵勗等未曾偏舉。

徐昌圖

昌圖莆陽人，本爲五代時人，後降宋，爲國子博士，遷至殿中丞。他的詞很淸幽雋美，有唐人詩的風調。如臨江仙：

飲散離亭西去，浮生長恨飄蓬。回頭烟柳漸重重。淡雲孤雁遠，寒日暮天紅。今夜畫船何處？潮平淮月朦朧。酒醒人靜奈愁濃。殘燈孤枕夢，輕浪五更風。

蘇易簡

一聲；」（晏殊采桑子）只聽到「芳非次第長相續，自是情高無處足，尊前百計留春歸，莫爲傷春眉黛促；」（歐陽修玉樓春）只聽到「秋千散後朦朧月，滿院人閒，幾處雕闌，一夜風吹杏粉殘；」（晏幾道采桑子）只聽到「沙上並禽池上暝，雲破花月來弄影，重重簾幙密遮燈，風不定，人初靜，明日落紅應滿徑。」（張先天仙子）他們的歌聲，有這樣溫和而舒寬的情調，有這樣含蘊而淸雋的辭彩，因爲他們的精神是保守的，所以在他們的詞集中看不出什麼特創和自度的腔調來，他們的作品只是五代詞風的最大的光輝集結與終了。

本期由宋太宗登極起，直到仁宗天聖、慶曆間，約六十餘年，是北宋詞的蓓蕾含苞時期。其間最大的幾個作家，如晏殊、歐陽修、張先、晏幾道、范仲淹等，乃始走進了宋詞的軌範；然已在本期的最後期間了。宋初太祖肇興，日事戎馬，未遑文教，故在開基十餘年中，詞壇現象異常寥落。太宗登極，頗能留心禮樂。本人又精通音律，宋代樂曲，乃由此漸臻繁縟。當時各國降臣歷主之擅於歌詞者，亦漸次奔赴輦下。●此時詞壇現象雖較開國之初燦爛多了，然只係幾個五代作家的尾聲，不能代表宋人自己的創作。直到晏、歐出現，遂使此長期——約六十年——的岑寂狀態，為之一變。在晏、歐以前的作家均非專精的詞人，偶爾作得幾首，均係規模花間尚未變體者。

晏、歐時期，適值仁宗登極以後，為北宋最昇平的盛世。此時舊曲新聲，各臻極詣，前則有晏、歐蹶起，後則有柳永代興。於是宋代詞學，乃由此劃為截然兩個不同的時期。柳詞詳後期篇中，現在專論晏歐。他們都係當年縉紳階級的典範。花間集外，馮延巳的陽春集更為他們所愛好。他們的歌聲，正足代表此階級享樂生活的反映。他們是保守的，貴族的，典雅的，富有溫婉情緒的，具有端麗風調的。她如一朶將要開放的蓓蕾，她如少女之羞澀靜默。在他們的歌聲裏，只聽到「金風細細，葉葉梧桐墜。綠酒初嘗人易醉，一枕小窗濃睡；」（晏殊清平樂）只聽到「梧桐昨夜西風急，淡月朧明，好夢頻驚，何處高樓雁

●如李煜、歐陽炯、張泌等人。

易簡字太簡，梓州銅山人，太平興國五年進士，累知制誥，充翰林學士，遷給事中，參知政事，有集。

相傳宋太宗頗愛琴曲十小詞，令近臣十人各探一調，撰一詞。易簡作了一首越江吟：㊀

非烟非霧瑤池宴，片片碧桃冷落誰見？黃金殿，蝦鬚半卷天香散。　春風和，孤竹清婉，入霄漢，紅顏醉態爛漫。金輿轉，霓旌影亂，簫聲遠。

王禹偁㊁（公元九五四——一〇〇一）

禹偁字元之，鉅野人。九歲能文，太平興國八年進士，歷右拾遺，遇事敢言，以直躬行道為己任，文章贍敏，當時推為獨步。有小畜集三十卷，外集七卷。㊂

元之為宋初一大詩人並散文家。他幼年是一個窮苦的孩子，相傳他父親曾開過磨坊，命他送麵給一位州從事的畢士安家。時畢方命諸子屬句云「鸚鵡能言爭比鳳」，他立在庭下，便抗聲對曰「蜘蛛雖巧不如蠶」。於是這位州從事大加驚異，稱他「精神滿腹，將來必可名世！」後來果然他也與畢

㊀見湘山野錄，惟其辭不同，此從花草粹編訂定。

㊁見宋史卷二百九十三。

㊂有乾隆刊本。

士安先後都作了當時的顯官。（見西清詩話）他的詞也很清麗而別致。茲錄其點絳唇一闋於下：

雨恨雲愁，江南依舊稱佳麗。水村漁市，一縷孤烟細。　天際征鴻，遙認行如綴。平生事，此時凝睇，誰會憑欄意？

潘閬

閬字逍遙，大名人。嘗居錢塘。太宗召對，賜進士第。坐事遁中條山，後收繫。眞宗釋其罪，以爲滁州參軍。有詩集，詞集。㊀

他是一個很風雅放逸的詩人，他的足迹嘗往來於浙杭。當時好事者因他曾有遊浙江詠潮詩，因以輕綃寫其形容，謂之「潘閬詠潮圖」。㊁又長安許道寧嘗畫「潘閬倒騎驢圖」。㊂可見他當年被人欽羨的情形了。他因追念西湖名勝，作了三首憶餘杭。茲錄二首於後：

長憶孤山，山在湖心如黛簇。僧房四面向湖開，輕棹去還來。　芰荷香細連雲閣，閣上清聲檐下鐸。別來塵土汚人衣，空役夢魂飛。

長憶西湖，盡日憑欄樓上望。三三兩兩釣魚舟，島嶼正淸秋。　笛聲依約蘆花裏，白鳥數行忽驚起。別來閑想整

㊀他的詞集名逍遙詞，有四印齋刻宋元三十一家詞本。

㊁見皇朝類苑。

㊂見圖畫見聞錄。

綸竿恩入水雲寒。

二詞清麗放逸，足與張志和漁歌子並傳。古今詞話說他「往往有出塵之語」，的是知言。後來蘇東坡因愛此詞，特書於玉堂屏風，石曼卿並使畫工繪之作圖。㊀

錢維演㊁

維演字希聖，吳越王錢俶之子。歸宋，累官翰林學士，樞密使等職。有擁旄集，伊川集。他暮年曾作玉樓春詞，頗為悽惋。詞云：

城上風光鶯語亂，城下烟波春拍岸，綠楊芳草幾時休，淚眼愁腸先已斷！　情懷漸變成衰晚，鸞鏡朱顏驚暗換。昔年多病厭芳樽，今日芳樽惟恐淺。

寇準㊂公元九六一——一〇二三

準字平仲，華州下邽人。太平興國中進士，淳化五年，參知政事。真宗朝，累官尚書右僕射，集賢殿大

㊀見古今詞話。

㊁見東都事略卷二十四，宋史卷三百十七。

㊂見東都事略卷三十九，宋史卷二百九十三。

學士，封萊國公，卒諡忠愍，有巴東集。

萊公至性忠耿，爲北宋名臣，他一生功業，以「澶淵之盟」爲最煊赫，時契丹入寇，公勸眞宗親征，禦於澶淵，結盟而還。此實爲宋人不示弱於北族的第一段光榮的記載。

他的詞境很澹遠有致，如：

波渺渺，柳依依，孤村芳草遠，斜日杏花飛。江南春盡離腸斷，蘋滿汀洲人未歸。（江南春）

春早柳絲無力，低拂青門道。暖日籠啼鳥，初坼桃花小。遙望碧天淨如掃，曳一縷輕烟縹緲。堪惜流年謝芳草，任玉壺傾倒。（甘草子）

陳堯佐

堯佐字希元，閬中人，端拱二年進士，歷官同中書門下平章事，卒贈司徒，諡文惠，有愚邱集、遣興集。

他因呂公著的援引薦於仁宗，乃得大拜。陳因感其薦引之德，乃撰了一首踏莎行詞，有「主人恩重珠簾捲」，一句，蓋藉燕自寓，以表感激之情也。❶其詞云：

二社良辰，千家庭院，翩翩又覩雙飛燕。鳳凰巢穩許爲鄰，瀟湘烟暝來何晚。亂入紅樓，低飛綠岸，畫梁輕拂歌

❶見湘山野錄。

迴轉。爲誰歸去爲誰來，主人恩重珠簾捲。

陳　亞

亞字亞之，維揚人，咸平五年進士，嘗爲杭之於潛令，仕至太常少卿。好爲藥名詩，有澄源集。他是一位很風雅的詞人，據澠水燕談所載：他家藏書數千卷，名畫數十軸。晚年退居，有華亭雙鶴，怪石一株，尤奇崎，並雜植異花數十本於庭。他曾作藥名詩百首，足以見其優遊閒適的過了一生。他的一首生查子詞，也是集藥名作的。

相思意已深，白紙書難足。字字苦參商，故向檳郎讀。　分明記得約當歸，遠至櫻桃熟。何事菊花時，猶未回鄉曲？

詞中如白紙、苦參、當歸、菊花，均係藥名。此類的文章只是清閒的文士一種消遣之作，若有意去仿作，即落纖巧下乘了。

林　逋❶

公元九六七——一〇二八

逋字君復，錢塘人，生於宋太祖乾德五年。（公元九六七年）結廬西湖之孤山，恬淡好古，不趨榮

❶見東都事略卷一百十八隱逸傳，宋史卷四百五十。

利。二十年足不及城市，工書畫，善爲詩。卒於仁宗天聖六年，（公元一〇二八年）享壽六十有二。卒謚和靖先生。

和靖先生生卒約早晏殊、歐陽修二十年，故亦列爲此期的作家。向來選家都將他置在晏、歐一起，大約未曾注意到他的生卒時期的。他爲北宋的名士及詩人。相傳他寄迹孤山，嘗養兩鶴，縱之則飛入雲霄，盤旋久之復入籠中。他有時出遊山寺，遇客至，則應門童子即縱鶴空中，和靖必反棹歸舍就客。（見夢溪筆談）他最愛梅花，平生不娶無子，以梅爲妻，以鶴爲子，足以見其高潔之懷。他的點絳唇爲詞中詠草的傑作，詞境極冷豔淒楚，與歐陽修的少年游，梅堯臣的蘇幕遮，都爲詠春草的絕唱。其詞云：

金谷年年，亂生春色誰爲主。餘花落處，滿地和烟雨。又是離歌，一闋長亭暮。王孫去，萋萋無數，南北東西路！

第二章　北宋初期四大開祖

——晏殊——晏幾道——歐陽修——張先——

我們知道詞學到了北宋，乃始跨進了黃金時代的階段。而最先跨進此階段，並手造此燦爛的初頁史蹟者，則爲晏殊與子幾道，和歐陽修三個人。這大約是一般後來詞人所共認的了。——所不同者，或有將幾道擯於二人之外，不與同此開創殊勳。其實小晏造詣之高，且過乎乃父，其作風亦極相類近，故並述之。（其詳見下面晏幾道傳評中。）於晏、歐之外，復有張子野（先）氏。其氣魄雖少遜，然造語頗纖麗儇媚，別開一種蹊徑，其影響於二三期詞人者甚鉅（詳下張氏傳評中）故亦列入三家之後，以爲殿軍。

晏殊㊀

——公元九九一年——一〇五五年

殊字同叔，江西撫州臨川人，生於宋太宗淳化二年（公元九九一年）七歲能屬文。眞宗景德初，

㊀見東都事略卷五十六，宋史卷三百十一。

（公元一〇〇四年，時殊年僅十三歲）張知白以神童薦，眞宗召見，與進士千餘人並試庭中，殊神氣不懾，援筆立成，帝異之，賜進士出身。使盡讀祕閣書；每有所咨訪，率用寸方小紙問之。繼事仁宗，尤加信愛，受特遇之知。歷居顯宦要職，拜集賢殿學士同中書門下平章事，兼樞密使。後以疾歸，留侍經筵。卒於仁宗至和二年（公元一〇五五年）享壽六十五歲。帝臨奠，猶以不親視疾爲恨；特罷朝二日，以誌哀悼。贈謚元獻。

殊賦性剛峻，遇人以誠。一生自奉如寒士。爲文贍麗，應用不窮；尤工於詩詞。其在政治上建樹，雖無顯赫功績，而能汲引賢俊，以成北宋昇平之治，其功亦甚偉異。當時如范仲淹、歐陽修，皆出其門；富弼、楊察皆其婿，均係當年的儒將、賢相、學者及外交專才。

他生平的著述，有臨川集、紫薇集、珠玉詞，約二百四十餘卷。惟多散佚，僅存文集一卷。❶其珠玉詞，有明毛晉汲古閣本，最爲完善，約一百二十餘首。

他雖係北宋名臣，但他成名之處，尤在他的詞學。他生當北宋昇平之世，去五代未遠，故於溫、韋等大詞人，獨能得其奧蘊，而加以融冶。他是第一個用自己的天才最先走入宋詞領域的作家。他是北宋初期詞家的開祖。他的兒子叔原復能繼承家學，更光大此派的作風。

❶名晏元獻遺文，一卷，有四庫叢書本。

他的詞，抒情溫厚處，頗得力於溫、韋；又因平生喜讀馮延巳的詞，所以也很受馮氏作風的影響。其最特異之處，卽在能於一切平易之境含有一種極舒緩閒適的情緒。如微風之拂輕塵，如曉荷之扇幽香，令人暴戾之氣爲之頓消。這與他的剛峻個性，和循循然儒者的氣度完全相反。我們試讀他的：

一曲新詞酒一杯，去年天氣舊亭臺。夕陽西下幾時迴。　無可奈何花落去，似曾相識燕歸來。小園香徑獨徘徊。

（浣溪沙）

玉椀冰寒滴露華，粉融香雪透輕紗。晚來妝面勝荷花。　鬢嚲欲迎眉際月，酒紅初上臉邊霞。一場春夢日西斜。

（又），

燕子來時新社，梨花落後淸明。池上碧苔三四點，葉底黃鸝一兩聲，日長飛絮輕。　巧笑東鄰女伴，采桑徑裏逢迎。疑怪昨宵春夢好，元是今朝鬥草贏，笑從雙臉生。（破陣子）

他榨取了花間派與陽春集的精髓，而跨進了宋詞的領域了。他卽在這樣的微笑聲中，帶上了「北宋第一流作家」的冠冕了！我們看他所描寫的女性，是何等輕柔細膩！通篇不着一句俗豔語，卻將小兒女的神態寫得如畫，看了令人心境很寬舒閒適，無一點刺激性。這便是他抒情溫厚的明證。歐陽修寫女性，很得此種妙訣，後來詞家，多失之俗豔，若與晏、歐的詞相較，便有淑女與娼妓之別了。

他說他平生不慣作「拈綫伴伊坐」的小詞，他的兒子晏幾道也替他聲辯道：「先君平日小調雖多，未嘗作婦人語也」。其實這只是晏氏父子一種道學家的門面話，我們若翻開珠玉詞來一看，我們就知道這話不能成立了。他全部的作品皆異常綺豔，而描寫女性的作品亦最多。如「爲我轉回紅臉面，」（浣溪沙）「且留雙淚說相思，」（同上）「那堪更別離情緒，羅巾掩淚任粉痕霑污，爭奈向，千留萬留留不住，」（婦人語）以及上面所舉的後兩闋，都不是「婦人語」麼？不過他雖寫的是女性，卻別有一種婉妙含蓄的境界，與柳永、張先、賀鑄、黃庭堅等毫無顧忌的恣意描寫，又大異其趣了。所以畫墁錄曾有一段記載道：

柳三變（即柳永）旣以詞忤仁廟，吏部不放改官，三變不能堪，詣政府。晏公曰：「賢俊作曲子麼？」三變曰：「祇如相公亦作曲子。」公曰：「殊雖作曲子，不曾道『綵線慵拈伴伊坐』。」●柳遂退。

這一段記載，不獨代表晏柳二家詞采的不同，及描寫的有所謂雅俗之別，亦正足表現當年一般士大夫階級們對於文學的觀念，亦與五代以來花間一派人的見解完全相同。他們對於「雅」「鄭」二字，已深入腦中，而認爲係判斷一切文學的唯一標準了。

他除描寫女性外，其他作品亦婉柔而富詩意，有時且含蘊着一種淒婉的詩人情緒。如：

時光只能催人老，不信多情，長恨離亭，滴淚春衫酒易醒。梧桐昨夜西風急，淡月朧明，好夢頻驚，何處高樓雁一聲！（采桑子）

昨夜西風凋碧樹，獨上高樓，望斷天涯路。欲寄彩牋無尺素，山長水闊知何處！（後闋蝶戀花）

●柳永定風波。

他雖在悽傷中卻無絲毫怨毒的意思，此即其抒情的溫厚處。這樣作風，歐陽修、秦觀和他的兒子幾道，都很受他的影響，——尤以歐詞爲甚。歐詞中的蝶戀花（詠春暮）秦詞中的踏莎行（郴州旅舍作）都與上詞極類近。

晏幾道

幾道字叔原，號小山，爲殊第七子。生卒無可考。他雖有這樣一個顯赫的父親，但他於仕途上僅僅作了一個最低小的官，——一個監潁昌許田鎮的小小監官！很平常的過了一生，遠無他父親的聲望。他所以如此者，亦正由他的性情使然。黃山谷說得很詳盡道：

> 余嘗論：叔原固人英也，其癡處亦自絕人。愛叔原者皆慍而問其旨，曰：「仕宦連蹇，而不能一傍貴人之門，是一癡也。論文自有體，不肯作一新進語，此又一癡也。費資千百萬，家人寒饑，而面有孺子之色，此又一癡也。人百負之而不恨，已信之終不疑其欺己，此又一癡也。」乃共以爲然。（小山詞序）

我們看這所謂四癡，正代表他一種孤芳自潔的個性，和忠純貞摯的癡情。他仍未失卻童心，他雖與一般塵俗的人合其流汚，他一生的心血性情，都表現在他的詞裏，故能「精壯頓挫，能動搖人心。上者高唐、洛神之流，下者不減桃葉、團扇。」（黃山谷小山詞序）

周介存謂「晏氏父子仍步伍溫、韋，小晏精力尤勝。」但我們若把叔原的：

夢後樓臺高鎖，酒醒簾幕低垂，去年春恨卻來時，落花人獨立，微雨燕雙飛。記得小蘋初見，兩重心字羅衣。琵琶弦上說相思。當時明月在，曾照彩雲歸。（臨江仙）

秋千散後朦朧月，滿院人閒，幾處雕闌，一夜風吹杏粉殘。昭陽殿裏春衣就，金縷初乾，莫信朝寒，明日花前試舞看！（采桑子）

用作例證，與其說他步伍溫、韋，勿寧說他步伍馮延巳為更確當。但他雖受馮氏的影響，還不如受他父親——同叔——的影響大。我們試看上面臨江仙詞，若與老晏比較，一定可以見出他們作風相同的地方。不過叔原的詞，比較更覺風流嫵媚些，更輕柔自然些。他有一部份很像南唐後主和秦少游，這是與他父親不同的地方。例如他的：

家近旗亭酒易酤，花時長得醉工夫，伴人歌扇懶妝梳。戶外綠楊春繫馬，牀頭紅燭夜呼盧，相逢還解有情無?（浣溪沙）

彩袖殷勤捧玉鍾，當年拚卻醉顏紅，舞低楊柳樓心月，歌盡桃花扇底風。從別後，憶相逢，幾回魂夢與君同。今宵賸把銀釭照，猶恐相逢是夢中！（鷓鴣天）

我們讀後，可以想見他那種翩翩的少年風度。所謂「金縷初乾，莫信朝寒，明日花前試舞看」，所謂「舞低楊柳樓心月，歌盡桃花扇底風」，與李後主「鳳簫聲斷水雲間，重按霓裳歌遍徹。……歸時休放燭花紅，待踏馬蹄清夜月」，不獨辭彩同一工豔，而豪興清賞，亦復宛然神似，無怪毛子晉氏會以晏氏父子，追配南唐二主了。他刊刻宋六十家詞時，於其他作家多所「刪選」，獨於小山詞最致愛賞之意，說他：

> 字字娉娉嫋嫋，如攬嬙、施之袂。恨不能起蓮、鴻、蘋、雲，㊀按紅牙板，唱和一過！

最能道出叔原的作風。又如他的鷓鴣天後半闋云：

> 春悄悄，夜迢迢，碧雲天共楚宮遙。夢魂慣得無拘檢，又踏楊花過謝橋。

更覺淒豔異常，無怪伊川先生聞人誦此而笑為鬼語了。以一個「嚴毅」的道學家，竟亦為其詩情所誘引，而要為之「心賞」了。

他的詞，最善融化詩句，與後期的周美成正復遙遙相映。例如他的浣溪沙「戶外綠楊春繫馬，牀頭紅燭夜呼盧」二句，完全用唐韓翃的詩句，僅將原詩「牀前」的「前」字易一個「頭」字而用來直如天衣無縫。其鷓鴣天「今宵剩把銀釭照，猶恐相逢是夢中」，蓋用老杜「夜闌更秉燭，相對如夢寐」，戴叔倫「還作江南客，翻疑夢裏逢」及司空曙「乍見翻疑夢，相悲各問年」等詩句而少化其辭意者㊁。所以黃山谷說他的樂府「多寓以詩人句法」，正指此等處而言。

㊀當時的四個歌姬名。
㊁見野客叢書。

他的詞名小山集，有毛晉汲古閣本，約二百五十餘首。

歐陽修❶ 公元一〇〇七——一〇七二

修字永叔，江西廬陵人。生於宋眞宗景德四年（公元一〇〇七年）仁宗天聖八年，舉進士甲科，時年方二十四歲。初爲諫官，論事切直，後拜參知政事。論事與王安石不合，徙青州，晚年判滁州，號醉翁，又號六一居士。卒於神宗熙寧五年（公元一〇七二年）享壽六十有六，謚文忠。修博極羣書，以文章爲天下冠，三蘇、曾、王多出其門。撰有新唐書、新五代史及六一居士集。

我們知道：歐陽永叔本以古文家先進者領導着當時的中國文壇，走向韓、柳一派作家的領域，而將自唐以來的文學復古運動作一個光榮的結局，從此展開了正統派——八家——的坦路；同時他又是一位歷經三朝的名臣碩望，而負着領袖儒林的道學家。他在北宋，隱然造成了一個重心——一個肩任文統道統的中心人物。我們在他的詩與散文裏面，只看見他那副嚴肅謹道的面孔，使我們將要疑心他是怎樣一個古板而頑強的人呵！但我們一讀他的詞集，這種推斷立刻就要推翻了。當我們沈醉在他那種輕柔而嫵媚的作風裏時，我們深深的認識了他的本來面目與心靈——一顆極強烈

❶見東都事略卷七十二，宋史卷三百十九。

顫動的心，——我們才知道他的文章眞正價值與風調。

他的詞雖然從馮延巳與晏殊二人蛻變來的，但確能代表出他的個性，完成他那種流利柔媚而雋永的作風。他是溫、韋、馮、晏以來上流社會的一派——所謂正統派——詞學的總結束。他一生的性格和作品，可用他的玉樓春：

芳菲次第長相續，自是情高無處足。尊前百計留春歸，莫爲傷春眉黛促。（後闋）

來作代表。他的抒情作品哀婉綿細，最富彈性。如：

幾日行雲何處去？忘卻歸來，不道春將暮！百草千花寒食路，香車繫在誰家樹？ 淚眼倚樓頻獨語：「雙燕來時，陌上相逢否？」撩亂春愁如柳絮，依依夢裏無尋處！（蝶戀花）㊀

庭院深深深幾許，楊柳堆烟，簾幕無重數。玉勒雕鞍游冶處，樓高不見章臺路。 雨橫風狂三月暮，門掩黃昏，無計留春住。淚眼問花花不語，亂紅飛過秋千去！（又）

將暮春的景況，和內在的情緒，以含蘊的詩筆出之，故寫來極婉約沉着，如對一幅暮春圖，覺得有無限的亂花飛絮飄過眼前，有無窮的春愁離緒，撩繞心頭。王靜庵說道：

「終日馳車走，不見所問津，」詩人之憂世也。「百草千花寒食路，香車繫在誰家樹」似之。（人間詞話）

批評得極爲精透。他的玉樓春：

㊀此詞或刻入陽春集。

尊前擬把歸期說，未語春容先慘咽。人生自是有情癡，此恨不關風與月。　離歌且莫翻新闋，一曲能教腸寸結。只須看盡洛城花，始信春光容易別！

可謂道盡人間一段幽恨閒愁。結語更於豪放中寓沈痛之意。

以上所引，均係悲苦之作，故多蘊愁思。我們若讀他的「綠楊樓外出秋千，」「碧琉璃滑淨無塵」等作，我們的胸襟，必定要爲之一變，茲選錄此類的作品如下：

柳外輕雷池上雨，雨聲滴碎荷聲。小樓西角斷虹明。闌干倚處，待得月華生。　燕子飛來窺畫棟，玉鉤垂下簾旌。涼波不動簟紋平，水精雙枕，旁有墮釵橫。（臨江仙）

闌干十二獨憑春，晴碧遠連雲。千里萬里，二月三月，行色苦愁人。（少年游春草上闋）

候館梅殘，溪橋柳細，草薰風暖搖征轡。離愁漸遠漸無窮，迢迢不斷如春水。　寸寸柔腸，盈盈粉淚，樓高莫近危闌倚。平蕪盡處是春山，行人更在春山外。（踏莎行）

以上數闋，都極晶瑩綿細，爲任何詞人所不能仿效的，尤爲一種獨特的風調。

此外他還有一種特異之處，就是他的作品含帶的女性色彩很重。我們可以稱他爲「女性詞的作家，」例如南歌子：

鳳髻金泥帶，龍紋玉掌梳。去來窗下笑相扶，愛道：「畫眉深淺入時無？」　弄筆偎人久，描花試手初。等閒妨了繡工夫，笑問「雙鴛鴦字怎生書？」

寫得極細膩婉和，最能傳出女兒家的心事。這種女性化的作家，到了李易安——一位最大的女作家，並且很受歐詞影響的作家，——便發揮盡致了。

因爲他的詞寫得太柔媚，太女性化，似乎與他的「文以載道」的古文家身份不相稱，後來推崇他的人，認爲是一種褻瀆，多方爲之辯解，以爲「當是仇人無名子所爲」㊀以爲「其詞之淺近者，多係劉煇僞作」㊁其實歐公的詞與陽春集、珠玉集等互相混合處是有的，內中參雜別人的僞作也是有的，若一定就他的人品以定詞的去取，那就很危險了。以晏元獻之剛峻，而詞則柔媚類十七八女郎，司馬溫公與寇萊公之耿介，而其詞亦婉柔澹遠，不類其爲人。何況是最富感情的歐陽永叔呢？

他的詞集名六一詞，有毛晉宋六十家詞本；又名歐陽文忠公近體樂府及醉翁琴趣外編，有吳昌綬雙照樓景宋元明本詞本。

張　先　公元九九〇——一〇七八

先字子野，烏程㊂人。生於宋太宗淳化元年（公元九九〇年）爲人「善戲謔，有風味」（見東

㊀見陳振孫直齋書錄解題。
㊁羅長源語。
㊂今浙江吳興縣。

坡集）四十一歲始登進士第，（仁宗天聖八年）歷官宿州掾，知吳江縣，知渝州。其爲都官郎中時，年已七十二，入京見宋祁、歐陽修，約在此時。晚年優遊鄉里，壽八十九卒。（神宗元豐元年公元一〇七八年）

子野著述有文集一百卷，（見張鐸湖州府志）詩二十卷，（見宋史藝文志）又有詩集名安陸集一卷。（見齊東野語）但今已散佚，所存詩不踰十首，文則一篇不傳。

他的詞集有四庫全書本有清鮑廷博綠斐軒鈔本凡百有六闋，區分宮調，猶屬宋時編次。鮑氏後，又得侯文燦亦園十家樂府有子野詞凡百二十九闋，去其與綠斐軒本複出者得十三闋，爲補遺上，又雜他書得十六闋爲補遺下，共百八十四闋，張詞以此爲最完備。

以上並見近人夏承燾君中國十大詞人年譜張子野年譜。❶

子野是一個享大齡而又極風流的詞人，據石林詩話所載，東坡倅杭時，「先年已八十餘，視聽尚精強，猶有聲妓。東坡嘗贈詩云：『詩人老去鶯鶯在，公子歸來燕燕忙，』蓋全用張氏故事戲之。」他嘗自稱曰「張三影，」因其詞有「雲破月來花弄影，」「嬌柔懶起簾壓捲花影，」「柳徑無人墮飛絮無影」等句，皆平生得意之作也。因爲他的年齡活得最長久，他一方面與晏、歐等人相分庭抗禮，（仍

❶見詞學季刊創刊號。

係小令時期。）一方面與柳永齊名❶跨進了慢詞浸盛的時期。所以在他的作品中，也時有慢詞的製作，如：翦牡丹、山亭怨、謝池春慢、卜算子慢等調子，但數量甚少，且其氣格仍未脫盡第一期的小令風調。所以他暮年雖與柳永、蘇軾等並時，我們仍把他列在第一期的作家中。

他的詞氣魄不大，他既無晏、歐之蘊藉和雅，又無耆卿（柳永字）之清暢森秀，更不似東坡之豪放晶潔，他只是一個平穩的作家。但他好為豔辭，好為膩聲，他於晏、歐與柳、蘇之間，別開一個蹊徑。後來如賀鑄、周邦彥等，無不受其影響，而形成了一個新的系統，——北宋豔冶一派的詞人。茲舉例如下：

垂螺近額，走上紅裀初趁拍。只恐驚飛，擬倩遊絲惹住伊。　文鴛繡履，似風流塵不起。舞徹梁州，頭上宮花顫未休。（減字木蘭花）

遶牆重院，聞有流鶯到。繡被掩餘寒，畫閣明新曉。朱檻連空闊，飛絮無多少。徑莎平，池水渺，日長風靜，花影閒相照。　塵香拂馬，逢謝女城南道。秀豔過施粉，多媚生輕笑，門色鮮衣薄，碾玉雙蟬小。歡難偶，春過了。琵琶流怨，都入相思調。（謝池春慢）

傷春懷遠幾時窮，無物似情濃。離愁正恁牽絲亂，更南陌飛絮濛濛。歸騎漸遙，征塵不斷，何處認郎蹤？　雙鴛池沼水溶溶，南北小橋通。梯橫畫閣黃昏後，又還是新月簾櫳。沈恨細思，不如桃李，猶解嫁東風。（一叢花）

沙上並禽池上暝，雲破月來花弄影，重重翠幕密遮燈。風不定，人初靜，明日落紅應滿徑。（天仙子下闋）

❶見詞林紀事卷四引晁无咎語云：「子野與耆卿齊名而時，以子野不及耆卿；然子野韻高，是耆卿所乏處。」

其造語之纖巧豔冶，如風過花枝，漪滴嬌顫，可謂極盡藻繪刻畫的能事了！但其短處，則在風格不高，氣魄不大，往往失之淺薄漂易，直至賀鑄、周邦彥出，又寓以詩人沈鬱頓挫之筆，遂臻辭格兼美的境界。

他的作品亦有與周邦彥極相近者，如山亭怨「……落花蕩漾怨空樹，曉山靜，數聲杜宇。天意送芳菲，正黯淡疏烟短雨。」漁家傲「天外吳門淸霅路，君家正在吳門住。賜我柳枝情幾許，春滿縷，爲君將入江南去。」以及

野綠連空，天青垂水，素色溶漾都淨。柔柳搖搖，墜輕絮無影。汀洲日落人歸，修巾薄袂，擷香拾翠相競。如解凌波，泊烟渚春暝。綵縧朱索新整，宿繡屏、畫船風定。金鳳響雙槽，彈出古今幽思誰省？玉盤大小亂珠迸，酒上妝面，花豔眉相並。重聽盡漢妃一曲，江空月靜。（剪牡丹舟中聞雙琵琶）

此等作品，與晏、歐迥異，大約是他後期的作品，已走入慢詞的領域了。其山亭怨「曉山靜，數聲杜宇。天意送芳菲，正黯淡疏烟短雨。」與剪牡丹結局「重聽盡漢妃一曲，江空月靜。」都極雄渾頓挫，與美成長調，尤相神似。此等處是他全集中調格最高曠的作品。

所以我們毫無遲疑的把他列在第一期的最大作家中，而與晏、歐等人相並峙。

第三章　一般作家

——韓琦——范仲淹——宋祁——王琪——劉敞——張昪——梅堯臣——謝絳——聶
卿——李冠——葉清臣——

韓琦（公元一〇〇八——一〇七五）

琦字稚圭，安陽人，生於宋真宗大中祥符元年，（公元一〇〇八年）弱冠舉進士。西夏反，琦爲陝西經略招討使，與范仲淹率兵拒戰，久在兵間，名重當時，爲朝廷所倚重。後爲相，臨大事，決大策，不動聲色。執政十年，光輔三后，封魏國公。卒於神宗熙寧八年，（公元一〇七五年）享壽六十八，諡忠獻，有安陽集。

韓琦在北宋是一位出將入相的最偉大的人物。他生爲三朝元老，言行舉措，都足爲當世的典範，歐陽修稱之爲「社稷臣」，嘗嘆曰：「累百歐陽修，何敢望韓公！」（見詞林）他與范仲淹鎮守西夏時，嘗有民謠道：「軍中有一韓，西賊聞之心膽寒；軍中有一范，西賊聞之驚破膽。」其爲當年中外人所欽服如此！他雖是一位文武全才的大政治家，但他的詩詞，卻很風韻閒適，並不乾苦之味。他鎮揚州時，撰維揚好，有「二十四橋千步柳，春風十里上珠簾」之句，爲一時所傳誦。茲錄二詞於後：

病起懨懨，庭前花影添憔悴，亂紅飄砌，滴盡眞珠淚。　惆悵前春，誰向花前醉。愁無際，武陵凝睇，人遠波空翠。

（點絳脣）

安陽好，形勢魏西州。曼衍山川環故國，昇平歌吹沸南樓，和氣鎭飛浮。　籠畫陌，喬木幾春秋，花外軒窗排遠岫，竹間門巷帶長流，風物更清幽。（安陽好）㊁

范仲淹㊂　公元九八九——一〇五四

仲淹字希文，其先邠人，後徙吳縣。生於宋太宗端拱二年（公元九八九年）八月。眞宗大中祥符間進士，仁宗時與韓琦率兵同拒西夏，爲朝廷所倚重，後召拜樞密副使，進參知政事。卒於仁宗皇祐四年，（公元一〇五四年）享壽六十四歲，追贈兵部尚書，謚文正，有丹陽集。爲秀才時，嘗言：「士當先天下之憂而憂，後天下之樂而樂。」其以天下自任如此。當其鎭守延安，夏人相戒莫敢犯曰：「小范老子胸中有十萬甲兵！」

文正功業勳隆，與韓琦並稱「韓范」。他爲北宋最大名臣之一。他的詞與韓詞的風調，完全不同。

㊀見東都事略卷二十七，宋史卷二百二十。

㊁別本有題爲他人作者，此據能改齋漫錄訂定。

㊂見東都事略卷五十九，宋史卷三百十四。

他是一個憂時而富於情的人，所以他的漁家傲、蘇幕遮和御街行三闋，或寫邊塞秋思，或述羈旅情懷，都極蒼涼沈鬱，而爲不朽的名作，不獨較韓詞爲高，卽列在宋代最大作家中亦確能自成一格。不過他平生的作品極少，並非「專業」的詞人，所以未將他列入晏氏父子與歐、張之林，眞是一件憾事。但我們要知道他雖僅以此三詞名世，而其作品之俊邁，實能俯視羣流。其漁家傲一闋更能遠接「西風殘照，漢家陵闕」㊀之壯闊雄偉，下開東坡「大江東去」㊁與王荆公桂枝香的豪縱先河。茲將三詞錄後：

塞下秋來風景異，衡陽雁去無留意。四面邊聲連角起，千嶂裏，長烟落日孤城閉。　濁酒一杯家萬里，燕然未勒歸無計。羌管悠悠霜滿地。人不寐，將軍白髮征夫淚。（漁家傲）

描寫宋時邊戍狀況，淒蒼黯淡，令人對戰爭發無限深省。

碧雲天，黃葉地，秋色連波，波上寒烟翠。山映斜陽天接水，芳草無情，更在斜陽外。　黯鄉魂，追旅思，夜夜除非好夢留人睡。明月樓高休獨倚，酒入愁腸，化作相思淚。（蘇幕遮）

紛紛墜葉飄香砌，夜寂靜，寒聲碎。珍珠簾捲玉樓空，天淡銀河垂地。年年今夜，月華如練，長是人千里。　愁腸已斷無由醉，酒未到，先成淚。殘燈明滅枕頭欹，諳盡孤眠滋味！都來此事，眉間心上，無計相迴避。（御街行）

㊀李白憶秦娥詞。

㊁蘇軾念奴嬌赤壁懷古。

以上三詞，都能把他當日的環境和內在的情緒，一一寫出，故能真切動人。彭羨門說他：

> 蘇幕遮一調，前段都入麗語，後段純寫柔情，遂成絕唱。「將軍白髮征夫淚」，亦復蒼涼悲壯，慷慨生哀。

他的詞集有朱刻彊村叢書本的范文正公詩餘一卷，然僅集得六首而已。

宋祁㊀　公元九九八——一〇六一

祁字子京，安州安陸人，徙開封之雍邱。生於宋真宗咸平元年（公元九九八年）仁宗天聖二年，與兄庠同舉進士，時號「大小宋」。修唐書十餘年，出入以稾自隨。累官至工部尚書。卒於仁宗嘉祐六年，（公元一〇六一年）享壽六十四歲。謚景文。有出麾小集、西洲猥稿。其詞集宋板已失，近人趙萬里始為彙輯成一卷，名曰宋景文公長短句，共詞六首，附錄二首。刊於校輯宋金元人詞中。

子京是一個風流而有福澤的詞人，據東軒筆錄所載他晚年知成都府時：

> 每宴罷，盥漱畢，開寢門，垂簾，燃二椽燭，媵婢夾侍，和墨伸紙，遠近觀者，知尚書修唐書矣。——望之如神仙焉！

又說他：

> 多內寵，後庭曳羅綺者甚衆。嘗宴於錦江，偶微寒，命取半臂，諸婢各送一枚，凡十餘枚皆至。子京視之茫然，恐有厚薄之嫌，竟不敢服，忍冷而歸！

㊀見東都事略卷六十五，宋史卷二百八十四。

他的一生於此可見一斑了。他與張子野同時，兩人的生平和性格，都很相似，而詞風尤與子野爲近。他們的詞，不啻是他們一個小小的寫照。茲舉二詞如下：

燕子呢喃，景色乍長春晝，覩園林萬花如繡，海棠經雨胭脂透，柳展宮眉，翠拂行人首。向郊原踏靑，恣歌攜手。醉醺醺尚尋芳酒。問牧童遙指孤村道：杏花深處那裏人家有？（錦纏道）

結句用唐詩「借問酒家何處有牧童遙指杏花村」意而作一反問口氣。一則充滿了春愁，一則極盡春日遊樂的酣暢。一則淒婉悱惻爲詩中勝境，一則柔媚儇巧不失作詞的本色。

東城漸覺風光好，縠皺波紋迎客棹。綠楊烟外曉寒輕，紅杏枝頭春意鬧！浮生長恨歡娛少，肯愛千金輕一笑。爲君持酒勸斜陽，且向花間留晚照。（玉樓春）

在晏氏父子與歐、秦等集中，詠春之作，總不免爲離情愁緒所縈遶，而深透着詩人悲惋的意緒。在張、宋詞中，則只見春日之酣樂，令人心醉，如上面兩詞，寫春郊之明媚，春意之擾人，均浮現在紙上。王靜安許二氏之作，謂：

「紅杏枝頭春意鬧」着一「鬧」字，而境界全出。「雲破月來花弄影」着一「影」字，而境界全出。（人間詞話）

僅道出兩家作詞的技巧，而尚未深明於兩詞人的心靈也。

王琪

琪字君玉，華陽人，徙舒。舉進士。調江都主簿，歷官知制誥，加樞密直學士。晏殊爲南郡太守時，琪曾爲其幕客，賓主極相得日以賦詩飲酒爲樂。㊀相傳晏公作浣溪沙詞，其「無可奈何花落去」一句書牆上，彌年未能對，琪應聲曰：「似曾相識燕歸來，」由是遂邀知遇。㊁他的詞仍未脫唐、五代的餘緒。如望江南：

江南好，風送滿長川，碧瓦烟昏沈柳岸，紅綃香潤入梅天，飄灑正蕭然。 朝與暮，長在楚峰前。寒夜愁欹金帶枕，春江深閉木蘭船。烟渚遠相連。

劉敞

敞字原父，臨江新喻人，慶曆六年進士。累官知制誥，翰林學士。卒後門人私謚曰公是先生。有集。相傳敞守維揚時，宋子京赴壽春，道出治下，敞會作踏莎行詞以侑歡。㊂詞云：

蠟炬高高，龍烟細細，玉樓十二門初閉。疏簾不捲水晶寒，小屏半掩琉璃翠。 桃葉新聲，榴花美味，南山賓客東山妓。名利不肯放人閒，忙中偷取工夫醉。

㊀見石林詩話。
㊁見復齋漫錄。
㊂見能改齋漫錄。

下闋寫得頗雋快而別致。

張　昇㊀

昇字杲卿，韓城人，第進士。累官參知政事，後以太子太師致仕。贈司徒兼侍中，諡康節。昇詞以離亭燕爲最有名，與王安石桂枝香作風極酷似，可稱「懷古雙勝」詞中的雙璧。其詞云：

一帶江山如畫，風物向秋瀟灑，水浸碧天何處斷，霽色冷光相射。蓼嶼荻花洲，掩映竹籬茅舍。　雲際客帆高挂，烟外酒旗低亞。多少六朝興廢事，盡入漁樵閑話。悵望倚危欄，寒日無言西下。

於冷雋中寓悲涼之感。闋中如「霽色冷光相射」，「寒日無言西下」句，尤覺冷豔觸人心目，而語意無窮。

梅堯臣㊁　公元一〇〇二——一〇六〇

堯臣字聖俞，宣城人。生於宋眞宗咸平五年（公元一〇〇二年）仁宗嘉祐初，召試賜進士，擢國子直講，歷尚書都官員外郎，有宛陵集。卒於仁宗嘉祐五年，（公元一〇六〇年）享壽五十九歲。

㊀見東都事略卷七十一，宋史卷三百十八。
㊁見東都事略一百十五文藝傳，宋史卷四百四十三文苑五。

聖俞本以詩名，詞不多見，以蘇幕遮（詠草）最爲歐陽永叔所稱賞。詞云：

露隄平，烟墅杳，亂碧萋萋，雨後江天曉。獨有庾郎年最少，窣地春袍，嫩色宜相照。　接天亭，迷遠道，堪怨王孫，不記歸期早。落盡梨花春事了，滿地殘陽，翠色和烟老。

謝　絳 ⊖　公元九九五——一〇三九

絳字希深，其先陽夏人，其祖及父均葬於富陽，因家焉。登大中祥符八年進士，仁宗朝，累官知制誥，出知鄧州，有集。

據富春遺事載，希深居富陽小隱山，別築室曰「讀書堂」，構雙松亭於前，倚山臨江，雜植花果，沼荷稻圩，環流佈種，頗稱幽人之居。其詞亦「瀟然輕豔」（見儒林公議）與衆特異。如夜行船：

昨夜佳期初共，鬢雲低，翠翹金鳳。尊前和笑不成歌，意偷傳，眼波微送。　草草不容成楚夢，漸寒深，翠簾霜重。相看送到斷腸時，月西斜，畫樓鐘動。

黃花庵云：「後段語最奇」。

鄭　獬

⊖見東都事略卷六十四，宋史卷二百九十五。

獬字毅夫，安陸人。仁宗皇祐五年進士。累官翰林學士，出爲侍讀學士，知杭州。有鄖溪集。獬詞以好事近爲最雋俏：

江上探春回，正值早梅時節。兩行小槽雙鳳，按涼州初徹。　謝娘扶下繡鞍來，紅靴踏殘雪。歸去不須銀燭，有山頭明月。

李冠

冠字世英，歷城人，以文學稱，與王樵賈齊名。官乾寧主簿。有東皋集，冠詞以蝶戀花爲最婉約多姿：

遙夜亭皋閒信步，才過清明，漸覺傷春暮。數點雨聲風約住，朦朧淡月雲來去。　桃杏依稀香暗度，誰在秋千，笑裏輕輕語？一寸相思千萬縷，人間沒個安排處。

此詞與張先、宋祁作風極相類，設混於子野詞中，幾乎無從辨認。

葉清臣

清臣字道卿，長洲人。天聖初進士。歷官翰林學士，權三司使，他的賀聖朝：

滿斟綠醑留君住，莫匆匆歸去。三分春色二分愁，更一分風雨。　花開花謝，都來幾許？且高歌休訴。不知來歲牡丹時，再相逢何處？

詞中「三分春色二分愁更一分風雨」句，則為東坡水龍吟「一池萍碎，春色三分，二分塵土，一分流水，」及賀方回青玉案「一川烟草，滿城風絮，梅子黃時雨」的藍本了。

此外尚有幾個詞人，略一述及。

夏竦字子喬，歷官眞宗、仁宗兩朝，位至宰輔，封英國公，曾作有喜遷鶯宮詞。王益字舜良，王安石之父，曾作有訴衷情詞。石延年字曼卿，爲歐陽修的好友，曾作有燕歸梁詞。李師中字誠之，仁宗朝曾作待制及郎中等官。他有菩薩蠻詞。聶冠卿字長孺，新安人，其多麗一詞，爲慢詞最初期的創製。吳感字應之，吳郡人，有折紅梅詞。

參考書目

元脫克脫：宋史四百九十六卷　有二十五史本。

宋王偁：東都事略一百三十卷　有掃葉山房刊本。

宋僧文瑩：湘山野錄三卷續錄一卷　有說庫本，有文明書局鉛印本。

宋陳振孫：直齋書錄解題二十二卷　有江蘇書局刊本。

清張宗橚：詞林紀事二十二卷　有掃葉山房石印本。

一般作家

近人王國維：人間詞話。　有樸社鉛印本。

宋潘閬：逍遙詞一卷　有王鵬運四印齋彙刻宋元三十一家詞本。

宋晏殊：珠玉詞　有毛晉宋六十家詞本。

宋晏幾道：小山詞　有毛晉宋六十家詞本。

宋歐陽修：六一詞　有毛氏本，又名歐陽文忠公近體樂府及醉翁琴趣外編，有吳昌綬雙照樓景宋元明本詞本。

宋張先：張子野詞　有朱祖謀彊村叢書本。

宋范仲淹：范文正公詩餘　有彊村叢書本。

第三編　宋詞第二期

——公元一〇二三——一〇九九——

——花之怒放時期或柳永時期——

第一章 柳永時期的意義與五大詞派的並起

第一節 引言

由宋仁宗天聖中起，因大詞人柳永的創作，宋詞階段，乃始由小令時期，漸進入慢詞時期。其時中原承平，汴京繁庶，歌臺舞席，競睹新聲，宮中每逢春秋大宴，必有樂語及各種隊舞，以資慶賞。（詳上總論篇宋代樂曲概論章）朝臣相宴，亦得用樂語的一部份。（如致語、口號是）風氣所播，民間化之，於是慢詞乃應運而生。最先經文人製作者，則有歐陽修摸魚兒、聶冠卿多麗、吳感折紅梅等詞，但歐氏之作，字句錯誤，恐係時人僞託，或雜入柳詞，亦未可知。㊀吳氏折紅梅詞爲紀念歌姬紅梅因以名閣之作。㊁辭彩不甚工麗。聶氏多麗一詞，論者向推爲慢詞之祖，然一考聶柳二氏成名之始，則都係並時之人。㊂其多麗的製作，恐亦不能較柳詞爲早。其他如張先的謝池春慢、卜算子慢、翦牡丹、山亭怨等詞，亦係晚年的製作，

㊀西清詩話謂歐詞淺近者，是劉煇僞託，又多雜入柳詞。

㊁見中吳紀聞。

㊂按柳永於仁宗景祐元年登第，登第前，名三變，以善歌艷曲，致遭革斥。聶冠卿入翰林時爲慶曆中，則二人爲並世人無疑了。

所以慢詞眞正發始的人物，則爲一個不齒及於縉紳階級的「多游狹邪」的舉子柳永。因爲他能接近民衆，他能於三教九流最雜亂的倡寮歌院之中取裁了市井流行的歌調，創造一種「旖旎近情」「鋪敍展衍」的新曲。古今詩話載：

眞州柳永少讀書時，以無名氏眉峯碧詞題壁後，悟作詞章法。一妓向人道之，永曰：「某於此亦頗變化多方也。」然遂成屯田蹊徑。❶

他當年作詞的淵源，既不是花間集，又不是陽春錄，而是民間無名之作，如眉峯碧等類的作品。他因終朝沈酣於「偎紅倚翠」的妓院生活，於彼輩流行的豔歌膩曲，耳熟其音而心知其意，當年「教坊樂工，每得新腔，必求永爲辭」，更予以試作的機會，他遂開始寫他的新詞了。他敢用通俗的字句，來寫他的漂泊的詩人情緒與肉體的追求，他脫盡了花間以來所習用的塡詞術語、腔調及其內容。他的精神比能「逐弦吹之音爲側豔之曲」的温庭筠更爲解放。他的天才則與温氏向相反的兩條路上走去。他從五代以來「詩客曲子詞」的登峯造極時代，又轉向這條民衆化與音樂化的「里巷之曲」路上了。所以詞自温庭筠乃始眞正成立，至柳永乃始大爲解放，而其在詞學的演變與昇降上，則二人同爲一個時代的最大導師，一個最有關鍵的人物，正復遙相輝映。不過温氏由原始時代——民間文學

❶見詞林紀事卷十八。

時代，用晚唐詩人之筆，來寫綺豔而「香軟」的歌聲，深爲士大夫階級所愛賞，故能造成一個文彩燦爛的花間系統，而受着百世的崇敬。柳氏的作風，不獨驚倒了並時的人物，且深遭後世的笑罵，（詳見柳永傳評中）其個人的聲譽，與溫氏則大相懸殊了，這種結果，並不足爲柳氏的「不幸」，正足代表他一種革命和創造的精神。假使中國詞學，不經柳氏的改造，則充其量仍不過模仿溫、韋、馮延巳等人的作品能了。其勢亦成末流，必致陳陳相因，黯然無復生氣，則中國詞學，不獨無北宋之雄奇瑰麗，照耀古今，且早入於沒落衰歇之時，不待南宋中末期以後了。

在柳氏領導的時期，不獨變換了詞的格式（由小令變爲慢詞）而且變換了詞的內容，在唐、五代一直到晏、歐一貫下來的作風，均以含蘊爲高，短雋入勝，末流所至，則篇篇不出「烟柳」「殘夢」「羅衾」等庸濫的描寫，不獨無一新意，而且無一新詞，卽以晏、歐等人的作品，雖感其詞風之端麗婉和，但讀起來，總不免有意義相複，或非身歷其境的浮泛描寫之處，其他各家則更不必論了。柳氏以忠實與淸婉的筆調，寫出內在眞摯的情緒。他雖篇篇不出「羈旅悲怨之辭，閨帷淫媟之語，」但我們只感到他的眞實與酣暢，卻不覺其有重複因襲的可厭。這是他與晏、歐以前的作家，僅以模仿堆滯見長者，完全變了一個描寫的方式了。其天才之獨到處，亦正於此等處表現出來。所以在當時他雖遭許多人的譏評，但無形中卻人人受了他的暗示及反映，開始來作他們自己的歌詞，開始來寫他們要說的話了。於是五代以來的詞風，至此乃爲之一變；而向爲北宋人崇奉的花間集與陽春集，至此乃不復更放其光焰了。

在本期（周邦彥成名以前），受柳氏的影響和反映而雄起詞壇的，則有蘇軾、秦觀、賀鑄、毛滂四個最大的作家。在他們五個人的作品中，已將全部的北宋詞風概括無餘——也可以說概括了後來一切的作風。他們五個人各有獨到的境界與不同的色彩，造成了中國「抒情詞」的頂點，遂使南宋中期以後（姜夔所領導的一派）的作家，不得不另換一個新的途徑，專在文辭與刻畫上努力了。這五家之中，比較上柳、秦、賀三家只算一個系統，蘇與毛則另爲一派，茲爲述其源流如後。

柳氏的特長既如上述。是北宋慢詞造始的人物，是詞家革命的巨子。其風調之「森秀幽暢」，如繁蕙中一顆清蔥的棕櫚，如濃妝豔抹隊裏的一位淡雅多情的少婦。他的最高作品，則爲「楊柳岸，曉風殘月」一類幽倩的新詞，爲「桐江好，烟漠漠，波似染，山如削」「望中酒旆閃閃，一簇烟村，數行霜樹，殘日下，漁人鳴榔歸去，……兩兩三三浣紗遊女，避行客，含羞相笑語」一類蔥秀而婉細的詩句。當時受他影響最大的，首推秦少游與賀方回兩個人。秦詞中的「消魂，當此際，香囊暗解，羅帶輕分，」與賀詞中的「淡妝多態，更滴滴頻迴盼睞，」一類的作品，即取柳詞「多情自古傷離別，更那堪冷落清秋節，」與「執手相看淚眼，竟無語凝咽」作爲藍本的。此種例子很多，試讀三家詞集，即知在慢詞方面，秦、賀二家受耆卿影響之大了。（小令不在此例）少游的詞最淒婉柔媚，「情辭兼勝，」實集古今婉約派的大成，其造詣之高更過柳、賀、蘇、毛及一切詞人，足可步伍南唐後主。其最高作品，爲其滿庭芳、望海潮等詞，小令尤所擅長，方回的詞極濃豔沈鬱，「如游金、張之堂」。別人只能學其豔麗，卻無其沈着。他們三個人，都有一個共同之點，他們都屬柔媚綺豔一派的作家，至周邦彥出，更兼取三家之長，用成「集成」之譽，於是柳氏所領導的時期至此乃臻光輝的總集結之時了。

東坡以超絕的天才，採取柳氏的創調，而變換其描寫的內容，將柳氏柔媚綺豔之作，易爲「清麗舒徐」的歌聲，而成爲詞中「橫放傑出」的另一個派別，其影響於後期的作家者，則有晁補之、葉夢得、向鎬、張元幹、張孝祥，直到辛棄疾出，遂臻此派絕詣，與柳、秦、賀、周一派詞人相並峙。

在柳、蘇、秦、賀之外，尚有一個毛滂，向不爲各選家所重視，而擯在二等作家中的，我將他列爲本期最大作家之內，其理由有三：第一：我們若將晏、歐以後，周邦彥以前的詞家專集或總集，細心加以覽誦，則除上四大家各有其特殊的風調外，能有東堂詞之明淨瀟灑，通體一律的鉅著麽？第二：他的作風與賀方回之濃豔沈鬱，恰相輝映，而各成一格，以補柳、蘇、秦三家所未有的境界。第三：他影響於後期的作家者，雖不如東坡之顯著，與柳、秦、賀等之普遍廣大，但如謝逸、蘇庠、僧仲殊、陳與義、朱敦儒、范成大、楊萬里等人，其詞風之瀟灑清曠，不沾世態，毛氏實有以開其先河。他們既不作豪壯之語，又不爲冶蕩之聲，確能另成一個系統，而以清逸放達入勝他們的歌詞爲．

小屛風畔冷香凝，酒濃春入夢，窗破月尋人。（毛滂臨江仙）

濃香斗帳自永漏，任滿地月深雲厚，夜寒不近流蘇，祇憐他後庭梅瘦。（毛滂上林春令）

鷗兒岸烏巾細葛含風軟，不見柴桑避俗翁，心共孤雲還。（謝逸卜算子）

楓落河梁野水秋，淡烟衰草接荒邱，醉眠小塢黄茅店，夢倚高城赤葉樓。（蘇庠鷓鴣天）

憶昔午橋橋上飲，坐中都是豪英，長溝流月去無聲，杏花疏影裏，吹笛到天明。（陳與義臨江仙）

晚來風定釣絲閒，上下是新月，千里水天一色，看孤鴻明滅。（朱敦儒好事近）

燒香曳簟眠清樾，花影吹笙，滿地淡黄月。（范成大醉落魄）

這些作品既不是柳、賀、周、秦的柔媚綺豔之作，更不是蘇、辛一派的豪縱之歌，而爲詞中的逸品，向來不爲人所注意，不認其能成一派的。我所以特爲舉例者，亦正爲此派介紹之故。至南宋中期以後，如姜、史、吳、張、王、周六大家，其作品實融合柔媚綺豔派（卽柳、賀、秦、周等人）的外形（格調）與清逸放達派的神髓。所以他們的詞集中雖有那樣典麗而工細的風調，卻無北宋人淫媟豔膩的歌聲。

由上種種方面看起來，可見這柳、蘇、秦、賀、毛五家，在當年不獨造成北宋詞中最燦爛絢麗的一段，而且概括了中國整個詞學的作風。然推源其肇始之因，則不能不歸功於耆卿的大膽創作了。

第二節 淺斟低唱的柳三變

柳永字耆卿，崇安人，宋仁宗景祐元年（公元一〇三四年）進士。初名三變，以「喜作小詞，薄於操行，」未能致身科第，後改名永，方得登第，磨勘轉官。❶官至屯田員外郎，故世號柳屯田。生卒無可考。生平除作詞外，他無所著述。其詞名樂章集，有毛氏宋六十家詞本，朱氏彊村叢書本，最爲完善。其葬處，據獨醒雜志則在棗陽縣（今湖北棗縣）花山，據方輿勝覽則在襄陽南門外，惟據避暑錄話，則謂其死於潤州（今江蘇丹徒縣）僧寺，郡守求其後不得，乃爲出錢葬之，雖未言葬於何地，但可推知其必葬於潤州無疑。三說雖未可據信孰爲正確，然柳氏生前之潦倒與死後之凄涼，於此可見一斑。

葉夢得在他的避暑錄話裏說道：

> 柳耆卿爲舉子時，多游狹邪，善爲歌詞。教坊每得新腔，必求永爲辭，始行於世，於是聲傳一時。余仕丹徒，嘗見一西夏歸朝官云：「凡有井水之處，即能歌柳詞。」

大約耆卿少年生活之放浪，散見於宋人雜記中者，不僅葉氏所謂「多游狹邪」一語，其爲當時人所不滿，更較「士行塵雜」的溫庭筠爲甚。但他的作品在當日則流傳得極爲廣遍，凡遐方異域及「有

❶見藝苑雌黃與能改齋漫錄。

井水之處」無不在歌唱着詠誦着，眞是一個空前絕後的事例了。他的望海潮詠錢塘富麗，致啓後來金主亮「欣然起投鞭渡江之志」的野心。㊀其作品之偉異於此可見。貴耳集有一段記載道：

> 詩當學杜詩，詞當學柳詞。蓋詞本管弦冶蕩之音，永所作，旖旎近情，尤使人易入也。

這「旖旎近情」四字最能道出柳詞的特長，與當日流傳廣遍的原因。

因爲他的操行放蕩，不爲時人所重，故一生功名不揚，而展轉遷徙於仕途羈旅冶遊中，度着他那狂放浪漫的生活。他把他的漂泊的生涯，旅中愁緒和頹廢的、縱恣的肉的享樂與追求，都大膽的赤裸裸寫入他的詞中。他衝破因襲着執掌詞壇威權的花間壁壘，超出一般拘守五代餘緒的宋初詞人藩籬，而創一種旖旎忠實的鋪敍與抒情的作風。這當然要被囿於成見的人們所震驚而要加以譏評了。在晏殊傳評中我們已看見晏柳二氏相詰難的情形，而卒爲晏氏所斥退了。現在更舉數事如下：

> 少游自會稽入都，見東坡。東坡曰：「不意別後公卻學柳七作詞。」少游曰：「某雖無學，亦不如是。」東坡曰：「銷魂當此際，非柳七語乎？」（高齋詩話）

> 王逐客詞格不高，以冠柳自名，則可見矣。（直齋書錄解題）

他受當時人的輕視，以至如此。卽後來如黃花庵、孫敦立輩，亦謂其「多近俚俗」，「多雜以鄙語。」而同樣致其不滿之意。但譏抨者儘管譏抨，謾罵者儘管謾罵，而無形中都受了他——直接或間接——

㊀見錢塘遺事。

的影響與暗示，漸漸走向這條新的途徑來了。所以少游被東坡指出學柳的確據，也只好俯首無言了。東坡雖然不甚服氣，但亦因柳氏的暗示來試寫他的豪縱不羈的慢詞了。至讀柳氏「霜風淒緊，關河冷落，殘照當樓」等句，亦驚賞其「不減唐人高處」，而代為分辯其「非俗」了。㊀於是王觀的詞集，也取名冠柳了。即如蘇、黃之敢用俗語入詞，秦、賀等之鋪敍長調，無不受柳氏的影響；而周美成則更為顯著。其他二三等的作家，在模仿他的風格的，更不勝枚舉了。

他是一個極浪漫而不加檢束的人。我們在鶴沖天詞內，讀他的「何須論得喪，才子詞人，自是白衣卿相！……且恁偎紅倚翠，風流事，平生暢……忍把浮名，換了淺斟低唱?」不啻是他的一個忠實自白。他的狂放不羈的情懷，也於此可見一般。他所以能為一世的開山，為詞學解放的巨子，也正賴此種精神，有以成其偉大。他因作此詞，曾被「務本向道」的仁宗皇帝斥為浮華，而加以擯棄，以致終身的功名淪落。他這樣的過着，寫着……消磨了他的一生。他死後還留下兩段很悽豔的記載。

柳耆卿風流俊邁，聞於一時。既葬於棗陽縣花山，遠近之人，每遇清明日，多載酒肴飲於耆卿墓側，謂之「弔柳會」。（獨醒雜志）

仁宗嘗曰：「此人（指耆卿）任從風前月下，淺斟低唱，豈可令仕宦！」遂流落不偶。卒於襄陽。死之日，家無餘財，羣妓合金葬之於南門外。每春月上冢，謂之「弔柳七」。（方輿勝覽）

㊀見侯鯖錄。

但他平生得意的詞句，還依然留在後來詩人們的胸臆，而深深致其憑弔之懷，我們試一讀漁洋山人「殘月曉風仙掌路，無人爲弔柳屯田」句，能勿爲之神往！

他的作品，可以分爲兩大類：第一類係描寫狹邪的生涯與放浪心緒的；第二類則係寫他的旅況與遊程。茲選錄其第一類的作品四首於後：

洞房記得初相遇，便只合長相聚。何期小會幽歡，變作別離情緒。況值闌珊春色暮，對滿目亂花狂絮，直恐好風光，盡隨伊歸去。一場寂寞憑誰訴？算前言總輕負。早知恁地難拚，悔不當初留住。其奈風流端正外，更別有繫人心處。一日不思量，也攢眉千度！（晝夜樂）

閑窗燭暗，孤幃夜永，欹枕難成寐。細屈指尋思舊事，前歡都來未盡平生深意。到得如今，萬般追悔，空祇添憔悴。對好景良宵，皺着眉兒，成甚滋味！　紅茵翠被，當時一一堪垂淚。怎生得依前似恁偎香倚暖，抱着日高猶睡！算得伊家也應隨分煩惱，心兒裏又爭似從前，淡淡相看，免恁牽繫？（慢卷紬）

前時小飲春庭院，悔放笙歌散。歸來中夜酒醺醺，惹起舊愁無限。雖看墜樓換馬，爭奈不是鴛幃伴。　朦朧俱妙晴花面欲夢還驚斷。和衣擁被不成眠，一枕萬回千轉。惟有畫梁新來雙燕，徹曙聞長歎。（御街行）

當初聚散，便喚作無由再逢伊面，近日來不期而會重歡宴。向尊前閒暇裏，斂着眉兒長歎，惹起舊愁無限。　盈盈淚眼，漫向我耳邊作萬般幽怨。奈你自家心下事難見。待信眞個恁別無縈絆，不免收心共伊長遠。（秋夜月）

我們在上面幾首詞內，可以看出柳氏完全變換了描寫的方式。他所寫的不是文人貴族的典雅堆滯之詞，而是一種最普遍，最細緻，最忠實的民衆歌曲了。他做到「我手寫我口」的極純熟境地。雖篇篇都是「閨帷淫媟之語」（毛子晉跋語）但寫來卻無一重複或相因之處，可謂白描聖手。在他的詞集中，已無復花間派的絲毫餘息了。但他平生最得意而傑出的作品，仍在他的行役羈旅諸作，而其影響於當時及後來詞人者，也以此等作品為最偉大。周美成的長調慢詞的格局，幾乎全都從他蛻變出來的。他描寫旅中景色，如：

匆匆策馬登途，滿目淡烟衰草。前驅風觸鳴珂過霜林漸覺驚棲鳥。冒征塵苦況自古淒涼長安道。（輪臺子）

寫得秋意蕭疏，確係身臨其境之作。又如：

泛畫鷁翩翩過南浦，望中酒旆閃閃，一簇烟村，數行霜樹。殘日下，漁人鳴榔歸去。敗荷零落，衰柳掩映，兩兩三三浣紗遊女，避行客含羞相笑語。（夜半樂）

則更清幽細緻了。茲更錄數闋於后：

寒蟬淒切，對長亭晚，驟雨初歇。都門帳飲無緒，方留戀處，蘭舟催發。執手相看淚眼，竟無語凝咽。念去去千里烟波，暮靄沉沉楚天闊。　多情自古傷離別，更那堪冷落清秋節？今宵酒醒何處？——楊柳岸，曉風殘月。此去經年，應是良辰好景虛設。便縱有千種風情，更與何人說？（雨霖鈴）

對蕭蕭暮雨灑江天，一番洗清秋。漸霜風淒緊，關河冷落，殘照當樓。是處紅衰綠減，苒苒物華休。惟有長江水，無

語東流。（八聲甘州上闋）

暮雨初收，長江靜征帆夜落。臨島嶼蓼煙疏淡，葦風蕭索。幾許漁人橫短艇，盡將燈火歸村郭。遣行客到此念回程，傷漂泊。　桐江好，煙漠漠，波似染，山如削。遶嚴陵灘畔，鷺飛魚躍。遊宦區區成底事，平生況有林泉約。歸去來，一曲仲宣樓，從軍樂。（滿江紅桐川）

遠岸收殘雨，雨殘稍覺江天暮。拾翠汀洲人寂靜，立雙雙鷗鷺。望幾點漁燈，掩映蒹葭浦，停畫橈兩兩舟人語。道去程今夜，遙指前村煙樹。　遊宦成羈旅，短檣吟倚閑凝佇。萬水千山迷遠近，想鄉關何處。自別後風亭月榭孤歡聚，剛斷腸惹得離情苦。聽杜宇聲聲，勸人不如歸去。（安公子）

周介存說他「鋪敍委婉，言近意遠，森秀幽淡之趣在骨，」證之以上數闋，實覺精當不易了。近人馮夢華也說他「曲處能直，密處能疏，高處能平，狀難狀之景，達難達之情，而出之以自然，自是北宋巨手，」吳瞿安先生說他「多直寫，無比興，亦無寄託。見眼中景色，即說意中人物，便覺直率無味。……且通體皆摹寫豔情，追述別恨，見一斑已具全豹。」實能說出柳氏的缺點，然他的比興之說，卻仍以花間派及歐晏作品的眼光來評判柳詞。須知柳氏的特長，即在能「無比興，」即在能「敍鋪展衍，備足無餘。」（李端叔語）花間一派的長處，在能含蓄不盡，柳詞的長處在能奔放盡興，二者各成一格，正不必用以互相非難。所謂「見一斑已具全豹，」實其作風太覺單調之處。然須知凡一種文學，有她的精邃獨到之處，即不免失之偏狹，世上斷無全才全能的天才作家。何況他雖篇篇不外「摹寫豔情，追述別恨」但並無一首相複的格調與相因的字句，與一般模仿堆滯的作品，相去何啻霄壤呢？所以我們就大體上說，對於他那種毅然脫去傳統的描寫方式，和審音度曲的天才，以及慢詞的精心創製，覺得他於中國詞壇上，實在是少有的一位傑出人物。

第三節　橫放傑出的蘇軾

蘇軾❶字子瞻，眉山人。生於宋仁宗景祐三年（公元一〇三六年）十二月。嘉祐二年進士，時年二十四。英宗時直史館，神宗時與王安石議不合，貶黃州，築室東坡，號東坡居士。哲宗時召還，累官翰林學士兵部尚書。紹聖初坐訕謗安置惠州，徙昌化。元符初，北還卒於常州，時為徽宗建中靖國元年（公元一一〇一年）七月，享壽六十六歲。高宗朝贈太師謚文忠。與父洵弟轍並稱「三蘇，」為中國古文家中鉅子。有東坡前後集。其詞集名東坡詞，有毛氏宋六十家詞本，凡一卷，又名東坡樂府，有王氏四印齋所刻詞本，凡二卷，及朱氏彊村叢書本，凡三卷。

東坡是一個最稱全才的大文藝家。他的散文與詩，亦足使其不朽。他的字亦卓然成為一派。畫雖不多，（善畫淡墨竹石等小品）亦極名貴。他是中國文藝界中的一顆明星，他是中國文壇上一位怪傑。無

❶見東都事略卷九十三，宋史卷三百三十八。

論是任何朝代任何人，——甚至婦女小孩，——只要說起「蘇東坡」三個字，沒有不知道的：雖然他們並不詳細他的生平因爲他是最富才藝而聰明絕頂的人，所以他的詞，也於不經意中，放出異樣的光芒。他佔在晏、歐一派婉約詞人與豔冶派（張先、柳永等）詞人之外，另成一個新的局面。他一生瀟灑狂放，而其詩詞與散文，亦能充分表現出他的個性來。他有一次在一個中秋節的晚上，吃了一夜的酒，吃得醺醺大醉，對着一輪明月，忽然想起他的弟弟子由。他因而作了一首水調歌頭：

明月幾時有？把酒問青天，不知天上宮闕，今夕是何年？我欲乘風歸去，又恐瓊樓玉宇，高處不勝寒。起舞弄清影，何似在人間！轉朱閣，低綺戶，照無眠。不應有恨，何事偏向別時圓？人有悲歡離合，月有陰晴圓缺，此事古難全，但願人長久，千里共嬋娟！

把他醉後飄逸的胸懷，和對景懷人的情緒，全盤托出。音節和格調，也極清新自然。他的

大江東去浪聲沈，——千古風流人物！故壘西邊，——人道是三國孫吳赤壁，——亂石崩雲，驚濤掠岸，卷起千堆雪。江山如畫；一時多少豪傑！遙想公瑾當年，小喬初嫁了，雄姿英發！羽扇綸巾，談笑處，檣櫓灰飛煙滅。故國神遊，多情應是笑我生華髮。人生如寄，一尊還酹江月。（念奴嬌赤壁懷古）㊀

我們讀此詞後，便覺有萬里江濤，奔赴眼底，千年興感，齊上心頭。別人不獨無此胸襟，亦且無此筆力，所

㊀此詞係根據容齋隨筆記黃魯直所書詞，與一般通行本頗有出入。

以陸放翁說他的詞，讀後有「天風海雨逼人」之感。胡致堂說他：

> 一洗綺羅香澤之態，擺脫綢繆宛轉之度，使人登高望遠，舉首高歌，而逸懷浩氣，超乎塵垢之外。於是花間爲皂隸，而耆卿爲輿臺矣！

此類作品實爲詞中創格，以柳永之解放，然亦僅變換了花間派描寫的方式，並未改變描寫的內容，所以仍不出閨帷行役的傳統範圍。東坡則不獨變其格式，而且衝出向來的詞學領域，這是最值得我們注意的兩點。他在詞學中遂成了「橫放傑出」（晁无咎語）的另一個派別。不滿於此種寫法的，則謂其「以詩爲詞，如教坊雷大使之舞，雖極天下之工，要非本色」（陳无己語）。他在當年與耆卿隱然有並峙之勢。（他較耆卿略晚出）所以吹劍錄曾有一段記載道：

> 東坡在玉堂日，有幕士善歌，因問「我詞何如柳七？」對曰：「柳郎中詞只合十七八女郎，執紅牙板，歌『楊柳岸曉風殘月』。學士詞須關西大漢，銅琵琶，鐵綽板，唱『大江東去』。」東坡爲之絕倒。

這是柳蘇兩家不同的地方。可見東坡雖詆毀柳氏，然無形中亦頗露推崇之意，所以對幕士也不免有「我詞何如柳七」的探問了。幕士的答語恰中其心意，大有「天下英雄惟使君與操」的情形，足可與柳氏爭雄，無怪東坡要爲之「絕倒」而加以默認了。不過幕士的關西大漢鐵板銅琶之喻，只是指壯豪不可一世，與「粗豪」不可混爲一談。東坡的作品儘有許多極清幽秀韶的地方，即以「大江東去」一詞論，亦只覺其豪放超逸，絕無「粗拙」的表現，這是研究蘇詞的人應當加以辨明的。比方他的浣溪沙：山下蘭芽短侵溪，松間沙路淨無泥，蕭蕭暮雨子規啼。

及同調：

綵索身輕還趁燕，紅窗睡重不聞鶯，困人天氣近清明。

不獨不見其粗豪而且非常韻致。茲更錄數詞於后：

霜降水痕收，淺碧鱗鱗露遠洲。酒力漸消風力軟，颼颼，破帽多情卻戀頭。 佳節若為酬，但把清尊斷送秋。萬事到頭都是夢，休休，明日黃花蝶也愁。（南鄉子重九涵輝樓呈徐君猷）

夜飲東坡醒復醉，歸來彷彿三更，家童鼻息已雷鳴，敲門都不應，倚杖聽江聲。 長恨此身非我有，何時忘卻營營。夜闌風靜縠紋平。小舟從此逝，江海寄餘生。（臨江仙）

這些作品影響於後期作家如陳與義、朱敦儒、范成大等人者甚大。他們雖無東坡的豪縱，而卻得其曠逸。至於晁補之、張元幹、張孝祥等人則僅具東坡的豪縱而無其瑩秀。直至稼軒一出，遂合衆長，蔚為一派殿軍。

缺月挂疏桐，漏斷人初靜。時見幽人獨往來，縹緲孤鴻影。 驚起卻回頭，有恨無人省。揀盡寒枝不肯棲，寂寞沙洲冷。（卜算子雁）

似花還似非花，也無人惜從教墜。……縈損柔腸，困酣嬌眼，欲開還閉。夢隨風萬里，尋郎去處，又恐被鶯呼起。

不恨此花飛盡，恨西園落紅難綴。曉來雨過，遺蹤何在，一池萍碎。春色三分，二分塵土，一分流水。細看來，不是楊花，點點是離人淚。（水龍吟楊花）

乳燕飛華屋，悄無人，槐陰轉午，晚涼新浴。手弄生綃白團扇，扇手一時似玉。漸困倚，孤眠清熟，簾外誰來推繡戶，枉教人夢斷瑤臺曲；又卻是，風敲竹。石榴半吐紅巾蹙，待浮花浪蕊都盡，伴君幽獨。濃豔一枝細看取，芳意千重似束；又恐被，秋風驚綠。若待得君來向此，花前對酒不忍觸，共粉淚，兩簌簌。（賀新涼）

以上三闋，作得極清幽瑩潔，不獨想像之高，而造語尤冷雋幽倩，爲他人所不能企及。其楊花一詞，已開南宋白石等人之漸。賀新涼詞，據東坡自記，則爲歌妓秀蘭應徵後至，致觸府僚之怒，爰爲此曲，命即席歌以侑觴，僚怒乃解。詞中「晚涼新浴」及榴花句係妓自述來遲之由，並折榴花一束以示府僚也。此詞寫來極紆迴纏綿，一往情深，麗而不豔，工而能曲，毫無刻劃斧斲之痕。以視「大江東去」之作，不啻出自兩人手筆。其天才向多元方面發展，自非他人所可比擬了。張叔夏說他「清麗舒徐，高出塵表，」即指上面三闋一類的作品而言。

以上均係表明蘇詞的優長特異之處。他的短處，則在往往以不經意出之，只是偶然遣興之作，與耆卿、美成等專力爲之者不同。所以雖有極高潔的作品，然多半都是信手寫來的歌辭，頗直率無含蓄，且有時近於散文的縮小，而無詩詞的意趣。如哨遍「雲出無心，鳥倦知還，本非有意，」醉翁操「荷蕢過山前，曰有心哉此賢」以及江城子「老夫聊發少年狂，左牽黃，右擎蒼」等詞，即其顯著的例證。又因不甚顧及音律，其詞往往多不調協，樂工難以入奏，遂成爲「曲子內縛不住」的另一樣的作品，這是當時詞人所不能十分滿意的。其原因則在「不能唱曲」，這也是東坡嘗自遜謝爲「生平有三不如人」的一點了。

第四節　集婉約之成的秦觀

秦觀㊀字少游，號太虛，高郵人。生於宋仁宗皇祐元年。（公元一〇四九年）元祐初，蘇軾薦於朝，除太學博士，後累官國子編修。紹聖初，坐黨籍削秩，監處州酒稅，徙郴州，編管橫州，又徙雷州，放還，至藤州卒。時爲哲宗元符三年，（公元一一〇〇年）享壽五十有二。㊁有淮海集凡四十卷，後集六卷。詞集名淮海詞，有毛氏宋六十家詞本凡一卷，約八十餘首。又名淮海居士長短句，有朱氏彊村叢書本凡三卷。

北宋詞自晏氏父子至歐陽永叔，已成了一個婉約派的完整系統，——所謂正統派的詞人，——

㊀見東都事略卷一百十六文藝傳，宋史卷一百四十四文苑六。

㊁歷代名人年譜謂少游卒於建中靖國元年八月，且較東坡卒時後一月。如此則東坡題扇悼辭（哀悼少游）何由而作，今改從別說，訂爲先東坡一年卒。

至少游則更登峯造極，遂使此派詞風，益復煥其異彩。然後此因繼踵無人，遂漸成絕響了。——其實亦無能再繼他的詞極輕柔婉約，在當時幾無人敢與比肩。我們若讀過他的詞，便覺別的作家總不免有點火氣未脫，不能做到他那「爐火純青」的境界。張叔夏說他的詞：

體製淡雅，氣骨不衰，清麗中不斷意脈，咀嚼無滓，久而知味。

批評最爲精當。我們若讀他的：

山抹微雲，天黏衰草，畫角聲斷譙門。暫停征棹，聊共引離尊。多少蓬萊舊事，空回首煙靄紛紛。斜陽外，寒鴉數點，流水遶孤村。　消魂當此際，香囊暗解，羅帶輕分。漫贏得青樓薄倖名存。此去何時見也？襟袖上空染啼痕。傷情處，高城望斷，燈火已黃昏！（滿庭芳）

曉色雲開，春隨人意，驟雨才過還晴。高臺芳榭，飛燕蹴紅英。舞困榆錢自落，秋千外綠水橋平。東風裏，朱門映柳，低按小秦箏。　多情行樂處，珠鈿翠蓋，玉轡紅纓。漸酒空金榼，花困蓬瀛。豆蔻梢頭舊恨，十年夢屈指堪驚。憑闌久，疏煙淡日，寂寞下蕪城。（又）

梅英疏淡，冰澌溶洩，東風暗換年華。金谷俊遊，銅駝巷陌，新晴細履平沙。長記誤隨車，正絮翻蝶紛，芳思交加。柳下桃蹊，亂分春色到人家。　西園夜飲鳴笳，有華燈礙月，飛蓋妨花。蘭苑未空，行人漸老，重來事事堪嗟。煙暝酒旗斜，但倚樓極目，時見棲鴉。無奈歸心，暗隨流水到天涯。（望海潮）

覺得他抒情的委婉，寫景的清麗，確能做到「體製淡雅」和「咀嚼無滓，久而知味」的地步。他的風調是極輕柔的婉細的，充滿了詩人情緒的，他能融情景爲一，他的寫景處，卽蘊藏着他的情操，把他的聲容面貌全透露在我們的面前了。這些詞都是他平生精心結構的創作，最足以代表他的作風，不獨過去和並時的人作不出來，卽後來的人亦無能仿效呵！所以蔡伯世說道：

「子瞻辭勝乎情，耆卿情勝乎辭，辭情相稱者，唯少游一人而已」

可謂推崇備至了。

他的詞翩翩如少年公子，他與南唐李煜和晏幾道可稱爲詞中的「三位美少年」。他平生的作品，無論係小令或慢詞，都作得極好而又精於樂律，沈於運思，故其詞幾至無疵可指。雖然東坡曾說他用了「小樓連苑橫空，下窺繡轂雕鞍驟」十三個字僅說得一個人騎馬樓下過，以爲譏笑，但慢詞本以敷衍成章，亦不足爲少游深病，況且此種缺點在全部詞學中——尤其是慢詞——幾乎是任何詞人所難免的呢。後來李易安又說他「專主情致，少故實，譬諸貧家美女，雖極妍麗丰逸，而終乏富貴態」這樣嚴格的批評，亦只能指其某一部，而不能概括他的全體作品。（其實易安一生的作品多半從這種「少故實」的抒情詞中學來）我們試略舉他平生的名句如下：

水龍吟：……破暖輕風，弄晴微雨，欲無還有。賣花聲過盡，斜陽院落，紅成陣飛鴛甃。

風流子：……斜陽半山，暝煙兩岸，數聲橫笛，一葉扁舟。

南柯子：……水邊燈火漸人行，天外一鉤殘月帶三心。

八六子：……濛濛殘雨籠晴，正銷凝，黃鸝又啼數聲。

浣溪沙：自在花飛輕似夢，無邊絲雨細如愁，寶簾閒掛小銀鉤。

此等句均輕柔婉細，運思綿密，自鍊出之，故能如「好花媚春，自成馨逸」（吳瞿庵語）又安能以寒薄（與富貴態對稱）目之？又如他的：

門外鴉啼楊柳，春色著人如酒。睡起熨沈香；玉腕不勝金斗。消瘦！消瘦！還是褪花時候。（憶仙姿）

遙夜沈沈如水，風緊驛亭深閉。夢破鼠窺燈，霜送曉寒侵被。無寐！無寐！門外馬嘶人起。（又）

鶯嘴啄花紅溜，燕尾點波綠皺。指冷玉笙寒，吹徹小梅春透。依舊，依舊，人與綠楊俱瘦！（又）

烟漾輕舟信流引到花深處。塵緣相誤，無計留春住。　煙水茫茫回首斜陽暮。山無數；亂紅如雨，不記來時路。（點絳脣）

春路雨添花，花動一山春色。行到小溪深處，有黃鸝千百！　飛雲當面化龍蛇，夭矯轉空碧。醉臥古藤花下，了不知南北！（好事近夢中作）

這些詞作得是何等的幽情而婉細！小令作風至此已臻絕詣，遂使後人無從下筆了。其好事近一闋，更奇俏清警，且能脫盡花間及晏、歐風調，尤覺可愛。

他是一個多情的詞人，他的一生，都在纏綿熱戀的環境中過着。他的詞充滿了別情離緒，充滿了春意的撩繞，而間亦透露着肉的煎逼。他的河傳，卽開始這樣寫着：

恨眉醉眼，甚輕輕覷着，神魂迷亂。常記那回，小曲闌干西畔，鬢雲鬆，羅襪剗。丁香笑吐嬌無限，語軟聲低，道我何曾慣？雲雨未諧，早被東風吹散，瘦殺人天不管！

此詞與南唐後主之寫小周后事，（菩薩蠻調）有異曲同工之妙。因爲他平生「不耐聚稿，間有淫章醉句，輒散落青帘紅袖間」，所以此類的作品流傳得很少了。他的懷人傷別的詞更占全集很大的部份。如上面所舉滿庭芳及望海潮三詞，卽係此例。又如：

高城望斷塵如霧，不見聯驂處；夕陽村外小灣頭，只有柳花無數送歸舟。瓊枝玉樹頻相見，只恨離人遠。欲將幽恨寄青樓，怎奈無情江水不西流！（虞美人）

西城楊柳弄春柔，動離憂，淚難收。猶記多情，曾爲繫歸舟。碧野朱橋當日事，人不見，水空流！韶華不爲少年留，恨悠悠，幾時休？飛絮落花時候一登樓，便做春江都是淚，流不盡，許多愁！（江城子）

以及水龍吟「名韁利鎖，天還知道，和天也瘦。花下重門，柳邊深巷，不堪回首」等句，都屬這一類的作品。比較講起來，秦詞以此等作品爲最浮泛，誠如易安所謂「專主情致，而少故實」了。但易安的漱玉詞，則全都由此脫胎出來。（其詳見後李清照傳評中）

我們知道少游既是一個情種，自不免因落拓的宦途，羈旅的生涯，和失戀的縈繞所侵襲，而使他變爲一個傷心厭世的詞人。所以他的作品，往往於淸麗淡雅中，帶出一種悽婉哀怨的情緒，最足表現他是一個多愁多怨的少年詞人。如上面滿庭芳「……傷情處，高城望斷，燈火已黃昏」，望海潮「……無奈歸心，暗隨流水到天涯」，都含蘊著極濃厚的悽婉情緒。但此尙未十分顯著，自從他屢遭貶謫以後，心緒更苦惱，故其詞境更覺悽厲，不堪寓目。如：

鄉夢斷，旅魂孤，崢嶸歲又除。衡陽猶有雁傳書，郴陽和雁無！（阮郎歸後闋）

霧失樓臺，月迷津渡，桃源望斷無尋處。可堪孤館閉春寒，杜鵑聲裏斜陽暮！　驛寄梅花，魚傳尺素，砌成此恨無重數。郴江幸自遶郴山，爲誰流下瀟湘去！（踏莎行郴州旅舍作）

水邊沙外，城郭春寒退。花影亂，鶯聲碎。飄零疏酒盞，離別寬衣帶。人不見，碧雲暮合空相對。　憶昔西池會，鵷鷺同飛蓋。攜手處，今誰在？日邊淸夢斷，鏡裏朱顏改。春去也，飛紅萬點愁如海！（千秋歲謫處州日作）

以上均係遷謫郴州及過衡陽時作，故詞境極爲悽婉，不勝天涯謫戍之思。後來不久，他果然死於藤州，結束了一個淪落詞人的一生！我們讀東坡悼辭：「少游已矣！雖萬人何贖？高山流水之悲，千載而下，令人腹痛，」能無爲之愴然！❶

第五節　豔冶派的賀鑄

❶見詞林紀事卷六引倚聲集。

賀鑄㊀字方回，衛州（今河南汲縣）人。生於宋仁宗皇祐四年。㊁（公元一〇五二年）爲太祖孝惠后族孫。長七尺，眉目聳拔，面鐵色。（據傳宋史）喜談天下事，可否不略少假借，雖貴要權傾一時，少不中意，極口詆無遺詞，故人以爲近俠。（據傳宋史）十七歲始離衛州宦遊汴京。其娶宗室趙克彰之女，及授官右殿班直當在二十四歲以前。四十前後嘗宦遊於豫、魯及江淮一帶。五十以後，乃始寓居杭州及蘇、常等處，自稱爲春秋時吳王子慶忌之後，故嘗謂爲越人，號慶湖遺老。其東山詞集之彙成，則在六十一歲以後。於宣和七年（公元一一二五年）二月，以疾卒於常州僧舍，享壽七十有四。死後葬於宜興縣東篠嶺。

史稱他博學強識，嘗言「吾筆端驅使李商隱、溫庭筠常奔命不暇。」老學庵筆記亦謂方回「詩文皆高，不獨長短句。」但他的詩在宋時已不多見。（見陸放翁跋慶湖海集）他的文集亦因遭亂離被「廥會攜去，」（見寇翼慶湖遺老集序）今無一篇了。他的樂府辭有五百首，（見墓誌）但今只存二百八十四闋，已亡失五分之二以上了。

以上均見近人夏承燾君所著中國十大詞人年譜賀方回年譜。

方回狀貌奇醜，當時有「賀鬼頭」之稱，但他的詞則極豔麗幽索，有神功鬼斧之巧，頗不類其外

㊀見東都事略卷一百十六文藝傳，宋史卷四百四十三文苑五。

㊁方回生年據歷代名人年譜作嘉祐八年，今據夏承燾賀方回年譜改正。

表。他所著的東山寓聲樂府，宋板從未見過，僅有粟香室本、四印齋本、彊村叢書本。所謂「寓聲」云者，係將所作詞中語，擇其三四字用為題名其實仍係舊調，宮譜韻律，全未少度。後來張輯的東澤綺語債即係仿此例作的。

他的詞最濃豔着色彩。張文潛的東山詞集序曾謂其：

樂府妙絕一世，盛麗如游金、張之堂，妖冶如攬嬙、施之袪。

比喻極為精當。例如他的：

淡妝多態，更滴滴頻迴盼睞。便認得琴心先許，欲綰合歡雙帶。記畫堂風月逢迎，輕顰淺笑嬌無奈；向睡鴨爐邊，翔鴛帳裏，羞把香羅暗解。自過了燒燈後，都不見踏青挑菜。幾回憑雙燕，丁寧深意往來，卻恨重簾礙——約何時再？正春濃酒困，人閒晝永無聊賴；厭厭睡起，猶有花梢日在。（薄倖）

芳草青門路，還拂京塵東去。回想當年離緒，送君南浦，愁幾許。尊酒流連薄暮，簾捲津樓風語。憑闌語，草草蘅皋賦分手，驚鴻不駐。燈火虹橋，難尋弄波微步。漫凝佇，莫怨無情流水，明月扁舟何處。（下水船）

暮雨收寒，斜照弄晴，春意空闊。長亭柳蓓纔黃，倚馬何人先折？煙橫水漫，映帶幾點歸鴻，平沙銷盡龍沙雪。猶記出關時，恰而今時節。將發，畫樓芳酒，紅淚清歌，便成輕別。回首經年，杳杳音塵都絕。欲知方寸共有幾許愁：芭蕉不展丁香結。憔悴一天涯，兩厭厭風月。（柳色黃）

於言情寫景敍別中，布出如許景色來，寫得如一枝臨風牡丹，豔麗照人！又如他的：

凌波不過橫塘路，但目送芳塵去。錦瑟年華誰與度？月臺花榭，綺窗朱戶，惟有春知處。碧雲冉冉衡皋暮，綵筆空題斷腸句。試問閒愁都幾許：一川煙草，滿城風絮，梅子黃時雨！（青玉案）

松門石路秋風掃，似不許飛塵到。雙攜纖手別煙蘿，紅粉淸泉相照。幾聲歌管，正須陶寫，翻作傷心調。巖陰暝色歸雲悄，恨易失千金笑。更逢何物可忘憂，為謝江南芳草。斷橋孤驛冷雲黃葉，想見長安道！（御街行別東山）

並於濃麗中帶出一副幽淒的情緒，最為賀詞勝境。如「斷橋孤驛冷雲黃葉想見長安道。」其詞境之高曠，音調之響凝，筆鋒之遒鍊，不獨耆卿與少游所無，即東坡亦無此境界。此等詞，允稱東山集中最上乘之作，較最負盛名的薄倖、青玉案、柳色黃還要高一籌，只可惜全篇不能相稱罷了。吳瞿安謂「北宋詞以縝密之思，得遒鍊之致者，惟方回與少游耳。」（詞學通論）此語惟方回當之無愧，少游縝密有之，馨逸有之，遒鍊則為秦詞所無。因為他太柔媚了，太清秀了，絕無陽剛遒鍊的氣魄。方回所以能獨臻此境者，蓋於豔冶中能運以沈鬱頓挫之筆，故語氣不覺單弱，自無輕佻膚淺之失，這是他過乎張子野的地方。所以張文潛又說他於豔冶之外，更能「幽潔如屈、宋，悲壯如蘇、李」的係知言，如下面幾闋，其幽索悱惻之處，確能略具騷雅之遺：

紅杏飄香，柳含烟翠拖金縷。水邊朱戶，門掩黃昏語。（點絳脣上闋）

三更月，中庭恰照梨花雪。——梨花雪，不勝淒斷，杜鵑啼血。王孫何許音塵絕，柔桑陌上吞聲別，——吞聲別，隴頭流水，替人嗚咽！（憶秦娥）

傷心南浦波，回首青門道。記得綠羅裙，處處憐芳草。（綠羅裙下闋）

他的作品，均偏於抒情的，純粹的寫景作品極少，但寫來亦有一種恬靜的美。如：

獨背夕陽山映斷，綠楊風掃津亭，月生河影帶疏星，青松巢白鳥，深竹逗流鶯。（雁歸後上闋）（即臨江仙）

午醉厭厭醒自晚，鴛鴦春夢初驚，閑花深院聽啼鶯。斜陽如有意，偏傍小窗明。（鴛鴦夢上闋）（即臨江仙）

陰晴未定，薄日烘雲影。臨水朱門花一徑，盡日鳥啼人靜。（清平樂上闋）

這眞是一種極可欣賞的恬靜雋美的小詩了。

第六節　瀟灑派的毛滂

毛滂字澤民，衢州人，嘗知武康縣，又知秀州。東坡守杭時，滂曾為法曹，世傳其曾以惜分飛詞受知於東坡，其實滂受東坡賞識，遠在守杭以前，惜分飛一詞，亦不能為東堂集中最高作品。清人張宗橚論之頗詳。（見詞林紀事卷七）滂後復出汴京之門。政和中守嘉禾，有東堂詞一卷，有毛氏宋六十家詞本，及朱氏彊村叢書本。

澤民的作風很瀟灑明潤，他與賀方回適得其反。賀氏濃豔，毛則以清疏見長；賀詞沈鬱，毛則以空靈自適。他有耆卿之清幽，而無其婉膩；有東坡之疏爽，而無其豪縱；有少游之明暢，而無其柔媚。他是一個俯仰自樂，不沾世態的風雅作家。在他的詞集裏，找不着狂熱的戀歌，找不着肉麻的膩語，找不着一切傷春悲秋的頹唐作品，或撫時感事的牢騷語調。他因具有這樣的特異與個性，所以他的詞雖無耆卿、東坡、少游、方回的偉大，而在風格上，範圍上，確實是另外一個進展。這種作風，實為陳與義、朱敦儒、范成大、僧祖可、蘇庠等人作品的藍本，而間接影響於南宋姜、張等一般風雅作家者，亦於此略示其辭彩的端倪。

他作武康縣令時，賓主唱和甚樂。張宗橚曾有下面一段記載：

其（指澤民）令武康，東堂擬山溪詞最著，其小序亦工。此外陽春亭、寒秀亭、松齋、花塢、定空寺、富陽水寺，一吟一詠，莫不傳唱人間。而衢州孫八太守、雙石堂倡和尤多，東堂集載十又二闋。此即蘇（東坡）尺牘中公素人來寄雙石堂記者是也。迄今讀山花子、剔銀燈、西江月諸詞，猶見一時主賓試茶、勸酒、競渡、觀燈、伐柳、劚山、插花、斟飲，風流跌宕，承平盛事。試取「聽訟陰中苔自綠，舞衣紅」之句，曼聲歌之，不禁低徊欲絕也！（詞林紀事卷七）

可見其當年生活的情形，茲將其東堂的唱酬，擇錄如下：

曾教風月，催促月邊烟棹發。不管花開，月白風清始肯來。既來且住，風月閒尋秋好處。收取凄涼，暖日闌干助夢吟。（原注：耘老夢中嘗作詩。）（減字木蘭花留晉耘老）

老景蕭條，送君歸去添淒斷。贈君明月，滿前谿直到西湖畔。門掩綠苔應遍，為黃花頻開醉眼。橘奴無恙，蝶子相迎，寒窗日短。（原注：曾中小齋名夢蝶，前植橘東偏甚盛。）（燭影搖紅送會宗）

綠暗藏城市，清香撲酒尊。淡煙疏雨冷黃昏，零落酴醾花片，損春痕。潤入笙簫膩，春餘笑語溫。更深不鎖醉鄉

門，先遣歌聲留住欲歸雲。（南歌子席上和衢州守李師文）

杏花時候，庭下雙梅瘦。天上流霞凝碧袖，起舞與君爲壽。（清平樂上闋）

以上各詞都能擺脫世態而意度蕭閒，其最高的作品則爲：

聞道長安燈夜好，雕輪寶馬如雲。蓬萊清淺對孤稜，玉皇開碧落，銀界失黃昏。　誰見江南憔悴客，端憂懶步芳塵。小屏風畔冷香凝，酒濃春入夢，窗破月尋人。（臨江仙都城元夕）

這是在柳、蘇、秦、賀的詞集中找不出的一種瀟灑而明潤的風調。像「酒濃春入夢，窗破月尋人」的詩句，尤極明倩韻致，風度蕭閒，令人百讀不厭。又如他的生查子「烟暖柳惺忪，雪盡梅清瘦，恰似可憐時，好似花濃後，」（後闋）和上林春令「濃香斗帳自永漏，任滿地月深雲厚。夜寒不近流蘇，祇憐他後庭梅瘦。」（後闋）更蕭然有塵外之想，後來如白石、玉田諸人作風尤與此爲近。

東坡守錢塘時，澤民曾作過他的刑掾，（當時所謂法曹即今司法官）秩滿辭去，因戀戀於歌妓瓊芳，遂作了一首惜分飛：

淚溼闌干花着露，愁到眉峯碧聚。此恨憑分取，更無言語空相覷。　斷雨殘雲無意緒，寂寞朝朝暮暮。今夜山深處，斷魂分付潮回去。

此詞雖未着一句香豔語，但一往情深，隱隱含露，故有「語盡而意不盡，意盡而情不盡」（周煇語）的評語。他的生查子：

> 春晚出山城，落日行江岸。人不共潮來，香亦臨風散。 花謝小妝殘，鶯困清歌斷。行雨夢魂消，飛絮心情亂。

也是一首隱約不露的情歌。此等詞爲東堂集中很少見的作品。我們不是說過他是一個俯仰自樂，不沾世態的風雅作家麼？爲什麼他也在「愁眉」「相覷」「心情亂」竟動了凡心呢？這個問題，除非讓他自己來解答，別人是無從代爲辯析的。他或者正如一個修道的尼姑，本是個清淨的身子，無端的卻動了「思凡」的念頭。——幸而我們這位毛先生必竟是理智戰勝了情感，倘未演到第二幕的實行「下山」。這或者因爲他是一個法曹，頭腦總要較凡人冷靜些呵」

第二章　一般作家

——王安石——黃庭堅與黃大臨——司馬光——王觀——舒亶——章楶——王詵——趙令畤——朱服——張耒——陳師道——李之儀——晁補之——晁沖之——張舜民——王安禮安國與王雱——劉弇——葛勝仲——秦觀與秦湛——謝逸——蘇過——米芾——魏夫人——李清臣——曾仲殊等——幾首無名作家詞——略去的作家——

王安石㊀　公元一〇二一——一〇八六

安石字介甫，號半山，臨川人。生於宋眞宗天禧五年（公元一〇二一）博覽強記，賦性崛強。神宗時為相，封荆國公，改革時政，試行新法，當時物議沸騰，一般反對新法名臣均被革斥。卒於哲宗元祐元年（公元一〇六八年）四月，享壽六十六歲。謚曰文，崇寧間，追封舒王。有臨川集一百卷，有四部叢刊本。詞集名臨川先生歌曲，凡一卷，又補遺一卷，有彊村叢書本。

介甫為北宋最有魄力和深謀遠慮的大政治家。他受知於神宗，而不能見諒於當日一般守舊的名臣和碩彥，以致孤立無助；而新法又因其引用非人，亦遭失敗；釀成北宋黨爭之局，他遂為後來一般

㊀見東都事略卷七十九，宋史卷三百二十七。

腐儒們罵得「體無完膚」了。他的文章亦峭折橫恣，而為古文中一大家數。詩詞亦作得清俊異様。他的詞以桂枝香為最有名，係金陵懷古之作，頗肅練而有氣魄。詞云：

登臨送目，正故國晚秋，天氣初肅。千里澄江似練，翠峯如簇。征帆去棹斜陽裏，背西風酒旗斜矗。綵舟雲淡，星河鷺起，畫圖難足。　念自昔豪華競逐，歎門外樓頭，悲恨相續。千古憑高對此，謾嗟榮辱。六朝舊事如流水，但寒煙衰草凝綠。至今商女，時時猶唱，後庭遺曲。

假使現在我們在南京城內走上一個最高的地方放目一觀，則見眼前景物，仍宛如當年，足見其寫景之真切，無怪東坡要驚嘆為「野狐精」㊀了。他的菩薩蠻雖係集句之作，然頗韻致無隙可尋。

數間茅屋閒臨水，窄衫短帽垂楊裏。花是去年紅，吹開一夜風。　娟娟新月偃，午醉醒來晚。何物最關情，黃鸝三兩聲。（菩薩蠻）

黃庭堅與黃大臨

庭堅㊁字魯直，又號山谷道人，分寧人。生於宋仁宗慶曆五年（公元一〇四五年）。舉進士。紹聖初，知鄂州，為章惇等所惡，貶宜州。詩為宋代大家，與蘇軾並稱「蘇黃」。又善行草書，亦有名於世。卒於徽宗

㊀詞林紀事卷四引古今詩話「金陵懷古，諸公寄調桂枝香者三十餘家，獨介甫為絕唱。東坡見之，歎曰：此老乃野狐精也。」

㊁見東都事略卷一百十六文藝傳，宋史卷四百四十四文苑六。

崇寧四年（公元一一〇五年）九月，於宜州任所享年六十一歲。有山谷詞一卷，有毛氏宋六十家詞本。又山谷琴趣外篇三卷，有涉園景宋金元明本詞續刊本。

大臨字元明，山谷之兄。紹聖中萍鄉令。

山谷是一個天資極高的人，他一生處處都模仿東坡，所以人們提起了「蘇東坡，」就要聯想到「黃山谷。」他一生最足以自豪的表現，則爲他的詩詞與行草書。他的詩竟開了一派的作風，——所謂江西詩派。因爲他在當時名望很高，所以連他的詞也與少游並稱爲「秦七黃九。」其實山谷詞遠不如耆卿、少游的專精，他有時寫來也極新警峭健，成爲最高的作品，但多半都是信手寫來的短歌俚曲，或變相的詩。所以晁補之說他「不是當行家語，是著腔子詩。」——這或者由於他的聰明過高，寫時不免太近於兒戲了罷？

他的詞特異處，在極有嘗試的精神，他敢用極俚俗的句子寫出，更過於柳耆卿。例如他的江城子：

新來曾被眼奚搐，不甘伏，怎拘束？似夢還眞煩亂損心曲。見面暫時還又見，看不足，惜不足。不成歡笑不成哭，戲人目，還山蹙。有分看伊，無分共伊宿。一貫一文蹺十貫，千不足，萬不足。

都是毫無拘檢的寫出來，所以往往失之淫褻浮濫，且雜以當時土語，多費解之處，所以陳師道就說他「時出俚淺，可稱傖父，」法秀道人說他「筆墨勸淫，應墮犂舌地獄。」又如他的念奴嬌「共倒金尊家萬里，難得尊前相屬。老子平生，江南江北，愛聽臨風曲」一只具東坡的外形，卻無東坡的秀韻，往往流於粗率，不免少帶傖氣了。總之在他的詞集裏，品類極雜，他有時作豪壯語，有時作解脫語，有時又作極淫褻的豔情語，而尤以淫豔之作爲最多。這都是他的太兒戲的態度，太不經意的作品。但有時亦有極秀美而晶潔的篇什，如，

鴛鴦翡翠，小小思珍偶。眉黛斂秋波，儘湖南山明水秀。娉娉嫋嫋，恰近十三餘，春未透，花枝瘦，正是愁時候。尋芳載酒，肯落他人後？只恐歸來，綠成陰，青梅如豆。心期得處，每自不由人，長亭柳，君知否？千里猶回首。（驀山溪贈衡陽妓陳湘）

斷送一生唯有，破除萬事無過。遠山微影蘸橫波，不飲旁人笑我。 花病等閑瘦弱，春來沒個遮闌。杯行到手莫留殘，不道月明人散？（西江月戒酒後席上作）

春歸何處？寂寞無行路。若有人知春去處，喚取歸來同住。 春無蹤跡誰知？除非問取黃鸝。百囀無人能解，因風飛過薔薇。（清平樂）

一弄醒心絃，情在南山斜疊。彈到古人愁處，有真珠承睫。 使君來去本無心，休淚界紅頰。自恨老來怕酒，負十分金葉。（好事近）

此等作品，頗明淨峭健，爲山谷獨具的風格。尤以清平樂爲最新警，通體無一句不俏麗，而結句「百囀無人能解，因風飛過薔薇，」不獨妙語如環，而意境尤覺清逸，不着色相。爲山谷詞中最上上之作，即在

兩宋一切作家中亦找不着此等雋美的作品。世人只知賞其驀山溪一詞，尤非深知山谷者。且如「恰近十三餘，春未透，花枝瘦，正是愁時候」，亦形容得太尖刻而着色相，若用在十六七歲的少女身上，尚覺貼適，以「十三餘」的童稚，有何春情的洩透，如此窮相的描寫，實在有失作家眞誠的態度。不獨有傷輕薄，亦且令人肉麻，無怪法秀道人要加以告誡了。與其讀他的此種淫豔作品，遠不如讀他的：

瑤草一何碧，春入武陵溪。溪上桃花無數，枝上有黃鸝。我欲穿花尋路，直入白雲深處，浩氣展虹霓。祇恐花深裏，紅露溼人衣。　坐玉石，倚玉枕，拂金徽。謫仙何處？無人伴我白螺杯。我爲靈芝仙草，不爲朱脣丹臉，長嘯亦何爲？醉舞下山去，明月逐人歸。（水調歌頭）

一種幽曠豪逸超脫塵寰的胸襟，直凌紙背，爲確有境界之作，非泛泛寫幾句紀遊遣興的字句所可比擬。即以長才的東坡，亦不易有此等作品。在詩中惟有昌黎的山石，與東坡的臘日遊孤山訪惠勤惠思二僧，和此詞風趣，尚稱隣類。茲將韓蘇二家之作，節錄數句如下，以爲互證的資料：

山石犖确行徑微，黃昏到寺蝙蝠飛。升堂坐階新雨足，芭蕉葉大梔子肥。……夜深靜臥百蟲絕，新月出嶺光入扉。天明獨去無道路，時見松櫪皆十圍。當流赤足踏澗石，水聲激激風生衣。……嗟哉吾黨二三子，安得至老不更歸。……（韓愈山石）

天欲雪，雲滿湖，樓臺明滅山有無。水清石出魚可數，林深無人鳥相呼。……出山迴望雲木合，但見野鶻盤浮圖。……（蘇軾臘日遊孤山訪惠勤惠思二僧）

他用土語及白說來寫詞，亦有一部份成功的作品，如：

銀燭生花如紅豆，占好事如今有。人醉曲屏深，借寶瑟輕招手。一陣白蘋風，故滅燭教相就。　花帶雨，冰肌香透。恨啼烏轆轤聲曉，柳岸微涼吹殘酒。斷腸人依舊鏡中銷瘦。恐那人知後，鎮把你來僝僽。（憶帝京）

江水西頭隔烟樹，望不見江東路。思量只有夢來去，更不怕江攔住。　燈前寫了書無數，算沒個人傳與。直饒尋得雁分付，又還是秋將暮。（望江東）

對景惹起愁悶，染相思病成方寸。是阿誰先有意，阿誰薄倖？斗頓恁少喜多嗔！　合下休傳音問，你有我我無你分。似合歡桃核，眞堪人恨，心兒裏有兩個人人。（少年心）

寫得質樸而又能婉曲，且毫無堆滯因襲之病，此等作品，豈能概以「俚淺」而遽加擯棄？

他的哥哥元明，詞雖不多見，然亦很風灑清麗。茲錄其弟昆在宜州贈別時唱和之作如下：

千峯百嶂宜州路，天黯淡，知人去。曉別吾家「黃叔度」，弟兄華髮，遠山修水，異日同歸處。　尊罍飲散長亭暮，別語丁寧不成句。已斷離腸知幾許？水村山館，酒醒無寐，滴盡空階雨。（青玉案元明作）

烟中一線來時路，極目送歸鴻去。一曲陽關雲外度。山胡聲轉，子規言語，正是愁人處。　別恨朝朝連暮暮，憶我當筵醉時句。渡水穿雲心已許，晚年光景，小窗南浦，共捲西山雨。（青玉案山谷和詞）

司馬光　公元一〇一九——一〇八六

光字君實，陝州夏縣涑水鄉人。生於宋眞宗天禧三年（公元一〇一九年）十一月。仁宗寶元初進士，歷仕仁宗、英宗至神宗時，以議王安石新法之害，出守洛。高太后臨朝，光入爲相，盡改新法。在相位八月而卒。時爲哲宗元祐元年（公元一〇八六年）九月朔，享壽六十八歲，贈太師溫國公，諡文正。著資治通鑑，詳於治亂興亡之迹，爲中國編年史之最善者，世稱涑水先生。

他是一個誠篤穩鍊的大政治家，同時又是一個身體力行的純正的大儒。他是當年舊黨唯一的領袖。他因目睹王安石一派的新黨之擾民亂政，而主張一切安於故常。當他引退十年時，天下日冀其復用，所以蘇子瞻曾有「先生獨何事，四海望陶冶。兒童誦君實，走卒知司馬」的紀實詩句，足以見其德望之重，與民衆信仰之深。以他這樣一個修養純篤的長者，居然作了一首很輕倩的小詞，——西江月——這似乎令人有點懷疑：他怎樣會有這樣的作品呢？所以後來崇拜他的人，竟指爲係別人的譌作❶——簡直認爲是一種汚辱！今將原詞錄後：

寶髻鬆鬆挽就，鉛華淡淡妝成。靑烟紫霧罩輕盈，飛絮遊絲無定。　相見爭如不見，有情還似無情。笙歌散後酒初醒，深院月明人靜。

王觀

❶詞林紀事卷四引姜明叔語曰：此詞絕非溫公作。宣和間恥溫公獨爲君子，作此詞誣之耳！

觀字通叟，高郵人。（一作如皋人）嘉祐二年進士，累遷大理丞，知江都縣。嘗著揚州賦、芍藥譜，有冠柳集一卷，見趙萬里校輯宋金元人詞，共詞十五首，附錄二首。

相傳通叟應制作淸平樂詞，高太后以爲媟瀆神宗，翌日罷職，後世遂稱之爲「王逐客」㊀他的詞作得很工細輕柔，不失詞人本色，他完全是一個「當行家」。如他的雨中花令：

百尺淸泉聲陸續，映瀟灑碧梧翠竹，面千步回廊，重重簾幕，小枕欹寒玉。試展鮫綃看畫軸，見一片瀟湘凝綠。待玉漏穿花，銀河垂地，月上闌干曲。

溫叟詩話說他「不用浮瓜沈李等事，而天然有塵外涼思。」又如他的：

調雨爲酥，催冰做水，東君分付春還。何人便將輕煖，點破殘寒。結伴踏青去好，平頭鞋子小雙鸞，烟郊外，望中秀色，如有無間。　晴則個，陰則個，餖飣得天氣有許多般。須教撩花發柳，爭要先看。不道吳綾繡襪，香泥斜沁幾行斑。東風巧，盡收翠綠，吹上眉山。（慶淸朝慢踏靑）

則更工細嫵媚了。卽使着卿爲此，亦不能作得如此自然安貼，宜乎詞名冠柳了。

舒亶㊁

㊀見能改齋漫錄。

㊁見東都事略卷九十八，宋史卷三百二十九。

亶字信道，明州慈谿人，英宗治平二年進士，神宗朝爲御史中丞。徽宗朝累除龍圖閣待制。有舒學士詞一卷，見趙氏校輯宋金元人詞凡四十八首，附錄一首。亶詞仍具花間神韻，如其菩薩蠻云：

畫船撾鼓催君去，高樓把酒留君住。去住若爲情，江頭潮欲平。　江潮容易得，却是人南北。今日此樽空，知君何日同。

江梅未放枝頭結，江樓已見山頭雪。待得此花開，知君來未來？　風帆雙畫鷁，小雨隨行色。空得鬱金裙，酒痕和淚痕。

章　楶●

楶字質夫，浦城人。英宗治平四年進士，哲宗朝歷集賢殿修撰，知渭州。徽宗立，拜同知樞密院事。卒謚莊簡。他的水龍吟爲吟柳花絕唱，最爲東坡所稱賞。詞云：

燕忙鶯懶芳殘，正堤上柳花飄墜。輕飛亂舞，點畫青林，全無才思。閒趁遊絲，靜臨深院，日長門閉。傍珠簾散漫，垂垂欲下，依前被風扶起。　蘭帳玉人睡覺，怪春衣雪沾瓊綴。繡牀漸滿，香毬無數，才圓卻碎。時見蜂兒，仰黏輕粉，魚吞池水。望章臺路杳，金鞍遊蕩，有盈盈淚。

詞中如「傍珠簾散漫垂垂欲下，依然被風扶起。……繡牀漸滿，香毬無數，才圓卻碎。時見蜂兒仰黏輕

●見東都事略卷九十七，宋史卷三百二十八。

粉，魚吞池水。」刻畫柳絮，可謂工細委婉之至。

王詵㊀

詵字晉卿，太原人。後徙開封。尚英宗女魏國大長公主，爲駙馬都尉。卒謚榮安。能書畫屬文，又工於棋，與蘇軾等爲友因坐黨籍被謫。相傳晉卿有歌姬名囀春鶯，後因外謫，姬爲密縣人得去。晉卿南還，至汝陰道中，聞歌聲，知係故戀，訪之果然。因作詩云：「佳人已屬沙吒利，義士曾無古押衙，」有爲足成者云：「回首音塵兩沈絕，春鶯休囀上林花！」後來囀春鶯復歸舊主。㊁

他的詞近人趙萬里姑爲彙成一卷，刊於校輯宋金元人詞中，共十二首，附錄二首。有人月圓、燭影搖紅、（即憶故人）花發沁園春諸調。茲錄其憶故人於后：

燭影搖紅，向夜闌乍酒醒，心情懶。尊前誰爲唱陽關，離恨天涯遠。　無奈雲沈雨散，憑闌干，東風淚眼。海棠開後，燕子來時，黃昏庭院。

黃山谷說他「清麗幽遠，工在江南諸賢季孟之間，」信然。此詞本名憶故人。徽宗喜其詞意，猶以不豐

㊀附見宋史卷二百五十五王全斌傳中。

㊁見西淸詩話。

容宛轉爲愜，遂命大晟府別撰腔，周美成增益其詞，而以首句爲名，謂之燭影搖紅云。㊀

趙令畤

令畤字德麟，太祖次子燕王德昭玄孫。哲宗元祐中簽書潁州公事，坐與蘇軾交通，罰金入黨籍。紹興初襲封安定郡王。有侯鯖錄。其詞名聊復集，有趙氏校輯宋金元人詞本共三十六首。

德麟與秦觀、王詵、張耒、晁補之、李之儀、朱服等，均以接近蘇軾，致遭新黨排斥，而被革退或遠謫。他們的詞，時有晶瑩傑出的篇什，正如一羣悽豔的小花，閃閃的光耀在幽默的晨曦裏，除少游更熒煌外，其次如晁補之、李之儀二人，造詣尤較儕輩爲高。德麟詞以婉柔勝，其烏夜啼一闋，則悽婉極近少游。其詞云：

樓上縈簾弱絮，牆頭礙月低花。年年春事關心事，腸斷欲棲鴉。　舞鏡鸞衾翠減，啼珠鳳蠟紅斜，重門不鎖相思夢，隨意繞天涯。

朱服㊁

㊀見能改齋漫錄。

㊁見宋史卷三百四十七。

服字行中，烏程人。熙寧六年進士，哲宗朝歷中書舍人，禮部侍郎。徽宗朝加集賢殿修撰，知廣州，黜袁州，再貶蘄州，當他坐蘇黨，貶海州，到東陽郡時曾作了一首漁家傲，頗寓悽蒼遷謫之情：

小雨纖纖風細細，萬家楊柳青烟裏，戀樹溼花飛不起。愁無際，和春付與東流水。九十光陰能有幾，金龜解盡留無計，寄語東陽沽酒市，拚一醉，而今樂事他年淚。（漁家傲東陽郡齋作）

詞風極似永叔蝶戀花詠春暮諸作。

張 耒● 公元一〇五二——一一一二

耒字文潛，楚州淮陰人，生於宋仁宗皇祐四年（公元一〇五二年）第進士。元祐初仕至起居舍人，紹聖中謫監黃州酒稅。徽宗召為太常少卿。坐元祐黨，復貶房州別駕，黃州安置。有柯山集五十卷。其詞集有趙氏校輯宋金元人詞本名柯山詩餘，僅六首，宛丘集十三卷。卒於徽宗政和二年，（公元一一一二年）享壽六十一歲。

文潛詞流傳甚少，作風與柳秦為近，茲錄一闋於後：

亭皋木葉下，重陽近，又是擣衣秋。奈愁入庾腸，老侵潘鬢，謾簪黃菊，花也應羞。楚天晚，白蘋烟近處，紅蓼水邊頭。芳草有情，夕陽無語，雁橫南浦，人倚西樓。（風流子上闋）

●見東都事略卷一百十六文藝傳，宋史卷四百四十四文苑六。

簾幙疎疎風透，一線香飄金獸。朱闌倚遍黃昏後，廊上月如晝。　別離滋味濃於酒，著人瘦。此情不及東牆柳，春色年年依舊。（秋蕊香）

陳師道㊀ 公元一〇五三——一一〇一

師道字無己，一字履常，彭城人，號后山居士。生於宋仁宗皇祐五年（公元一〇五三年）八月。元祐中，以蘇軾等薦授徐州教授，紹聖初歷祕書省正字。卒於徽宗建中靖國元年，（公元一一〇一年）享壽四十九歲。有后山詞一卷，係毛氏宋六十家詞本。

相傳無己平時出行，覺有詩思，便急歸擁被臥，苦思呻吟如病者，或累日而後起，故當時有「閉門覓句」之稱。㊁他的詞很纖細平易而少氣魄。集中如蝶戀花「路轉河回寒日暮，連峯不計重回顧」南鄉子「花樣腰身宮樣立，婷婷，困倚闌干一欠伸」等句，尚屬得意之作。但最足代表他的詞風的，則爲他的清平樂：

秋光燭地，簾幕生秋意。露葉翻風驚鵲墜，暗落青林紅子。　微行聲斷長廊，熏爐衾換生香。滅燭卻延明月，攬衣先怯微涼。

㊀見東都事略卷一百十六文藝傳，宋史卷四百四十四文苑六。

㊁見詞林紀事卷六引葉石林語，及朱文公語錄「黃山谷詩云：閉門覓句陳無己，對客揮毫秦少游。」

李之儀㊀

之儀字端叔，滄州無棣人。神宗元豐中進士，元祐初，爲樞密院編修官，從蘇軾入定州幕府。元符中監內香藥庫。徽宗朝提舉河東常平。後入黨籍。有姑溪詞，有毛氏宋六十家詞本，凡八十八闋。

他的詞很雋美俏麗，另具一個獨特的風調。如憶秦娥：「清溪咽霜風洗出山頭月，迎得雲歸，還送雲別，」亦爲別家所無之境。他的卜算子：

我住長江頭，君住長江尾。日日思君不見君，共飲長江水。　此水幾時休，此恨何時已。只願君心似我心，定不負相思意。

寫得極質樸晶美，宛如子夜歌與古詩十九首的眞摯可愛。又如他的：

避暑佳人不著妝，水晶冠子薄羅裳，摩綿撲粉飛瓊屑，濾蜜調冰結絳霜。　隨定我，小蘭堂，金盆盛水遶牙牀。時時浸手心頭熨，受盡無人知處涼。（鷓鴣天）

柔腸寸折，解袂留淸血。藍橋動是經年別。掩門春絮亂，欹枕秋蛩咽，檀篆滅，鴛衾半擁空牀月。（千秋歲上闋）

亦時有警策動人之語。

㊀見東都事略卷一百十六文藝傳。

晁補之（一）公元一〇五三——一一一〇

補之字无咎，鉅野人。生於宋仁宗皇祐五年（公元一〇五三年）年十九，從父端友宰杭州之新城，著錢塘七述，受知蘇軾。舉進士。元祐中爲著作郎，紹聖末，謫監信州酒稅，起知泗州。入黨籍。卒於徽宗大觀四年（公元一一一〇年）八月，享壽六十八歲。有雞肋集。詞集名琴趣外篇，凡六卷，有毛氏宋六十家詞本，有吳氏雙照樓景宋元明本詞本。

无咎爲蘇門四學士之一，他的詞多追模東坡，不喜作豔語。如他的：

買陂塘旋栽楊柳，依稀淮岸湘浦。東皋雨足輕痕漲，沙嘴鷺來鷗聚。堪愛處，最好是一川夜月光流渚，無人自舞。任翠幕張天，柔茵藉地，酒盡未能去。　青綾被，休憶金閨故步，儒冠曾把身誤。弓刀千騎成何事荒了邵平瓜圃。君試覷滿青鏡，星星鬢影今如許。功名浪語，便做得班超封侯萬里，歸計恐遲暮。（摸魚兒東皋寓居）

黯黯青山紅日暮，浩浩大江東注。餘霞散綺，回向烟波路。使人愁，長安遠在何處？幾點漁燈小，迷近塢一片客帆，低傍前浦。　暗想平生，自悔儒冠誤。覺阮途窮，歸心阻斷魂素月，一千里傷平楚。怪竹枝歌，聲聲怨，爲誰苦？猿鳥一時啼，驚島嶼，燭暗不成眠，聽津鼓。（迷神引貶玉溪對江山作）

（一）見東都事略卷一百十六文藝傳，宋史卷四百四十四文苑六。

都於豪爽中寓沈鬱之意，不獨規模東坡，更爲南渡後于湖、稼軒等作先驅了。又如：

謫宦江城無屋買，殘僧野寺相依。松間藥臼竹間衣。水窮行到處，雲起坐看時。一個幽禽緣底事，苦來耳邊啼？月斜西院愈聲悲。青山無限好，猶道不如歸。（臨江仙信州作）

綠暗汀洲三月暮，落花風靜帆收。垂楊低映木蘭舟。半篙春水滑，一段夕陽愁。　灞水橋東回首處，美人新上簾鉤。青鸞無計入紅樓。行雲歸楚峽，飛夢到揚州。（又）

則又清幽瀟灑，宛似東坡重九南鄉子與臨江仙「倚杖聽江聲」諸作。總之，他是已據有坡仙之壘，而爲當年傑出的作家。所以四庫全書總目提要也稱「其詞神姿高秀，與軾實可肩隨。」

晁沖之

沖之字用叔，一字川道，爲補之之弟。其詞極聰俊明媚，與伊兄豪健之作相反。如「相思休問定何如，情知春去後，管得落花無」以及「昨宵風雨，尙有一分春在，今朝猶自得陰晴快」等句，卽與小山、淮海並列，亦何多讓？

憶昔西池池上飲，年年多少歡娛。別來不寄一行書。尋常相見了，猶道不如初。　安穩錦屏今夜夢，月明好渡江湖。相思休問定何如。情知春去後，管得落花無！（臨江仙）

寒食不多時，牡丹初賣，小院重簾燕飛礙。昨宵風雨，尙有一分春在，今朝猶自得陰晴快。　熟睡起來，宿醒微帶，

不惜羅襟揾眉黛，日長梳洗，看看花影移，改笑拈雙杏子，連枝戴。（感皇恩）

近人趙萬里始將其詞彙輯爲一卷，名晁用叔詞，刊於校輯宋金元人詞中，共十六首。

張舜民〔一〕

舜民字芸叟，邠州人。第進士。元祐初，除監御史。徽宗朝爲吏部侍郎，知同州，坐元祐黨貶商州。卒。高宗朝追贈寶文閣直學士。自號浮休居士，又號矴齋。娶陳師道之姊，有畫墁詞一卷，有朱氏彊村叢書本。芸叟生平嗜畫，許題精確，晚年頗好樂府，有百餘篇，〔二〕尤以賣花聲（題岳陽樓）爲最傑出：

木葉下君山，空水漫漫，十分斟酒斂芳顏。不是渭城西去客，休唱陽關。　醉袖撫危欄，天淡雲閑，何人此路得生還？回首夕陽紅盡處，應是長安。

末語蓋從白香山題岳陽樓詩「春岸綠時連夢澤，夕波紅處是長安」句中變換出來，然較原詩更覺韻致矣。

王安國安禮與王雱〔三〕

〔一〕東都事略卷九十四，宋史卷三百四十七。

〔二〕見郡齋讀書志。

〔三〕見東都事略卷七十九，宋史三百二十七。

安國字平甫，安石弟。舉進士，熙寧初，除西京國子教授，祕閣校理。嘗勸介甫勿一意孤行，以招海內之嫉。一日與章惇等閒談，道及晏元獻嘗爲豔詞，介甫謂：爲政當先放鄭聲。章惇亦曰：爲國宰輔，亦宜作小詞麼？平甫抗聲道：「放鄭聲，猶不若遠佞人也」。惇以爲譏己。所著有王校理集。茲錄其減字木蘭花於后：

畫橋流水，雨溼落紅飛不起。月破黃昏，簾裏餘香馬上聞。　徘徊不語，今夜夢魂何處去？不似垂楊，猶解飛花入洞房。

安禮字和甫，亦安石弟，累官尚書左丞。其點絳脣云：

秋氣微涼，夢迴明月穿羅幕。井梧蕭索，正遶南枝鵲。　寶瑟塵生，金雁空零落。情無託，鬢雲慵掠，不似君恩薄。

雱字元澤，爲安石子。舉進士。累官天章閣待制兼侍講。遷龍圖閣直學士。早卒。贈左諫議大夫。錄其倦尋芳後半闋：

倦遊燕，風光滿目，好景良辰，誰共攜手？恨被榆錢，買斷兩眉長皺。憶得高陽人散後，落花流水仍依舊。這情懷，對東風，盡成消瘦。

他們叔姪詞雖不多見，然較介甫蘊藉婉媚多矣；足見當年臨川王氏家學一班。

劉弇

弇字偉明，江西安福人，神宗元豐二年進士。歷官知峨嵋縣，改太學博士。元符中有事南郊，進大禮賦，除祕書省正字。徽宗立，改著作郎實錄院檢討。有龍雲集。詞有彊村叢書本龍雲先生樂府一卷。

據復齋漫錄載偉明喪愛妾，不能忘情，乃作清平樂詞，頗淒婉有致：

東風依舊，著意隋堤柳。搓得鵞兒黃欲就，天氣清明時候。　去年紫陌青門，今朝雨魄雲魂，斷送一生憔悴，能消幾個黃昏。

葛勝仲㊀

勝仲字魯卿，丹陽人。紹聖四年進士，累遷國子司業，終文華閣待制，知湖州。卒謚文康。有丹陽詞一卷，有宋六十家詞本。

魯卿詞風處處追模二晏，但才力不高，僅得其平穩而已。丹陽集中以點絳唇、驀山溪二詞為最傑出。茲選錄如下：

秋晚寒齋，藜牀香篆橫輕霧。閒愁幾許，夢逐芭蕉雨。　雲外哀鴻，似替幽人語。歸不去，亂山無數，斜日荒城鼓。

（點絳唇縣齋愁坐作）

春風郊外，卵色天如水。魚戲舞綃紋；似出聽新聲北里。追風駿足，千騎卷高門，一箭過，萬人呼，雁落寒空裏。（驀

㊀見宋史卷四百四十五文苑七，南宋書卷十九。

山溪上闋天穿節和朱刑掾）

秦覯與秦湛

覯字少章，少游弟，元祐六年進士，調臨安簿。湛字處度，少游子。他們的詞在當時無專集，頗能繼芳其兄父家風，儼然成了一個嫡傳的秦派詞學。少章的黃金縷一闋尤悽豔婉細，傳誦人口。詞云：

妾本錢塘江上住，花落花開，不管流年度。燕子銜將春色去，紗窗幾陣黃梅雨。　斜插犀梳雲半吐，檀板輕敲，唱徹黃金縷。夢裏綵雲無覓處，夜涼明月生南浦。

據春渚紀聞所載，此詞本司馬仲才詠錢塘蘇小小事，（據云係在夢中聞小小歌此）而少章又爲續成之云。處度的卜算子，雖從山谷「春未透，花枝瘦，正是愁時候」句中融變出來的，但其神髓仍係秦家氣脈。茲錄其詞如下：

春透小波明，寒峭花枝瘦，極目烟中百尺樓，人在樓中否？　四和裊金鳧，雙陸思纖手，擬倩東風浣此情，情更濃於酒。

謝逸

逸字無逸，臨川人，屢舉不第，以詩文自娛。有溪堂詞，有宋六十家詞本。他的詞遠規花間，逼近溫、韋。

渾化無痕。與陳克並爲花間派唯一的傳統人物。在同時和後來的此派詞人，都不足望其項背。他既具花間之濃豔，復得晏歐之婉柔，他的最高作品，卽列在當時第一流的作家中亦毫無遜色。例如他的：

臨風遲日春光鬧，葡萄水綠搖輕棹。兩岸草烟低，青山啼子規。　歸來愁未寢，黛淺眉痕沁。花影轉廊腰，紅添酒面潮。（菩薩蠻）

烟雨幕橫塘，紺色涵清淺。誰把幷州快剪刀，翦取吳江半？　隱几岸烏巾，細葛含風軟。不見柴桑避俗翁，心共孤雲遠。（卜算子）

豆蔻梢頭春色淺，新試紗衣，拂袖東風軟。紅日三竿簾幙捲，畫樓影裏雙飛燕。　攏鬢步搖青玉碾，缺樣花枝，葉葉蝶兒顫。獨倚闌干凝望遠，一川烟草平如翦。（蝶戀花）

是何等的輕倩！何等的飄逸！又如他的：

楝花飄砌，簌簌清香細。梅雨過，蘋風起。情隨湘水遠，夢繞吳峯翠。琴書倦，鷓鴣喚起南窗睡。　密意無人寄，幽恨憑誰洗？修竹畔，疏簾裏。歌餘塵拂扇，舞罷風掀袂。人散後，一鉤新月天如水。（千秋歲）

杏花村館酒旗風，水溶溶野渡舟橫楊柳綠陰濃。望斷江南山色遠，人不見，草連空。　夕陽樓下晚烟籠，粉香融，淡眉峯。記得年時相見畫屏中。只有關山今夜月，千里外，素光同。（江城子題黃州杏花村館驛壁）

其婉約處不亞少游矣。詞中如「鷓鴣喚起南窗睡」，「人散後，一鉤新月天如水」，以及「只有關山今夜月，千里外素光同」一等句，清新韻藉，婉秀多姿，卽置在小山、淮海集中亦爲上乘之選。其江城子一詞，據復齋漫錄載，係題於黃州杏花村館驛壁者，過客抄謄，向驛卒索筆，卒頗以爲苦，因以汚泥塗之，足見當年愛賞者之多了。

蘇　過

過字叔黨，軾季子。仕爲權通判中山府。家潁昌，營湖陰水竹數畝，名曰「小斜川」，自號斜川居士，有斜川集。叔黨翰墨文章，能傳其家學，故當時有「小坡」之稱。他的點絳脣作得很秀媚有致。

高柳蟬嘶，采菱歌斷秋風起。晚雲如髻，湖上山橫翠。　簾捲西樓，過雨涼生袂。天如水，畫闌十二，少個人同倚。

米　芾㊀　公元一〇五一——一一〇七

芾字元章，襄陽人，因嘗居蘇。宋史遂訛爲吳人。生於宋仁宗皇祐三年（公元一〇五一年），以母侍宣仁后藩邸恩，補校書郎，太常博士，出知無爲軍。踰年召爲書畫博士，擢禮部員外郎，後知淮陽軍，卒於徽宗大觀元年（公元一一〇七年），享壽五十七歲。㊁有寶晉英光集，詞集有彊村叢書本寶晉長短句一卷。

元章爲中國大書畫家之一。他的畫多用淺墨寫雨中山景，別成一派。字則與蘇軾，黃庭堅，蔡襄並

㊀見東都事略卷一百十六文藝傳，宋史卷四百四十四文苑六。

㊁根據翁方綱米海嶽年譜。

稱北宋四大家。他的詞不多，以滿庭芳詠茶爲最圓細，

稚燕飛觴，清談揮麈，使君高會羣賢。密雲雙鳳，初破縷金團。窗外爐烟自動，開缾試、一品香泉。輕濤起，香生玉塵，雪濺紫甌圓。（滿庭芳上闋與周熟仁試賜茶甘露寺）

魏夫人

夫人襄陽人，道輔之姊，丞相曾布之妻，封魯國夫人。詞林紀事（卷十九）引雅編云：「魏夫人有江城子、捲珠簾諸曲，膾炙人口。其尤雅者，則爲菩薩蠻。……深得國風卷耳之遺。」但她的詞見於詞綜者僅菩薩蠻、好事近、點絳脣三闋。其捲珠簾、江城子諸曲，則從未見過。她的天才，已由此僅存的三闋，略一窺見。她深得力於花間集，其婉柔蘊藉處，極近少游。朱晦庵謂「本朝婦人能文者，惟魏夫人及李易安二人而已」。她雖不能與易安並論，但在女作家中，確爲超羣出衆之才。茲將三詞錄後：

溪山掩映斜陽裏，樓臺影動鴛鴦起。隔岸兩三家，出牆紅杏花。　綠楊堤下路，早晚溪邊去。三見柳綿飛，離人猶未歸。（菩薩蠻）

雨後曉寒輕，花外曉鶯啼歇。愁聽隔溪殘漏，正一聲淒咽。　不堪西望去程賒，離腸萬回結。不似海棠花下，按涼州時節。（好事近）

波上清風，畫船明月人歸後。漸消殘酒，獨自凭闌久。　聚散匆匆，此恨年年有。重回首，淡烟疏柳，隱隱蕪城漏。

（點絳脣）詞中名句如「隔岸兩三家，出牆紅杏花，」「愁聽隔溪殘漏，正一聲淒咽，」「淡烟疎柳，隱隱蕪城漏，」即與並時諸賢相較，亦爲出色當行之作。

李清臣

清臣字邦直，魏人。舉進士。歷官翰林學士，尚書左丞。徽宗初立，入爲門下侍郎，出知大名府。其謁金門一詞，亦甚婉媚：

楊花落，燕子橫穿朱閣。苦恨春醪如水薄，閒愁無處着。綠野帶紅山落角，桃杏參差殘萼。歷歷危橋沙外泊，東風晚來惡。

在此期內，有幾個方外的作家，詞亦精工，且有專集行世。玆分述如後：

僧仲殊

仲殊字師利，俗姓張氏，名揮，安州進士。因事出家，住蘇州承天寺、杭州吳山寶月寺。有寶月集。能文，善歌詞，皆操筆立就。蘇軾曾與之遊。（見東坡志林）黃花庵稱其訴衷情一調，（詞林紀事共錄五首）「篇篇奇麗，字字清婉，高處不減唐人風致」然尙不及其柳梢青南柯子二詞更爲清逸也。

岸草平沙，吳王故苑柳裊烟斜。雨後寒輕，風前香軟，春在梨花。　行人一棹天涯，酒醒處殘陽亂鴉。門外秋千，牆頭紅粉，深院誰家？（柳梢青）

十里青山遠，潮平路帶沙。數聲啼鳥怨年華。又是淒涼時候在天涯。　白露收殘月，清風散曉霞。綠楊堤畔鬧荷花。記得年時沽酒那人家。（南柯子）

在他的詞裏只感到一種出家人的清逸和婉情緒，東坡所謂「此僧胸中無一毫髮事者，」可以看出他的爲人。他的詞集，有趙氏校輯宋金元人詞本名寶月集一卷，共三十首，附錄四首。

僧祖可

祖可字正平，丹陽人，蘇伯固之子，養直之弟。住廬山，被惡疾，人號「癩可」。有東溪集，瀑泉集。「工詩，長短句尤佳。」（能改齋漫錄）曾與陳師道、謝逸等結江西詩社。其小重山詞最爲東溪詩話所稱賞：

誰向江頭遣恨濃，碧波流不斷，楚山重。柳烟和雨隔疏鐘。黃昏後，羅幕更朦朧。　桃李小園空，阿誰猶笑語，拾殘紅？珠簾捲盡夜來風。人不見，春在綠蕪中。

釋惠洪

惠洪字覺範，俗姓彭，筠州人，以醫識張天覺。大觀中入京，乞得祠部牒爲僧，往來郭天信之門，政和元年，張郭得罪，覺範決配朱崖。著有石門文字禪、筠溪集、天廚禁臠、冷齋夜話等書。少年時嘗爲縣小吏，黄山谷喜其聰慧，教令讀書，後爲海内名僧。韓駒所作寂音尊者塔銘，即其人。●

其詩詞多豔語，爲出家人未能忘情絶愛者。如「十分春瘦緣何事，一掬鄉心未到家。」（上元宿嶽麓寺詩）「海風吹夢，嶺猿啼月，一枕相思淚，」（青玉案謫海外作）皆是茲更引其青玉案和賀方回韻一闋於次：

綠槐烟柳長亭路，恨取次分離去。日永如年愁難度。高城回首暮雲遮盡，目斷知何處。　解鞍旅舍天將暮，暗憶丁寧千萬句。一寸柔腸情幾許？薄衾孤枕，夢回人靜，侵曉瀟瀟雨。

此外尚有幾首詞，極秀美婉和可愛惜，不知作者姓氏，茲錄如後：

秦樓東風裏，燕子還來尋舊壘。餘寒猶峭，紅日薄侵羅綺。嫩草方抽碧玉茵，媚柳輕窣黃金縷。鶯囀上林，魚游春水。　幾曲闌干遍倚，又是一番新桃李。佳人應怪歸遲，梅妝淚洗。鳳簫聲絶沈孤雁，望斷清波無雙鯉。雲山萬重，寸心千里。（魚游春水）

●見玉照新志。

此詞作得頗爲婉麗，據復齋漫錄載：「政和中，一貴人使越州回，得辭於古碑陰，無名無譜，亦不知何人作也。錄以進，御命大晟府塡腔，因詞中語，賜名魚游春水。」

簾捲曲闌獨倚，江展暮雲無際。淚眼不曾晴，家在吳頭楚尾。　數點落花亂委，撲鹿沙鷗驚起。詩句欲成時，沒入蒼煙叢裏。（江亭怨）

詞境極冷雋幽倩，如子規啼月，哀猿夜嘯，爲一切詞家所無之境。卽兩宋最大手筆，亦不能寫得如此淒冷動人。詞綜、詞譜俱引冷齋夜話云：「黃魯直登荆州亭，柱間有此詞，夜夢一女子云：有感而作。魯直驚悟曰：此必吳城小龍女也。」但張宗橚則云：「考冷齋夜話並無此記載。」（詞林紀事卷十九）大約向來以爲係龍女所作者，以詞境過於悽冷，殊不類人間語，因有此傳說耳。

綠暗紅稀春已暮，燕子銜泥，飛入垂楊處。柳絮欲停風不住，杜鵑聲裏山無數。　竹杖芒鞋無定據，穿過溪南，獨木橫橋路。樵子漁師來又去，一川風月誰爲主？（鳳栖梧）

此詞口吻似隱逸方外之士所作，曠逸之氣，流露紙上。

此外尚有栢枝引、誤桃源、眉峯碧、撲蝴蝶、玉瓏璁、踏青遊、浣溪沙、鷓鴣天、擷芳詞，及無調名之作數首，（俱錄於詞林紀事卷十九）因辭華少遜，不備錄。

本期除以上諸家外，尚有許多人因其詞無甚特異處或僅係隻詞，非詞家專詣，故均略而不論。茲爲簡括的介紹如下：

韓縝，字汝玉，歷官英宗、神宗、哲宗三朝，仕至相輔，爲當時顯宦，其詞僅有芳草一闋，尚婉麗。蔡挺，字子政，宋城人，神宗朝官樞密副使，卒贈工部尚書，謚敏肅，曾以喜遷鶯一詞恩邀崇拜。沈括，字存中，錢塘人，官至龍圖閣待制，有長興集、夢溪筆談。孔平仲，字毅父，歷官神宗、哲宗、徽宗三朝，其和秦觀千秋歲詞，尚婉秀。章驤，字子駿，錢塘人，仁宗皇祐五年進士，官至主客郎中，有章先生詞一卷。（彊村叢書本）張景修，字敏叔，常州人，神宗元豐間爲饒州浮梁令，詞不多，惟選冠子詠柳「恨客舍青青，江頭風笛，亂雲空晚，」尚高潔。謝邁，字幼槃，逸弟，爲布衣，有竹友詞。（彊村叢書本）葛郯，字謙問，丹陽人，有信齋詞。（聚書室叢書名家詞本）李廌，字方叔，華山人，試禮部不遇，絕意進取，有月巖集，其虞美人「好風如扇雨如簾，時見岸花汀草漲痕添，」尚婉柔可愛。王仲，字興善，元祐間人。李元膺，曾作南京教官，其茶瓶兒賦悼亡「回首青門路，亂英飛絮相逐東風去，」尚淒婉有致。黃裳，字仲勉，延平人，歷官端平殿學士，贈少傅，有演山集詞二卷。（江標靈鶼閣叢刻名家詞本）

參考書目

元脫克脫：宋史。

宋王偁：東都事略。

宋陳振孫：直齋書錄解題。

清張宗橚：詞林紀事。

清吳榮光：歷代名人年譜　有商務印書館鉛印本。

近人吳梅：詞學通論　有商務印書館鉛印本。

柳永：樂章集　有毛氏宋六十家詞本有朱氏彊村叢書本。

蘇軾：東坡詞　有毛氏本。　又東坡樂府　有四印齋本及彊村叢書本。

秦觀：淮海詞，有毛氏本。　又淮海居士長短句　有彊村叢書本。

賀鑄：東山詞又名東山寓聲樂府，　有粟香室本，四印齋本，彊村叢書本。

毛滂：東堂詞　有毛氏宋六十家詞本。

王安石：臨川先生歌曲　有彊村叢書本。

黃庭堅：山谷詞，有毛氏本。　又山谷琴趣外篇　有涉園景宋金元明本詞續刊本。

王觀：冠柳集　有趙萬里校輯宋金元人詞本。

舒亶：舒學士詞　有趙氏本。

張耒：柯山詩餘　有趙氏本。

王詵：王晉卿詞　有趙氏本。

趙令時：聊復集 有趙氏本。

晁沖之：晁用叔詞 有趙氏本。

僧仲殊：寶月集 有趙氏本。

陳師道：后山詞 有毛氏宋六十家詞本。

李之儀：姑溪詞 有毛氏本。

晁補之：琴趣外篇 有毛氏本及吳氏雙照樓本。

張舜民：畫墁詞 有彊村叢書本。

列舜龍：雲先生樂府 有彊村叢書本。

葛勝仲：丹陽詞 有毛氏本。

謝逸：溪堂詞 有毛氏本。

米芾：寶晉長短句 有彊村叢書本。

近人趙萬里校輯宋金元人詞 有中央研究院刊本。

第四編 宋詞第三期

——公元一〇九四—一一二六——

——柳永時期的總結集——

本期約自宋哲宗紹聖間起，歷徽宗一朝，直至汴京被陷時止約三十餘年，是「柳永時期」的總結集時期。那時正值宣、政文物鼎盛的時代，慢詞更成爲最流衍的歌曲，這時「創調之詞」雖多，然「創意之詞」則甚少，遠無上期柳永、蘇軾創造的精神了。他們僅守着上一期的餘緒，於詞的格調和音律上，似乎要較前期工細一點。在本期有一件最值得注意的事，就是大晟樂府的設立了。有了這樣一個最高機關，又羅致許多詞壇上的名宿，利用國家力量來搜求審定已往的曲拍及腔調，重新加了一番製作，並於舊譜之外，又增衍許多慢曲、引、近，及三犯四犯之曲，於是詞的牌調，乃益繁縟，詞的地位，乃益重要，不獨爲文人詠唱的資料，亦且爲國家優隆的樂府了。自從有詞學以來，關於音樂方面的發展，已經到了一個頂點了。南渡以後，詞由樂府地位，一降爲文士階級所獨享的小曲，元、明以來，並此小曲的唱法，亦完全失傳了。

在此時期中，一般作家均在模仿前期柳、蘇、秦、賀、毛五大家的風調，尤以周邦彥的成績爲最優異。他兼具有前一期各作家的長處，榮膺着「集大成」的頭銜。他替「柳永時期」作一個總結束，他替南宋風雅派與古典派的大詞人，如姜夔、史達祖、吳文英、王沂孫、張炎、周密、張輯、蔣捷、盧祖皋、陳允平等人開了一條先路，所以他在中國詞壇上，是由北宋到南宋兩極端的詞風一個變轉的樞紐，與過渡的梯航。我們可以說：他是柳永派的結局，是南宋姜、張等人的肇始。

那時於周邦彥之外，有兩個卓異的天才家並起：一爲宋徽宗趙佶，一爲女詞人李清照。他們兩個雖都未能完全脫盡柳永時期的籠罩，但他們多少總要有點例外。如徽宗北虜後燕山亭詞，其才華之高俊還要在柳永、周邦彥等人以上；李清照以一個最大的女詞人來寫眞正女性的詞，她的作品源泉，爲南唐後主，爲歐陽修，爲秦觀，似乎還要跨過柳永的時期，未曾受時代色彩的束縛。

第一章 集大成的周邦彥

周邦彥㊀字美成，錢塘人，生於宋仁宗至和二年（公元一〇五五年）。爲人疏雋少檢，而博涉百家之書；好音樂，能自度曲，自號淸眞居士。神宗元豐中獻汴都賦，召爲太學正。徽宗朝仕至徽猷閣待制，提舉大晟府。時爲政和六年，時年已六十二。㊁後出知順昌府，提舉洞霄宮。晚居明州。卒於宣和三年，（公元一一二一年）㊂享壽六十七歲。

詞集名片玉詞，有毛晉宋六十家詞本，朱祖謀彊村叢書本，又名淸眞詞，有王鵬運四印齋所刻詞本。

我們研究美成的詞，可分爲三個部分：第一，他榮膺此「集大成」的頭銜，其意義與範圍，究竟是怎樣？第二，他的作風特異之處。第三，他的影響和流弊。現在分述如後：

㊀見東都事略卷一百十六文藝傳，宋史卷四百四十四文苑六。

㊁見王國維淸眞先生遺事。

㊂見胡適詞選，惟胡選作公元一〇五七——一一二一，較王書遲二年，是周之享年，當爲六十五歲矣，二者不知孰爲正確。

一　集大成的意義和其究竟

關於此問題可分作兩方面來看：

甲、就詞調的搜求、審定、和考正方面說，他於北宋當年風起雲湧的詞壇現象，確有集成和創製的功勞，我們且看下面一段記載就可知道了：

> 古之樂章、樂府、樂曲等，皆出雅正。粤自隋唐以來，聲詩間爲長短句，至唐人則有尊前、花間集。迄於崇寧，立大晟府，命周美成諸人討論古音，審定古調，淪落之後，少得存者。由此八十四調之聲稍傳，而美成諸人又復增演慢曲引近，或移宮換羽，爲三犯四犯之曲，案月律爲之，其曲遂繁。（張炎詞源）

這種偉大的供獻和勞績，則爲前此所無。

乙、再就他的作風方面說，他一身兼具過去許多詞家的長處，確有特殊的精力與天才。他所謂集大成者，係指集北宋中期柳永、秦觀、賀鑄等人之成而言。東坡一派詞風，則不在周氏涵容以內。耆卿的慢詞和鋪敍，則給他一個偉大的骨幹，方回的豔麗，少游的柔媚，又給他一個外部的烘染，同時他又兼採花間派和晏、歐一點神髓，遂形成了他個人的作品——一個圓融美豔幾經錘鍛修琢的才子和文士的詞。在「柳永時期」內的一切優長，至美成可以說已臻絕詣了。

他所以能有如此驚人成績者，因爲（一）他既富於文學天才，而又能博涉百家之書，於遣辭造語上，能融貫唐、五代以來詩歌中優美的質素；(二)他本人又精於音律，善自度曲；(三)而同時又被提舉爲大晟樂府，以政府全力，供他的考證和製作，更給他一個絕大的幫助。在這種種適合的環境之下，自然容易試展他的才華，而使之成爲一個最受崇仰的大作家了。

二 周詞特長之處

A 善於採融詩句 美成博涉羣籍，故造語極典麗雅馴，最善採融詩句入詞，而用來全無縫隙可尋。例如：

桃溪不作從容住，秋藕絕來無續處。當時相候赤欄橋，今日獨尋黃葉路。 烟中列岫青無數，雁背夕陽紅欲暮，人如風後入江雲，情似雨餘沾地絮。（木蘭花）

銀河宛轉三千曲，浴鳧飛鷺澄波綠，何處望歸舟？夕陽江上樓。 天憎梅浪發，故下封枝雪，深夜卷簾看，應憐江上寒。（菩薩蠻）

所以陳質齋說他「多用唐人詩隱括入律，混然天成。」又如他的隔浦蓮近拍：「水亭小，浮萍破處，簷花簾影顛倒，」和瑞龍吟：「因念個人癡小，乍窺門戶，侵晨淺約宮黃，障風映袖，盈盈笑語，」都係採融詩句最好的例子。詞中「簷花」係用杜甫「燈前細雨簷花落」及李暇「簷花照月鶯對棲」之句的，「侵晨淺約宮黃」係用梁簡文詩「約黃能效月」的。

B工於描寫景物　他描寫景物極工巧精細，如蘇幕遮：

葉上初陽乾宿雨，水面清圓，一一風荷舉。

最能寫出荷的神態。又如滿庭芳：

風老鶯雛，雨肥梅子，午陰佳樹淸圓。地卑山近，衣潤費爐烟。人靜烏鳶自樂，小橋外新綠濺濺。

把初夏景物和江南卑溼潮潤的天氣，寫得極入微。又如夜遊宮：

葉下斜陽照水，捲輕浪沈沈千里。橋上酸風射眸子，看黃昏燈火市。

把秋暮晚景寫得明淨如畫，即中西最高的詩篇，其寫景美妙處，亦不能過此。其他如：

何意重經前地，遺鈿不見，斜徑都迷。兎葵燕麥，向殘陽影與人齊。（夜飛鵲）

湖平春水，藻荇縈船尾。空翠撲衣襟，拊輕榔遊魚驚避。晚來潮上，迤邐沒沙痕，山四倚，雲漸起，鳥度屏風裏。（驀山溪上闋）

黃昏客枕無憀，細聽當窗雨，看兩兩相依燕新乳。（荔芰引）

洗鉛霜都盡，嫩梢相觸。潤逼琴絲，寒侵枕障，蟲網吹黏簾竹。（大酺寫春雨）

無一詞不晶美，無一句不淸倩。寫景狀物至此，可謂已臻絕境。北宋如晏、歐、張、柳、蘇、秦、賀、毛等大作家，寫來雖能如此自然，然遠無其深刻細緻，若兩相比較，都覺失之浮泛了。即以最工於行役羈旅之作的柳耆卿，亦遠非美成之匹，其餘更不足論了。至於南宋如姜、史、吳、張、王、周等大作家，其詠物之作，雖極工巧細緻，然多雕琢爽氣，遠無美成來得自然了。所以周詞長處雖多，但尤以此類作品爲最過人，允稱空前絕後之作。

C想像豐圓　他的作風最善從虛幻處着筆，例如他在花犯內寫梅花：

相將見脆圓薦酒，人正在空江烟浪裏，但夢想一枝瀟灑，黃昏斜照水。

純是一種虛象，如「鏡花水月」，不着一點端倪，卻將一枝清幽皎潔的梅花寫得光豔照人，美成詞品，以此等處爲最高潔勁健，後來只有白石差可步伍，而卻無其圓融。他的蘭陵王：

悽惻，恨堆積，漸別浦縈廻，津堠岑寂，斜陽冉冉春無極。念月榭攜手，露橋聞笛，沈思前事，似夢裏，淚暗滴。

也純從想像處着筆，把一幅淒涼暗淡的「別離圖」，由心目中隱隱的現出，筆力勁健高潔，與花犯一闋，可稱絕唱。又如他的瑣窗寒上闋：

小簾朱戶，桐陰半畝，靜鎖一庭愁雨。灑空階夜闌未休，故人翦燭西窗語。似楚江暝宿，風燈零亂，少年羈旅。

其想像豐圓，亦與前二詞同一美妙。

D長調善於鋪敍筆力極頓挫雄渾　他的長調，鋪敍事情，極有次序。這種特長，在他的詞中，隨處都可看見，現在試舉一首作例：

曉陰重，霜凋岸草，霧隱城堞。南陌脂車待發，東門帳飲乍闋。正拂面垂楊堪攬結，掩紅淚玉手親折。念漢浦離鴻去何許，經時信音絕！情切。望中地遠天闊，向露冷風清無人處，耿耿寒漏咽。嗟萬事難忘，唯是輕別。翠尊未竭，憑斷雲留取西樓殘月。 羅帶光銷紋衾疊，連環解，舊香頓歇。怨歌永，瓊壺敲盡缺。恨春去不與人期，弄夜色，空餘滿地梨花雪。（浪淘沙慢）

頭段寫初別的時候和地點，二段寫別時的遙望和傷感，三段寫別後的景況，筆力極頓挫雄渾，試將此詞與耆卿的賦別諸作相較，可知美成詞的風格和意境，純從耆卿脫胎出來的，不過耆卿筆力不及他的雄渾罷了。他的長調骨架全學耆卿，而沈鬱濃豔婉柔處，又兼少游、方回二家之長。茲舉一例，以實此說。如他的瑞龍吟：

章臺路，還見褪粉梅梢，試花桃樹。愔愔坊陌人家，定巢燕子，歸來舊處。 黯凝佇，因記箇人癡小，乍窺門戶，侵晨淺約宮黃，障風映袖，盈盈笑語。 前度劉郎重到，訪鄰尋里，同時歌舞，惟有舊家秋娘，聲價如故。吟牋賦筆，猶記燕臺句。知誰伴名園露飲，東城閒步？事與孤鴻去，探春盡是傷離意緒。官柳低金縷，歸騎晚，纖纖池塘飛雨。斷腸院落，一簾風絮。

其主題不過寫傷離情緒耳，卻寫來迂迴反復，無一直筆，極盡頓挫沈鬱的能事，而造語亦復工豔婉麗，實兼柳、秦、賀三家之長。近人吳瞿安氏於此詞作法解釋得極詳明，其辭云：

此詞宗旨在「傷離意緒」一語耳，而入手先指明地點曰「章臺路」，卻不從目前景物寫出，而云「還見」，即沈鬱處也。須知梅梢桃樹，原來舊物，惟用「還見」云云，則令人感慨無端，低徊欲絕矣。首疊云「定巢燕子，歸來舊處」，言燕子可歸舊處，所謂前度劉郎者，即欲歸舊處而不得，徒彳亍於愔愔坊陌，章台故路而已：是又沈鬱處也。第二疊「黯凝佇」一語爲正文，而下文又曲折不言其人不在，反追想當日相見時狀態，用「因記」二字，則通體空靈矣：此頓挫處也。第三疊「前度劉郎」至「聲價如故」，言個人不見，但見同里秋娘，未改聲價。是用側筆以襯正文，又頓挫處也。燕臺句用義山柳枝故事，情景恰合。「名園露飲，東城閒步，」當日已亦爲之，今則不知伴著誰人，賡續雅舉？此「知誰伴」三字，又沈鬱之至矣。「事與孤鴻去……」方說正文，以下說到歸院，層次井然，而字字悽切，末以飛雨風絮作結，寓情於景，倍覺黯然。通體僅「黯凝佇」，「前度劉郎重到」，「傷離意緒」三語爲作詞主意，此外則頓挫而復纏綿，空靈而又沈鬱；驟視之幾莫測其用筆之意，此所謂神化也。他作亦復類此，不能具述。總之詞至清真，實是聖手，後人竭力摹效，且不能形似也。（吳氏詞學通論）

惟此等詞純係文人的詞，與一般自然寫景抒情的作品相較，總不免近於雕斲，亦係一種流弊；清真特長處尚不在此等詞也。

E小令亦復清麗動人　據貴耳錄載道君（即宋徽宗）幸李師師（汴京名妓）家，時美成先在，因避匿牀下，道君攜新橙一顆，云係江南初進來者；遂與師師謔語，美成在牀下悉聞之。遂隱括成一小詞，名曰少年遊，其詞云：

并刀似水，吳鹽勝雪，纖指破新橙。錦幄初溫，獸香不斷，相對坐調笙。低聲問：向誰行宿？城上已三更。馬滑霜濃，不如休去，只是少人行。

此詞寫得極明淨婉媚，與其長調作法，則判若兩人了，類此者甚多，更錄數闋於後。

灰暖香融銷永晝，葡萄架上春藤秀，曲角闌干羣雀鬥，清明後，風梳萬縷亭前柳。日照釵梁光欲溜，循階竹粉

羅衣袖，拂拂面紅新着酒，沈吟久，昨宵正是來時候。（漁家傲）

水漲魚天拍柳橋。雲鳩拖雨過江皋，一番春信入東郊。　閑碾鳳團消短夢，靜看燕子壘新巢，又移月影上花梢。（浣溪沙）

秋陰時晴向暝，變一庭淒冷，佇聽寒聲，雲深無雁影。　更深人去寂靜，但照壁孤燈相映，酒已都醒，如何消夜永！（關河令）

廉纖小雨池塘徧，細點破萍面。一雙燕子守朱門，此似尋常時候易黃昏。　宜城酒泛浮春絮，細作更闌語，相看羈思亂如雲，又是一窗燈影兩愁人。（虞美人）

幾日來，眞個醉，不知道窗外紅已深半指，花影被風搖碎。　擁春酲乍起，有個人人生得濟楚，來向耳邊問道：今朝醒未？情性兒漫騰騰地，惱得人又睡。（紅窗迥）

他這種小詞與任何詞家的意境和風格都不相同；雖然都是屬於清麗婉柔的一派寫法。他於清麗婉柔之外，含有一種極細微敏銳的感覺，而以靜默自然的意態寫出。即如在B節內所引的蘇幕遮、滿庭芳、夜遊宮、夜飛鵲、蕩山溪、荔芰引、大酺等詞，亦係此種寫法。

三　他的影響和流弊

美成以天賦英才，又加以過人學力，遂能集諸家之長，蔚爲北宋殿軍，受享着百世的崇敬，而他影響於後來詞人者，歷南宋、元、明、清八百餘年而未嘗少替。——尤以南宋諸大家如姜、史、吳、王、張、周等人，皆奉之爲唯一典範；而流風餘韻，更波及於元、明、清三朝。其個人在詞林影響之大，雖不及溫飛卿、柳耆卿與姜白石，然聲望之優隆，似尚過乎三家。故陳廣云：

美成自號清眞，二百年來，以樂府獨步。貴人、學士、市儈、伎女，皆知美成詞爲可愛。

賀黃公亦云：

周清眞有柳欹花嚲之致，沁人肌骨，視淮海（秦少游）不徒娣姒而已。

我們試讀他的全集，覺得他無論是寫小令與慢詞，其文辭之工細，才思之敏銳，風調之完美，均爲前此作家所無。集中如花犯之賦梅，蘭陵王之詠柳，皆冷豔悽咽，爲確有境界之作。又如瑣窗寒之詠寒食，滿庭芳之寫溧水夏景，夜飛鵲之寫郊原，大酺之寫春雨，以及上面所引各詞，皆圓融工細，恰當其境，此等作品，皆能「圓美流轉如彈丸」。（黃花庵語）皆能如「柳欹花嚲，沁人肌骨」，爲集中上乘之作。其他雋美的篇什尚多，不再另舉，讀者自去參證可也。他不獨辭彩極工麗，而尤精於音律，故「下字用韻，皆有法度」。（尹煥語）當時如方千里、楊澤民等，依韻唱和，步趨繩尺，不敢少失，遂有三英集之刊刻。其後如陳允平之西麓繼周集，皆和周韻，多至百二十一首，其爲後人奉爲典型之作，於此可見一斑。

以上都是他的特長，最足爲後世典範的。只可惜南宋作家，只取其文辭之工，而忽於詞境之美，故於其最上乘之作，反無人學步。他們所追模的都是瑞龍吟、六醜一類的作品，這些詞都是一種純文人的詞，只在文字辭藻上刻意雕琢，無形中漸漸走向一個無病呻吟的詞學路上去了。如上面所引的瑞龍吟，作得何嘗不工細？筆力何嘗不頓挫？然而細尋其中意緒，則毫無所謂，只是在那裏咬文嚼字，大作其無病呻吟的文章，全非詩人抒寫性靈之作，毫無眞實的境界可言。這種無病呻吟的歌詩，姑無論你作得怎樣精巧，它是不能深印入讀者的心靈深處的呵！近人王靜庵先生論詞，以爲：

> 詞以境界爲最上，有境界則自成高格，自有名句。……有有我之境，有無我之境。「淚眼問花花不語，亂紅飛過秋千去」，「可堪孤館閉春寒，杜鵑聲裏斜陽暮」，有我之境也。「采菊東籬下，悠然見南山」，「寒波澹澹起，白鳥悠悠下」，無我之境也。有我之境，以我觀物，故物皆著我之色彩；無我之境，以物觀物，故不知何者爲我，何者爲物。（人間詞話）

可爲一切詩歌作一評衡的標準。美成詞佳者，亦能做到「有我」與「無我」兩種境界。如「葉上初陽乾宿雨，水面清圓，一一風荷擧。」「橋上酸風射眸子，看黃昏燈火市，」謂之「以我觀物」的「有我」境界亦可，謂之「物我兩忘」的「無我」境界亦可。不過他的多半作品，仍向瑞龍吟、六醜一類毫無境界的詩篇作去，只在文辭上用工夫，對於自然的抒寫，漸漸減輕成分，對於北宋詞的質樸面目，也就漸漸喪失了。所以就大體上說，他的詞只是一種「圓融美豔幾經修琢」的才子和文士的詞。其爲後來人推崇，遠過北宋晏、歐、柳、蘇、秦、賀一切大作家的原因，固然是由於他的作品之優異過人，但亦因他的詞爲一種修琢完美的「文士的詞」，最合於一般文人雅士的口胃，有以致之。故王靜庵於周詞亦略致不滿道：

美成深遠之致不及歐、秦，惟言情體物，窮極工巧，故不失爲第一流之作者，但恨創調之才多，而創意之才少耳。（人間詞話）

他這種作風，實開南宋人纖巧瑣碎、機械膚濫的惡風，他替北宋詞作一個總結束，替南宋人作一個好榜樣，實在是中國詞壇的轉變上一個最有關鍵的人物！

第二章　天才的徽宗趙佶與最大女詩人李清照

一　宋徽宗●

徽宗名佶，神宗頊之子，以建中靖國辛巳（公元一一〇一年）即帝位。性極聰慧，凡吹彈、書畫、聲歌、詞賦，以及犬馬服飾之事無不精擅。即位之初即引用蔡京、蔡卞、朱勔等佞臣日從事於苑囿宮觀奢靡之樂。復用宦官童貫領軍，晉封為廣陽郡王。以致國政日壞，寇盜頻起。又適金人雄起北方，大舉寇邊，連陷朔代及燕山各州縣。乃傳位於子桓。（即欽宗）在位共二十六年。翌年，金人陷汴京，徽、欽二帝及后妃皇族約三千餘人，均為金人虜去。北宋遂亡。他被虜以後，押解至五國城，（今吉林一帶）展轉流遷於東北荒寒之境，歷盡人間最慘酷的遭遇與屈辱，如此者幾十年，身死於荒漠的戍途中。（高宗紹興五年，公元一一三五年）其歷境之慘為古今亡國之君所無。

他平生的著作極多，據宋史所載：「紹興二十四年九月己巳宰臣進徽宗皇帝御集凡百卷，……奉安於天章閣。」高宗序文內也說「…… 以至指麾邊機，險度利害，……無不情文周密，動千百言。賦

●見宋史本紀，及其北擄以後，可參看宣和遺事。

詠歌詩垂裕後昆者盍於策牘。」但因無刊本流傳，南宋亡後，全集散佚無存。現僅存詞十八首，——但月上海棠詞僅一殘句，實際上只能算是十七首了。近人曹元忠始爲彙集成編，附以宋高宗御製序文，名之曰宋徽宗詞，朱孝臧始爲刊刻於彊村叢書中。

在這十八首詞中，除燕山亭及眼兒媚爲北地所作外，餘均係汴京未陷以前的作品，仍過着他那優崇承平的宮庭生活，所描寫的多係宴樂祭饗及賞花之作。如聆龍謠、金蓮繞鳳樓、小重山、滿庭芳、聲聲慢、雪明鳷鵲夜等詞，都係詠佳節晏賀之樂的；導引三首，則係册封及別廟之辭；聲聲慢、玲瓏四犯、瑤臺第一層、探春令，均係詠花詠春之作；臨江仙係幸亳州途次之作。在這些作品中雖不少豔美綺旎的語句，但終不及他被虜北上以後作品的深刻悲婉。例如他的：

萬井賀昇平，行歌花滿路，月隨人。龍樓一點玉燈明，簫韶遠，高宴在蓬瀛。（小重山下闋）

觸處笙歌鼎沸，香韉趁，雕輪隱隱輕雷。萬家羅幕，千步錦繡相挨。銀蟾浩月如晝，共乘歡，爭忍歸來！疎鐘斷，聽行歌猶在禁街。（聲聲慢）

都是宣政太平時代宮庭間紀實的作品。他的詠物寫景之作，如：

一架幽芳，自過了梅花，獨占淸絕。露葉檀心，香滿萬條晴雪。肌淨素洗鉛華，似弄玉乍離瑤闕。看翠蛟白鳳飛翔，不管暮烟啼鴂。　酒中風格天然，記唐宮賜尊，芳冽玉蕤。喚得餘春，在猶醉迷飛蝶。乍雨乍晴，長是伴牡丹時節。夜散瓊樓，宴金鋪深掩，一庭春月。（玲瓏四犯茶䕷）

雖不甚婉協，然吐辭華豔，確係一個富貴帝王的手筆。他的：

> 羅旌微動，峭寒天氣，龍池冰泮，杏花笑吐香猶淺，又還是春將半。　淸歌妙舞從頭按，等芳菲時開宴。記去年對着東風，曾許不負鶯花願。（探春令）

亦爲詠春中的清麗之作，他的：

> 過水穿山前去也，吟詩約句千餘。淮波寒重雨疏疏，烟籠灘上鷺，人買就船魚。　古寺幽房權住，夜深宿在僧居。夢魂驚起轉嗟吁，愁牽心上慮，和淚寫回書。（臨江仙宣和乙巳冬幸亳州途次）

寫途中景況，也很迂徐自然，惟末句寄慨甚深，不知所指何事；於此可見他也是一個多愁易感的人了。

在汴京陷後，流轉北地，歷盡人間慘慄之境，其詞彩遂與前此之作迥異了。他在東北荒寒的途中，曾作了一首眼兒媚：

> 玉京曾憶舊繁華，萬里帝王家。瓊樹玉殿，朝喧弦管，暮列笙琶。　花城人去今蕭索，春夢遶胡沙。家山何處？忍聽羌管，吹徹梅花！

此詞情緒悽愴，天涯窮途之感，何殊李煜「小樓昨夜東風」之作？但尚不如他的燕山亭之深摯：

> 裁翦冰綃，輕疊數重，淺淡胭脂勻注。新樣靚妝，豔溢香融，羞殺蕊珠宮女。易得凋零，更多少無情風雨，愁苦！問院落淒涼，幾番春暮？　憑寄離恨重重，這雙燕何曾會人言語？天遙地遠，萬水千山，知他故宮何處？怎不思量，除夢裏有時曾去；無據！——和夢也新來不做！（燕山亭北行見杏花作）

這首詞本係詠杏花的，所以起六句都是寫杏花的豔麗無比。但忽然想到她「易得凋零，更多少無情風雨」，情緒就漸漸悲哽了，緊張了，便覺得眼前正是一個暮春的景象了，這時忽有一雙燕子飛過，更觸動了詩人的心弦，他想到他個人的身世，想到他故宮的景物，他想憑「這雙燕」來寄他的「離恨」，但它又怎能「會人言語」呢？寫至此處，已不勝遠淪異國音信全無之感了。但縱使這雙燕能夠會人言語，然而「天遙地遠，萬水千山」，它又怎知「故宮何處」呢？這更使人絕望了。無可奈何，只得有藉夢魂中一回故鄉了。但連此夢中暫時的安慰，也因新來無夢可做，完全幻滅了！通篇從頭至尾，說來如聞其聲，如親歷其境，無一修飾造作之語，而其寄恨之濃摯，鄉思之迫切，天涯之落魄凄厲，均由其深刻細緻的筆鋒，曲迴沈着的寫出，可算是一首極大的悲劇縮小，一首空前絕後的哀曲了。

二 李清照[1]（公元一〇八一——一一四〇（？））[2]

清照，自號易安居士，濟南人，名士李格非之女。生於宋神宗元豐四年（公元一〇八一年），母王氏，亦能文章。二十一歲時出嫁於太學生趙明誠。夫妻皆好學能文，尤善搜討考訂，記覽甚博。平生搜集金石古

[1] 見王鵬運易安居士事輯。

[2] 居士生卒年，依胡適之詞選。

玩甚多，晚年值汴京之陷，南渡後，舊藏盡失，明誠又死，顛沛無依，晚景頗蕭條。卒年約在高宗紹興十年。（公元一一四〇年）其詞集名漱玉詞，宋史藝文志作六卷，直齋書錄解題作五卷，皆散佚，今所流傳者，有毛晉汲古閣刊詩詞雜組本凡十七闋，有王鵬運四印齋所刻詞本，有趙萬里校輯宋金元人詞本，凡四十三首，附錄十七首，最爲精審。

她的詞雖僅存此四五十闋，然其天才之卓異，亦足震鑠詞壇，使人驚賞不置。她對於前此作家，多致其不滿之意，嘗謂：

本朝柳屯田永，變舊聲，作新聲，出樂章集，大得聲稱於世，雖協音律，而詞語塵下。又有張子野、宋子京兄弟，沈唐、元絳、晁次膺輩繼出，雖時時有妙語，而破碎何足名家？至晏丞相、歐陽永叔、蘇子瞻，學際天人，作爲小歌詞，直如酌蠡水於大海，然皆句讀不葺之詩耳；又往往不協音律。……王介甫、曾子固文章似西漢，若作小歌詞，則人必絕倒，不可讀也。乃知詞別是一家，知之者少。後晏叔原、賀方回、黃魯直出，始能知之。而晏苦無鋪敘，賀苦少典重。秦少游專主情致，而少故實，譬如貧家美女，雖極妍麗丰逸，而終乏富貴態。黃卽尚故實，而多疵病，譬如良玉有瑕，價自減半矣。

可見她當年眼界之高，幾乎無一個理想的作家，足供她的模型了。她的詞最能表現出女性的美來，其幽媚婉柔流暢，機杼天成，遠非時輩所能企及，她平生得力之處，則爲歐陽永叔、秦少游及南唐李煜三家。茲爲比較如下：

無言獨上西樓，月如鉤，寂寞梧桐深院鎖清秋。　翦不斷，理還亂，是離愁，別是一般滋味在心頭？（相見歡李煜

作）

西城楊柳弄春柔，動離憂，淚難收。猶記多情，曾爲繫歸舟。碧野朱橋當日事，人不見，水空流—　韶華不爲少年留，恨悠悠，幾時休？飛絮落花時候一登樓。便做春江都是淚，流不盡，許多愁—（江城子少游作）

紅藕香殘玉簟秋，輕解羅裳，獨上蘭舟。雲中誰寄錦書來？雁字回時，月滿西樓。　花自飄零水自流，一種相思，兩處閒愁。此情無計可消除，纔下眉頭，卻上心頭。（一翦梅易安作）

以上三詞，無論在音節上，在意境上，都極神似。又如：

紅日已高三丈透，金爐次第添香獸，紅錦地衣隨步皺。　佳人舞點金釵溜，酒惡時拈花蕊嗅，別殿遙聞簫鼓奏。（浣溪沙李煜作）

鶯嘴啄花紅溜，燕尾點波綠皺。指冷玉笙寒，吹徹小梅春透。依舊，依舊，人與綠楊俱瘦—（憶仙姿少游作）

薄霧濃雲愁永晝，瑞腦消金獸。佳節又重陽，玉枕紗廚，半夜涼初透。　東籬把酒黃昏後，有暗香盈袖。莫道不消魂，簾捲西風，人比黃花瘦—（醉花陰易安作）

簾外雨潺潺，春意闌珊，羅衾不耐五更寒。夢裏不知身是客，一晌貪歡。（浪淘沙上闋李煜作）

雨橫風狂三月暮，門掩黃昏，無計留春住。淚眼問花花不語，亂紅飛過秋千去！（蝶戀花下闋永叔作）

……多少蓬萊舊事，空回首，烟靄紛紛。斜陽外，寒鴉數點，流水繞孤村。……此去何時見也？襟袖上空染啼痕。傷情處，高城望斷，燈火已黃昏—（滿庭芳節錄少游作）

香冷金猊，被翻紅浪，起來慵自梳頭。任寶奩塵滿，日上簾鉤。生怕離懷別苦，多少事，欲說還休。新來瘦，非干病酒，不是悲秋。休休！這回去也，千萬徧陽關，也則難留。念武陵人遠，烟鎖秦樓。唯有樓前流水，應念我終日凝眸。凝眸處，從今又添一段新愁。（鳳凰臺上憶吹簫易安作）

我們試將上詞細心加以尋繹，即知易安一生詞品，全從後主、永叔、少游三家脫胎出來的。後主得其深，永叔得其鬱，少游、易安則得其婉秀。後主遭際亡國，少游屢經貶竄，故其詞覺悲婉深沈，均由肺腑中自然流露出來，最能感人心曲。永叔深於情思，故其詞亦纏綿抑鬱，若不勝其傷春恨月之感也。至於易安，幼年即生長在一個有文學環境的家庭，適人以後，夫妻感情又極和樂美滿，似乎無悲愁的種子蔓生在她的心曲了。但我們一讀她的作品，則亦覺悲苦之辭爲多。因爲女子是最富於情感的，有許多事本來是不值得注意的，但在女性全心靈中，往往留下一個深刻的印象，甚至終身不能忘懷，何况她與明誠愛情很重，自不免因別情離緒所縈繞，而致其纏綿想望之思了。所以在她的詞裏，可以完全暴露出女性真實的情操來，與男作家試作香豔的閨情詞相較，其藝術上的表現力，自不可相提並論了。如她的武陵春：

風住塵香花已盡，日晚倦梳頭。物是人非事事休，欲語淚先流。　聞說雙溪春尚好，也擬泛輕舟。只恐雙溪舴艋舟，載不動許多愁！

以及上面的一剪梅、鳳凰臺上憶吹簫二詞，皆係眞正女性的傷離之作，與男作家之越俎代庖者，其誠僞之情，不難立辨。

以上所引各詞，不過只以婉柔清麗過人罷了，尚非她的最高作品。她平生最足用以睥睨一世者，則爲她的聲聲慢：

尋尋覓覓，冷冷清清，淒淒慘慘戚戚。乍暖還寒時候，最難將息。三杯兩盞淡酒，怎敵他晚來風急！雁過也，正傷心，卻是舊時相識。滿地黃花堆積，憔悴損，而今有誰堪摘？守着窗兒，獨自怎生得黑！梧桐更兼細雨，到黃昏點點滴滴，這次第，怎一個愁字了得。

其筆力之遒健，描寫之深入，境界之逼眞，情緒之迫切緊張，均充分的現出絕不類一個婦女的手筆。入手連用十四疊字，即已險奇，而收句復又運用兩疊，卻用來妙語天成，毫無堆滯粉飾之迹。張端義貴耳錄謂其「乃公孫大娘舞劍手，本朝非無能詞之人，未曾有一下十四疊字者，」其推許並不爲過。她愛誦歐陽永叔「庭院深深深幾許」一詞，而她所用疊字之優異，則遠過永叔了。於此詞內，可見她描寫手腕之高，實足以俯視過去一切作家，無怪她對於先輩詞人多致其譏彈之辭了。只可惜她的全集已失，遂使類此的「前無古人，後無來者」之作，無從窺其全豹，眞是一件憾事了！

她在當年，亦多少受了些時代色彩的薰染，不出柳永、周邦彥以來慢詞的風調。如她的念奴嬌，即係一例：

蕭條庭院，又斜風細雨，重門須閉。寵柳嬌花寒食近，種種惱人天氣。險韻詩成，扶頭酒醒，別是閒滋味。征鴻過盡，千萬心事誰寄？　樓上幾日春寒，簾垂四面，玉闌干慵倚。被冷香消新夢覺，不許愁人不起。清露晨流，新桐初引，多少遊春意。日高烟斂，更看今日晴未。

她在南渡以後，家事蕭條，老境堪憐，卻並無一篇寫實之作，未免有美中不足之憾了。

第三章　一般作家

——晁端禮——万俟詠——田爲——杜安士——王之道——曾組——王安中——趙企——李持正——何大圭——趙長卿——蔡伸——呂渭老——魯逸仲——阮閱——劉一止——向鎬——吳則禮——李呂——曾紓——曾覿——李祁——蔣子雲——宋齊愈——沈會宗——林少瞻——王庭珪——略去的作家——

晁端禮

端禮字次膺，其先澶州清豐人，徙家彭門。神宗熙寧六年進士，兩爲縣令，忤上官，作廢。晚以蔡京薦，以承事郎爲大晟協律。其詞集有吳氏雙照樓本閒齋琴趣外篇六卷。

端禮、雅言、不伐均與周美成同官大晟府，於當日審定舊調，創製新詞，均有參助之功，他的詞亦與美成爲近，惟才情較弱。集中如鴨頭綠、黃河清慢、並蒂芙蓉、壽星明等詞，皆係創調，以補大樂中徵調之闕者，惟多係宮庭間頌揚之辭，無甚足記。他在當年，亦係一位慢詞的作家，集中自創之調亦甚多。其平生作品，以水龍吟爲最好，茲錄如下：

倦遊京洛風塵，夜來病酒無人問。九衢雪少，千門月淡，元宵燈近。香散梅梢，凍銷池面，一番春信。記南城醉裏，西城宴闋，都不管人春困。　屈指流年未幾，早驚人潘郎雙鬢。當時體態，而今情緒，多應瘦損。馬上牆頭，縱教瞥見，也難相認。憑闌干，但有盈盈淚眼，把羅襟搵。

万俟詠

詠字雅言，自號詞隱。遊上庠不第，崇寧中充大晟府製撰。有大聲集五卷，已失傳，近人趙萬里始爲彙成一卷，刊於校輯宋金元人詞中，凡二十七首，附錄二首。其散錄於諸家記載者，如春草碧、三臺、戀春芳慢、安平樂慢、卓牌兒、鈿帶長等詞，皆係自度新聲。茲錄其昭君怨一詞如下：

春到南樓雪盡，驚動燈期花信。小雨一番寒，倚闌干。　莫把闌干頻倚，一望幾重烟水，何處是京華，暮雲遮。

黃叔暘說他的詞：

發妙旨於律呂之中，運巧思於斧鑿之外，平而工，和而雅，比諸刻琢句意而求精麗者遠矣。

田爲

爲字不伐，里居不詳。黃昇云：「製撰官凡七，田亦供職大樂，衆謂得人。」他當年供職大晟府時，慢詞的創製亦甚多，惟詞集不傳，見於選本者僅江神子慢、惜黃花慢、探春慢等數詞，其見於趙氏校輯宋金元人詞（名芊嘔集）者亦祇六首而已。其南柯子一闋，更多爲各選家所採錄。其詞云：

夢怕愁時斷，春從醉裏回。淒涼懷抱向誰開？些子清明時候被鶯催。　柳外都成絮，欄邊半是苔。多情簾燕獨徘徊，依舊滿身花雨又歸來。

寫得頗韻致而有含蓄。

杜安世

安世字壽域，京兆人，亦係當年一位慢詞的作家，亦能自度新曲。詞集有毛氏宋六十家詞本壽域詞一卷。他的鶴冲天：

> 單夾衣裳，半籠軟玉肌體；石榴美豔，一撮紅綃比，窗外數修篁，寒自倚。

寫美人及初夏景物，極妍倩有致。又如他的卜算子：

> 尊前一曲歌，歌裏千重意，纔欲歌時淚已流，恨更多於淚！　試問緣何事，不語渾如醉。我亦情多不忍聞，怕和我成憔悴。

非深於情思者，絕無如此深刻。非工於描寫者，絕無如此自然。

王之道

之道字彥猷，濡須人，宣和進士，歷朝奉大夫。詞集有彊村叢書本相山居士詞二卷。以如夢令爲最清雋幽倩。詞云：

> 一晌凝情無語，手撚梅花何處。倚竹不勝愁，暗想江頭歸路。東去，東去，短艇淡烟疏雨。

曹組

組字元寵，穎昌人，緯弟。宣和三年進士。閤門宣贊舍人，官止副使，有箕穎集。向無刻本，近人易大厂取舒亶信道詞，蘇庠後湖詞，曹氏元寵詞，及復見於彊村叢書等詞刻十七家詞，成一精鈔宋二十家詞。於舒曹蘇三家的仕履逸聞，及朱彊村評語，趙萬里校語，引證頗詳實。

元寵詞極清幽婉麗，頗具淮海、東堂二家之長。如他的：

雲透斜陽，半樓紅影明窗戶，暮山無數，歸雁愁邊去。十里平蕪，花遠重重樹。空凝竚，故人何處，可惜春將暮。（點絳脣）

門外綠陰千頃，兩兩黃鸝相應，睡起不勝情，行到碧梧金井。人靜，人靜，風弄一枝花影！（如夢令㊀）

茅舍竹籬邊，雀噪晚枝時節。一陣暗香飄處，已不勝清絕。江南得地故先開，不待有飛雪，腸斷幾回山路，恨無人攀折。（好事近）

皆清幽絕塵，柔媚多姿，即列於柳、秦大作家之林，亦毫無遜色。又如他的望月婆羅門引：

㊀或有將此詞誤入淮海集者，茲據松商雜錄載：元寵曾以此詞及點絳脣詞，得徽宗寵愛，足證非秦作，且彊村叢書所收淮海集最精審，亦未載此詞也。

澀雲暮捲，漏聲不到小簾櫳，銀河淡掃澄容。皓月當軒高挂，秋入廣寒宮。正金波不動，桂影朦朧。佳人未逢嘆此夕與誰同？望遠傷懷對景，霽滿愁紅。南樓何處？想人在長笛一聲中。凝淚眼，立盡西風。

亦婉約有致，不落凡俗。

王安中

安中字履道，陽曲人，第進士。政和中自大名主簿，累擢中書舍人，翰林學士承旨，出鎮燕山府，召除檢校太保，大名府尹，兼北京留守司公事。靖康初貶象州。詞集有毛氏宋六十家詞本初寮詞。

他的詞頗平庸，不甚華麗，以點絳脣及蝶戀花二詞爲最傑出。茲錄如後：

峴首亭空，勸君休墮羊碑淚。宦遊如寄，且伴山翁醉。說與鮫人，莫解江皐珮。將歸思，暈紅縈翠，細織回文字。

（點絳脣）

詞境頗靜穆而含愁思。據苕溪漁隱叢話載，係送韓濟之歸襄陽作者。

蜜蠟成梅天著意，黃色濃濃，對蕊勻裝綴。百和薰肌香旖旎，仙裝儘漬薔薇水。　雪徑相逢人半醉。手折低枝，擁鬢人爭翠。嗅蕊撚枝無限思，玉真未洒梨花淚。（蝶戀花蠟梅）

兩詞雖不奔放開展，然可見其運思之細緻，琢句之刻意了。

趙企

企字循道，大觀間宰績溪，宣和初台州倅。他的感皇恩賦別情頗真切婉和：

騎馬踏紅塵，長安重到，人面依然似花好。舊歡纔展，又被新愁分了。未成雲雨夢，巫山曉。　千里斷腸，關山古道，回首高城似天杳。滿懷離恨，付與落花啼鳥。故人何處也，青春好！

李持正

持正字季秉，政和五年進士，歷知德慶、南劍、潮陽三郡，終朝請大夫。他的詞仍有北宋初期自然的情調。玆錄二詞於後：

星河明淡，春來深淺，紅蓮正滿城開遍。禁街行樂，暗塵香拂面，皓月隨人近遠。　天半鰲山，光動鳳樓西觀。東風靜，珠簾不捲，玉輦待歸，雲外聞弦管，認得宮花影轉。（明月逐人來上元）

小桃枝上春風早，初試薄羅衣。年年樂事，華燈競處，人月圓時。　禁街簫鼓，寒輕夜永，纖手重攜。更闌人散，千門笑語，聲在簾幃。（人月圓）

何大圭

大圭字晉之，廣德人，政和八年進士，仕爲祕書省著作郎。他的小重山詞極爲臨邛高恥菴所贊許，(見詞品)謂其造句「辟如雲錦月鉤，造化之巧，非人琢也。此等句在天地間有限」。玆錄原詞如下：

綠樹鶯啼春正濃，釵頭青杏小緣成叢。玉船風動酒鱗紅。歌聲咽，相見幾時重？車馬去匆匆，路隨芳草遠，恨無窮。相思只在夢魂中。今宵月，偏照小樓東。

趙長卿

長卿自號仙源居士，南豐宗室，其惜香樂府十卷，有毛氏宋六十家詞本。他的詞模仿子野、耆卿，頗得其精髓，故能在豔冶中復具清幽之致。生平作品極多，爲柳派一大作家。茲錄二闋於後：

斜點銀缸，高擎蓮炬，夜深不耐微風。重重簾幕捲堂中。香漸遠，長烟裊穟，光不定，寒影搖紅。偏奇處，當庭月暗，吐燄如虹。紅裳呈豔，嫦娥一見，無奈狂蹤。試煩他纖手，捲上紗籠。開正好，銀花照夜，堆不盡，金粟凝空。丁寧語，頻將好事，來報主人公。（瀟湘夜雨）

燭消紅，窗送白，冷落一衾寒色。鴉喚起，馬馱行，月來衣上明。　酒香脣，妝印臂，憶共個人春睡。魂蝶亂，夢鸞孤，知他睡也無？（更漏子）

後闋寫得更明倩可愛。他的畫堂春「小亭烟柳水溶溶，野花白白紅紅」，以及卜算子「春水滿江南，三月多芳草，幽鳥銜將遠恨來，一一都啼了」等句，也都很自然清暢。他的集中全都是些香豔的作品，有時且喜用通俗的字句入詞，他可以說是耆卿的嫡傳。

蔡伸

仲宇仲道，莆田人，宣和中，官彭城倅，歷左中大夫，其詞集名友古詞，有宋六十家詞本。他好融詩句而未能渾化，其作品全模仿賀方回，如七娘子「凭高目斷桃溪路，屏山樓外靑無數，綠水紅橋，瑣窗朱戶，如今總是銷魂處。」以及點絳脣「水繞孤村，亂山深鎖橫江路，帆歸別浦，冉冉蘭皋暮，」一部係學方回而尚未變體之作。

呂渭老

渭老（一作濱老）字聖求，嘉興人，宣靖間朝士。其聖求詞有毛氏宋六十家詞本，其作品多失之平易，比較以小重山及選冠子等詞，尚稱集中最生動之作：

半夜燈殘鼠上檠，小窗風動竹，月微明。夢魂偏寄水西亭，琅玕碧，花影弄蜻蜓。　千里暮雲平，南樓催上燭，晚來晴。酒闌人散斗西傾，天如水，團扇撲流螢。（小重山）

雨溼花房，風斜燕子，池閣晝長春晚。檀盤戰象，寶局鋪棊，籌畫未分還懶。誰念少年齒怯梅酸，病疏霞盞，正青錢遮路，紛紛明水，倦尋歌扇。　空記得小閣題名，紅牋靑製，燈火夜深裁翦。明眸似水，妙語如弦，不覺曉霜雞喚。聞道近來箏譜慵看，金鋪長掩，瘦一枝梅影，回首江南路斷。（選冠子）

此外如一落索上闋「蟬帶殘聲移別樹，晚涼房戶。秋風有意染黃花，下幾點淒涼雨。」以及江城子「點點螢光，偏向竹梢明」等句，亦皆刻畫工麗，爲集中上乘之作。

魯逸仲

逸仲姓孔名夷，字方平，號滍皋先生，元祐中隱士。「魯逸仲」其別號也。其詞錄於趙聞禮陽春白雪者，有惜餘春慢、南浦等詞，尤以南浦一詞爲最婉約蘊藉，與少游滿庭芳諸作尤神似，即置在淮海集中，亦爲最上乘之作，餘子更不足與並論了。

風悲畫角，聽單于三弄落譙門。投宿駸駸征騎，飛雪滿孤村。酒市漸闌燈火，正敲窗亂葉舞紛紛。送數聲驚雁，乍離烟水，嘹唳渡寒雲。 好在半朧淡月，到如今無處不銷魂。故國梅花歸夢，愁損綠羅裙。爲問暗香閑豔，也相思萬點付啼痕。算翠屏應是，兩眉餘恨倚黃昏。（南浦）

阮閱

閱字閎休，舒城人，宣和中知郴州，建炎初知袁州，有松菊集、詩話總龜及詞集一卷，名阮戶部詞，有彊村叢書本。錄一闋於後：

趙家姊妹，合在昭陽殿，因甚人間有飛燕？見伊底盡道，獨步江南，便江北也何曾慣見？ 惜伊情性好，不解嗔人，長帶桃花笑時臉。向尊前酒底見了須歸，似恁地，能得幾回細看？待不眨眼兒覷着伊，將眨眼工夫看伊幾遍。

（洞仙歌贈宜春官妓趙佛奴）

純從耆卿、山谷學來，而曲折婉媚，語語自然。宜春遺事謂：「此詞已爲元曲開山，」信然。

劉一止

一止字行簡，歸安人，宣和三年進士，紹興中官監察御史，累遷給事中。有苕溪樂章一卷，彊村叢書本。他的喜遷鶯一詞，盛傳京師，詞中有：

曉光催角，……迤邐烟村，馬嘶人起，殘月尙穿林薄。淚痕帶霜微凝，酒力衝寒猶弱。嘆倦客悄不禁，重染風塵京洛。

全從柳耆卿作品模仿得來，爲加意描寫之作，故當時有「劉曉行」之稱號。

向鎬

鎬字豐之，河內人，元和江標靈鶼閣本作向滈，其喜樂詞，有江氏本，有王鵬運四印齋彙刻宋元三十一家詞本。他的詞以自然勝，有時用俗語入句，多費解處。

野店幾杯空酒，醉裏兩眉長皺，巳是不成眠，那更酒醒時候，知否？知否？直是爲她消瘦。（如夢令）

誰伴明窗獨坐？我和影兒兩個。燈燼欲眠時，影也把人拋躲。無那，無那，好個悽惶的我。（又）

這都是他用白話入詞的成功作品。

吴則禮

則禮字子副，富川人。官至直祕閣知虢州，晚居豫章，自號北湖居士。有北湖集五卷，附詞。其詞集單刻本，則有彊村叢書本北湖詩餘。他的詞每於質樸中作壯語。

凭欄試覓紅樓句，聽考考城頭暮鼓。數騎翩翩度孤戍，盡雕弓白羽。 平生正被儒冠誤，待閒看將軍射虎。朱檻瀟瀟微雨，送斜陽西去。（江樓令晚眺）

李呂

呂字東老，邵武軍光澤人。有澹軒集七卷，詞一卷，有彊村叢書本。他的詞頗明豔嫵媚，具晏小山風姿，如鷓鴣天後闋「人悄悄，漏迢迢，瑣窗虛度可憐宵。一從恨滿丁香結，幾度春深豆蔻梢」，即其例證，然尚不及他的調笑令更明豔動人。

掩袖低迷情不禁，背人低語兩知心。烟娥漸放愁邊散，細歷從教醉裏深。小梅破萼嬌難似，喜色著人吹不起。莫將羽扇掩明波，瀲灩風光生眼尾。 眼尾寄深意，一點蘭膏紅破蕊。細窩淺淺雙痕媚，背面銀牀斜倚。燭花光報今宵喜，管定知人心裏。

曾紓

紓字公卷，南豐人，布之子，爲司農少卿，直寶文閣，知衢州，有空靑集。他的菩薩蠻上闋：

山光冷浸淸溪底，溪光直到柴門裏。臥對白蘋洲，欹眠數釣舟。

寫月夜之景頗佳。

曹勛

勛字功顯，陽翟人，宣和時官至太尉，提擧皇城司開府儀同三司，終於淳熙初。其詞集有彊村叢書本松隱樂府三卷，補遺一卷。他爲北宋末期一大慢詞作家，自度新曲亦極多。爲人頗有氣節，靖康之難，隨徽宗北遷，旋遁歸。建炎初至南京，建議募死士奉徽宗歸，爲執政所格，九年不用。他的詞多應制詠物之作，頗工穩。如點絳脣上闋：「秋雨瀰空，冷侵窗戶琴書潤。四檐成韻，孤坐無人問。」以及酒泉子上闋：「慘慘西風，人與兩州俱不見，一江殘照落霞紅，鴈聲中。」與油滑之作不同。

李祁

祁字蕭遠，官至尚書郎。其點絳脣：

樓下清歌，水流歌斷春風暮。夢雲烟樹，依約江南路。　碧水黄沙，夢到尋梅處。花無數，問花無語，明月隨人去。

婉約清麗，勝處不減少游。

蔣子雲

子雲字元龍，其好事近一闋頗短倩有致：

葉暗乳鴉啼，風定亂紅猶落。蝴蝶不隨春去，入薰風池閣。　休歌金縷勸金卮，酒病煞如昨。簾捲日長人靜，任楊花飄泊。

宋齊愈

齊愈字退翁，宣和間爲太學官。其眼兒媚詠梅「霏霏疏影轉征鴻，人語暗香中。小橋斜渡，曲屏深院，水月濛濛」尙婉麗。

沈會宗

會宗字文伯，其菩薩蠻詞甚婉和自然：

落花迤邐層陰少，靑梅競弄枝頭小。紅色雨和烟，行人江那邊。　好花都過了，滿地空芳草。落日醉醒間，一春無此寒。

他的詞集，有趙氏校輯宋金元人詞本名沈文伯詞一卷，共二十三首，附錄二首。

林少瞻

霽霞散曉月猶明，疏木挂殘星。山徑人稀，翠蘿深處，啼鳥兩三聲。　霜華重逼雲裘冷，心共馬蹄輕。十里青山一溪流水，都做許多情。（眼兒媚曉行）

王庭珪

庭珪字民瞻，廬陵人，政和進士，爲國子監主簿，晚直敷文閣。有盧溪詞一卷，有趙萬里輯本，共四十二首，附錄一首。

一葉上西風，寒生南浦，椎鼓鳴橈送君去。長亭把酒，卻倩阿誰留住？尊前人似玉，能留否？（感皇恩上闋）

此外尚有許多作家，因無甚特異處，略爲概舉如後。

徐伸字幹臣，三衢人，政和初爲太常典樂，出知青州。其轉調二郎神則爲自度腔，有青山樂府，不傳。

劉幾字伯壽，官祕書監，神宗時與范蜀公重定大樂，有花發狀元慢，亦爲自度新曲。米友仁字元暉，襄陽人，芾子，善書畫，仕至敷文閣直學士，有陽春集詞一卷。（彊村叢書本）沈瀛字子壽，吳興人，有竹齋詞一卷。（彊村叢書本）張綱有華陽長短句一卷。（彊村叢書本）徐積字仲車，山陽人。韓駒字子蒼，政和初進士，有陵陽集。沈與求有龜溪長短句。（彊村叢書本）王寀字輔道，宣和中官侍郎，李甲字景元，華亭人，廖世美燭影搖紅，「塞鴻難問，岸柳何窮，別愁紛絮。……催促年光，舊來流水知何處。斷腸何必更殘陽，極目傷平楚，晚霽波聲帶雨。悄無人，舟横古渡。」語淡情深，尤稱佳製。此外如方喬、楊适、沈公述、李玉、沈子山、夏倪、謝克家、何㮚、查荎、何籀等人多係片詞，無關重要。

參考書目

元脫克脫：宋史
宋王偁：東都事略
宋張炎：詞源
吳梅：詞學通論
王國維：人間詞話
宣和遺事　宋人撰，不著作者姓氏。
王鵬運：易安居士事輯　見王氏四印齋所刻詞中漱玉詞後。

周邦彥：片玉詞　有毛氏宋六十家詞本及彊村叢書本，　又名清眞集　有四印齋所刻詞本。

趙佶：宋徽宗詞　有彊村叢書本。

李清照：漱玉詞　有毛晉汲古閣刊詩詞雜俎本，有四印齋所刻詞本，有趙萬里校輯宋金元人詞本。諸本以趙氏本爲最精審，

凡四十三首，附錄十七首。

晁端禮：閑齋琴趣外篇　有吳氏雙照樓本。

万俟詠：大聲集　宋本已失，近人趙萬里始爲輯成一卷，刊校輯宋金元人詞中，凡二十七首，附錄二首。

田爲：芊嘔集　有趙氏校輯宋金元人詞本，凡六首。

杜安世：壽域詞　有毛氏宋六十家詞本。

王之道：相山居士詞　有彊村叢書本，

曹組：箕潁詞　有趙氏校輯宋金元人詞本，凡三十五首，附錄一首，　又名元寵詞，　有易大厂宋二十家詞本。趙易二家輯

本，均爲最近本。

王安中：初寮詞　有宋六十家詞本。

趙長卿：惜香樂府　有宋六十家詞本。

蔡伸：友古詞　有宋六十家詞本。

阮閱：阮戶部詞　有彊村叢書本，僅得四首。

吳則禮：北湖詩餘　有彊村叢書本。

李呂：澹軒詩餘　有彊村叢書本。

劉一止：苕溪樂章 有彊村叢書本。

向鎬：喜樂詞 有江標靈鶼閣叢刻名家詞本，有四印齋彙刻宋元三十一家詞本。

曹勛：松隱樂府 有彊村叢書本。

王庭珪：盧溪詞 有趙氏校輯宋金元人詞本，凡四十二首，附錄一首。

第五編　宋詞第四期

——公元一一二〇——一一九五——

——蘇軾派的擡頭或朱敦儒與辛棄疾的時期——

引言　政治環境的兩大反映

本期約自徽宗宣和以後起，直到南渡後慶元間，約七十餘年，是傳統下來的詞學史中一個椏枝旁幹的怒出，是由蘇軾到辛棄疾的一個最光輝的時期。中國詞學在南渡後，本可直接由周邦彥一條路線走下去的，因爲政治上受了一個最慘烈的打擊，在承平一百七十餘年的北宋社會，忽然被一種暴力所劫持，而變換了政治與生活的常態。於是國都被異族攻陷了，皇帝也被擄去了，長淮以北完全爲胡馬所縱橫踐踏的場所了。這種刺激與震驚，遂使百年以來所代表的一種承平享樂的詞風，爲之遽變。這時候有兩大詞派的出現，代表兩種相反的意見與思想。

一派因鑒於國勢險惡，朝政日非，忠耿熱烈之士反足殺身賈禍，他們遂遁迹江湖，或與世浮沈，成爲一種放達頹廢的詩人，一切國情朝政，與他們毫不關心。他們唱着「醉眠小塢黃茅店，夢倚高城赤葉樓。」（蘇庠鷓鴣天）他們唱着：「萬事不理醉復醒，長占烟波弄明月。」（蘇庠淸江曲）他們唱着：「世事短如春夢，人情薄似秋雲。不須計較苦勞心，萬事元來有命。」（朱敦儒西江月）他們唱着：「日日深杯酒滿，朝朝小圃花開。自歌自舞自開懷，且喜無拘無礙。」（朱敦儒西江月）他們唱着：「一杯且買明朝事，

送了斜陽月又生。」（范成大鷓鴣天）他們抱定「萬事有命」主義，得過一天是一天。這一派的詞人如蘇庠、陳與義、朱敦儒、范成大、楊萬里，等都係由毛滂謝逸等一派瀟灑的作家傳下來的。因南渡一件政治的事變而染上一重灰色與頹廢的時代色彩，在這些作家中，以朱敦儒爲最傑出。

還有一派是憤世的詩人，是熱烈的志士，他們目睹國勢的陵替，權奸的當路，忠臣之慘遭禍辱，他們憤痛之情無處發洩，都寫入他們的歌聲裏。他們唱着：「欲駕巾車歸去，有豺狼當轍。」（胡銓好事近）他們唱着「夢繞神州路，悵秋風連營畫角，故宮離黍。底事崑崙傾砥柱，九地黃流亂注？聚萬落千村狐兔。」（張元幹賀新郎）他們唱着「念腰間箭，匣中劍，空埃蠹，竟何成！時易失，心徒壯，歲將零。」（張孝祥六州歌頭）他們唱着：「易水蕭蕭西風冷，滿座衣冠似雪。正壯士悲歌未徹。啼鳥還知如許恨，料不啼清淚長啼血。誰伴我，醉明月！」（辛棄疾賀新郎）他們唱着：「胡未滅，鬢先秋，淚空流。此生誰料，心在天山，身老蒼州！」（陸游訴衷情）他們唱着：「追念江左英雄，中興事業，枉被姦臣誤。……擊楫憑誰，問籌無計，何日寬憂顧？倚筇長嘆，滿懷清淚如雨！」（劉仙倫念奴嬌）他們的歌聲，都是極悲壯的，極熱烈的，是最具有時代性的。此派作家如岳飛、張元幹、張孝祥、陸游、辛棄疾、陳亮、劉仙倫等，而以辛棄疾爲最偉大。他不獨集此派詞人的大成，且自蘇軾、晁補之、葉夢得一直到朱敦儒、陳與義所有豪放及瀟灑派的詞人特長，無不在他的包容涵淹中，造成了一個空前的偉大作家。

在這南渡前後六七十年中，我們可以叫做「蘇軾派的開展與擡頭。」這時已經不是柳永、周邦彥的時期，而是朱敦儒與辛棄疾的時期了。因爲辛棄疾的造詣最精邃博大，所以我們就簡稱爲「辛棄疾的時期。」

在此時期也有兩個很大的作家，如周紫芝、程垓，其造詣確能遠接柳永、秦觀、賀鑄之精髓。其次等的作家則有康與之、張掄、張鎡、葛立方、洪适、謝懋、蔡柟、石孝友等人，在當年的詞壇上，亦頗燦爛可觀。惟均爲辛棄疾的作風所掩，而且他們全係模仿第二三期柳、賀、秦、周等大詞人的風調，於時代的背景上無深透的表現力，他們只是柳永時期的一種餘波了。

第一章　頹廢的詩人

——李邴——向子諲——陳與義——蔡伸——楊无咎——朱敦儒——范成大——楊萬里——曾覿——史浩——幾個方外的作家——

李　邴㊀

邴字漢老，濟州任城人。崇寧五年進士，累官翰林學士，紹興初拜參知政事，資政殿學士，寓泉州，卒諡文敏，有雲龕草堂集。

邴與汪藻、樓鑰爲南渡三詞人，樓詞則已無存，惟汪、李獨傳。汪詞以婉麗勝，李詞則清幽雅潔，頗似毛東堂也。玆錄數闋於後：

淸淺小溪如練，問玉堂何似，茅舍疏籬？傷心故人去後，冷落新詩。……（漢宮春梅花下闋）

素光練淨，映秋山隱隱，修眉橫綠。鳷鵲樓高天似水，碧瓦寒生銀粟。……更無塵氣，滿庭風碎梧竹。（念奴嬌秋月上闋）

㊀見南宋書卷十二。

洗吟不語晴寒畔，小字銀鉤題欲遍。雲情散亂未成篇，花骨敧斜終帶軟。（玉樓春美人書字上闋）

向子諲㊀

子諲字伯恭，臨江人，敏中玄孫，欽聖憲肅皇后再從姪。元符初，以恩補官。高宗朝，歷徽猷閣直學士，知平江府，晚號所居曰薌林。其酒邊詞有毛氏宋六十家詞本，凡二卷，有吳氏雙照樓景刊本，凡一卷。

他晚年因忤秦檜意致仕，卜居清江，繞屋多植巖桂，命其堂曰薌林，逍遙物外，以終天年，故其滿庭芳有「微吟罷閒據胡牀，須知道天教尤物相伴老江鄉」一句。他的個性和作風，可用他的西江月作為代表：

五柳坊中烟綠，百花洲上雲紅。蕭蕭白髮兩衰翁，不與時人同夢。　拋擲麟符虎節，徜徉月下林風；世間萬事轉頭空，個裏如何不勸。

胡致堂謂其「步趨蘇堂，而能嚌其胾者」，雖稱許過當，然其作風，確與坡仙為近。

陳與義㊁ 公元一〇九〇——一一三八

㊀見宋史卷三百七十七，南宋書卷十八。

㊁見宋史卷四百四十五文苑七，南宋書卷五十五文苑傳。

與義字去非，洛人。（一作汝川葉縣人）政和三年進士。紹興中歷中書舍人，拜翰林學士，知制誥，尋參知政事，提舉洞霄宮。有簡齋集。其無住詞有宋六十家詞本，有彊村叢書本。撰製雖不甚多，然均瀟灑疏宕，絕無婦人及香豔語，亦詞中所最罕見者也。

扁舟三日秋塘路，平度荷花去。病夫因病得來遊，更值滿川微雨洗新秋。　去年長恨拏舟晚，空見殘荷滿。今年何以報君恩，一路繁花相送到青墩。●（虞美人）

憶昔午橋橋上飲，坐中都是豪英。長溝流月去無聲，杏花疏影裏，吹笛到天明。　二十餘年成一夢，此身雖在堪驚。閑登小閣眺新晴，古今多少事，漁唱起三更。（臨江仙夜登小閣憶洛中舊遊）

其造語之「淸婉奇麗」（胡仔語）足以見其瀟灑的胸懷。又如他的虞美人：

張帆欲去仍搔首，更醉君家酒。吟詩日日待春風，及此桃花開後卻匆匆。　歌聲頻爲行人咽，記着尊前雪。明朝酒醒大江流，滿載一船離恨向衡州。

豪情壯語，不減東坡。

蘇庠

庠字養直，澧州人，伯固之子。初以病目，自號眚翁；後徙居丹陽之後湖，更號後湖病民。紹興間，居廬

●時去非爲湖州守，卜居青墩鎮。

山。與徐俯同召不赴。卒年八十餘。有後湖集。

養直是一個放逸的詞人。他一生淡於名利，故其詞境亦極瀟疏，有塵外之想。茲舉二闋於後：

楓落河梁野水秋，淡烟衰草接荒邱。醉眠小塢黃茅店，夢倚高城赤葉樓。 天杳杳，路悠悠，鈿箏歌扇等閒休。灞橋楊柳年年恨，鴛浦芙蕖葉葉愁。（鷓鴣天）

颭玉雙飛水滿塘，菰蒲深處浴鴛鴦。白蘋滿棹歸來晚，秋著蘆花一岸霜。 扁舟繫岸依林樾，蕭蕭兩鬢吹華髮，萬事不理醉復醒，長占烟波弄明月。（清江曲）

詞中佳句深得唐人妙處，爲宋詞中所罕見之作。

楊无咎

无咎字補之，清江人。高宗累徵不起，自號清夷長者。其逃禪詞，有宋六十家詞本。他的詞正如他的人品，極高潔清幽，不沾塵俗。

茅舍疏籬，半飄殘雪。斜臥低枝，可更相宜？烟籠修竹，月在寒溪。 寧寧佇立移時，判瘦損無妨爲伊，誰賦才情，畫成幽思，寫入新詩？（柳梢青）

秋來愁更深，黛拂雙蛾淺。翠袖怯天寒，修竹蕭蕭晚。 此意有誰知，恨與孤鴻遠。小立背西風，又是重門掩。（生查子）

朱敦儒❶ 約自公元一〇八〇——一一七五

敦儒字希真，洛陽人。生年約在神宗元豐三年。少時以布衣負重名。靖康間，召至京師，不肯就官。南渡後，爲祕書省正字，兼兵部郎官，遷兩浙東路提點刑獄，秦檜當國，以爲鴻臚少卿，檜死廢黜。有獵校集及巖壑老人詩文一卷。其詞集名樵歌，凡三卷，有彊村叢書本及四印齋所刻詞本，約二百五十餘首。

希真爲東都名士，以詞章擅名。惟晚節出秦檜之門，殊爲盛名之累。暮年居嘉禾，常放浪烟霞間。其詞嘯逸俊邁，與李太白詩情爲近，無人間兒女俗豔氣，及文人矯揉造作語，在詞中能自成一格，爲南渡前後最大的一位頹廢派詞人。他的放逸豪邁之作，如：

故國當年得意，射麋上苑，走馬長楸。對蔥蔥佳氣，赤縣神州。好景何曾虛過，勝友是處相留。向伊川雪夜，洛浦花朝，占斷狂遊。　胡塵卷地，南走炎荒，曳裾强學應劉。空漫說，螭蟠龍臥，誰取封侯？塞雁年年北去，蠻江日日西流。此生老矣，除非春夢，重到東周。（雨中花嶺南作）

當年五陵下，結客占春遊。紅纓翠帶，談笑跋馬水西頭。落日經過桃葉，不管插花歸去，小袖挽人留。換酒春壺碧，脫帽醉青樓。　楚雲驚，隴水散，兩漂流。如今憔悴天涯，何處可銷憂？長揖飛鴻舊月，不知今夕烟水，都照幾人愁？有淚看芳草，無路認西州。（水調歌頭淮陰作）

❶見宋史卷四百四十五文苑七，南宋書卷十九，朱敦儒生卒依胡適之詞選。

這都是晚年飽經南渡世變之作。其狂放的胸懷，直可抗衡太白，眞非局促轅下的傳統作家所能擬並。當其射麋上苑，走馬長楸，插花醉舞，脫帽青樓，其豪情逸懷，何殊當年謫仙金龜換醉之時？所謂「不知今夕烟水都照幾人愁？有淚看芳草，無路認西州！」至語深情，均由肺腑流出，不獨雄快，而且沉鬱悲壯。此等處，與後來稼軒作品，尤極神似。又如：

插天翠柳，被何人推上一輪明月？照我藤牀涼似水，飛入瑤臺瓊闕。霧冷笙簫，風輕環佩，玉鎖無人掣。閒雲收盡，海光天影相接。　誰信有藥長生，素娥新鍊就，飛霜凝雪。打碎珊瑚，爭似看仙桂扶疏橫絕。洗盡凡心，滿身清露，冷浸蕭蕭髮。明朝塵世，記取休向人說。（念奴嬌）

堪笑一場顚倒夢，元來恰似浮雲。塵勞何事最相親？今朝忙到夜，過臘又逢春。　流水滔滔無住處，飛花忽忽西沈，世間誰是百年人？個中須著眼，認取自家身。（臨江仙）

這些作品，代表南渡以後，國弱主闇，一般人無可奈何勉作達觀狂放之語，用以自解的思想。這類詞尤占他的全集最多數。如：

世事短如春夢，人情薄似秋雲，不須計較苦勞心，萬事元來有命！（西江月上闋）

日日深杯酒滿，朝朝小圃花開。自歌自舞自開懷，且喜無拘無礙。　青史幾番春夢，紅塵多少奇才。不須計較與安排，領取而今現在！（又）

可謂頹廢至於極點了。他認為「萬事元來有命，」聽其自然，何必「計較苦勞心。」還是「領取而今現在」的暫時享樂罷。

他有時也不免有淒婉黯淡之作，但數量極少，不足代表他的作風。如：

春寒未定。是欲近清明，雨斜風橫。深閉朱門，盡日柳搖金井。年光自趁飛花緊，奈幽人雪添雙鬢。謝山攜妓，黃壚貰酒，舊愁慵整。　念壯節飄零未穩。負九江風笛，五湖烟艇。起舞悲歌，淚眼自看清影。新鶯又向愁時聽，把人間如夢深省。舊溪鷗在，尋雲弄水，是事休問。（桂枝香南都病起）

晚涼可愛，是黃昏人靜，風生蘋葉。誰做秋聲穿細柳，細聽寒蜩淒切。旋采芙蓉，重熏沈水，暗裏香交徹。拂開冰簟小牀獨臥明月。　老來因甚多情，還因風景好，愁腸重結。可惜良宵人不見，角枕爛衾虛設。宛轉無眠，起來閒步，露草時明滅。銀河西去，畫樓殘角嗚咽。（念奴嬌）

都有一種淒婉的情緒，但只是病後及偶然心情的表露。

最足代表他的作風的，則為他的小令。如：

我是清都山水郎，天教分付與疏狂。曾批給雨支風券，累上留雲借月章。　詩萬首，酒千觴，幾曾着眼看侯王！玉樓金闕慵歸去，且插梅花醉洛陽。（鷓鴣天西都作）

這種狂逸的心懷與風調，不獨在詞中為絕無僅有，即在中國全部詩歌中，只有太白能有此種境界。故黃花庵謂其「天資曠遠，有神仙風致。」

信取虛中無一物，個中著甚商量？風頭緊後白雲忙；風元無去住，雲自沒行藏。　莫聽古人閒語話，終歸失馬亡

養自家腸肚自端詳。一齊都打碎，放出大圓光！（臨江仙）

這簡直是大解脫的禪語了。

一個小園兒兩三畝，地花竹隨宜。旋裝綴槿籬茅舍便有山家風味。等閒池上飲，林間醉。都爲自家胸中無事，風景爭來趁遊戲，稱心如意，賸活人間幾歲，洞天誰道在塵寰外？（感皇恩）

春雨細如塵，樓外柳絲黃溼。風約繡簾斜去，透窗紗寒碧。美人慵翦上元燈，彈淚倚瑤瑟。却上紫姑香火，問遼東消息。（好事近）

搖首出紅塵，醒醉更無時節，活計綠蓑青笠，慣披霜衝雪。晚來風定釣絲閒，上下是新月。千里水天一色，看孤鴻明滅！（又）

這許多小詞寫來極清新自然，如一幅雨後的叢篁，如晨曦中的圓露，如人迹絕滅的幽林，令人耳目爲之一新。

他無論是長調，是小令，都能表示出他的優越的天才，和創作的精神。一掃前人習用的庸濫的字句與腔調。他實在是南渡後最大的一位作家。後世選家迄未將他列於辛、姜、史、吳諸大家之林，未免埋沒前賢了！

范成大（公元一一二五——一二〇四）

成大字致能，號石湖居士，吳郡人。生於宋徽宗宣和七年。（公元一一二五年）紹興二十四年進士。孝宗時累官權吏部尚書，拜參知政事，進資賢殿學士，提舉洞霄宮。卒於寧宗嘉泰四年，（公元一二〇四年）享壽八十歲，諡文穆。詞集名石湖詞，有彊村叢書本，有知不足齋叢書本，凡一卷。

石湖為南宋大詩人之一。其詩極清疏有致，詞亦如之。

嫩綠重重看得成，曲欄幽檻小紅英。酴醾架上蜂兒鬧，楊柳行間燕子輕。　春晼晚，客飄零，殘花殘片時清。一杯且買明朝事，送了斜陽月又生。（鷓鴣天）

棲烏飛絕，絳河綠霧星明滅。燒香曳簟眠清樾，花影吹笙，滿地淡黃月。　好風碎竹聲如雪，昭華三弄臨風咽。鬢絲撩亂綸巾折，涼滿北窗，休共軟紅說。（醉落魄）

一種清逸淡遠之趣，令人塵襟為之頓爽。

楊萬里㊁

萬里字廷秀，吉水人。紹興二十四年進士。光宗朝歷祕書監，出為江東轉運副使，再召皆辭。寧宗朝，以寶謨閣學士致仕。卒諡文節。有誠齋集。

㊀見宋史卷三百八十五，南宋書卷三十三。

㊁見南宋書卷三十九。

誠齋淡於功名，以氣節自高。據餘冬序錄：「韓侂胄當國，欲網羅四方知名士相羽翼。嘗築南園，屬楊萬里爲之記，許以掖垣。萬里曰「官可棄，記不可作」！可見他在當年，是眞正有氣節的名士，與朱敦儒之受知秦檜，（檜請朱教其子）陸游之爲韓侂胄南園作記，益覺亮節可欽了。他的詞不多見，然如好事近：

月未到誠齋，先到萬花川谷；不是誠齋無月，隔一庭修竹。　如今纔是十三夜，月色已如玉；未是秋光奇絕，看十五十六。

亦極瀟灑別致，有出塵之想，正如他的高潔的人品。

朱　熹㊀　公元一一三〇——一二〇〇

熹字元晦，一字仲晦，世爲徽州婺源人。父韋齋先生松宦遊建陽之秀亭，遂家焉。生於宋高宗建炎四年。（公元一一三〇年）紹興十八年進士。歷高、孝、光、寧四朝，累官轉運副使，煥章閣待制，祕閣修撰。卒於寧宗慶元六年，（公元一二〇〇年）享壽七十一歲，追贈寶謨閣學士，謚曰文。紹定時追封徽國公，淳祐時從祠孔廟，清康熙中升位於十哲之次，稱朱子。又嘗自號曰紫陽、晦庵、晦翁、滄洲病叟。一生著述極多，尤以解注羣經，幾爲六百年來唯一的圭臬之作。其詞集名晦庵詞，有江氏靈鶼閣彙刻名家詞本。

㊀見宋史卷四百二十九道學三，南宋書卷四十四。

晦庵先生為中國最大哲學家之一，他在南宋集濂溪二程等幾大唯心派哲學——所謂理學——的大成，他是一個最勤慎醇正的大儒，但其詞則頗清暢淡遠，不類一位道學家嚴肅的口吻。

江水浸雲影，鴻雁欲南飛。攜壺結客何處，空翠渺烟霏。塵世難逢一笑，況有紫萸黃菊，堪插滿頭歸。風景今朝是，身世昔人非。　酬佳節，須酩酊，莫相違。人生如寄，何事辛苦怨斜暉。不盡今來古往，多少春花秋月，更那有危機。與問牛山客，何必淚沾衣。（水調歌頭隱括杜牧之九日齊州詩）

史浩

浩字直翁，鄞人。累官丞相樞密，為南宋佞臣之一。其詞集有鄮峰真隱大曲及詞曲各一卷。

他的大曲部份，如採蓮舞則表演採蓮，太清舞則表演武陵源事，漁父舞則表演漁家生活，柘枝舞、花舞、劍舞亦各表演其意態。凡各舞之中，有樂語，有歌詞，有吹，有演，次序姿勢纖悉皆備，即為後世戲劇之唱、念、科、白、砌末的雛形了。（見近人王易詞曲史）

他的詞曲部份，錄其江城子，用為代表作：

片帆初落雨勾東，碧溶溶，滿汀風。回首一川銀浪蹴孤蓬。且駕雨襟烟兩袖，凭曲檻，浥空濛。　閒移拄杖上晴峯，莫匆匆，伴冥鴻。笑指家山蘋葉藕花中。腳力倦時呼小艇，歸棹穩，月朧朧。

此外尚有幾個方外的作家，亦可歸納在此派作家之數的

張繼先，爲世襲天師，其詞集有彊村叢書本虛靖眞君詞。他的雪夜漁舟下闋：「萬塵聲影絕，瑩虛空無外，水天相接。一葉身輕，三花頂聚，永夜不愁寒冽。愧憐薄劣，但只解趨炎趨熱。停橈失笑，知心都付，野梅江月，」亦清曠超逸，足以見其胸懷。

夏元鼎亦爲南宋羽流之一。他的詞名蓬萊鼓吹，有彊村叢書本。其滿江紅：「沙磧畔，蒹葭茂，烟波際，盟鷗友。喜清風明月，多情相守。……捨浮雲富貴樂天眞，酹江酒，」卽可略見他作風的一斑。

葛長庚，亦羽流之一，其詞集名海瓊詞，又名玉蟾先生詩餘，有彊村叢書本。他的水龍吟下闋：「回首瞑烟無際，但紛紛落花如淚。多情易老，靑鸞何處，書成難寄。欲問雙蛾，翠蟬金鳳，向誰嬌媚？想分香舊恨，劉郎去後，一溪流水。」亦爲道家醒世的本色語。

第二章　憤世的詩人

第一節　稼軒以前及並時的此派作家

趙鼎—岳飛—張元幹—張孝祥—洪皓—葉夢得—黃公度—胡銓—韓元吉—
陸游—陳亮—袁去華—楊炎正—高登—呂本中—劉子翚—劉仙倫—

趙　鼎❶　公元一〇八五——一一四七

鼎字元鎮，號得全居士，解州聞喜人。生於宋神宗元豐八年，（公元一〇八五年）徽宗崇寧五年進士。紹興初累官簽書樞密院事拜尚書右僕射，同中書門下平章事，安置潮州，移吉陽軍薨，時為紹興十七年，（公元一一四七年）享壽六十三歲。孝宗朝賜謚忠簡，贈太傅配享高宗廟廷。有忠正德文集。其詞集有四印齋所刻詞本得全居士詞一卷。

元鎮為南宋名臣，南渡後，與李綱、張浚先後居相位，共圖興復，以禦金人。因與主和派秦檜等議不合，貶嶺南，憂憤國事，不食而卒。病危時自書銘旌云「身騎箕尾歸天上，氣作山河壯本朝，」其氣節人

❶見宋史卷三百六十，南宋書卷九。

品，於此可見他的詞多河山故主之思，音節雖婉柔，而意緒則甚淒楚也。如：

客路那知歲序移，忽驚春到小桃枝。天涯海角悲涼地，記得當年全盛時。　花弄影，月流輝，水精宮殿五雲飛。分明一覺華胥夢，回首東風淚滿衣。（鷓鴣天建康上元作）

香冷金猊，夢回鴛帳餘香嫩；更無人問，一枕江南恨。　消瘦休文，頓覺春衫襯。清明近，杏花吹盡，薄暮東風緊。（點絳脣）

岳飛❶ 公元一一〇三——一一四一

飛字鵬舉，相州湯陰人，生於宋徽宗崇寧二年。（公元一一〇三年）宣和間應徵起行伍，累立戰功，後隸宗澤部下，與金人戰，所向皆捷。高宗剌「精忠岳飛」四字於旗以賜之。破劉豫，平楊么，累官至太尉，加少保，爲河南北招討使。復大破金兵至朱仙鎮。時秦檜力主和議，盡棄淮北地，召飛還，旋誣以罪，死於大理寺獄，時爲高宗紹興十一年。（公元一一四一年）年僅三十九歲。孝宗時追封鄂王，謚武穆，後改謚忠武。有集。今杭州西湖有岳王墳。

武穆爲中國最壯烈的民族英雄之一。他一生戰功之炫赫，誣陷之慘痛，遂使後人留下了一個深刻的紀念。他的滿江紅詞，忠義慷慨，氣貫日月，爲千古絕唱。其詞云：

❶見宋史卷三百六十五，南宋書卷十五。

怒髮衝冠，憑欄處，瀟瀟雨歇。擡望眼，仰天長嘯，壯懷激烈。三十功名塵與土，八千里路雲和月，莫等閒白了少年頭，空悲切！靖康恥，猶未雪，臣子恨，何時滅。駕長車踏破賀蘭山缺！壯志饑餐胡虜肉，笑談渴飲匈奴血。待從頭收拾舊山河，朝天闕！

張元幹

元幹字仲宗，長樂人，向伯恭之甥。有蘆川歸來集。其詞集名蘆川詞，有宋六十家詞本，凡一卷，有雙照樓景刊宋元明本詞本，凡二卷。

蘆川頗豪爽有氣節，讀其詞，可以想見其爲人。他與苕溪漁隱胡仔同時，在錢塘從游甚久。（見胡氏叢話）他因送胡邦衡（銓）及寄李伯紀（綱）詞，觸秦檜之怒，追付大理削籍。李、胡均南渡後名臣，主戰最力者，故蘆川送二君詞亦極慷慨憤激，忠義之氣，溢於言表。

夢繞神州路，悵秋風連營畫角，故宮離黍。底事崑崙傾砥柱？九地黃流亂注，聚萬落千村狐兔！天意從來高難問，況人情易老悲難訴。更南浦，送君去。 涼生岸柳催殘暑，耿斜河疏星淡月，斷雲微度。萬里江山知何處？回首對牀夜語，雁不到，書成誰與？目盡青天懷今古，肯兒曹恩怨相爾汝。舉大白，聽金縷！（賀新郎送胡邦衡待制赴新州）

曳杖危樓去，斗垂天，滄波萬頃，月流烟渚。掃盡浮雲風不定，未放扁舟夜渡，宿雁落寒蘆深處。悵望關河空弔影，正人間，鼻息鳴鼉鼓。誰伴我醉中舞？　十年一夢揚州路。倚高寒，愁生故國，氣吞遺部。要斬樓蘭三尺劍，遺恨琵琶舊語。謾暗拭銅華塵土。喚取謫仙平章看過苕溪尙許垂綸否？風浩蕩，欲飛舉。（又寄李伯紀丞相）

兩詞極悲壯，將當日河山之痛，贈別之懷，及牢騷抑鬱之情，均直貫紙背，已開辛詞先河，使稼軒爲之，亦不是過。又如他的踏莎行：

芳草平沙，斜陽遠樹，無情桃葉江頭渡。醉來扶上木蘭舟，將愁不去將人去。　薄劣東風，夭斜飛絮，明朝重覓吹笙路。碧雲香雨小樓空，春光已到消魂處。

以明暢之筆，寫悽婉之思，其風神又宛似永叔、少游矣。

張孝祥[一]

孝祥字安國，蜀簡州人，後卜居歷陽，遂誤爲歷陽人。（見毛晉于湖詞跋）紹興二十四年廷試第一。孝宗朝，累官中書舍人直學士，領建康留守。其詞集名于湖詞，有宋六十家詞本，凡一卷；又名于湖居士樂府，有雙照樓景刊宋元明本詞本，凡四卷；又名于湖先生長短句，有涉園景宋金元明本詞續刊本，凡五卷，拾遺一卷。

安國性豪爽，精於翰墨。（見癸辛雜識及四朝聞見錄）其平日爲詞，未嘗著藁，筆酣興健，頃刻即成。（湯衡

[一]見宋史卷三百八十九。

譜）作風極似東坡，茲錄數闋如後：

洞庭青草，近中秋，更無一點風色。玉界瓊田三萬頃，著我扁舟一葉。素月分輝，明河共影，表裏俱澄澈。悠然心會，妙處難與君說。　應念嶺表經年，孤光自照，肝膽皆冰雪。短髮蕭疏襟袖冷，穩泛滄溟空闊。盡吸西江，細斟北斗，萬象為賓客。叩舷獨嘯，不知今夕何夕。（念奴嬌過洞庭）

問訊河邊柳色，重來又是三年。春風吹我過湖船，楊柳絲絲拂面。　世路如今已慣，此心到處悠然。寒光亭下水連天，飛起沙鷗一片。（西江月丹陽湖）

清疏的音節與瀟灑的情懷，神似東坡中秋及重九諸作，又如他的：

斗帳高眠，寒窗靜，瀟瀟雨意。南樓近，更移三鼓，漏傳一水。點點不離楊柳外，聲聲只在芭蕉裏。也不管滴破故鄉心，愁人耳。　無似有，游絲細；聚復散，珍珠碎。天應分付與別離滋味，破我一床蝴蝶夢，輸他雙枕鴛鴦睡。向此際別有好思量，人千里。（滿江紅聽雨）

清幽流暢，一氣呵成，則又極似稼軒滿江紅「滿眼不堪三月暮，舉頭已覺千山綠。但試把一紙寄來書，從頭讀」以及木蘭花慢滁州送范倅、念奴嬌書東流村壁諸作矣。他有時「興酣筆健」發為慷慨壯烈之音，且有更甚於蘇辛者，如他的六州歌頭，即係一例：

長淮望斷，關塞莽然平。征塵暗，霜風勁，悄邊聲。暗銷凝，追想當年事，殆天數，非人力，洙泗上，絃歌地，亦膻腥。隔水氈鄉，落日牛羊下，區脫縱橫。看名王宵獵，騎火一川明，笳鼓悲鳴，遣人驚。　念腰間箭，匣中劍，空埃蠹，竟何成！時易失，心徒壯，歲將零。渺神京干羽，方懷遠，靜烽燧，且休兵。冠蓋使，紛馳騖，若爲情。聞道中原遺老，常南望翠葆霓旌，使行人到此，忠憤氣塡膺，有淚如傾！

縱筆直書，如鷹隼臨空，盤旋夭矯而下，詞中極少此種境界。

洪　皓㊀

皓字光弼，鄱陽人，政和五年進士。建炎三年，假禮部尚書使金，不屈，被留十五年始還。除徽猷閣直學士。尋謫英州，徙袁州，卒，復官，諡忠宣，有鄱陽詞一卷，刊於彊村叢書中。茲錄其使金懷歸之作臨江仙於後：

冷落天涯今一紀，誰憐萬里無家。三閭憔悴賦懷沙。思親增悵望，弔影覺欹斜。　兀坐書空何可怪，銷憂殢酒難除。因人成事恥矜誇，何時還使節，踏雪看梅花？

葉夢得㊁　公元一〇七七——一一四四

夢得字少蘊，吳縣人。紹聖四年進士，累官龍圖閣直學士，帥杭州。高宗朝，除尚書右丞，江東安撫使，

㊀見宋史卷三百七十三。

㊁見宋史卷四百四十五文苑七，南宋書卷十九。

移知福州，提舉洞霄宮。居吳興弁山，自號石林居士。其詞集名石林詞，有宋六十家詞本。

少蘊較趙鼎、岳飛二張都為前輩，本可列入北宋末期作家之內的，因為他的作品，「晚歲落其華而實之，能於簡淡時出雄傑」（關子東語）晚年作品為多，故將列入此期中。他的詞全學東坡，頗幽暢而有氣魄。毛子晉稱他「不作柔語殢人，為詞家逸品。」茲錄其賀新郎詞於後：

睡起流鶯語，掩蒼苔房櫳向晚，亂紅無數。吹盡殘花無人問，惟有垂楊自舞。漸暖靄初回輕暑。寶扇重尋明月影，暗塵侵，上有乘鸞女。驚舊恨，遽如許！　江南夢斷蘅皋渚，浪黏天，葡萄漲綠，半空煙雨。無限樓前滄波意，誰採蘋花寄取？但悵望蘭舟容與。萬里雲帆何時到，送孤鴻目斷千山阻。誰為我，唱金縷！

黃公度

公度字師憲，世居莆田，代多文人。紹興八年進士第一，時年已四十八。㊀為趙忠簡（鼎）所器重，致觸秦檜之嫉。其青玉案一詞，即召赴行在後作也。詞云：

鄰雞不管離懷苦，又還是，催人去。回首高城音信阻，霜橋月館，水村煙市，總是思君處。　裛殘別袖燕支雨，謾留得愁千縷。欲倩歸鴻分付與，飛鴻不住，倚闌無語，獨立長天暮。

他有兩個女侍，一曰倩倩，一曰盼盼。在五羊時嘗命出以侑觴。故晚年曾作菩薩蠻一闋：

㊀見毛晉知稼翁詞跋語。

眉端早識愁滋味，嬌羞未解論心事。試問憶人不？無言但點頭。　嗔人歸不早，故把金杯惱。醉看舞時腰，還如舊日嬌。

其婉麗處頗近永叔、少游矣。他的詞集名知稼翁詞，有毛晉宋六十家詞本。

胡銓❶

銓字邦衡，廬陵人。建炎二年進士，紹興五年以賢良方正薦，除樞密院編修官，抗疏詆和議，謫吉陽軍。孝宗時官至資政殿學士，卒諡忠簡。有澹庵長短句一卷，見四印齋刊宋四名臣詞本。他的好事近有「欲駕巾車歸去，有豺狼當轍」句，秦檜以爲譏己，因怒謫吉陽軍。（見揮麈後錄）

富貴本無心，何事故鄉輕別，空使猿驚鶴怨，誤薜蘿秋月。　囊錐剛要出頭來，不道甚時節。欲駕巾車歸去，有豺狼當轍。（好事近）

百年强半，高秋猶在天南畔。幽懷已被黃花亂。更恨銀蟾，故向愁人滿。（醉落魄上闋）

其憤世之意，於兩詞內已可略見。

韓元吉

❶見宋史卷三百七十四，南宋書卷十七。

元吉字無咎，號南澗，許昌人。維四世孫。寓居信州。隆興間，官吏部尙書。詞集名南澗詩餘一卷，有彊村叢書本。

據金史交聘表云：「大定十三年（宋孝宗乾道九年）三月癸巳朔，宋遣試禮部尙書韓元吉……等賀萬春節，」其汴京賜宴之作，（好事近）當於此時。（見絕妙好詞箋）詞意頗寓故宮黍離之思。

凝碧舊池頭，一聽管弦淒切。多少梨園聲在，總不堪華髮。 杏花無處避春愁，也傍野花發。惟有御溝聲斷，似知人嗚咽。（好事近）

又如他的水龍吟：（書英華事）

回首暝烟千里，但紛紛落紅如洗。多情已老，青鸞何許，詩成誰寄？斗轉參橫，半簾花影，一溪寒水。悵飛鳧路杳，行雲夢遠，有三絲淚。（後闋）

寫得也還淸幽。他當年與放翁、稼軒均有酬贈之作，故風調亦略與辛詞爲近。如：

南風五月江波，使君莫袖平戎手。燕然未勒，渡瀘聲在，宸衷懷舊。臥占湖山，樓橫百尺，詩成千首。……涼夜光躔牛斗，夢初回，長庚如晝。明年看取，鋒旗南下，六驘西走。功畫凌烟，萬釘寶帶，百壺淸酒。便留公賸馥，蟠桃分我，作歸來壽。（水龍吟壽辛侍郎）

陸 游（公元一一二五——一二一〇）

游字務觀，越州山陰人，生於宋徽宗宣和七年。（公元一一二五年）范成大帥蜀，游爲參議官。因愛蜀中風土，故題其生平所爲詩曰劍南詩稿。官至寶謨閣待制，爲人不拘禮，人譏其放，故自號放翁。卒於寧宗嘉定三年。（公元一二一〇年）享壽八十六歲。有放翁詞一卷，有宋六十家詞本。又名渭南詞二卷，有雙照樓景刊宋元明本詞本。

放翁爲中國最大詩人之一，在兩宋無出其右者。其詞亦兼具雄快、圓活、清逸數長，然終爲其詩所掩。其在詞壇上之地位，遠不如其在詩壇上足以睥睨兩宋一切作家也。據癸辛雜識載，他曾娶唐氏，以不得母氏歡，遂致離異。放翁惓惓不忘舊爾，因作釵頭鳳一詞：

紅酥手，黃縢酒，滿城春色宮牆柳。東風惡，歡情薄，一懷愁緒，幾年離索。錯、錯、錯！　春如舊，人空瘦，淚痕紅浥鮫綃透。桃花落，閒池閣，山盟雖在，錦書難託。莫、莫、莫！

他的鵲橋仙夜聞杜鵑：

茅檐人靜，蓬窗燈暗，春晚連江風雨。林鶯巢燕總無聲，但月夜常啼杜宇。　催成清淚，驚殘孤夢，又揀深枝飛去。故山猶自不堪聽，況半世飄然羈旅？

頗寓離鄉去國之感。他的悲鬱的作品，如：

●見宋史卷三百九十五，南宋書卷三十七。

當年萬里覓封侯，匹馬戍梁州。關河夢斷何處，塵暗舊貂裘。胡未滅，鬢先秋。淚空流！此生誰料，心在天山，身老滄洲？（訴衷情）

華髮星星、驚壯志成虛，此身如寄。蕭條病驥，向暗裏消盡當年豪氣。夢斷故國山川，隔重重烟水。身萬里，舊社凋零，青門俊遊誰記？　盡道錦里繁華，嘆官閑晝永，柴荆添睡，清愁自醉，念此際付與何人心事。縱有楚柁吳檣，知何時東逝？空悵望，鱠美菰香，秋風又起。（雙頭蓮呈范致能待制）

此雖爲慨時之作，然較稼軒、于湖、蘆川諸人之壯烈，亦少異其趣了。他雖悲憤，然頗近於頹廢一流。他的小令，如：

金鴨餘香尚暖，綠窗斜日偏明，蘭膏香染雲鬟膩，釵墜滑無聲。　冷落秋千伴侶，闌珊打馬心情。繡屏驚斷瀟湘夢、花外一聲鶯。（烏夜啼）

紈扇嬋娟素月，紗巾縹緲輕烟。高槐葉長陰初合；清潤雨餘天。　弄筆斜行小字，簾鉤淺醉閒眠；更無一點塵埃到，枕上聽新蟬。（又）

才是他的劍南詩集的本色話了。其造句之圓融清逸而富詩意，只有范石湖足與比並，而尚未能如此圓細。

陳　亮[注]

[注] 見宋史卷四百三十六儒學六，南宋書卷四十四。

亮字同甫，婺州永康人。淳熙中詣闕上書。光宗紹熙四年，策進士，擢第一。授簽書建康府判官廳公事，未至而卒。端平初謚文毅。其龍川詞有宋六十家詞本，有四印齋所刻詞本。

同甫才氣超邁，喜談兵，憤於宋室之不振，嘗上書痛陳時事。所著龍川文集自言爲「堂堂之陣，正正之旗，推倒一世之智勇，開拓萬古之心胸。」他與辛稼軒同時往來至密。他的詞「讀至卷終不作一妖語、媚語。」（毛子晉跋語）但他的水龍吟、虞美人等詞則又婉秀疏宕，不以豪壯著稱矣。

鬧紅深處層樓，畫簾半捲東風軟。春歸翠陌，平沙茸嫩，垂楊金淺。遲日催花，淡雲閣雨，輕寒輕暖。恨芳菲世界，遊人未賞，都付與鶯和燕。 寂寞憑高念遠，向南樓一聲歸雁。金釵鬥草，青絲勒馬，風流雲散。羅綬分香，翠綃封淚，幾多幽怨。又是疏烟淡月，子規聲斷。（水龍吟）

東風蕩颺輕雲縷，時送瀟瀟雨。水邊臺榭燕新歸，一點香泥，溼帶落花飛。 海棠糝徑鋪香繡，依舊成春瘦。黃昏庭院柳啼鴉，記得那人和月折梨花。（虞美人）

袁去華

去華字宣卿，江西奉新人。紹興乙丑進士。知石首縣卒。其宣卿詞一卷，有四印齋刊宋元三十一家詞本。他的詞極豪爽幽暢，爲稼軒並時一位高手。例如：

雄跨洞庭野，楚望古湘州。何王臺殿，危基百尺自西劉。尚想霓旌千騎，依約入雲歌吹，屈指幾經秋！歎息繁華地，興廢兩悠悠。登臨處，喬木老，大江流。書生報國無地，空白九分頭。一夜寒生關塞，萬里雲埋陵闕，耿耿恨難休！
徙倚霜風裏，落日伴人愁。（定王臺）

寫得極壯闊，所謂「書生報國無地，空白九分頭」，足以見其一腔血淚。又如：

今老矣，待何如？拂衣歸去，誰道張翰爲蓴鱸？且就竹深荷靜，坐看山高月小，劇飲與誰俱？長嘯動林木，意氣欲凌
虛！（水調歌頭後闋）

佳樹翠陰初轉午，重簾未捲乍睡起，寂寞看風絮。偷彈清淚寄烟波，見江頭故人，爲言憔悴如許，彩箋無數。去卻
寒暄，到了渾無定據。斷腸落日千山暮。（劍器近後闋）

後來改之、後村雖先後均以辛派詞人見稱，然多失之囂雜，有心規模稼軒，不如袁宣卿之作遠甚。蓋袁詞均由肺腑中自然流露，至性至語，更覺眞切動人也。

楊炎正

炎正，（宋六十家詞本作炎，茲從楊萬里誠齋詩話及厲鶚宋詩紀事改正。）號止濟翁，廬陵人。其詞集名西樵語業，有宋六十家詞本。他曾與辛稼軒爲友，故詞境亦相近似。如：

典盡春衣也，應是京華倦客。都不記麴塵香霧，西湖南陌。兒女別時和淚拜，牽衣曾問歸時節。待歸來稚子已成
陰，空頭白。功名事，雲霄隔，英雄伴，東南坼。對雞豚社酒，依然鄉國。三徑不成陶令隱，一區未有揚雄宅。問漁樵

學作老生涯，從今日。（滿江紅）

離恨做成春夜雨，添得春江，剗地東流去。弱柳繫船都不住，爲君愁絕聽鳴艣。君到南徐芳草渡，想得尋春，依舊當年路。後夜獨憐回首處，亂山遮莫無從數。（蝶戀花別范南伯）

幽暢婉曲，頗得辛詞風趣。

高　登

登字彥先，漳浦人，以忤秦檜被謫。有東溪詞一卷，見四印齋刊宋元三十一家詞本。其好事近下闋：

西風特地颯秋聲，樓外觸殘葉。匹馬翩然歸去，向征鞍敲月。

詞風極冷雋，而寓遷謫之感。

呂本中

本中字居仁，紹興賜進士，累遷中書舍人，兼直學士院，提舉太平觀，卒謚文靖，有東萊集，他的南歌子。

驛路侵月斜，溪橋渡曉霜。短籬殘菊一枝黃，正是亂山深處過重陽。　旅枕原無夢，寒更每自長。只言江左好風光，不道中原歸思轉淒涼。

清暢中頗寓愁思他的詞近人趙萬里始爲彙輯爲一卷，名曰紫微詞，刊於校輯宋金元人詞中，凡二十六首。

劉子翬

子翬字彥沖，崇安人，授承務郎，通判興化軍。後辭歸武夷山。稱屏山先生。有屏山詞一卷，見彊村叢書，僅存四首而已。他的驀山溪：

浮烟冷雨，今日還重九。秋去又秋來，但黃花年年如舊。平台戲馬，無處問英雄，茅舍底，竹籬東，佇立時搔首。客來何有？草草三杯酒。一醉萬緣空，莫貪伊金印如斗。病翁老矣，誰共賦歸來？芟隴麥，網溪魚，未落他人後。

頗清幽自然，無香澤粉飾氣。

劉仙倫

仙倫字叔擬，自號招山，廬陵人。有詩集行於世，樂章尤爲人所膾炙。（見花菴詞選）近人海寧趙萬里先生始將其詞輯爲一卷，名之曰招山樂章，都二十七首，附錄一首。他的詞以清暢自然勝，亦時有慨時感事的作品。如念奴嬌：（送張明之赴京西幕）

勿謂平日無事也，便以言兵爲諱。眼底山河，樓頭鼓角，都是英雄淚。功名機會，要須閒暇先備。

又同調感懷呈洪守云：

吳山青處，恨長安路斷，黃塵如霧。荊楚西來行殿遠，北過淮壖嚴扃，九塞貔貅，三關虎豹，空作陪京固。天高難叫，若爲得訴忠語。追念江左英雄，中興事業，枉被姦臣誤。不見翠華移蹕處，枉負吾皇神武。擊楫憑誰，問籌無計，何日寬憂顧？倚節長嘆，滿懷清淚如雨。

二詞皆悲憤溢於言表，尤見忠愛至誠。

第二節　天才橫溢的辛棄疾

棄疾❶字幼安，號稼軒，歷城人，生於宋高宗紹興十年（公元一一四〇年）時淮以北地均淪於異族之手，故稼軒童年，即値亂離，生長兵間。耿京聚兵山東，節制忠義軍馬，留掌書記。紹興三十二年，始南歸宋，時年僅二十三歲，高宗召見，授承務郎。寧宗朝，累官浙東安撫使，治軍有聲。卒年約在寧宗開禧三年（公元一二〇七年）以後，蓋是年爲六十八歲，尚於病中作洞仙歌詞也。卒後追諡忠敏，墓在鉛山縣（今屬江西）北，鄉人並於縣南立祠祀之。爲人豪爽尚氣節，識拔英俊，所交多海內知名士。詞集名稼軒詞，有宋六十家詞本凡四卷，共五百七十首，又彊村叢書本，有補遺一卷，凡三十餘首。又有四印齋所刻詞本，凡

❶見宋史卷四百一，南宋書卷三十九。

十二卷。又名稼軒長短句，有涉園景宋金元明本詞續刊本，凡十二卷。生平所作之宏富，爲任何詞家所無。

稼軒是中國最大詞人之一。他一生經歷高、孝、光、寧四朝，幼年身陷虜庭，飽嘗亂離，南歸以後，又憤於庸主佞臣之一意主和，摧殘愛國志士，取媚異族；以致已經收復的淮北失地，重又淪於金人之手。他是一個最有血性的少年軍人，又富有極高的文學天才，所以詞學到了辛稼軒，風格和意境兩方面，都大爲解放。他以圓熟流走的筆鋒，寫出悲壯淋漓的歌聲。他替中國詞壇上，留下一個永久的紀念。他的河山之慟，故國之思，權奸當路之憤（當時如秦檜、韓侂冑、賈似道等均連續操持政柄，以至終宋之世。）以及豪爽負氣的個性，都從他那種嗚咽沈着，悲壯淋漓的歌聲裏一一發瀉出來，如長江赴海，頓開千古壯觀，讀了令人生無限的感慨。

他的詞常藉歷史上的陳迹，或當前的景物，來抒寫他內在的情緒。他能驅使許多很散亂平常的材料，組織到他的詞中，一變而爲極生動，極帶感情，並且很完整的作品，並不覺其機械平直。所以他雖用古典寫詞，而吾人並不覺得他是一個古典派的作家。他雖在用散文入句，而仍有極濃醇的詩意。這是他特具的一種風格，別人是學不來的，——所以當時學他的作法的，不是失之叫囂淩雜，就是太覺平板了。——他的青玉案、賀新郎、摸魚兒、滿江紅、念奴嬌、水龍吟、永遇樂、祝英臺近等詞，或道燕酣之樂，或述別離之苦，或抒回文題葉之思，或寫峴山西州之淚，都是用這種方法做的。

他的詞具東坡之豪放而沉鬱婉媚過之，得耆卿、希真之幽暢，（一氣呵成）而壯烈雄偉，且向多方面發展，（因柳詞只賦羇愁別恨，朱詞僅寫放逸樂天之懷，均感太單調。）又非柳、朱所能企及。

他的詞最能表現出他的喜怒悲歡的情緒，如在摸魚兒內頭一句便是「更能消幾番風雨，匆匆春又歸去」！不獨音韻沉着有力，且將抑鬱不快的口吻傳出來，末句：

君莫舞，君不見玉環飛燕皆塵土！閒愁最苦，休去倚危闌，斜陽正在烟柳斷腸處！

和祝英臺近：

怕上層樓，十日九風雨。斷腸點點飛紅，都無人管，更誰勸流鶯聲住！

都能充分寫出他那種抑鬱的神氣。又如他的賀新郎：

我見青山多嫵媚，料青山見我應如是。情與貌，略相似。

則係寫他的高情逸興。他的破陣子：

醉裏挑燈看劍，夢回吹角連營。八百里分麾下炙，五十弦翻塞外聲，沙場秋點兵。（上闋）

則又寫他的壯懷了。他的：

綠樹聽啼鴂，更那堪杜鵑聲住，鷓鴣聲切！啼到春歸無啼處，苦恨芳菲都歇——算未抵人間離別：馬上琵琶關塞黑；更長門翠輦辭金闕，看燕燕，送歸妾。將軍百戰聲名裂；向河梁回頭萬里，故人長絕；易水蕭蕭西風冷，滿

座衣冠似雪。正壯士悲歌未徹。——啼鳥還知如許恨，料不啼清淚長啼血。誰伴我，醉明月！（賀新郎別茂嘉十二弟）

一闋之內雖用許多關於賦別的事蹟，來作本文的烘襯，但我們只感到一種壯烈的美，並不覺其古典與修琢。他由當前的景物，——正於送別時聽着許多哀悽動人的鳥聲，——說起，觸動時事，因而聯想到過去許多可歌可泣的陳迹，用來作一種憤痛的發瀉。最後復歸入正文，仍由啼鳥說到當前的牢騷作結。通體絕無割裂支離之痕。又如同調賦琵琶：

鳳尾龍香撥，自開元霓裳曲罷，幾番風月？最苦潯陽江頭客，畫舸亭亭待發。記出塞黃雲堆雪。馬上離愁三萬里，望昭陽宮殿孤鴻沒。絃解語，恨難說。　遼陽驛使音塵絕，瑣窗寒，輕攏慢撚，淚珠盈睫。推手含情還卻手，一抹涼州哀徹。千古事雲飛烟滅。賀老定場無消息，想沉香亭北繁華歇。彈到此，爲嗚咽。

這一闋也是用往迹來寫胸中怨憤的。他寫的是琵琶，因而想到由此琵琶所引起的往古哀怨史蹟。由第一句開元霓裳之舞說起，如白香山爲商女而賦漂零；王昭君赴絕國而懷幽怨，都是與琵琶有密切關係的事蹟。後闋纔寫到現實的，——來彈此琵琶，然已覺弔古憑今，不勝「雲飛烟滅」「繁華歇止」的感慨了。這樣一寫，當然就不覺得是一種機械的詠物作品了。又如永遇樂的後闋：

元嘉草草，封狼居胥，贏得蒼黃北顧。四十三年，望中猶記，烽火揚州路。可堪回首，佛狸祠下，一片神鴉社鼓！憑誰問：廉頗老矣，尚能飯否？

藉往蹟來寫祖國之慟，與當日情形正處處吻合，所以不獨不覺其用典，而且覺得他處處都是說現在的國情朝政，並不是敍說往蹟了。這種驅使一切做詞的材料隨意運用的天才，眞可謂之空前絕後了！這種委婉而又沈着的風調，在他的詞中是隨時都可找出的。

他寫景敍事的作品也極流走自如，眞切活現。如：

東風夜放花千樹，更吹落星如雨。寶馬雕車香滿路。鳳簫聲動，玉壺光轉，一夜魚龍舞。　蛾兒雪柳黃金縷，笑語盈盈暗香去。衆裏尋她千百度，驀然回首，那人正在燈火闌珊處。（青玉案元夕）

寫景如此，方爲不隔。

敲碎離愁，紗窗外，風搖翠竹。人去後，吹簫聲斷，倚樓人獨。滿眼不堪三月暮，舉頭已覺千山綠。但試把一紙寄來書，從頭讀。　相思字，空盈幅，相思意，何時足？滴羅襟點點，淚珠盈掬。芳草不迷行客路，垂楊只礙離人目。最苦是，立盡月黃昏，闌干曲。（滿江紅）

老來情味減，對別酒，怯流年。况屈指中秋，十分好月，不照人圓。無情水，都不管，共西風只管送歸船。秋晚蓴鱸江上，夜深兒女燈前。（木蘭花慢滁州送范倅上闋）

聞道綺陌東頭，行人曾見，簾底纖纖月。舊恨春江流不斷，新恨雲山千疊。料得明朝，尊前重見，鏡裏花難折。……（念奴嬌書東流村壁下闋）

抒情如此，方爲不隔。

莫折荼蘼，且留取一分春色；還待得青梅如豆，共伊同折。少日對花渾醉夢，而今醒眼看風月，恨牡丹笑我倚東風，頭如雪。（滿江紅上闋）

兩峽嶄巖，向誰占，清風舊築。滿眼裏，雲來鳥去，澗紅山綠。世上無人供笑傲，門前有客休迎肅。怕淒涼，無物伴君時，多栽竹。（又游清風峽和趙晉臣敷文韻上闋）

敍事如此，方爲不隔。總之他無論是寫景、抒情、敍事，都作得極流走圓熟，語氣極自然，絕無倚聲填詞限字限句的束縛與痕迹。

他的作品，不獨以豪放沈鬱見長，嫵媚清幽處亦遠過別人。如：

寶釵分，桃葉渡，烟柳暗南浦。怕上層樓，十日九風雨。斷腸點點飛紅，都無人管，更誰勸流鶯聲住！　鬢邊覷，試把花卜歸期，才簪又重數。羅帳燈昏，哽咽夢中語：是他春帶愁來，春歸何處？卻不解帶將愁去？（祝英臺近）

鬱孤臺下清江水，中間多少行人淚。西北是長安，可憐無數山。　青山遮不住，畢竟東流去。江晚正愁予，山深聞鷓鴣！（菩薩蠻書江西造口壁）

所以劉潛夫說他：

大聲鏜鞳，小聲鏗鍧，橫絕六合，掃空萬古。其穠纖綿密者，亦不在小晏、秦郎之下。

沈東江也說他：

以激揚奮厲爲工，至「寶釵分，桃葉渡……」一曲，昵狎溫柔，魂消意盡，才人伎倆，眞不可測！

他有時用通俗的字句入詞，寫來亦清逸有自然之趣。如：

茅簷低小，溪上青青草。醉裏吳音相媚好，白髮誰家翁媼？ 大兒鋤豆溪東，中兒正織雞籠；最喜小兒無賴，溪頭看剝蓮蓬。（清平樂博山道中即事）

明月別枝驚鵲，清風半夜鳴蟬。稻花香裏說豐年，聽取蛙聲一片。 七八個星天外，兩三點雨山前。舊時茅店社林邊，路轉溪橋忽見。（西江月夜行黃沙道中）

關於稼軒詞的批評，除上劉沈兩家外，樓儼謂其：

驅使莊騷經史，無一點斧鑿痕。

四庫全書提要謂其：

慷慨縱橫，有不可一世之概，於倚聲家為變調；而異軍特起，能於翦紅刻翠之外，屹然別立一宗，迄今不廢。

然認識最精透批評最忠實者，無過於近人王簡庵（易）先生，他不獨深透稼軒的作風，尤深識其人品。所以他說，

稼軒詞備四時之氣，固為大家，而其人實不僅為詞人。觀其斬僧義端，擒張安國，輓頴文政，設飛虎營，武績斕然，固英雄也；恤吳交如，濟劉改之，哭朱文公，篤於友誼，則義俠也；晚年營帶湖，師陶令，送山作偵客史成詩，又隱逸之儒也。故其為詞，激昂排宕，不可一世，而瀟灑精逸，旖旎風光，亦各極其能事。東坡其有胸襟無其才氣，清眞有其情韻無其風骨，效之者或得其粗豪而遺其精微，步其揉擬而忘其胎息，爲後人或譏之爲「詞論」，或譏之爲「掉書袋」，要皆未窺其大，特其天才學問蓄積之所就，非淺薄譾陋者所易學步耳。集中勝作極多，格調約分四派：豪壯，穠麗，閒適，洗鍊；皆各造其極，信中興之傑也！（詞曲史）

第三章　柳永期的餘波

——陳克——周紫芝——程垓——汪藻——徐俯——朱雍——康與之——李彌遜——顏博文——葛立方——張綸——曾覿——張掄——吳琚——趙彥端——趙師俠——石孝友——洪适——洪邁——王千秋——侯寘——韓玉——丘崈——王嵎——謝懋——蔡柟——俞國寶——陸淞——曹冠——幾首無名之作——略去的作家——

陳　克❶

克字子高，臨海人。紹興中爲勅令所删定官，自號赤城居士，僑居金陵。有天台集。其詞集名赤城詞，有彊村叢書本。他的詞極工麗，完全學仿花間集，頗能得其神韻。如：

綠蕪牆繞青苔院，中庭日淡芭蕉卷。蝴蝶上階飛，風簾自在垂。玉鉤雙語燕，寶甃楊花轉。幾處簸錢聲，綠窗春夢輕。（菩薩蠻）

雖列在花間及珠玉集中，亦爲最上之作。其學古之精醇，可稱獨步。又如他的：

柳絲碧，柳下人家寒食。鶯語匆匆花寂寂，玉階春蘚溼。閒凭熏籠無力，心事有誰知得？檀炷繞窗燈背壁，畫簷殘雨滴。（謁金門）

❶見南宋書卷五十五文苑傳。

翠袖玉笙悽斷，脈脈兩蛾愁淺。消息不知郎近遠，一春長夢見。（又下闋）

均係模仿花間，毫未變體之作。他正值北宋末期與南渡以後，慢詞風靡一世的時候，而其作品似乎未曾染受絲毫的時代色彩，這眞是一個例外作家了。

周紫芝

紫芝字少隱，宣城人。成名甚晚，紹興中始登進士。少時曾二次赴禮部，不第。家貧，併日而炊，同里多笑之。後與張文潛、呂本中等游，乃得騰達。（見毛子晉竹坡詞跋語）其詞上學晏、歐，下法柳、秦，造語極聰俊自然，爲南渡前後的巨手。曾爲樞密院編修，知興國軍，自號竹坡居士，有太倉稊米集、竹坡詩話。其詞集名竹坡詞，凡三卷，有宋六十家詞本。茲選錄數闋如下：

江天雲薄江頭雪，似楊花落。寒燈不管人離索，照得人來，眞個睡不著。 歸期已負梅花約，又還春初空漂泊。曉寒誰看伊梳掠，雪滿西樓，人在闌干角。（醉落魄）

春寒入帷月淡雲來去。院落半晴天，風撼梨花樹。 人辭掩金鋪，閒倚秋千柱，滿眼是相思，無說相思處。（生查子）

情似游絲，人如飛絮，淚珠閣定空相覷。一溪烟柳萬絲垂，無因繫得蘭舟住。 雁過斜陽，草迷烟渚，如今已是愁無數。明朝且做莫思量，如何過得今宵去？（踏莎行）

柳外朱橋，竹邊深塢，何時卻向君家去？便須信月與徘徊，無人留得花常住。（又謝人寄梅花下闋）

雨餘廳院冷蕭蕭，簾幙度輕飆。鳥語喚回殘夢，春寒勒著花梢。　無聊睡起，新愁黯黯，歸路迢迢。又是夕陽時候，一爐沈水烟消。（朝中措）

此等詞都極清倩婉秀，實兼晏、歐、少游、清眞數家之長，而能曁於化境者。卽列諸第一流作家內，亦無愧色。

程垓

垓字正伯，眉山人，楊升庵詞品以爲與東坡係中表之戚，毛子晉書舟詞跋則謂係中表兄弟，四庫全書提要亦沿其誤。其實正伯於南宋紹熙間尙健在，其時距東坡之卒幾近百年，何能連爲中表呢？東坡詩集有送表弟程六之楚州一首，施元之注云「東坡母成國太夫人程氏，眉山人，其姪之才字正輔，第二；之元字德孺，第六，卽楚州之邵字懿叔，第七。」正伯與蘇氏中表之說，殆卽由此附會而來也。其詳見近人況周頤蕙風詞話卷四及夏承燾四庫全書詞曲類提要校議。❶他的詞集名書舟詞，有宋六十家詞本。

正伯詞在南宋初期確爲一位重要的作家。他的酷相思、四代好、折紅英諸作，盛爲楊升庵所稱許。

❶此文曾發中國文學會集刊第一期。

茲錄二首於後：

月掛霜林寒欲墜，正門外催人起。奈離別如今真個是：欲住也，留無計；欲去也，來無計！馬上離魂衣上淚，各自個供憔悴。問江路梅花開也未？春到也須頻寄，人到也須頻寄。（醋相思）

語淺情深極為永別致。他的長調也極工麗瀟灑；如：

掩淒涼黃昏庭院，角聲何處嗚咽？矮窗曲屋風燈冷，還是苦寒時節。凝竚切。念翠被熏籠，夜夜成虛設，倚窗愁絕，聽鳳竹聲中，犀幃影外，簌簌釀寒雪。 傷心處，卻憶當年輕別。梅花滿院初發，吹香弄蕊無人見，惟有暮雲千疊。情未徹。又誰料而今，好夢分吳越？不堪重說！但記得當初，重門深鎖，猶有夜深月。（摸魚兒）

汪　藻（一）　公元一〇七九——一一五四

藻字彥章，德興人。徽宗崇寧中進士，高宗朝累官中書舍人，擢給事中，遷兵部侍郎。後知外郡奪職，居永州卒。有浮溪集。當其守泉南，移知宣城時，內不自得，乃賦點絳脣一詞：

永夜厭厭，畫橋低月山銜斗。起來搔首，梅影橫窗瘦。 好個霜天，閒卻傳杯手。君知否：曉鴉啼後，歸夢濃於酒？

他的小重山上闋：

月下潮生紅蓼汀，殘霞都斂盡，四山青。柳梢風急墮流螢，隨波去，點點亂寒星。

（一）見宋史卷四百四十五文苑七，南宋書卷十九。

寫得也很清倩。

徐俯

俯字師川，洪州分寧人，以父禧死事，授通直郎。紹興初賜進士出身，累官端明殿學士，簽書樞密院事，權參知政事。有東湖集。

師川爲黃山谷外甥，詩詞均能名世。人有稱其源自山谷者，師川頗不謂然。其自負如此，茲錄其卜算子詞如下：

洵月千種愁，插在斜陽樹。綠葉陰陰自得春，草滿鶯啼處。不見凌波步，空想如簧語，柳外重重疊疊山，遮不斷愁來路。

其豔冶新倩，實兼少游、方回二家之長。

朱翌

翌字新仲，舒州人，號灊山居士，政和間進士。南渡後，寓家桐廬，爲中書待制，忤時宰，謫曲江，晚召還，卜居鄞，自號省事老人，有猗覺寮雜記，其詞集有彊村叢書本灊山詩餘。

翌少有才華，據耆舊續聞載，伊於十八歲曾作點絳脣一詞，（雪中看西湖梅花作）爲前輩所推重。其詞云：

流水泠泠，斷橋橫路梅枝亞。雪花飛下，渾似江南畫。白璧青錢，欲買春無價，歸來也，風吹平野，一點香隨馬。

詞境極自然清逸，爲一首少有的傑作。

康與之㊀

與之字伯可，渡江初，以詞受知高宗，後官郎中，有順庵樂府，見趙萬里校輯宋金元人詞本。他係南渡後一個宮庭的詞人，一個柳派的重要作家。據鶴林玉露載：

建炎中大駕駐維揚，伯可上中興十策，名聲甚著。後秦檜當國，乃附會求進，擢爲臺郎。值慈寧歸養，兩宮燕樂，伯可專應制爲歌詞，諛豔粉飾，於是聲名掃地。

其一生事迹，略可窺見。他的詞作得很清婉工麗，沈伯時以之與柳永並稱，而譏其「未免時有俗語。」例如他的：

瑞烟浮禁街，正絳闕春回，新正方半。冰輪桂華滿，溢花衢歌市，芙蓉開遍。……風柔夜暖，花影亂，笑聲喧。鬧蛾兒滿路，成團打塊，簇著冠兒鬥轉。喜皇都舊日風光，太平再見。（瑞鶴仙上元應制節錄）

若耶溪路，別岸花無數。欲斂嬌紅向誰語，與綠荷相倚恨，回首西風，波淼淼，三十六陂烟雨。（洞仙歌荷上闋）

㊀見南宋書卷六十三。

均從耆卿、美成二家蛻變出來的。因爲他係宮庭詞人，應制之作爲多，類皆阿諛粉飾之辭。比較上還以訴衷情令一詞，尚能表示出身處偏安之國，不勝今昔之痛的眞實語來。其詞云：

阿房廢址漢荒坵，狐兔又羣遊。豪華盡成春夢，留下古今愁。　君莫上古原頭，淚難收。夕陽西下，塞雁南來，渭水東流。

李彌遜

彌遜字似之，吳縣人。大觀初登第，南渡後，以爭和議忤秦檜，乞歸田。有筠溪詞一卷，有四印齋彙刻宋元三十一家詞本。他的菩薩蠻：

風庭瑟瑟燈明滅，碧梧枝上蟬聲歇。枕冷夢魂驚，一階寒水明。　鳥飛人未起，月露淸如洗。無寐聽殘更，愁從兩鬢生。

寫得頗明淨可愛。

顏博文

博文字持約，德州人，靖康初官著作佐郎。金人立僞楚時，充事務官，草勸進表。南渡初，竄澧州，移賀州死。他歷經變亂，身出宋、金兩朝，老於世故。晚年復遠竄嶺南，死於瘴鄉，故其詞亦悽冷有飽經世變之

感。如他的西江月詞，即係一種例證

草草舊傳錦字，厭厭夢繞梅花。海山無計駐仙槎，腸斷芭蕉影下。 缺月舊時庭院，飛雲到處人家。而今憔悴鬢先華，說着多情已怕！

葛立方

立方字常之，丹陽人，徙吳興，勝仲子。紹興八年進士。隆興間，官至吏部侍郎。其歸愚詞一卷，有宋六十家詞本。常之與父魯卿（葛勝仲）俱以詞名，又父子聯官，門第聲望，均與晏氏父子無殊，其詞亦追模晏氏，與伊父正同。他的卜算子，爲集中最傑出之作：

裊裊水芝紅，脈脈蒹葭浦，淅淅西風澹澹烟，幾點疏疏雨。 草草展杯觴，對此盈盈女，葉葉紅衣當酒船，細細流霞舉。

周草窗說他「用十八疊字，妙手無痕，本色學道人胸中乃有如此奇特」

張鎡

鎡字功甫，號約齋，西秦人，居臨安，循王諸孫。官奉議郎，直祕閣。其詞集名玉照堂詞，又名南湖詩餘，有彊村叢書本。他是一個「豪侈而有淸賞」的詞人。（見紫桃軒雜綴）據齊東野語載：

張約齋能詩，一時名士大夫莫不交遊。其園池、聲妓、服玩之麗甲天下。嘗於南園作駕霄亭於四古松間，以巨鐵絙懸之半空而羈之松身。當風月清夜，與客梯登之，飄搖雲表，眞有挾飛仙溯紫清之意。

他是這樣一個人物。所以野語又言他嘗舉行牡丹會，命十姬輪番奏歌侑觴，皆豔妝盛服。雜飾花彩，且每番必悉易其服色妝飾。燭光香霧，歌吹雜作，客皆恍然如遊仙境，其生活之豪奢，雖王侯不過此也。他的詞亦浮豔如其人。茲錄三闋於後：

月洗高梧，露漙幽草，寶釵樓外秋深。上花沿翠，螢火墜牆陰。靜聽寒聲斷續，微韻轉，淒咽悲沉，爭求侶，殷勤勸織，促破曉機心。　兒時曾記得，呼燈灌穴，斂步隨音。任滿身花影，猶自追尋。攜向華堂戲門，亭臺小，籠巧妝金。今休說，從渠牀下，涼夜伴孤吟。（滿庭芳促織）

下闋寫兒時捉蟋蟀之情狀，極細膩入神，令人愛賞不置。

綠雲影裏，把明霞織就，千里文繡。紫膩紅嬌扶不起，好是未開時候。半怯春寒，半便晴色，養得胭脂透。小亭人靜，嫩鶯啼破春晝。　猶記攜手芳陰，一枝斜戴，嬌豔波雙透。小語輕憐花總見，爭得似花長久？醉淺休歸，夜深同睡，明日還相守，免教春去，斷腸空歎詩瘦。（念奴嬌宜雨亭詠千葉海棠）

月在碧虛中住，人向亂荷中去；花氣雜風涼，滿船香。　雲被歌聲搖動，酒被詩情掇送，醉裏臥花心，擁紅裳。（昭君怨園池夜泛）

以上二詞都係描寫他的園林中「花園錦簇」的盛況。他即在這樣一個豪奢而具有美術化的天國中，過着「醉臥花心，困擁紅裳」的嬌酣生活。在一切作家中，都無此等富貴而又瀟灑的風致。

曾　覿❶

覿字純甫，號海野老農，汴人。紹興中，爲建王內知客。孝宗受禪，以潛邸舊人除知閤門事。淳熙中除開府儀同三司，加少保醴泉觀使。有海野詞一卷。有宋六十家詞本。他在高孝兩朝，與張掄、吳琚輩趨奉宮庭，詞多應制之作，又因係東都故老，故其詞亦感慨有黍離之思。如

> 記神京，繁華地，舊遊蹤。正御溝春水溶溶。平康巷陌，繡鞍金勒躍青驄。解衣沽酒醉弦管，柳綠花紅。　到如今，餘霜鬢，嗟前事，夢魂中。但寒烟滿目飛蓬。雕闌玉砌，空餘三十六離宮。塞笳驚起暮天雁，寂寞東風。（金人捧玉盤庚寅春奉使過京師感懷作）

> 風蕭瑟，邯鄲古道，傷行客。繁華一瞬，不堪思憶。　叢臺歌舞無消息，金樽玉管空陳迹。空陳迹，連天草樹，暮雲凝碧。（憶秦娥邯鄲道上）

其風調與康與之頗類近。

張　掄

❶見宋史卷四百七十。

掄字才甫，爲南渡故老。其詞集名蓮社詞，有彊村叢書本，凡一卷。錄霜天曉角於下：

> 曉風搖幕，欹枕聞殘角。霜月到窗寒影，金猊冷，翠衾薄。　舊恨無處着，新愁還又作。夜夜單于聲裏，燈花共淚珠落。

吳琚

琚字居父，號雲壑，汴人。憲聖太后之姪，太寧郡王益之子。官直學士。慶元間，遷少保，卒諡忠惠。有雲壑集。他的詞以酹江月賦錢塘江潮（應制作）爲最駿發：

> 玉虹搖挂，望青山隱隱，恍如一抹。忽覺天風吹海立，好似春霆初發。白馬凌空，瓊鰲駕水，日夜朝天闕。飛龍舞鳳，鬱葱環拱吳越。……好似吳兒飛綵幟，蹴起一江秋雪。黃屋天臨，水犀雲擁，看擊中流楫。晚來波靜，海門飛上明月。

趙彥端

彥端字德莊，魏王廷美七世孫，乾道、淳熙間，以直寶文閣知建寧府，終左司郎官。其詞集名介庵詞，有宋六十家詞本，又名介庵琴趣外編，有彊村叢書本。毛子晉跋語謂其「章次顛倒，贋作頗多。」蓋其詞嘗雜見於趙師俠坦庵詞中。二人宦遊多在湘中及閩山贛水間，編者未能一一抉別，致多參錯，然不可均視爲贋作而擯棄之也。（用朱彊村語）他的詞亦屬綺豔一派，茲錄二闋於後：

桃根桃葉，一樹芳相接。春到江南二三月，迷損東家蝴蝶。殷勤踏取青陽，風前花正低昂。與我同心梔子，報君百結丁香。（清平樂席上贈人）

斷蟬高柳斜陽處，池閣絲絲雨。綠檀珍簟捲猩紅，屈曲杏花蝴蝶小屏風。春山疊疊秋波慢，收拾殘針線。又成嬌困倚檀郎，無事更拋蓮子打鴛鴦。（虞美人）

趙師俠

師俠（一作師使）字介之，汴人。舉進士。其坦庵詞有宋六十家詞本。他的：

沙畔路，記得舊時行處。藹藹疎煙迷遠樹，野航橫不渡。竹裏疏花梅吐，照眼一川鷗鷺。家在清江江上住，水流愁不去。（謁金門耽岡迓陸尉）

寫得很明豔動人。

石孝友

孝友字次仲，南昌人。乾道進士，以詞名。其詞集名金谷遺音，有宋六十家詞本。他的詞亦如耆卿、山谷一樣，常以俚語寫男女狠治之情，而流爲諢褻。如他的惜奴嬌：

合下相逢，算鬼病須沾惹。閒深裏做場話霸，負我看承，枉馳許多時價。寃家，你教我如何割捨？　苦苦孜孜，獨自個空嗟訝。便心腸捉他不下。你試思量，亮從前說風話，寃家休直待教人呪駡。

所以樓敬思說他：

大都迷花殢酒，并月嘲風之作，不乏媟詞、褻詞，利於嘌唱者之口，覽者往往目倦。

但他的水調歌頭；

高情遡雲漢，長揖謝君侯。脫遺軒冕，簸弄泉石下清幽。心契匡廬猿鶴，淚染固陵松柏，一衲且蒙頭。風月感平髮，魂夢繞神州。　漾一葉，樣孤篷，去來休。琵琶亭畔，正是楓葉荻花秋。點檢詩囊酒盌，拾帖舞裀歌扇，收盡兩眉愁。回望碧雲合，相伴赤松遊。

又完全是一種逃世學道人的口吻了。

洪　适（一）

适字景伯，忠宣公皓子，與弟遵、邁皆中博學宏詞科，當時「三洪」名滿天下。累官尚書右僕射，同中書門下平章事兼樞密使，謚文惠。其詞集名盤洲樂章，有彊村叢書本凡一卷。他的詞有時寫得極清婉有致，如生查子歇拍云：

（一）見宋史卷三百七十三洪皓傳內。

春色似行人，無意花間住。

漁家傲引後段云

半夜繫船橋北岸，三杯睡着無人喚。睡覺只疑橋不見，風已變，纜繩吹斷船頭轉。

都係一種極清新雋美的歌詞。又如他的漁家傲引：

子月水寒風又烈，巨魚漏網成虛設。圉圉從它歸丙穴，謀自拙，空歸不管旁人說。　昨夜醉眠西浦月，今宵獨釣南溪雪。妻子一船衣百結，長歡悅，不知人世多離別。

不獨詞境清逸，尤見其瀟閒的風度與仁厚的襟懷。此等詞雖使東坡爲之，亦不能過。

洪　邁[一]

邁字景盧，號野處，又號容齋，鄱陽人。與父皓兄适俱以詞名。紹興十五年登第，累遷吏禮二部員外郎，尋進煥章閣學士，知紹興，告歸，卒謚文敏。著有容齋五筆、夷堅志、萬首唐人絕句、野處類稿等行於世。

他的踏莎行很清空有致，已開玉田、草窗先河，茲錄如后：

院落深沈，池塘寂靜，簾鉤捲上梨花影。寶箏拈得雁難尋，篆香消盡山空冷。　釵鳳斜欹，鬢蟬不整，殘紅立褪慵看鏡。杜鵑啼月一聲聲，等閒又是三春盡。

[一]見宋史卷三百七十三洪皓傳內

王千秋

千秋字錫老，東平人。詞集名審齋詞，有宋六十家詞本。他的詞造語極工麗新穎，如：

> 驚鷗撲簌，蕭蕭臥聽鳴幽屋。窗明怪得雞啼速。牆角斕斑，一半露松綠。歌樓管竹誰翻曲？丹脣冰面噴餘馥。遺珠滿地無人掬，歸著紅靴，踏碎一街玉。（醉落魄）

已爲夢窗作品的先驅了。

侯寘

寘字彥周，東武人，紹興中知建康。詞集名孏窟詞，有宋六十家詞本，凡一卷。錄玉樓春一闋：

> 市橋燈火春星碎，街鼓催歸人未醉。半嚬還笑眼回波，欲去更留眉斂翠。歸來短燭餘紅淚，月淡天高梅影細。北風休遣雁南來，斷送不成今夜睡。

韓玉

玉字溫甫，因常家東浦，故其詞名東浦詞，有宋六十家詞本，錄其自度曲且坐令一闋：

> 閑院落，誤了淸明約。杏花雨過胭脂綽，緊緊千秋索。門草人歸，朱門悄掩，梨花寂寞。書萬紙，恨憑誰託？纔封了，又揉卻。冤家何處貪歡樂，引得我心兒惡，怎生全不思量著？那人人情薄！

毛子晉對韓詞頗致不滿之意，於此詞寃家句，亦譏其「排笑未免」其實用「寃家」入詞者，何僅東浦一人！

丘崈

崈字宗卿，江陰人，隆興元年進士，拜同知樞密院事，卒謚文定。有文定公詞一卷，見四印齋宋元三十一家詞本，錄一闋於後：

水滿平湖香滿路，繞重城藕花無數。小艇紅妝，疏簾青蓋，烟柳畫船斜渡。 恣樂追涼忘日暮，簫鼓月明人去。猶有靑歌迢遞，聲在菱荷深處。（夜行船越上作）

王嵎

嵎字季夷，號貴英，北海人，有北海集。他爲紹淳間名士，寓居吳興，陸務觀與之厚善。（見陳直齋書錄解題）錄夜行船一闋於後：

曲水濺裙三月二，馬如龍鈿車如水。風颺游絲，日烘晴晝，人共海棠俱醉。 客裏光陰難可寫，掃芳塵舊遊誰寄？午夢醒來，不覺小窗人靜，春在賣花聲裏。

謝懋

懋字勉仲，有靜寄居士樂章二卷。已失，近人趙萬里始爲輯成一卷，刊於校輯宋金元人詞中，凡十四首。其詞錄於周密絕妙好詞者僅四首，皆「戛玉敲金，縕藉風流」（黃叔暘引吳坦序語。）茲錄其浪淘沙一闋如下：

> 黃道雨初乾，霽靄空蟠，東風楊柳碧毿毿。燕子不歸花有恨，小院春寒。　倦客亦何堪，塵滿征衫，明朝野水幾重山。歸夢已隨芳草綠，先到江南。

他的風入松「笑舞落花紅影，醉眠芳草斜陽，」亦係極明倩的詩句。

蔡柟

柟字堅老，南城人。生於宣和以前，沒於乾道。有雲壑隱居集及浩歌集詞一卷。惟原集已失傳，趙氏校輯宋金元人詞亦僅輯得五首而已。據絕妙好詞箋，他曾於庚寅年與曾公卷、呂居仁輩有唱和之作，他的鷓鴣天「風來綠樹花含笑，恨入西樓月斂眉，」造句頗清倩動人。

兪國寶

國寶臨川人，淳熙太學生，有醒菴遺珠集。他的詞雖不多見，然其風入松一闋，則旖旎婉秀，極有情致。雖使歐、秦等高手爲之，亦不能過此。其詞云：

一春長費買花錢，日日醉湖邊。玉驄慣識西湖路，驕嘶過沽酒樓前。紅杏香中歌舞，綠楊影裏秋千。 暖風十里麗人天，花壓鬢雲偏。畫船載取春歸去，餘情付湖水湖烟。明日重扶殘醉，來尋陌上花鈿。

據武林舊事載此詞題於西湖斷橋旁小酒肆間，高宗幸此，因將末句「重尋殘酒」改為「重扶殘醉」，雖僅易兩字，然較原意蘊藉美妙多矣，不獨變其儒酸已也。

陸淞

淞字子逸，號雲溪，山陰人。晚以疾廢，卜居秀野，每對客清談不倦，尤好語前輩事，或有謂其係放翁之兄者。他的詞僅見瑞鶴仙一闋，張叔夏謂其為「景中帶情，屏去浮艷」之作。

臉霞紅印枕，睡覺來冠兒還是不整。屏間麝煤冷，但眉峯壓翠，淚珠彈粉。堂深晝永，燕交飛風簾露井。恨無人說與相思，近日帶圍寬盡。 重省殘燭朱幌，淡月紗窗，那時風景。陽臺路迥，雲雨夢，便無準。待歸來先指花梢教看，卻把心期細問。問因循過了青春，怎生意穩？（瑞鶴仙）

曹冠

冠字宗臣，自號雙溪居士，有燕喜詞一卷，有四印齋彙刻宋元三十一家詞本。他的鳳栖梧：「飛絮撩人花照眼，天闊風微，燕外晴絲卷。」況周頤謂其：

狀春晴景色絕佳。每值香南研北，展卷微吟，便覺日麗風暄，淑氣撲人眉宇。全帙中似此佳句，竟不可再得。（蕙風詞話卷二）

此外尚有無名之作數闋，以詞頗佳，附錄如後：

平生太湖上，短棹幾經過。如今重到，何事愁與水雲多。擬把匣中長劍，換取扁舟一葉，歸去老漁蓑。銀艾非吾事，丘壑已蹉跎。　鱠新鱸，斟美酒，起悲歌。太平生長，豈謂今日識干戈？欲瀉三江雪浪，淨洗邊塵千里，不爲挽天河。回首望霄漢，雙淚墮清波。（水調歌頭建炎庚戌題吳江）

此詞爲當日紀實之作，辭彩亦悽婉眞切，與文人矯揉造作者不同。據中吳紀聞載：「建炎庚戌，兩浙被兵禍，有題水調歌頭於吳江者，不知姓氏，意極悲壯。」

霜風漸緊寒侵被，聽孤雁聲嘹唳。一聲聲送一聲悲，雲淡碧天如水。披衣告語：雁兒略住，聽我些兒事。　塔兒南畔城兒裏，第三個橋兒外，瀕河西岸小紅樓，門外梧桐雕砌。請教且與低聲飛過，那裏有人人無寐。（御街行）

極冗長難以表明的話，卻說來有這樣委婉，這樣細緻，這樣曲折，而又以極自然的語句傳出，毫無一點生澀修琢之處，眞是一個最足令人愛賞的詩篇了。

此外尚有玉樓春、水調歌頭、念奴嬌、行香子、南鄉子、望海潮等調，均無以上二詞佳麗，未錄。（上調俱見詞林紀事卷十八）

本期作家尚有李綱字伯紀，邵武人，爲南渡前後名臣。高宗朝居相位，力圖恢復，主戰最力，在位僅七十餘日而罷。卒謚忠定。有梁溪詞，（四印齋所刻詞本）曾慥字端明，故相布後裔，編樂府雅詞，爲宋人集宋詞之善本。慥弟惇字谹父，亦有詞集一卷。姚寬字令威，剡川人，爲六部監門，有西溪居士樂府一卷。鄧肅字志宏，延平人，南渡後，官左正言，有栟櫚詞一卷。（四印齋刻宋元三十一家詞本）程大昌字泰之，休寧人，紹興二十一年進士，孝宗朝官至權吏部尚書，謚文簡，有文簡公詞一卷。（彊村叢書本）吳儆字益恭，休寧人，紹興二十七年進士，淳熙初通判邕州，有竹洲詞一卷。（粟香室叢書：金刻名宋詞本，及江刻宋元名家詞本。）李光字泰發，上虞人，崇寧五年進士，官至參知政事，謚莊簡，有李莊簡公詞一卷。（四印齋刊宋四名臣詞本，）李處全字粹伯，淳熙中侍御史，有晦庵詞一卷。（四印齋刻宋元三十一家詞本。）仲并字彌性，江都人，紹興中進士，官至朝請大夫，有浮山詞一卷。（彊村叢書本）胡仔字元任，新安人，寓居吳興，自號苕溪漁隱，宣和間仕建安主簿，著有苕溪漁隱叢話前後凡百卷，與王灼碧雞漫志同爲研究唐宋樂曲及詞家軼事必讀的要籍。倪偁字文舉，吳興人，紹興八年進士，官太常主簿，有綺川詞一卷。（四印齋刻宋元三十一家詞本）王十朋字龜齡，樂清人，官至龍圖閣學士，謚忠文，有梅溪集。王以寧字周士，長沙人，有王周士詞一卷。（彊村叢書本）李流謙字無變，德陽人，有澹齋詞一卷。（彊村叢書本）王之望字瞻叔，有漢濱詩餘一卷。（彊村叢書本）曾協字同季，南豐人，有雲莊詞一卷。（彊村叢書本）王質字景文，興國人，有雪山詞一卷。（彊村叢書本）周必大字子充，廬陵人，官至左丞相，進益國公，有平園近體樂府一卷。（彊村叢書本，及汲古閣宋六十家詞本）陳三聘字夢弼，東吳人。有和石湖詞一卷。（彊村叢書本）呂勝己字季克，建陽人，有渭川居士詞一卷。（彊村叢書本）姚述堯字進道，華亭人，有簫臺公餘詞一卷。（彊村叢書本及西泠詞萃本）尤袤，字延之，無錫人，官禮部尚書，謚文簡。有梁溪集。毛幷字平仲，三衢人，有樵隱樂府一卷。（宋六十家詞本）朱雍有梅詞一卷，（四印齋所刻詞本）全係詠梅之作。姜特立字邦傑，麗水人，孝寧兩朝佞臣，詞集名梅山詞，（四印齋所刻詞本）凡一卷。

其他無專集的詞人，而散見於各選本及詩話或雜記中者尚多，均略而不論了。

參考書目

元脫克脫：宋史

明錢士升：南宋書六十八卷　有掃葉山房刊四朝別史本。

清張宗橚：詞林紀事

明毛晉：宋六十家詞　有汲古閣原刻本，有廣州刻本。

清江標：宋元名家詞　有湖南刻本。

清王鵬運：四印齋所刻詞及四印齋彙刻宋元三十一家詞　有自刊本。

清吳昌綬：雙照樓景刊宋元明本詞及續刊景宋金元本詞　有自刊本及陶湘續刊本。

清朱祖謀：彊村叢書　有自刊本。

近人趙萬里：校輯宋金元人詞。

宋周密：絕妙好詞箋七卷 清查爲仁厲鶚箋，有原刊本。

清朱彝尊：詞綜三十四卷 有坊間通行本。

近代況周頤：蕙風詞五卷 有惜陰堂叢書本。

近人胡適：詞選 有商務印書館鉛印本。

近人王易：詞曲史 有中央大學講義本，此書爲一部最完善的詞史，並將詞曲并爲一書研究，尤足見二者的流變。

四庫全書總目詞曲類提要 清乾隆時館臣奉命撰

第六編　宋詞第五期

——公元一一九〇——一二五〇——

——周邦彦派的擡頭或姜夔時期的肇始——

引言

本期由紹熙以後起，至淳祐間止，約六十年，是姜夔時期的開始。在本期的初葉，因稼軒尚健在，蘇、辛一派詞正值光輝的集結時期，同時因大詞人姜夔的出現，遂使此風靡一世的作風，漸漸變了它的方向。其情形亦正如北宋仁宗朝，一方面有晏、歐等擬古作家結束了五代以來的舊風調，一方面則因柳永、蘇軾先後繼起，遂開慢詞製作的新風氣。蘇、辛一派詞至稼軒已臻絕境，無能再繼。故後此雖有劉過、岳珂、李昂英、方岳、陳經國、文及翁、王埜、劉克莊等人仍在仿效着他的風調，但只是一個末流，一種尾聲，不足代表他們的時期了。代表這個時期的，則爲姜夔、史達祖、吳文英三個人；而尤以姜夔的地位更爲重要。他以清超的詩人鋒鋩，寫出一種「體製高雅」的歌曲。他有極高的音樂天才，他能自製許多新譜，他能改正許多舊調。他繼承了周邦彥一條路線，他從南渡後詞風過於淩雜叫囂的時期中，走上了一個風雅派正統派詞人的平穩道路。他遂成爲南宋詞的唯一開山大師；（辛棄疾只能算是一種結束；於後期的影響，還無白石之偉異。）也可以說是元、明、清以來的唯一詞林巨擘。因爲中國詞學自南宋中末期一直到清代的終了，可以說完全是「姜夔的時期」。在此六百餘年中代表最大多數的作家與詞風的，無不奉姜夔爲唯一典範，以周邦彦爲最終的指歸。後期如張、周，入元如張翥，至清中葉，如朱彝尊、厲鶚等浙派詞人，莫不守此衣鉢，儼然造成一個最精密而完整的詞學系統，此亦爲中國詞史上所僅見之例。朱彝尊的一部詞綜，不啻卽爲此派人說法。所以朱氏於詞綜發凡卽著其說曰：

> 世人言詞必稱北宋；然至南宋始極其工，至宋季而始極其變。姜堯章（夔字）氏最爲傑出。

又於黑蝶齋詞序云：

> 詞莫善於姜夔，宗之者張輯、盧祖皋、史達祖、吳文英、蔣捷、王沂孫、張炎、周密、陳允平、張翥、楊基等皆具夔之一體。（曝書亭集卷四十）

汪森爲詞綜作序亦云：

> 宣和君臣，轉相矜尚，曲調旣多，流派因之亦別，短長互見，言情者或失之俚，使事者或失之伉。鄱陽姜夔出，句琢字鍊，歸於醇雅；於是史達祖、高觀國羽翼之，張輯、吳文英師之於前，趙以夫、蔣捷、周密、陳允平、王沂孫、張炎、張翥效之於後，譬之於樂，舞箾至於九變，而詞之能事畢矣。

此派詞人莫不祖述姜夔，至尊之爲「白石詞仙」；而其崇拜之因則由於夔之詞「句琢字鍊」，最稱「醇雅」。他們作詞選詞以及評詞的標準，均以「雅」「俗」二者爲斷。他們的結集與團體的表現，往往成立一種詞社，以相鼓吹唱和，亦如詩中之有江西詩派，而有所謂一祖三宗之說了。所以白石在中國詞壇上的影響，亦無異溫庭筠與柳永。溫庭筠由萌芽原始的時期，造成了眞正的詞，其精神爲創造的；

柳永由詩人與貴族的成熟歌曲又轉向民間文學上去，其精神爲革命的；至於姜夔，則僅係周邦彥的一轉，其精神只是繼承的。他將以前雅俗共賞的詞變成一個純粹文人吟唱的詞，由詩人自然抒寫的詞，漸變成一種詩匠雕斲藻繪的詞了。所以自此以後，詞的領域反而縮小，詞的意義也日益偏狹了。

與姜夔同時的，有一個很大的助手作家史達祖。他雖無白石的氣魄，但他能以婉妙的詩情，及工麗的術語入詞，不啻給白石一個最大的幫助，遂使此派詞學更加生色，而予後人一個模仿的榜樣。在此期內，成名的作家如高觀國、盧祖皋、孫惟信、張輯、張榘、劉光祖、汪莘、趙以夫、趙汝茪、鄭域、馮取洽、盧炳、翁孟寅等，都係姜、史的附庸，一時詞人之衆，如蠭起林立，遂造成「姜夔時期」最初期的優異史蹟。

繼姜、史之後，略爲晚出的吳文英，又爲此派人添了一個異樣的色彩。他是姜夔時期一貫下來的一個小小的旁枝，一個奇特的結晶。他的作風亦如姜、史之雅正，而更要來得古典，更要來得溫麗。他將姜、史的風調，披上了一層北宋縉紳階級（晏、歐等）詩歌的神貌。於是由周邦彥派一來的詞風，至此乃成一個凝固的軀殼，一個唯一的典型作品了。崇拜他的人，至稱之爲「前有淸眞，後有夢窗」，而列爲兩宋詞壇中最大的兩個巨頭。

所以自從有了姜、史、吳三個大作家互相輝映發明以後，遂替後來此派詞人造了一個堅穩牢固的基礎，而據有詞壇上正統派的寶座了。

第一章　風雅派（或古典派）的三大導師

——姜夔——史達祖——吳文英——

姜　夔（公元一一五五——一二三五●）

夔字堯章，鄱陽人。生於宋高宗紹興二十五年。（公元一一五五年）蕭東父識之於少年客遊，妻以兄子，因寓居吳興之武康，與白石洞天爲鄰，自號白石道人，以布衣終其身。慶元中，曾上書乞太常雅樂。隱居不仕，嘯傲山林，往來湖、湘、淮、左。與范成大、楊萬里友善。後卒於臨安水磨方氏館，時爲宋理宗端平二年。（公元一二三五年）享壽八十一歲，葬西馬塍。生平精於音樂文學及古刻，著作甚多，有白石詩一卷、絳帖平、續書、大樂議、張循王遺事、集古印譜等書，詞集有毛氏宋六十家詞本，有四印齋本，有朱刻彊村叢書本，以朱刻爲最精善。凡六卷，內分琴曲、令、慢、自度曲、自製曲等，並刊有宮譜，仍係宋本之舊。

白石較稼軒晚出十五年，曾有詞相贈，爲並時二大詞宗。他的作風與辛詞迥然不同：辛詞極壯烈，富感情；姜詞則淸越冷雋，無熱烈語，無塵濁香豔語。他們雖都具有故國河山之慟，但其寫法卻又兩樣。

●白石生卒，依胡適之詞選。

他最精於音律，嘗著大樂議，欲正廟樂。慶元三年詔付奉常有司收掌，令太常寺與議大樂，時官嫉其能，因不獲盡其所議。（見吳興掌故）他的集中多有自度新腔及改換舊譜的創作，如揚州慢、長亭怨慢、淡黃柳、石湖仙、暗香、疏影、惜紅衣、角招、徵招、秋宵吟、淒涼犯、翠樓吟、湘月等調，均係自製的曲調。如滿江紅舊調本用仄韻，白石則將易爲平韻，他的理由是：

滿江紅舊調用仄韻，多不協律，如末句云「無心撲」三字，歌者將心字融入去聲，方諧音律。予欲以平韻爲之，久不能成。因泛巢湖，……頃刻而成，末句云「聞佩環」，則協矣。

像這樣精心製曲的作家，實在無人能與之比並。宋人詞如張子野、柳耆卿、周美成等人的樂府，僅註明宮調而已，（即說明用何等管色）白石於自度的新詞如：

鬲溪梅令仙呂宮　杏花天　醉吟商小品　玉梅令高平調

霓裳中序第一　揚州慢中呂宮　長亭怨慢中呂宮　淡黃柳正平調近

石湖仙越調　暗香仙呂宮　疏影　惜紅衣

角招黃鐘角　徵招　淒涼犯　翠樓吟雙調

秋宵吟越調

十七支，不獨註明宮調，並於詞傍詳載樂譜，所以宋詞歌法僅此尙可尋其迹兆，餘均散佚無存了。

以上均係論他對於音樂上的貢獻。其天才之卓異，亦可略略窺見。現在更討論他的作風。他的作品集古今風雅派詞人的大成，不獨格調高曠，而且音韻清越，爲南宋詞壇巨擘。如他的：

燕雁無心，太湖西畔隨雲去。數峯淸苦，商略黃昏雨。（點絳脣上闋）

……而今何事，又對西風離別。渚寒烟淡，棹移人遠，縹緲行舟如葉。想文君望久，倚竹愁生步羅襪。歸來後，翠尊雙飲，下了珠簾，玲瓏閒看月。（八歸湘中送胡德華後闋）

……過春風十里，盡薺麥青青。自胡馬窺江去後，廢池喬木，猶厭言兵。漸黃昏淸角，吹寒都在空城。……二十四橋仍在，波心蕩，冷月無聲。……（揚州慢節錄）

筆鋒極勁健淸越。其揚州慢一詞更深寓故國之感。他自記此詞道：

淳熙丙子至日，余過維揚。夜雪初霽，薺麥彌望。入其城，則四顧蕭條，寒水自碧，暮色漸起，戍角悲吟。余懷愴然，感慨今昔，自度此曲，千巖老人以爲有黍離之悲也。

我們可以看出當日異族侵陵的慘狀，和白石製曲的天才

他和東坡、稼軒、希眞都能擺脫宋人嬌豔柔媚的態度，如他的：

鬧紅一舸，記來時常與鴛鴦爲侶。三十六陂人未到，水佩風裳無數。翠葉吹涼，玉容銷酒，更灑菰蒲雨。嫣然搖動，冷香飛上詩句。日暮青蓋亭亭，情人不見，爭忍凌波去。只恐舞衣寒易落，愁入西風南浦。高柳垂陰，老魚吹浪，

留我花間住。田田多少，幾回沙際歸路。（念奴嬌）

……春漸遠，汀洲自綠，更添了幾聲啼鴂。十里揚州，三生杜牧，前事休說。又還是宮燭分煙，奈愁裏匆匆換時節。把一襟芳思，與空階榆莢。千萬縷，藏鴉細柳，爲玉尊起舞迴雪。想見西出陽關，故人初別。（琵琶仙）

寫荷花，賦別情，都極清幽冷豔，絕無別人妞妮的樣子。所以陳藏一說他：

氣貌若不勝衣，而筆力足以扛百斛之鼎。……襟期灑落，如晉宋間人，意到語工，不期於高遠而自高遠。

毛子晉說他：

范石湖評堯章詩云「有裁雲縫月之妙手，敲金戛玉之奇聲」，予於其詞亦云。

黃花庵說他：

詞極精妙，不減清眞，其高處有美成所不能及。

趙子固也說道：

白石詞家之申、韓也。

這些評語，都很正確的。

他的詠物諸作，皆風雅絕塵，如：

……哀音似訴。正思婦無眠，起尋機杼。曲曲屏山，夜涼獨自甚情緒。西窗又吹暗雨，爲誰頻斷續，相和砧杵？候館迎秋，離宮弔月，別有傷心無數。豳詩漫與，笑籬落呼燈，世間兒女。寫入琴絲，一聲聲更苦。（齊天樂蟋蟀）

古城陰，有官梅幾許，紅萼未宜簪。池面冰膠，牆腰雪老，雲意還又沈沈。翠藤共閒穿徑竹，漸笑語，驚起臥沙禽。野老林泉，故王臺榭，呼喚登臨。（一萼紅官梅上闋）

江國正寂寂，歎寄與路遙，夜雪初積。翠尊易泣，紅萼無言耿相憶。長記曾攜手處，千樹壓西湖寒碧。又片片吹盡也，幾時見得？（暗香梅下闋）

皆冷豔幽潔，無一點塵濁氣息。惟好用典，總不免有雕斲之痕，不很自然。尤其是暗香、疏影一類詞，引用許多梅花故實，不獨斧痕全現，而且抒寫上亦隔一重紗幕，遠不如北宋詞之自然了。但二詞在詞壇上則為極負盛名之作，甚至還有許多人說它都係影射時事，因而妄加臆說的。我想白石有知，亦當為之俯首一笑。他這種流弊影響於後期及明清詞人者至鉅，所以沈伯時說：

白石清勁知音，亦未免有生硬處。

「生硬」二字便是不自然的表徵。周介存說：

白石詞如明七子詩，看是高格響調，不耐人細思。（介存齋論詞雜著）

王靜庵也說：

白石寫景之作，……雖格韻高絕，然如霧裏看花，終隔一層。（人間詞話）

史達祖　公元一一五五——一二二〇●

●梅溪生卒，依胡適之詞選。

達祖字邦卿，汴人。生於宋高宗紹興二十五年。（公元一一五五年）與姜夔同年生。生平宋史無傳記，據四朝見聞錄所載，他曾作過韓侂胄的堂吏，凡奉行文字，擬帖撰旨，皆出其手。他侍從所用的柬札，都用申呈的格式。委身權奸之門，如此下心降志，而己身又無科名，（未登進士）所以他在當日，很遭士林的唾棄。後韓事敗，他遂被彈劾至受黥刑。這是他一生最大的隱痛。昔人所謂「一失足成千古恨，再回首是百年身，」不啻爲邦卿詠之。

他的詞輕盈綽約，盡態極妍，與白石之剛勁，適得其反。他在南宋諸大詞人如白石、夢窗、碧山、叔夏、草窗等作家中，確有一種特殊的風格。他們共同造成了南宋詞壇上一個光輝的史蹟。他的作品如：

沈沈江上望極，還被春潮晚急，難尋官渡。隱約遙峯，和淚謝娘眉嫵。臨斷岸新綠生時，是落紅帶愁流處。記當日門掩梨花，翦燈深夜語。（綺羅香春雨下闋）

……差池欲往，試入舊巢相並；還相雕梁藻井，又軟語商量不定。飄然拂花梢，翠尾分開紅影。 芳徑，芹泥雨潤；愛貼地爭飛，競誇輕俊。紅樓歸晚，看足柳昏花暝。應自棲香正穩，便忘了天涯芳信；愁損翠黛雙蛾，日日畫闌獨凭。（雙雙燕春燕）

不剪春衫愁意態，過收燈有些寒在。小雨空簾，無人深巷，已早杏花先賣。 白髮潘郎寬沈帶，怕看山憶她眉黛。草色拖裙，烟光染鬢，長記故園挑菜。（夜行船正月十八日聞賣杏花有感）

其詞境之婉約飄逸，則如淡烟微雨，紫霧明霞；其造語之輕俊嫵媚，則如嬌花映日，綠楊着雨。他將這三春景色寫得極細緻而逼真。他不獨寫盡春天的外表，簡直將「春之魂」都收入他的詩句了。在他的詞中，有這樣明媚的春光，有這樣如絲的細雨，有這樣輕倩的小燕在交流着，密濛着，低飛着，……一一映入我們的眼底心裏。眞是一個令人沈醉的春天呵！他是古今一個最大的詠春詩人，他描寫春日景色的作品，都極工麗動目。他深深的了解這個春之玄祕與蘊藏了。他的詞極爲白石所稱賞，說他：

> 奇秀淸逸，着能融情景於一家，會句意於兩得者。

張功甫說他的詞：

> 織綃泉底，去塵眼中，妥貼輕圓，辭情俱到，有瓌奇警邁淸新閑婉之長，而無訑蕩汚淫之失。端可分鑣淸眞，平睨方回。

這些評語都有極精到處。在過去只有秦少游寫春日情景最綿麗，頗與梅溪（即史達祖）爲近。如少游滿庭芳上闋：

> 曉色雲開，春隨人意，驟雨才過還晴。高臺芳榭，飛燕蹴紅英。舞困榆錢自落，——鞦千外綠水橋平。東風裏，朱門映柳，低按小秦箏。

其勝處在能於柔媚中有和平淡雅之趣。梅溪的詠春雨、春燕（見上詞）則於柔媚中具輕俊豔冶之姿。此中深意會心人當自領略得到。

他最擅於修辭，集中如「柳昏花暝，」如「做冷欺花，將烟困柳，」如「草脚愁蘇，花心夢醒」等，均係刻意描畫，故能工麗如此。又如他的萬年歡結句：

如今但柳髮晞春，夜來和露梳月。

描寫到了這種境界，眞可謂之「巧奪天功」了！他平生這樣的作品極多，茲更錄數闋於後：

……最難忘遮燈私語，澹月梨花，借夢來花邊廊廡，指春衫淚曾濺處。（解佩令下闋）

故人溪上挂愁，無奈烟梢月樹。一涓春水點黃昏，便沒頓相思處。（留春令詠梅花上闋）

山月隨人，翠巔分破秋山影。釣船歸，盡橋外詩心迥。（點絳脣上闋）

所以毛子晉說：

余幼讀雙雙燕詞，便心醉梅溪；今讀其全集，如「醉玉生春，」「柳髮梳月」等語，則「柳昏花暝」之句，又不足多矣！（宋六十家詞梅溪詞跋）

惟此風一開，後來作家遂專在辭藻上修飾，而又無梅溪之才，使覺庸濫堆垜，全無質樸自然之美了。

他當年以如此才華，竟未能一登科第，屈身於權相之門，其心緒之懊喪，亦由他的作品中流露出來，如：

好領青衫，全不向詩書中得，也費區區造物，許多心力？未暇買田靑潁尾，尙須索米長安陌；有當時黃卷滿前頭，多慚德。　思往事，嗟兒劇；搥牛後，懷雞肋。奈棱棱虎豹，九重九隔。三徑就荒秋自好，一錢不值貧相逼。對黃花常

待不吟詩詩成癖。(滿江紅書懷)

詞中所謂「好領青衫全不向詩書中得，……」眞是聲淚俱下的文字；所謂「尙須索米長安陌，……憐牛後，懷鷄肋。……三徑就荒秋自好，一錢不值貧相逼，」其當日身世之潦倒，因貧而仕之無可奈何，眞是「慨乎言之」了。末句「對黃花常待不吟詩，詩成癖」其藝術化的人生，並不因環境心緒之惡劣而廢然摧殂，所以在這首詞中我們深深了解他的身世，原諒他當日的失足，而對他那樣爲藝術而藝術的精神，仍予以十分的欽慣。又如同調出京懷古之作：

> 緩轡西風，對三宿遲遲行客；……雙闕遠騰龍鳳影，九門空鎖鴛鴦翼。更無人擫笛傍宮牆，苔花碧。天相漢，民懷國；天厭亂，臣離德。趁建瓴一舉，并收鰲極。老子豈無經世術，詩人不預平邊策。辦一襟風月看昇平，吟春色。

及龍吟曲上闋：

> ……歌裏眠香，酒酣喝月，壯懷無撓。楚江南，每爲神州未復，闌干靜慵登眺。

亦頗寓故國河山之思。所以樓敬思說：

> 史達祖南渡名士，不得進士出身，以彼文采，豈無論薦？乃甘作權相堂吏，至被彈章，不亦降志辱身之至耶？讀其書懷滿江紅詞「好領青衫，全不向詩書中得，……三徑就荒秋自好，一錢不值貧相逼，」亦自怨自艾者矣。又讀其出京滿江紅詞「更無人擫笛傍宮牆，苔花碧。……老子豈無經世術，詩人不預平邊策，」亦善於解嘲者矣。然集中又有留別社友龍吟曲「楚江南，每爲神州未復，闌干靜慵登眺，」新亭之泣，未必不勝於蘭亭之集也。乃以詞客終其身，史臣亦不屑道其姓氏，科目之困人如此，

不禁三嘆！

眞可謂梅溪的知己了。

他的詞集名梅溪詞，有宋六十家詞本及四印齋所刻詞本。

吳文英

文英字君特，號夢窗，四明人。其生年約在宋寧宗慶元、嘉泰間，較白石、梅溪爲晚出。姜、史晚年，夢窗仍爲童稚，故集中無酬贈之作。他早歲居蘇，壯年（三十餘歲）以後始居杭。他一生足跡所至之處，以此兩地爲最多，故其詞中所吟勝蹟，亦以蘇、杭爲最。他曾納蘇、杭二妾，一遣，一死，集中如渡江雲三犯、鶯啼序、畫堂春、絳都春等詞，均係吟二妾事。他曾作過蘇州倉幕，晚年又爲榮王府幕客。他當年所往還的人物，除吳履齋等名宦外，多係詞人文士，故唱酬之作甚多。或有謂其曾與白石唱和者，蓋係姜白帚之誤。白帚爲另一人，近人梁啓超、夏承燾曾爲論證實矣。

他的詞集有毛刻宋六十家詞本，分甲乙丙丁稿，（蓋係仍舊日傳說）凡三百二十四首；有朱刻彊村叢書本，爲明舊鈔本，不分卷，較毛刻少六十八首，附補遺一卷，又增八十四首，另有夢窗詞集小箋一卷，爲彊村先生畢生精力所萃之作，極精審。

夢窗詞名極重，其受明清人推許，亦無異於周美成。尹唯曉說：

> 求詞於吾宋，前有清眞，後有夢窗，此非煥之言，天下之公言也。

其推崇之極，連兩宋一切大詞家都未列在一個水平線上。但譽之者過甚，而加否認與貶辭者亦甚衆。

所以沈伯時說他：

> 用事下語太晦處，人不可曉。

張叔夏說他的詞：

> 如七寶樓臺，眩人眼目，拆碎下來，不成片段。

張皋文詞選甚至連他的詞都未收錄。近人吳瞿庵氏又力為夢窗辯護，說他的詞：

> 以綿麗為尚，運思深遠，用筆幽邃，鍊字鍊句，迥不猶人；貌觀之雕績滿眼，而實有靈氣行乎其間。細心吟繹……既不病其晦澀，亦不見其堆垛，此與淸眞、梅溪、白石並為詞學之正宗，一脈眞傳，特稍變其面目耳。……昔人評騭……，如尹惟曉以夢窗與淸眞……，譽之未免溢量，至沈伯時謂其太晦，其實夢窗才情超逸，何嘗沈晦？夢窗長處，正在超逸之中見沈鬱之思，烏得轉以沈鬱為晦耶？若叔夏「七寶樓臺」之喻，亦所未解；……合觀通篇，固多警策，即分摘數語，亦自入妙，何嘗不成片段耶？（詞學通論）

可見夢窗詞評，至不一致。現在我們來研究他的作品，對於以上的毀譽，自然就明白它是否有當了。

夢窗特長，在能返南宋人詞的「顯露」，而為北宋人的「渾化」。如他的：

……箭逕酸風射眼，膩水染花腥。……問蒼波無語，華髮奈山靑。水涵空闌干高處，送亂鴉斜日落漁汀。連呼酒

上琴臺去，秋與雲平。（八聲甘州陪庾幕諸公秋登靈巖節錄）

聽風聽雨過清明，愁草瘞花銘。樓前綠暗分攜路，一絲柳、一寸柔情。料峭春寒中酒，交加曉夢啼鶯。 西園日日掃林亭，依舊賞新晴。黃蜂頻撲秋千索，有當時纖手香凝。惆悵雙鴛不到，幽階一夜苔生。（風入松）

一闋寫秋日水閣，一闋寫春日園林，氣象極寬舒和平，渾融圓美，這便是受晏、歐作風的明證。在南宋任何詞集中，絕無此種境界，這是他第一個長處。

第二個長處，是最善修辭，往往很平常的語句，一到他手裏，便能柔化得無絲毫的生硬，陶鎔得無一點兒渣滓。所以我們一讀他的詞，便感覺到他那種溫厚端麗的作風。例如：

翦紅情，裁綠意，花信上釵股。殘日東風，不放歲華去。有人添燭西窗，不眠侵曉，笑聲轉、新年鶯語。 舊尊俎，玉纖曾勞，黃柑柔香繫幽素。歸夢湖邊，還迷鏡中路。可憐千點吳霜，寒銷不盡，又相對、落梅如雨。（祝英臺近除夜立春）

殘寒正欺病酒，掩沈香繡戶。燕來晚，飛入西城，似說春事遲暮。畫船載、清明過卻，晴烟冉冉吳宮樹。念羈情、遊蕩隨風，化爲輕絮。 十載西湖，傍柳繫馬，趁嬌塵軟霧。遡紅漸、招入仙谿，錦兒偷寄幽素。倚銀屏、春寬夢窄，斷紅溼、歌紈金縷。暝隄空，輕把斜陽，總還鷗鷺。 幽蘭旋老，杜若還生，水鄉尚寄旅。別後訪、六橋無信，事往花委，瘞玉埋香，幾番風雨。長波妒盼，遙山羞黛，漁燈分影春江宿，記當時、短楫桃根渡。青樓彷彿，臨分敗壁題詩，淚墨慘澹塵土。 危亭望極，草色天涯，歎鬢侵半苧。暗點檢、離痕歡唾，尚染鮫綃，軃鳳迷歸，破鸞慵舞。殷勤待寫，書中長恨，藍

霞遼海沈過雁，漫相思彈入哀箏柱，傷心千里江南，怨曲重招，斷魂在否？（鶯啼序）

此等詞正如吳氏所謂「運意深遠，用筆幽邃，練字練句，迥不猶人，貌視之雕繢滿眼，而實有靈氣行乎其間」了。他的修辭之工細平穩，竟作到如此地步，其學力之深，眞令人非常驚異。四庫總目提要比之爲詩中的李商隱，是再眞確不過的了。但他的天才並不高曠，故辭華亦不能奔放勁健，他既不能望塵稼軒，亦不能追摹白石，然自學力上講，則辛、姜均遠無其精到。瞿庵先生謂其「才情超逸」，實在是適得其反，不如改爲「學力精邃」四字爲確當了。因爲他過於工細藻繪，自然要謹束太甚，不能馳騁自如，了自然要有詞意晦澀，不相連貫處了。如聲聲慢「檀欒金碧，婀娜蓬萊」的句子，張叔夏謂其「太晦」，其實夢窗集中詞意晦澀的例子並不止此。其原因不僅由於「用事下語太晦處，令人不可曉」，實在是因爲天才不縱逸，下筆時不能馳騁自如，而又刻意於辭藻上的修飾，更加上一層束縛。所以瞿庵教我們讀他的詞，要「細心吟繹」，不然就覺得是「雕繢滿眼」了。這「細心吟繹」四字下得最耐人尋味，其精到處在此，其短處亦在此了。如他的：

宮粉雕痕，仙雲墮影，無人野水荒灣。古石籠香，金沙鎖骨連環。(1)南樓不恨吹橫笛，恨曉風千里關山。半飄零庭下，黃昏月冷闌干。(2)（高陽臺落梅上闋）

若分爲(1)(2)兩段看，則確如瞿庵所謂「仙骨珊珊，洗脫凡豔；幽索處則孤懷耿耿，別締古歡」。張叔夏所謂如「七寶樓臺，眩人眼目」的評語了。但我們再讀它的下闋：

壽陽宮裏愁鸞鏡，問誰調玉髓，暗補香瘢？（1）細雨歸鴻，孤山無限寒。（2）離情難倩招清些，夢縞衣解珮溪邊。（3）最愁人啼鳥清明，葉底清圓。（4）

在半闋之中，分出四個片段，用典用事，彼此語意都不相連屬，雜湊與斧斲之痕，一望可知。所以張叔夏說他雖如「七寶樓臺，眩人眼目」，但「拆碎下來」就「不成片段」了！他這些缺點是無庸加以辯護的。不過此等處集中極少，不能用來概括他的全體作品的。

近人王靜庵先生最賞識其「隔江人在雨聲中，晚風菰葉生秋怨」語，以爲確是當周介存的評語：

夢窗詞之佳者如水光雲影，搖蕩綠波，撫玩無極，追尋已遠。

我最愛他的八聲甘州、風入松、祝英臺近、齊天樂（與馮深居登禹陵）等詞，其淸豔婉細處，確如「水光雲影」，令人愛賞不置。集中名句如聲聲慢「……簾半捲，帶黃花人在小樓」和八聲甘州「……送亂鴉，斜日落漁汀。連呼酒上琴臺去，秋與雲平」以及：

春未來時，酒攜不到千巖路，瘦還如許，晚色天寒處。　無限新愁，難對風前語。行人去，暗消春素，橫笛空山暮。

（點絳脣越山見梅）

等詞，真有一種極渾融超妙入神的境界。無怪朱彊村謂其能：

……舉博麗之典，審音拈韻，習諳古諧，故其爲詞也，沈邃縝密，脈絡井井，縋幽抉潛，開徑自行；學者匪造次所能陳其義趣。治之二十年，一校於己亥，再勘於戊申。……（見彊村叢書夢窗詞跋）

朱、吳二先生之說，正復相同。彊村至費二十年功力，校其詞凡兩易板。去歲朱先生作古滬上，其彊村遺書中會有定本夢窗詞集一卷，蓋至此已三易板刻矣。其於夢窗詞之精心校勘研求，可稱曠世獨步。故吾人讀吳詞時，雖覺其偶爾失之晦澀，但其全部作品，則均爲一生心血之所晶成，其造詣之精邃，誠有如朱、吳二先生所云也。

第二章　一般附庸作家

——盧祖皋——高觀國——孫惟信——張輯——周晉——張榘——洪咨夔——洪瑹——楊冠卿——韓淲——王炎——管鑑——劉光祖——嚴仁——汪莘——劉翰——鄭域——趙以夫——楊伯嵒——魏了翁——蔡戡——馮取洽——楊纘——翁孟寅——趙汝茪——馮去非——蕭泰來——吳禮之——盧炳——李肩吾——黃昇——

盧祖皋

祖皋字申之，又字次夔，蒲江永嘉人。慶元五年進士，爲軍器少監，嘉定十四年權直學士院。詞集名蒲江詞，有毛刻宋六十家詞本，凡二十五首。佳者頗多，均婉秀淡雅，直追少游，頗能得其神韻。他的小令如：

閑院靜，獨自行來行去。花片無聲簾外雨，峭寒生碧樹。　做弄清明時序，料理春酲情緒。憶得歸時停棹處，畫橋看落絮。（謁金門）

柳色津頭泫綠，桃花渡口啼紅。一春又負西湖醉，離恨雨聲中。　客袂迢迢西塞，餘寒剪剪東風。誰家拂水飛來燕，惆悵小樓空。（烏夜啼）

翠樓十二闌干曲，雨痕新染蒲萄綠。時節又黃昏，東風深閉門。　玉簫吹未徹，窗影梅花月。無語只低眉，閒拈雙

荔麥。（菩薩蠻）

作得均甚細緻淡雅，乍見雖嫌弱細，但其秀美正於極弱細中現出。他的長調作得也很清幽，例如：

江涵雁影梅花瘦，四無塵雪飛雲起，夜窗如晝。萬里乾坤清絕處，付與漁翁釣叟。又恰是題詩時候。猛拍闌干呼鷗鷺，道「他年我亦垂綸手，飛過我，共樽酒」。（賀新郎吳江三高堂前釣雪亭下闋）

亦有魚龍戲舞，豔明川綺羅歌鼓。鄉情節意，尊前同是天涯羈旅。漲綠池塘，翠陰庭院，歸期無據。問明年此夜，一眉新月，照人何處？（水龍吟淮西重午下闋）

高觀國

觀國字賓王，山陰人，其詞集名竹屋癡語，有毛刻宋六十家詞本。他與史邦卿交誼頗摯，其作風與盧蒲江極相近，張叔夏極加推崇，至謂：

竹屋、白石、梅溪、夢窗，格調不凡，句法挺異，俱能特立清新之意，刪削靡曼之詞，自成一家。

其實竹屋作品秀韻處尚不及蒲江，何能與白石、梅溪、夢窗三家相提並論？茲錄其集中最婉麗者二闋於下：

浪摇新綠，漫芳洲翠渚，雨痕初足。蕩霽色流入橫塘，看風外漪漪，皺紋如縠。藻荇縈洄，似留戀鴛飛鴨浴。愛嬌雲歛色，媚日接藍，遠迷心目。（解連環春水上闋）

涼雲歸去，再約着，晚來西樓風雨。水靜簾陰，鷗閒菰影，秋到露汀烟浦。試省喚回幽恨，盡是愁邊新句。倦登眺，勸悲涼還在殘蟬吟處。（喜遷鶯上闋）

比較還以小令爲最佳，如菩薩蠻下闋：

烟明花似繡，且醉旗亭酒，斜月照花西，歸鴉花外啼。

確能「工而入逸婉而多風」。（古今詞話）

孫惟信

惟信字季蕃，號花翁，開封人。劉後村花翁墓誌云：

季蕃貫開封，少受祖澤，調監當不樂，棄去，始昏於婺，後去婺，遊留蘇杭最久。一榻之外無長物，躬爨而食，春無乞米之帖，文無逐貧之賦，終其身如此。

花翁的生平僅此尚可考徵。然其人品境遇，亦足令人欽慨矣。詞集已佚，近人趙萬里始爲彙成一卷，名花翁詞，刊於校輯宋金元人詞中凡十一首。他的詞很風雅柔媚，尤以燭影搖紅與南鄉子二闋最爲傑出：

一朵鞓紅，寶釵壓髻東風溜。年時也是牡丹時，相見花邊酒。初試夾紗半袖，與花枝盈盈鬥秀。對花臨景，爲景牽情，因花感舊。　題葉無憑，曲溝流水空回首。夢雲不到小山屏，眞個歡難偶。別後知他安否？軟紅街清明還又。絮飛春盡，天遠書成，日長人瘦。（燭影搖紅牡丹）

壁月小紅樓，聽得吹簫憶舊游。霜冷闌干天似水，揚州，薄倖聲名總是愁。　塵暗鷫鸘裘，裁翦曾勞玉指柔。一夢覺來三十載，風流，空對梅花白了頭（南鄉子）

二詞寫得都極婉媚多姿，其聰俊自然處，似尙過乎竹屋、蒲江，獨惜花翁之名不彰，後世知之者少耳。

張　輯

輯字宗瑞，號東澤，鄱陽人。馮深居目爲東仙，有欸乃集。詞集名東澤綺語債，原爲二卷，今僅存一卷，有彊村叢書本。他的詩詞均衣鉢白石而能暨其堂奧，同時他又效仿蘇、辛之作，故其詞旣風雅婉麗，又復幽暢清疏。例如他的：

梧桐雨細，漸滴做秋聲，被風驚碎。潤逼衣篝，線裊蕙爐沈水。悠悠歲月天涯醉，一分秋，一分憔悴。紫簫吹斷，素牋恨切，夜寒鴻起。　又何苦淒涼客裏，負草堂春綠，竹溪空翠。落葉西風，吹老幾番塵世。從前諳盡江湖味，聽商歌，歸興千里。露侵宿酒，疏簾淡月，照人無寐。（疏簾淡月卽桂枝香）

江頭又見新秋，幾多愁。塞草連天，何處是神州？　英雄恨，古今淚，水東流。惟有漁竿，明月上瓜洲。（月上瓜洲）

此詞如含蘊着無限的悽涼感時之意，與辛稼軒、張于湖等人之憤慨作品相較，已顯示出兩時期的背景了。大約這時候，一般憂心國事的人，已知道恢復神州是無望的了。他的風雅之作，極近姜、史一派，如：

花半溼，睡起一窗晴色。千里江南眞咫尺，醉中歸夢直。　前度蘭舟送客，雙鯉沈沈消息。樓外垂楊如此碧，問春

來幾日？（垂楊碧謁金門）

即係一例，他好將詞牌名更換，以示新奇，所以詞品說他：「樂府一卷皆倚舊腔，而別立新名，亦好奇之故。」

周　晉

晉字叔明，號嘯齋。他的詞錄於周密絕妙好詞者僅三首，皆新逸有自然之趣。其風調與花翁極相近，均係學少游而少變其音吐者。茲錄二闋於後：

圖書一室，香暖垂簾密。花滿翠壺熏硯席，睡覺滿窗晴日。手寒不了殘棋，篝香細勘唐碑。無酒無詩情緒，欲梅欲雪天時。（清平樂）

午夢初回，捲簾盡放春愁去。晝長無侶，自對黃鸝語。絮影蘋香，春在無人處。移舟去，未成新句，一硯梨花雨。（點絳脣訪牟存叟南漪釣隱）

張　榘

榘字方叔，潤州人。有芸窗詞一卷，見毛晉宋六十家詞本。他的詞極清麗流轉，毛氏極賞重之，至謂其：

如「正挑燈共聽夜雨，」（摸魚兒）幽韻不減陸放翁；如「小樓燕子話春寒，」（浪淘沙）豔態不減史邦卿；至如「秋在

黃花羞澀處」（青玉案）又「苦被流鶯蹴翻花影，一闌紅露」（水龍吟）等語，直可與秦七、黃九相頡頏。（見毛氏芸窗詞跋）

評語極精當，茲錄二闋於後：

西風亂葉溪橋樹，秋在黃花羞澀處。滿袖塵埃推不去，馬蹄濃霜，雞聲淡月，寂歷荒村路。　身名都被儒冠誤，十載重來揔如許，且盡清樽公莫舞，六朝舊事，一江流水，萬感天涯暮。（青玉案被檄出郊題陳氏山居）

晝長簾幕低垂，時時風度楊花過。梁間燕子，芹隨香嘴，頻沾泥污。苦被流鶯，蹴翻花影，一闌紅露。滑殘梅飛盡，枝頭微認，青青子，些兒大。（水龍吟上闋）

洪咨夔❶（公元？——一二三六）

咨夔字舜俞，號平齋，於潛人。嘉定二年進士，累官刑部尚書，翰林學士，加端明殿學士。端平三年卒，謚忠文，有平齋詞一卷，見毛氏宋六十家詞本。他有時也仿蘇、辛體，頗清暢，但仍以淡雅見長，如：

平沙芳草渡頭村，綠遍去年痕。游絲上下，流鶯往來，無限銷魂。　綺窗深靜人歸晚，金鴨水沈溫。海棠影下，子規聲裏，立盡黃昏。（眼兒媚）

又如他的滿江紅「滿天涯都是離別愁，無人掃……最關情鵑鴂一聲催，窗紗曉。」等句也還新倩。

❶見宋史卷四百六，南宋書卷四十六。

楊冠卿

冠卿字夢錫，江陵人。有客亭類稿十五卷；詞集一卷，名客亭樂府，有彊村叢書本。錄一闋於後：

滿院落花春寂，風緊一簾斜日。翠鈿曉寒輕，獨倚秋千無力。無力無力，蹙破遠山愁碧。（如夢令）

韓淲 公元一一五九——一二二四

淲字仲止，潁川人，元吉之子。淡於功名，從仕不久，卽歸隱。嘉定中卒。有澗泉詩餘一卷，見彊村叢書。其詞頗清暢，錄一闋如下：

病起情懷惡，小簾櫳楊花墜絮，木陰成幄，試問春光今幾許，（茜）都把年華忘卻。更多少從前盟約。擬待鬢邊尋好語，恍殘紅零亂風迴薄。思往事，信如昨。 清明寒食須尋樂，算人生何時富貴，自徒蕭索。試著春衫從酒伴，亂插繁英嫩蕊。信莫被功名擔閣。隨分溪山共笑傲，這一身閒處誰能縛？琴劍外，盡杯酌。（賀新郎）

洪瑹

瑹字叔璵，自號空同詞客，有空同詞一卷，有毛氏宋六十家詞本。他的詞有時作得頗明倩有致，如「繫馬短亭西，丹楓明酒旗，」（菩薩蠻）「碧天如水印新蟾，」（南柯子）以及月華清春夜對月云：

況是風柔夜暖，正燕子新來，海棠微綻。不似秋光，只照離人腸斷。

王　炎 公元一一三八——一二一八

炎字晦叔，婺源人，有雙溪詩餘一卷，見四印齋宋元三十一家詞。他當日對於作詞的態度，以「不溺於情慾，不蕩而無法」「不貴豪壯語」「惟婉轉嫵媚爲善」。（具見他的詞集自序）他的詞以下面兩闋作爲代表：

渡口喚扁舟，雨後春綃皺。輕暖相兼護病軀，料峭還寒透。（卜算子上闋）

怯寒未敢試春衣，踏春時，懶追隨。野簌山殽，村釀可從宜。不向花邊拚一醉，花不語，人笑癡。（江城子）

管　鑑

鑑字明仲，龍泉人，有養拙堂詞一卷，見四印齋宋元三十一家詞，錄醉落魄詞以爲代表：

春陰漠漠，海棠花底東風惡。人情不似春情薄，守定花枝，不放花零落。綠尊細細共春酌，酒醒無奈愁如昨。殷勤待與東風約，莫苦吹花，何似吹愁卻！

劉光祖● 公元一一四二——一二二二

●見宋史卷三百九十七，南宋書卷四十一。

光祖字德修，號後谿，簡池人。登進士第，慶元初官侍御史，改司農少卿，終顯謨閣學士。有鶴林詞一卷，原集已佚，近人趙萬里始爲輯得十一首，彙爲一卷，刊於校輯宋金元人詞中。他的踏莎行：

掃徑花零，閉門春晚，恨長無奈東風短。……兩晚月魂清，夕陽香遠。……

以及賦敗荷的洞仙歌上闋

晚風收暑，小池塘荷靜，獨倚胡牀酒初醒。起徘徊，時有香氣吹來，雲藻亂，葉底游魚動影。

都很婉媚新倩。他的祝英臺近感懷云：

爲時低按銀箏，高歌水調，落花外紛紛人境。

末七字尤爲況周頤所愛賞，謂其：

妙處難以言說，但覺芥子須彌，猶澀執象。（蕙風詞話卷二）

嚴　仁

仁字次山，號樵溪，邵武人，有清江欸乃一卷，今已失傳。他與同族嚴羽、嚴參並稱「邵武三嚴」。黃昇謂其詞「極能道閨閫之趣」。他的玉樓春：

春風不在園西畔，薺菜花繁蝴蝶亂。冰池晴綠照還空，香徑落紅吹已斷。　意長翻恨遊絲短，盡日相思羅帶緩。寶奩如月不欺人，明日歸來君試看。

寫得很明豔工麗，足與蒲江、竹屋抗衡。

汪莘

莘字叔耕，休寧人，嘉定間曾叩閽上疏，不報。後築室柳溪，號方壺居士。有方壺存稿，及方壺詩餘二卷，有彊村叢書本。他的詞極瀟灑明淨，如好事近上闋：

> 夾岸隘桃花，花下蒼苔如積。驀地輕寒一陣，上桃花顏色。

以及：

> 簾箔濕，卻是春歸消息。帶雨牡丹無氣力，黃鸝愁雨溼。　爭看洛陽春色，忘卻連天草碧，南浦綠波雙槳急，沙頭人佇立。（謁金門）

> 美人家在江南住，每惆悵江南日暮。白蘋洲畔花無數，還憶瀟湘風度。　幸自是斷腸無處，怎強作鶯聲燕語。東風占斷秦箏柱，也逐落花歸去。（杏花天）

都是一種極美妙明倩的短歌。

劉翰

翰字武子，長沙人。吳雲壑（琚）之客。有小山集一卷。他的詞造句很明豔動人，如

花底一聲鶯，花上半鉤斜月。月落烏啼何處，點飛英如雪。　東風吹盡去年愁，解放丁香結。驚動小亭紅雨，舞雙金蝶。（好事近）

淒淒芳草怨得王孫老。瘦損腰圍羅帶小，長是錦書來少。　玉簫吹落梅花，曉烟猶透輕紗。驚起半簾幽夢，小窗淡月啼鴉。（清平樂）

鄭　域

域字中卿，號松窗，三山人。慶元丙辰，隨張貴謨使金，有燕谷剽聞二卷，記北庭甚詳。其詞有海寧趙萬里氏輯本名松窗詞，凡十一首。其昭君怨一闋爲詠梅中新穎別致之作。

道是花來春未，道是雪來香異。水外一枝斜，野人家。　冷落竹籬茅舍，富貴玉堂瓊榭。兩地不同裁，一般開。

趙以夫（公元一一八九——一二五六）

以夫字用甫，號虛齋，福之長樂人。端平中知漳州，有治績。嘉熙二年拜同知樞密院事。淳祐初罷。尋加資政殿學士吏部尚書。與劉克莊同纂修國史。詞集名虛齋樂府，凡一卷，有粟香室叢書侯刻名家詞本，有江標刻宋元名家詞本。

虛齋詞以慢詞見長，寫得頗工麗。如：

玉壺凍裂琅玕折，駸駸逼人衣袂，暖絮張空飛失。前山橫翠，欲低還起，似妝點滿園春意。記憶當時剡中情味，一溪雪水。天際絕行人，高吟處，依稀灞橋鄰里。更翦翦梅花，落雲階月地。……（徵招調節錄）

楊伯嵒

伯嵒字彥瞻，號泳齋，和王諸孫，居臨安。淳祐間，除工部郎，出守衢州。着有六帖補二十卷，九經補韻一卷。伯嵒爲錢塘薛尚功的外孫，弁陽周公謹的外舅。（見絕妙好詞箋）其詞亦係風雅一派，如：

梅觀初花，蕙庭殘葉，當時慣聽山陰雪。東風吹夢到清都，今年雪比前年別。　重釀宮醪，雙鉤官帖，伴翁一笑成三絕。夜深何用對青藜，留前一片蓬萊月。（踏莎行雪中疏寮借閣帖更以徽露送之）

魏了翁㊀　公元一一七八——一二三七

了翁字華父，號鶴山，蒲江人。慶元五年進士。理宗朝官資政殿學士，福州安撫使卒。謚文靖，有鶴山長短句三卷，見雙照樓影刊宋元明本詞。鶴山爲南宋理學家，其詞亦頗清曠，如朝中措：

玳筵綺席繡芙蓉，客意樂融融。吟罷風頭擺翠，醉餘日脚沉紅。　簡書絆我，賞心無託，笑口難逢。夢草閑眠暮雨，落花獨倚春風。

㊀見宋史卷四百三十七，南宋書卷四十六。

蔡戡

戡字定夫，仙游人。有定齋詩餘一卷，見彊村叢書本，僅寥寥數首，然頗婉麗。如點絳脣：

纖手工夫，采絲五道交相映。同心端正，有髮雙鶯並。　皓腕輕纏，結就相思病。憑誰信？玉肌寬盡，卻繫心兒緊。

馮取洽

取洽字熙之，延平人，自號雙溪翁，有雙溪詞一卷，見典雅詞。其菩薩蠻一詞極新麗不落恆蹊：

秋到雙溪上，樹葉葉涼聲，未省來何許。點拓溪樓窗與戶，倚欄清夜窺河鼓。　那時吟朋同此住、獨對秋芳，欲寄花無處。杖履相從曾有語，未來先自愁君去。

楊纘

纘字繼翁，嚴陵人，居錢塘，寧宗楊后兄次山之孫，號守齋，又號紫霞翁。當時推為知音，能自度曲。舉其自度曲被花惱上闋如下：

疏疏宿雨釀寒輕，簾幙靜垂清曉，寶鴨微溫瑞烟少。簷聲不斷，春禽對語，夢怯頻驚覺。欹珀枕，倚銀牀，半窗花影明東照。

翁孟寅

孟寅字賓暘，號五峯，錢塘人，其詞亦係史高一派之作，如阮郎歸：

月高樓外柳花明，單衣怯露零。小橋燈影落殘星，寒烟蘸水萍。歌袖窄，舞環輕，梨花夢滿城。落紅啼鳥兩無情，春愁添曉醒。

近人趙萬里輯其詞彙爲一卷，名五峯詞，凡五首，刊於校輯宋金元人詞中。

趙汝茪

汝茪字參晦，號霞山，商王元份八世孫善官子。（見宋史宗室世系表）他的詞極明豔生動，爲風雅派中上駟之選。如：

一目淸無留處，任屋浮天上，身集空虛。殘燒夕陽過雁，點點疏疏。故人老大，好襟懷消減全無。漫贏得秋聲兩耳，冷泉亭下騎驢。（漢宮春下闋）

小砑紅綾箋紙，一字一行春淚。封了更親題，題了又還折起。歸未，？歸未好個瘦人天氣。（如夢令）

他的詞錄於趙氏校輯宋金元人詞者凡九首，名退齋詞。

馮去非

去非字可遷，號深居，南康都昌人，淳祐元年進士，幹辦淮東轉運司，寶祐四年召爲宗學諭。深居與翁孟寅等均與吳文英同時，有唱酬之作。他的喜遷鶯詞極與夢窗爲近，不過不如吳詞的珊秀靈婉罷了。

> 凉生遙渚，正綠芰擎霜，黃花招雨。雁外漁燈，蛩邊蟹舍，絳葉表秋來路。世事不離雙鬢，遠夢偏欺孤旅。送望眼，但憑舷微笑，書空無語。　慵看鏡裏，十載征塵，長把朱顏汚。借箸清油，揮毫紫塞，舊事不堪重舉。間闊故山猿鶴，冷落同盟鷗鷺，倦遊也，便檣雲拖月，浩歌歸去。（喜遷鶯）

這正是夢窗派詞人唯一的色采，也可以說是一個古典派的模型。這派詞人的流弊，不免失之庸晦，無空靈自然的意境與雄暢的筆風。

蕭泰來

泰來字則陽，號小山，臨江人，紹定二年進士，有小山集。其詠梅詞霜天曉角，頗幽倩別致。

> 千霜萬雪，受盡寒磨折；賴是生來瘦硬，渾不怕角吹徹。　清絕影也別，知心惟有月，元沒春風性情，如何共海棠說？

吳禮之

禮之字子和，錢塘人，有順受老人詞一卷。原本已失，近人趙萬里輯得十七首，附錄二首，彙爲一卷，刊於校輯宋金元人詞中。錄霜天曉角一闋：

西風又急，細雨黃花溼。樓枕一篙烟水，蘭舟漾，畫橋側。　念昔空淚滴，故人何處覓，魂斷菱歌淒怨，疏簾外，暮山碧。

盧炳

炳字叔陽，有烘堂詞一卷，見毛氏宋六十家詞。錄謁金門一闋：

春寂寂，節物又催寒食。樓上捲簾雙燕入，斷魂愁似織。　門外雨餘風急，滿地落英紅溼。好夢驚回無處覓，天涯芳草碧。

李肩吾

肩吾字子我，號蠙洲，眉州人，爲魏鶴山之客，而行輩較晚，治六書之學，嘗著字通。他的清平樂一闋爲其傑出婉媚之作。

美人嬌小，鏡裏容顏好。秀色侵人春帳曉，郎去幾時重到？　叮嚀記取兒家，碧雲隱映紅霞；直下小橋流水，門前一樹桃花。

其詞刊於趙氏校輯宋金元人詞，名蠙洲詞一卷，凡十首。

黃昇

昇（絕妙好詞作易）字叔暘，號玉林，是一位瀟灑的名士，有散花庵詞一卷，有宋六十家詞本。他曾編花庵詞選。凡二十卷：上部曰唐宋諸賢絕妙詞選，十卷，所錄皆北宋以前人詞；下部曰中興以來絕妙詞選，亦爲十卷，純爲南宋作家，與周密絕妙好詞同爲研究南宋詞必讀之書。他因淡於功名，故其詞亦蕭疏，有田野之趣，如西江月：

玉林何有有？一彎蓮沼數間茅宇。斷塹疏籬聊補葺，那得粉牆朱戶。禾黍西風，雞豚曉日，活脫田家趣。客來茶罷，自挑野菜同煮。　多少甲第連雲，十眉環座，入醉黃金塢，回首邯鄲春夢破，寥落珠歌翠舞。得似衰翁，蕭然陋巷，長作溪山主？紫芝可採，更尋巖谷深處。

他的宮詞清平樂亦輕柔明秀而有含蘊：

珠簾寂寂，愁背銀釭泣。記得少年初選入，三十六宮第一。　當時掌上承恩，而今冷落長門。又是羊車過也，月明花落黃昏。

第三章　辛派詞人

——劉過——程珌——黃機——岳珂——方岳——陳經國——文及翁——王埜——李昴英
——李好古——李泳——劉克莊——吳潛——附錄：本期幾個女作家——略去的作家

劉　過

過字改之，號龍洲道人，吉州太和人，（一云襄陽人）嘗伏闕上書，光宗時復以書抵時宰，陳恢復方略，不報。放浪湖海間。詞集名龍洲詞，有宋六十家詞本。

改之爲稼軒幕客，其詞亦力模稼軒，然粗率平直，且多讕語，其沁園春詠美人足，美人指甲，雖工麗，然纖巧褻瑣，亦落下乘。茲錄其學辛詞之少清醇者一闋於後：

……衣袂京塵曾染處，空有香紅尙軟。……一枕新涼眠客舍，聽梧桐疏雨秋風顫。燈暈冷，記初見。　樓低不放珠簾捲。晚妝殘，翠蛾狼籍，淚痕凝臉。……莫鼓琵琶江上曲，怕荻花楓葉俱淒怨。雲萬疊，寸心遠。（賀新郞節錄）

比較還以小令最爲擅長，茲錄其醉太平如下：

情高意眞，眉長鬢靑，小樓明月調箏，寫春風數聲。　思君憶君，魂牽夢縈，翠綃香暖雲屛，更那堪酒醒！

又如小桃紅：（在襄州作）

蘆葉滿汀洲，寒沙帶淺流，二十年重過南樓。柳下繫船猶未穩，能幾日，又中秋。　黃鶴斷磯頭，故人曾到不？舊江山渾是新愁。欲買桂花同載酒，終不似，少年遊。

此等詞皆寫得清暢雋逸，當日性情口吻，如現紙上，尤爲出色當行之作。

程珌 ㊀公元一一六四——一二四二

珌字懷古，休寧人，紹熙四年進士，知福州，兼福建安撫使，封新安郡侯。有洺水詞一卷，見宋六十家詞。他的作風與蘇、辛爲近，但亦時有秀韻的詩句，如念奴嬌「燕子春寒未到，誰說江南消息？……這回歸去，松風深處橫笛。」

黃機

機字幾仲，一作幾叔，東陽人，有竹齋詩餘一卷，見毛氏宋六十家詞。他的詞學稼軒而不失其清幽風雅之趣者。錄二闋於後：

西風獵獵又是登高時節。一片情懷無處說，秋滿江頭紅葉。　誰憐鬢影淒涼，新來更點吳霜。孤負萸囊菊盞，年

㊀見宋史卷四百二十二，南宋書卷四十九。

年客裏重陽。（清平樂）

日薄風柔，池面欲平還皺。紋楸玉子，礫礫敲春晝。繡衾半捲，花氣濃熏香獸。小園初試轆轤蹵。（傳言玉女上闋）

岳　珂

珂字肅之，號亦齋，又號倦翁，相臺人，岳飛之孫。知嘉興，歷官戶部侍郎，淮東總領。有玉楮集、媿郯錄、讀史備忘、東陲事略、程史、籲天辨誣錄、金陀粹編行世。他的詞亦壯烈有祖風，如祝英臺近詠北固亭：

澹烟橫，層霧斂，勝概分雄占。月下鳴榔，風急怒濤颭。關河無限清愁，不堪重擥。正霜鬢秋風塵染。　漫登覽，極目萬里沙場，事業頻看劍。古往今來，南北限天塹。倚樓休弄新聲，重城門掩，歷歷數西州更點。

又如他的滿江紅：

小院深深，悄鎮日陰晴無據。春未足，閨愁難寄，琴心誰與？曲徑穿花尋蛺蝶，虛闌傍日教鸚鵡。笑十三楊柳女兒腰，春風舞。　雲外月，風前絮。情與恨，長如許。想綺窗今夜，與誰凝佇？洛浦夢回留珮客，秦樓聲斷吹簫侶。正黃昏時候杏花寒，簾纖雨。

則又以明暢雅潔見長了。

方　岳（公元一一九九——一二六二）

岳字巨山，祁門人，理宗朝爲文學掌故，官中祕書，出守袁州。有秋崖先生小稿四卷，有四印齋刊本，及涉園景宋金元明本詞續刊本。他當宋室末造，其詞頗有叔世之感，錄一闋於後。

秋雨一何碧，山色倚晴空。江南江北，愁思分付螺紅。蘆葉蓬舟千里，菰菜蓴羹一夢，無語寄歸鴻。醉眼渺河洛，遺恨夕陽中。 蘋洲外，山欲瞑，斂眉峯。人間俯仰陳迹，嘆息兩仙翁。不見當時楊柳，只是從前烟雨，磨滅幾英雄。天地一孤嘯，匹馬又西風。（水調歌頭平山堂用東坡韻）

又同調末句：「莫倚闌干北，天際是神州，」亦深寓忠愛祖國之思者。

陳經國

經國字伯大，潮州海陽縣人，寶祐四年進士。有龜峯詞，有四印齋刊本。他的沁園春丁酉歲感事：

誰思神州，百年陸沈，青氈未還。悵晨星殘月，北州豪傑，西風斜日，東帝江山。劉表坐談，深源輕進，機會失之彈指間。傷心事，是年年冰合，在在風寒。 說和說戰都難，算未必江沱堪宴安。嘆封侯心在，鱣鯨失水，平戎策就，虎豹當關。渠自無謀，事猶可做，更剔殘燈抽劍看。麒麟閣，豈中興人物，不盡儒冠？

一種憤世之意，自負之情，均以壯烈質素的歌聲寫出。所謂「封侯心在，剔燈看劍，」尤能寫出屈居末位，不能一展健兒身手的心情。視張孝祥、辛稼軒等人僅以牢騷憤慨語出之者，尤爲更進一層了。我嘗恨兩宋民族性太脆弱，於詞中所表現者多女兒纏綿語，消極輕世語，或牢騷語，求能如此篇之雄心勃發的作品，除武穆滿江紅外，簡直找不出第二篇了。

文及翁

及翁字時學，號本心，綿州人。歷官參知政事。他的詞亦如張元幹、張孝祥、辛棄疾、陳經國等人的豪壯悲憤。如：

> 一勺西湖水，渡江來，百年歌舞，百年酣醉。回首洛陽花石盡，烟渺黍離之地。更不復新亭墮淚。簇樂紅妝搖畫舫，問中流擊楫何人是？千古恨，幾時洗？　余生自負澄清志，更有誰磻溪未遇，傅巖未起？國事如今誰倚仗，衣帶一江而已！便都道江神堪恃。借問孤山林處士，但掉頭笑指梅花蕊。天下事，可知矣！（賀新涼　游西湖有感）

身處這樣一個偏安的危局，而一般醉生夢死的民衆，尚且「搖着畫舫，簇樂紅妝」，過着享樂的生活，那裏有什麽「中流擊楫」的烈士呢？這時僅僅仗着「衣帶一江」，便怡然自得，以爲「江神堪恃」；而一般文士也都逍遙物外，於國事毫不關心，所謂「林處士」之流，「但掉頭笑指梅花蕊」而已。眞是「天下事可知矣」！了這篇詞不獨語意悲壯，且將當年社會的苟安心理與墮落的行爲，忠實的寫出，不加一點雕琢語。

王埜（一作王䟹）

鞏字子文，號潛齋，金華人。寶祐初拜端明殿學士僉書樞密院事，封吳郡侯。錄西河一闋，

天下事，問天怎忍如此？陵圖誰把獻君王，結愁未已。少豪氣概總成塵，空餘白骨黃葦。千古恨，吾老矣！東游曾弔淮水。繡春臺上，一回登，一回揾淚。醉歸撫劍倚西風，江濤猶壯人意。只今袖手野色裏，望長淮猶二千里。縱有雄心誰寄？近新來又報烽烟起，絕域張騫歸來未？

此篇與陳經國的沁園春文及翁的賀新涼同爲憤時寄慨之作，雖造語未能十分工穩，然較一般吟風弄月之作，毫無所謂者自要高出一等了。

李昴英

昴英字俊明，（一云名昴英字公昴）番禺人，一云贛州人。寶慶進士，淳祐初官吏部郎，累擢龍圖閣待制，吏部侍郎，歸隱文溪，卒謚忠簡。有文溪詞一卷，見毛氏宋六十家詞。他與劉過、岳珂、吳潛等均受辛詞影響，故喜作豪壯語。茲錄其得名之作摸魚兒（見毛氏文溪詞跋）一詞於後：

怪朝來片紅初瘦，半分春事風雨。丹山碧水含離恨，有脚陽春難駐。芳草渡，似叫住東君，滿樹黃鸝語。無端杜宇，報采石磯頭，驚濤屋大，寒色要春護。陽關唱，畫鷁徘徊東渚，相逢知又何處？摩挲老劍雄心在，對酒細評今古。君此去，幾萬里東南，雙手擎天柱。長生壽母，更穩坐安輿，三槐堂上，好看綵衣舞。（摸魚兒送王子文知太平州）

李好古

好古里居不詳。有碎錦詞一卷，見四印齋刊宋元三十一家詞。陸心源皕宋樓藏碎錦詞兩部，一題「鄉貢免解進士」。當時或有兩個李好古也未可知。他的詞多慷慨之音，如江城子：

平沙淺草接天長，路茫茫，幾興亡！昨夜波聲，洗岸骨如霜。千古英雄成底事，徒感慨，謾悲涼。 少年有意伏中行，馘名王，掃沙場；擊楫中流，曾記淚霑裳。欲上治安雙闕遠，空悵望，過維揚！

李　泳

泳字子永，廬陵人，與兄洪、漳及弟浲、淛五人皆能詞，合著李氏花萼集五卷，原本已失，近人趙萬里輯得李氏兄弟之作凡十三首，附錄二首，彙為一卷，刊於校輯宋金元人詞中。茲錄李泳的題甘將軍廟水調歌頭下闋如後：

夜將闌、人欲靜，月初圓。素娥弄影，光射空際漫嬋娟。不用濯纓垂釣，喚取龍宮仙馭，耕此萬瓊田。橫笛望中起，吾意已超然。

劉克莊（公元一一八七——一二六九）

克莊字潛夫，號後村，莆田人。淳熙中賜同進士出身，官龍圖閣直學士，卒謚文定。有後村別調一卷，見毛氏宋六十家詞，又名後村長短句，見彊村叢書。

後村爲一享大齡之詩人，生於孝宗末年，死於度宗初年，中歷光、寧、理三朝，於南宋主要詞人，先後多曾親見，故於各詞人掌故知之亦較親切。他的詞純學稼軒，爲辛派重要作家。其玉樓春下闋：

易挑錦婦機中字，難得玉人心下事。男兒西北有神州，莫灑水西橋畔淚。

楊升庵謂其壯語足以立懦，如此詞者，誠足以當之無愧了。茲選錄其集中最傑出者二闋如下：

赤日黃埃，夢不到清溪翠麓。空健羨君家別墅，幾株幽獨。骨冷肌清偏要月，天寒日暮猶宜竹。想主人杖屨繞千回，山南北。 寧委澗，嫌金屋；寧映水，羞銀燭。嘆出群風韻，背時裝束。競愛東鄰姬傅粉，誰憐空谷人如玉。笑林逋何遜漫爲詩，無人讀。（滿江紅）

宮腰束素，只怕能輕舉。好築避風臺護取，莫遣驚鴻飛去。 一團香玉溫柔，笑顰俱有風流。貪與蕭郎眉語，不知舞錯伊州。（清平樂）

此詞與稼軒滿江紅諸闋相較，其模仿之迹，不難立辨，一切音吐辭彩與稼軒尤極神似。

此詞末二語寫得亦極雋美，爲不經人道者。

吳潛

潛字毅夫，寧國人，嘉定十年進士第一。淳祐中觀文殿大學士，封慶國公，改許國公，以沈炎論劾謫化州團練使，循州安置。卒贈少師，有履齋先生詩餘一卷，見彊村叢書。履齋詞學稼軒，頗能得其是處。當他爲賈似道所陷，南遷嶺表時，曾作了一首滿江紅詞，有「報國無門空自怨，濟時有策從誰吐」句，以自道其哀情。（見詞品）玆錄其學辛之作二闋於後：

柳帶榆錢，又還過清明寒食。天一笑滿園羅綺，滿城簫笛。花樹得晴紅欲染，遠山過雨青如滴。問江南池館有誰來，江南客。烏衣巷今猶昔，烏衣事今難覓，但年年燕子晚煙斜日。抖擻一春塵土債，悲涼萬古英雄迹。且芳尊隨分趁芳時，休虛擲。（滿江紅金陵烏衣園）

扁舟乍泊，危亭孤嘯，目斷閒雲千里。前山急雨過溪來，盡洗卻人間暑氣。暮鴉木末，落鳧天際，都是一番秋意。癡兒騃女賀新涼，也不道西風又起。（鵲橋仙）

此詞寫初秋雨過情形，極瀟灑森秀，其境界似未曾爲人道過者。

他與姜白石曾相從遊，姜死西湖，他曾爲助殯，故其詞亦頗受白石的影響。玆舉例如下：

閒想羅浮舊恨，有人正睡裏，蛛窜蛾綠。夢斷魂驚，幾許淒涼，卻是千林海屋。雞聲野渡溪橋滑，又角引戍樓悲曲。怎得知清足亭邊，自在杖藜巾幅？（疎影詠梅和姜堯章韻下闋）原注：余別墅有梅亭，扁曰「清足」。

在本期內，尚有幾個女作家，玆爲述之如下。

吳淑姬

淑姬生平不詳，據誠齋雜記，則謂嫁與士子楊子治，又據青泥蓮花記引夷堅志，則謂係湖州吳秀才女，慧而能詩詞，貌美家貧，爲富家子所據，以事陷獄，釋出，周某之子買以爲妾，名曰淑姬，兩書所述迥異，疑爲兩人，但祝英臺近一闋，則兩書俱載，不知是否爲一人？黃昇云「淑姬女流中黠慧者，有詞五卷，佳處不減李易安。」據此則知她在當年實在是一位很重要的女作家了。她的詞集雖有五卷之多，但流傳至今者，僅長相思、祝英臺近、小重山數闋了。茲錄其小重山如下：

謝了荼蘼春事休，無多花片子，綴枝頭。庭槐影碎被風揉，鶯雖老，聲尚帶嬌羞。獨自倚妝樓，一川煙草浪，襯雲浮。不如歸去下簾鉤，心兒小，難着許多愁。

此眞如花庵所謂「佳處不減李易安」了。

孫道絢

道絢爲黃銖之母，早寡。其滴滴金、如夢令、憶少年、秦樓月、南鄉子、清平樂等詞，最爲選家所採錄。茲舉其滴滴金如下：

月光飛入林前屋，風策策，度庭竹，夜半江城擊柝聲，動寒梢棲宿。等閑老去年華促，祇有江梅伴幽獨。夢繞夷門舊家山，恨驚回難續。

近人趙萬里輯其詞得九首，附錄三首，名曰冲虛詞，刊於校輯宋金元人詞中。

孫氏

氏鄭文妻有憶秦娥、燭影搖紅等詞。據古杭雜記載，謂鄭文為秀州人，游太學時，其妻孫氏寄憶秦娥詞，一時傳播，酒樓伎館皆歌之。茲錄其詞如下：

花深深，一鉤羅襪行花陰，行花陰，閒將柳帶，試結同心。　日邊消息空沈沈，畫眉樓上愁登臨。愁登臨，海棠開後，望到如今。

此詞寫得極婉媚韻致，表現出女性文學的優美來。

陸游妾

據隨隱漫錄載，放翁嘗納驛卒女為妾，為夫人逐去，妾賦生查子而別。其詞云：

只知眉上愁，不識愁來路，窗外有芭蕉，陣陣黃昏雨。　曉起理殘妝，整頓教愁去，不合畫春山，依舊約愁住。

朱淑真

淑真號幽棲居士，錢塘人，世居桃村。工詩，嫁為市井民妻，不得志歿。宛陵魏仲恭輯其詩，名曰斷腸集。其詞集一卷，有汲古閣刊詩詞雜俎本，有四印齋所刻詞本。又據四朝詩集載：淑真海寧人，朱熹侄女。未知確否。

她的詞意境極淒厲，最能寫出她的「不得志」的心情與身世。如「多謝月相憐，今宵不忍圓，」如「愁病相仍，剔盡寒燈夢不成，」如「把酒送春春不語，黃昏卻下蕭蕭雨，」其淒厲的情懷，則較少游遨諸作還要悲涼。這是中國舊禮教之下，婚姻不能自由，被犧牲死去的一位可憐的女詩人。她的作品，有易安的婉柔，而意境則與易安適得其反，試讀兩人的詞集，則二人的身世不難略略窺見了。茲錄數闋如後：

山亭水榭秋方半，鳳幃寂寞無人伴。愁悶一番新，雙蛾只舊顰。 起來臨繡戶，時有疏螢度。多謝月相憐，今宵不忍圓。（菩薩蠻）

獨行獨坐，獨倡獨酬還獨臥。佇立傷神，無奈輕寒著摸人。 此情誰見？淚洗殘妝無一半。愁病相仍，剔盡寒燈夢不成。（減字木蘭花）

樓外垂楊千萬縷，欲繫青春，少住春還去。猶自風前飄柳絮，隨春且看歸何處。 綠滿山川聞杜宇，便做無情，莫也愁人意。把酒送春春不語，黃昏卻下瀟瀟雨。（蝶戀花）

她的生查子一詞，以見於歐陽修六一詞中，故後世多有為之辯誣，謂非淑真作者。

嚴蕊

蕊字幼芳，天台營妓。據周密癸辛雜識：「幼芳善琴弈、歌舞、絲竹、書畫，色藝冠一時。間作詩詞，有新語，頗通古今，善逢迎。四方聞其名，有不遠千里而登門者。……蕊聲價愈騰，至徹阜陵之聽。……略不搆思，即口卜算子云云，即日判命從良。繼而宗室近屬納為小婦，以終身焉。」她的生平於此可見。其詞錄於詞林紀事者凡三首，（如夢令、鵲橋仙、卜算子）皆極自然，脫盡一切文人做作雕飾的術語。茲錄二闋於後：

道是梨花不是，道是杏花不是。白白與紅紅，別是東風情味。曾記，曾記，人在武陵微醉。（如夢令紅白桃花）

不是愛風塵，似被前緣誤。花落花開自有時，總賴東君主。去也終須去，住也如何住。若得山花插滿頭，莫問奴歸處。（卜算子）

此外還有許多略去的作家，因數量太多，無從一一遍舉，茲就其中較重要者，簡單的介紹如下：戴復古字式之，天台詩人，陸放翁門下士，有石屏詞一卷。（毛刻宋六十家詞本）汪晫字處微，績溪人，有康範詩餘一卷。（彊村叢書本）趙善括字應齋，隆興人，有應齋詞一卷。（彊村叢書本）郭應祥字承禧，臨江人，有笑笑詞一卷。（彊村叢書本）吳泳字叔永，潼川人，有鶴林詞一卷。（彊村叢書本）徐鹿卿字德夫，豐城人，有徐清正公詞一卷。（彊村叢書本）游九言字誠之，建陽人，有默齋詞一卷。（彊村叢書本）王邁字實之，仙遊人，有臞軒詩餘一卷。（有彊村叢書本及趙氏校輯宋金元人詞本）徐經孫字仲立，豐城人，有矩山詞一卷。（彊村叢書本）陳耆卿字壽老，臨海人，有篔窗詞一卷。（彊村叢書本）吳淵字道文，寧國人，有退庵詞一卷。（彊村叢書本）劉鎮字叔安，有隨如百詠一卷。（趙氏校輯宋金元人詞本）馬子嚴字莊父，有古洲詞一卷。（趙氏校輯本）李廷忠字居厚，有橘山樂府一卷。（趙氏校輯本）宋自遜字謙父，有漁樵笛譜一

卷。（趙氏校輯本）劉子寰字圻父，有篁嵲詞一卷。（趙氏校輯本）韓疁字子耕，有蕭閒詞一卷。（趙氏校輯本）

參考書目

明錢士升：南宋書

清張宗橚：詞林紀事

清朱彝尊：詞綜

宋周密：絕妙好詞

清周濟：介存齋論詞雜著

近人吳梅：詞學通論

詞學季刊　上海開明書店發行。

明毛晉：宋六十家詞

清江標：宋元名家詞

清王鵬運：四印齋所刻詞及四印齋彙刻宋元三十一家詞

清吳昌綬：雙照樓景刊宋元明本詞

清朱祖謀：彊村叢書

近人趙萬里：校輯宋金元人詞

第七編　宋詞第六期

——公元一一五〇——一二〇〇——

——姜夔時期的穩定與擡高——

引言　本期詞風的特徵

本期爲南宋末期，約自理宗寶祐初起，至宋亡入元成宗大德間止，約五十年，是「姜夔時期」的穩定與擡高時期。這時候大作家如王沂孫、張炎、周密等人都是姜夔的繼承人。他們對於白石，也異常崇拜，他們認爲「其高處有美成所不能及，」認爲他「如野雲孤飛，去留無迹。」他們奉之爲唯一典範。所以在此時期中，只是姜夔作風的擴大與其地位的擡高。他們除謹守上一期的餘緒外，更於遣辭造語和音律上益求其工協雅正；並於吳文英的過於凝固而失之「晦澀」的詞風，更易以「清空」之說，以相標榜。於是塡詞上所受的音律及體製上的桎梏，更要較前此加甚了；所爲的歌詞更離開一般社會所能瞭解的範圍了。

這時候蒙古勢力已籠罩了東亞大陸，他們坐視着故國的淪亡，身受着異樣的待遇；（當時漢人南人的地位還在諸種色目人之下。）他們久處積威之下，已失卻了民族的反抗性。他們往往於歌詞中露出一點遺民的歎息，因而造成一個「殘蟬尾聲」的異樣作品。他們唱着：

病翼驚秋，枯形閱世，消得斜陽幾度！餘音更苦。甚獨抱清商，頓成淒楚；謾想熏風，柳絲千萬縷！（王沂孫齊天樂

他們唱着：（詠蟬）

重認取流水荒溝，怕猶有寄情芳語。但淒涼秋苑斜陽，冷枝留醉舞！（王沂孫綺羅香詠紅葉）

他們唱着：

暗敎愁損蘭成，可憐夜夜關情。只有一枝梧葉，不知多少秋聲！（張炎清平樂下闋）

他們唱着：

寂寞古豪華，烏衣日又斜，說興亡燕入誰家？只有南來無數雁，和明月，宿蘆花！（鄧剡南樓令下闋）

這眞是噤若寒蟬的亡國人的哀吟了！

第一章　南宋末期三大作家

——王沂孫——張炎——周密——

王沂孫（公元？——約至一二九〇）

沂孫字聖與，號碧山，又號中仙，會稽人。宋亡，落拓以終，死年約在元世祖至元二十七年。（公元一二九〇年）以後。㊀延祐四明志謂其於至元中曾官慶元路學正，但據樂府補題，則又與宋遺民之說不合。張炎悼以洞仙歌詞有「門自掩柳髮離離如此」句，似生平未嘗出仕也。㊁其詞集名花外集，（又名碧山樂府）全本不傳，刻本乃花外集的下卷，有四印齋所刻詞本。

碧山生當叔世，故國之思甚深，他的作品往往於吟風弄月中，帶出一種亡國人的情緒。如：

千古盈虧休問，嘆謾磨玉斧，難補金鏡。太液池猶在，淒涼處何人重賦清景！——故山夜永，試待他窺戶端正，看雲外山河，還老桂花舊影。（眉嫵新月下闋）

㊀據胡適之詞選。

㊁依劉毓盤詞史。

千林搖落漸少，何事西風老色，爭妍如許！二月殘花，空誤小車山路，重認取流水荒溝，怕猶有寄情芳語。但淒涼秋苑斜陽，冷枝留醉舞！（綺羅香紅葉下闋）

葡萄過雨新痕，正拍拍輕鷗，翩翩小燕。簾影蘸樓陰，芳流去，應有淚珠千點。滄浪一舸，斷魂重唱蘋花怨。……（南浦春水下闋）

……飲露身輕，吟風翅薄，半翦冰箋誰寄？淒涼倦耳，謾重拂琴絲，怕尋冠珥。短夢春宮，向人猶自訴憔悴。……病翼雖留，纖柯易老，空懷料斜陽身世！窗明月碎，甚已絕餘音，尚遺枯蛻？鬢影參差，斷魂清鏡裏。（齊天樂蟬節錄）

一襟餘恨宮魂斷，年年翠陰庭樹。乍咽涼柯，還移暗葉，重把離愁深訴。……病翼驚秋，枯形閱世，消得斜陽幾度！餘音更苦。甚獨抱清商，頓成淒楚？謾想薰風，柳絲千萬縷！（又節錄）

國香到此誰辨？烟冷沙昏，頓成愁絕。……試招仙魂，怕今夜瑤簪凍折。攜盤獨出，空想咸陽，故宮落月！（慶春宮水仙下闋）

把故國之慟，和身世之感，以輕描淡寫出之，如在清風明月的夜裏，遠遠送來一陣悠揚的簫聲，淒涼怨慕，令人爲之起舞徘徊！這種作風感人最爲深刻，比悲歌慷慨的作品更富彈性，因爲悲歌之後，感情可以盡量發洩，哀怨隱忍處則往往終身不能忘懷。碧山胸襟恬淡，於此等作品寫得最能不動聲色，卻自然哀婉絕倫。這是他唯一的特長處，爲一切詞家所無的境界。他與永叔、少游很不相同：歐、秦都生在北宋承平的時代，縱有哀怨的作品，也只是傷春恨月，一種幽情愁緒罷了；碧山生當異族勢力完全統御着中國的時代，敢怒不敢言，往往對風月蟲花，偶然發出幾聲遺民的嘆息，與稼軒、白石相較，只是一種「尾聲」了。因此，他和南唐後主能直接抒寫自己的亡國恨又不相同。——蓋久處積威之下，與後主乍失南面之尊，易於奮激不同也。——這正是「文學時代背景」的充分表現處，一切有價值的藝術及文學的作品，多少總要帶出一點時代的背景的。在過去認識他的作風最深透者，莫如清人周介存了。周氏宋四家詞選，即將他列為有宋一代最大的四個作家之一的。

他的詠物作品，能將人物和情感融成一片，一意連貫下去，毫無痕縫可尋。例如：

古嬋娟，蒼鬟素靨，盈盈瞰流水。斷魂十里，嘆紺縷飄零，難繫離思。故山歲晚誰堪寄？琅玕聊自倚。謾記我綠蓑衝雪，孤舟寒浪裏。……（花犯苔梅上闋）

漸新痕懸柳，淡彩穿花，依約破初暝。便有團圓意，深深拜，相逢誰在香徑？畫眉未穩，料素娥猶帶離恨。最堪愛一曲銀鉤小，寶簾掛秋冷。……（眉嫵新月上闋）

柳下碧粼粼，認麴塵乍生，色嫩如染。清溜滿銀塘，東風細，參差縠紋初遍。別君南浦，翠眉曾照波紋淺。再來漲綠迷舊處，添卻殘紅幾片。……（南浦春水上闋）

都能寫得平淡閒雅。如一幅圖畫，毫無生澀雜湊的痕迹。

他與張叔夏曾同遊樂，死後叔夏為作瑣窗寒詞悼之：

……想如今醉魂未醒，夜臺夢語秋聲碎。自中仙去後，詞箋賦筆，便無清致。……料應也孤吟山鬼。……但柳枝門掩枯陰，候蛩愁暗葦。（節錄）

其推崇痛悼之情，溢於言表矣。

張　炎（公元一二四八——約一三二〇）

炎字叔夏，號玉田，又號樂笑翁，循王俊六世孫。㊀故雖世居臨安，仍自稱為西秦人。炎之先代多詞人。如從王父鎡字功甫有玉照堂詞，（彊村叢書本名南湖詩餘）從父桂，字惟月，有斷稿；父樞，字斗南，有寄閒集，（二集皆散佚，樞詞附見於彊村叢書張鎡詞後。）於以見其家學淵源。炎生於理宗淳祐八年，（公元一二四八年，）宋亡時年已過三十，猶及見臨安全盛之日，故其詞多蒼涼激楚，不勝盛衰興亡之感。死年約在元仁宗延祐七年。（公元一三二〇年）㊁時已七十有三歲了。他因係一貴族遺胄，雖生值祖國淪亡之際，總未脫去承平公子的故態。如他的慶春宮：

臨水湔裙，冶態飄雲，醉妝扶玉，未應閒了芳情。孤懷無限，忍不住低低問春：梨花落盡，一點新愁，曾到西泠？（下闋）

㊀張炎世系依劉毓盤詞史。

㊁卒年依胡適之詞選。

最足表現他的人品。

他一生最好浪遊，曾遠上燕、薊，往來於浙東西，尤留戀心醉於西子湖畔，所以鄭所南說：

玉田先輩，仰扳姜堯章、史邦卿、盧蒲江、吳夢窗諸名勝，互相鼓吹春聲於繁華世界，能令三十年西湖錦繡山水，猶生清響！

我們可以想見他那種清歌漫遊的風趣，和受後人追慕的殷切！

他的詞極空靈清麗，集中絕無措滯語。如：

接葉巢鶯，平波卷絮，斷橋斜日歸船。能幾番遊，看花又是明年。東風且伴薔薇住，——到薔薇春已堪憐。更淒然萬綠西泠，一抹荒煙。當年燕子知何處？但苔深韋曲，草暗斜川。見說新愁，如今也到鷗邊。無心再續笙歌夢，掩重門，淺醉閒眠。莫開簾，怕見飛花，怕聽啼鵑！（高陽臺西湖春日有感）

記玉關踏雪事清遊，寒氣脆貂裘。傍枯林古道，長河飲馬，此意悠悠。短夢依然江表，老淚灑西州。一字無題處，落葉都愁。　載取白雲歸去，問誰留楚珮，弄影中洲？折蘆花贈遠，零落一身秋。向尋常野橋流水，待招來不是舊沙鷗。空懷感，有斜陽處，最怕登樓。（甘州別沈堯道）

都極清幽流暢，如天際浮雲，隨風舒卷，確能自成一格。他自稱為「山中白雲詞」，名實最為相副。

他一生最推崇白石，故其詞風亦極相近。他雖無白石的勁健清越，而幽暢自然過之。後人學之不成，則易流於空疏油滑；蓋無其曠逸瀟灑之襟懷，強為效顰，終無是處也。他雖以清暢見長，但其感時撫事之作，亦極淒惻冷雋，與碧山之哀怨纏綿，雖風調不同，而其意趣則一。如：

堪嗟蔽雪門荒，爭棋墅冷，苦竹鳴山鬼。縱使如今猶有晉，無復清遊如此。落日黃沙，遠天雲淡，弄影蘆花外。幾時歸去，篘取一半烟水。（湘月下闋）㊀

候蛩淒斷，人語西風岸。月落平沙江似練，望盡蘆花無雁。　暗敎愁損蘭成，可憐夜夜關情。只有一枝梧葉，不知多少秋聲！（淸平樂）

薛濤牋上相思字，重開又還重摺。載酒船空，眠波柳老，一縷離恨難折。虛沙動月。嘆千里悲歌，唾壺敲缺；卻說巴山，此時懷抱那時節。　寒香深處話別。病來渾瘦損，懶賦情切。太白閒雲，新豐舊雨，多少英遊消歇。回潮似咽，送一點秋心，故人天末；江影沈沈，露涼鷗夢闊！（臺城路寄姚江太白山人陳文卿或作又新）

都悽惻冷越，箏帶秋聲，其家國身世之感，均充分表出。又如他的：

萬里飛霜，千林落木，寒豔不招春妒。楓冷吳江，獨客又吟愁句。正船艤流水孤村，似花繞斜陽歸路；甚荒溝一片淒涼，載情不去載愁去。　長安誰問倦旅？羞見衰顏，借酒飄零如許。謾倚新妝，不入洛陽花譜，爲回風起舞尊前，盡化了斷霞千縷。記陰陰綠遍江南，夜窗聽暗雨。（綺羅香紅葉）

山空天入海，倚樓望極，風急暮潮初。一簾鳩外雨，幾處閒田，隔水動春鋤。新烟禁柳，想如今綠到西湖，猶記得當年深隱，門掩兩三株。（渡江雲山陰久客一再逢春回憶西杭渺然愁思上闋）

……深更靜，待散髮吹簫，跨鶴天風冷。憑高露飲，正碧落塵空，光搖半壁，月在萬松頂。（摸魚兒高愛山隱居）

㊀此詞原序：余載書往來山陰道中，每以事奪，不能盡興，戊子冬晚與徐平野王中仙曳舟溪上，天空水清，古意蕭颯。中仙有詞雅麗，平野作晉雪圖，亦清逸可觀，余述此調，蓋白石念奴嬌鬲指聲也。

寫來不獨清超，而且沈鬱。其摸魚兒寫高山夜靜景象，極爲逼眞動目。

他的詠物作品亦極工麗。如：

波暖綠粼粼，燕飛來好是蘇隄纔曉。魚沒浪痕圓，流紅去，翻喚東風難掃。荒橋斷浦，柳陰撑出片舟小。回首池塘春欲遍，絕似夢中芳草。　和雲流出空山，甚年年淨洗，花香不了。新綠乍生時，孤村路，猶憶那回曾到。餘情渺渺，茂林觴詠如今悄。前度劉郎歸去，溪上碧桃多少？（南浦春水）

詞中如「魚沒浪痕圓……」，「荒橋斷浦，柳陰撑出片舟小」，「和雲流出空山，甚年年淨洗，花香不了」，以及水龍吟賦白蓮，綺羅香寫紅葉「正船艤流水孤村，似花繞斜陽歸路，甚荒溝一片淒清，載情不去載愁去」等句，其工麗妍細處，與梅溪詠春諸作，可謂工力悉敵，梅溪不得專美了。

他平生最精於音律，所著詞源一書，於宋詞中的宮調、音譜、曲拍等事，論之極爲精審。他的詞集名山中白雲詞，有四印齋刊本，有彊村叢書本，凡八卷，共二百四十八首。

周　密（公元一二三二——一三〇八）㊀

密字公謹，號草窗，濟南人。流寓與興，居弁山，自號弁陽嘯翁，又號蕭齋，又號四水潛夫。生於理宗紹

㊀草窗生卒，依劉毓盤詞史。

定五年，（公元一二三二年）寶祐間爲義烏縣令。宋亡，與王沂孫、王易簡、李彭老、張炎、仇遠等結爲詞社，其唱和之作，略見於樂府補題中。卒年爲元武宗至大元年，（公元一三〇八年）享壽七十有七。其生卒時間，約早張炎十餘年。生平著述甚多，有蠟屐集、齊東野語、癸辛雜識、志雅堂雜鈔、浩然齋雅談、弁陽客談、武林舊事、澄懷錄、雲烟過眼錄等書，多記宋末元初間事，由詩詞旁及書畫遺聞軼事，多他本所無者；於詞學的史料上，亦多所貢獻。其絕妙好詞七卷，尤爲選本中的最精審者，與黃昇中興以來絕妙詞選，允稱選錄南宋詞的雙璧。（他所選錄者均係風雅派的作品，不免少有偏見，然其精審處亦在此）詞集名蘋洲漁笛譜，（又名草窗詞）有彊村叢書本，凡二卷，及集外詞一卷，共一百五十餘首。

他與碧山、玉田同爲亡宋遺詩人，終身隱居，吟嘯自樂。他們時相從遊，其足迹多在東南江、浙一帶。他的詞幾乎完全與玉田是一樣的風格，這在文學史上是一種最少見的例子。因爲凡一個成名的作家，與別人多少總有點異樣處。但草窗與玉田二人，不能不算是一種例外了。比如他的：

步深幽，正雲黃天淡，雪意未全休。鑑曲寒沙，茂林烟草，俯仰今古悠悠。歲華晚、漂零漸遠，誰念我、同載五湖舟。磴古松斜，崖陰苔老，一片清愁。　回首天涯歸夢，幾魂飛西浦，淚灑東州。故國山川，故園心眼，還似王粲登樓。最負他、秦鬟妝鏡，好江山、何事此時遊？爲喚狂吟老監，共賦消憂。（一萼紅登蓬萊閣有感）

老來歡意少，錦鯨仙去，紫簫聲杳。怕展金奩，依舊故人懷抱。猶想烏絲醉墨、驚醉語香紅圍繞。閒自笑，與君同是承平年少。雨窗短夢難憑，是幾調宮商，幾番吟嘯？淚眼東風，回首四橋烟草。載酒倦遊何處，已換卻花間啼鳥。春恨悄，天涯暮雲殘照。（玉漏遲題吳夢窗霜花腴詞集）

松雪飄寒，嶺雲吹凍，紅破數椒春淺。襯舞台荒，浣妝池冷，淒涼市朝輕換。嘆花與人凋謝，依依歲華晚。共淒黯，問東風幾番吹夢，應慣識當年，翠屏金輦。一片古今愁，但廢綠平烟空遠。無語銷魂，對斜陽衰草淚滿。又西風殘笛，低吹數聲春怨。（法曲獻仙音弔雪香亭梅）

此等詞幾與山中白雲詞如同出一人手筆；唯就兩家全集比較言之，則玉田似更空靈，出藍之喻，當之無愧；其次則雖同係寄慨之作，而草窗則更兼碧山悽婉之長，與玉田僅以清超或冷越出之者，又復少異其容貌矣。總之：二家作風極相類似，欲加以斷然的辨析，實至感困難。昔人每以草窗比夢窗「二窗」並稱，幾成定論；然試一相質證，則草窗詞風，實與夢窗異趣；其神似玉田處亦迄無人道及，可知鑑賞抉別之難！他的詠物諸作，如：

……擎露盤深，憶君清夜，暗傾鉛水。想鴛鴦正結梨雲好夢，西風冷，還驚起。……輕妝鬬白，明璫照影，紅衣羞避。霽月三更，粉雲千點，靜香十里。聽湘弦奏徹，冰綃偷翦，聚相思淚。（水龍吟白蓮）

槐陰忽送清商，怨依稀正聞還歇。故苑秋聲，危弦調苦，前夢蛻痕枯葉。傷情惜別，是幾度斜陽，幾回殘月？轉眼西風，一襟幽恨向誰說！輕鬟猶記動影，翠娥應妬我，雙鬢如雪。枝冷頻移，葉疏猶抱，肯負好秋時節。淒淒切切，漸迤邐黃昏，砌蛩相接；露洗餘悲，暮烟聲更咽！（齊天樂蟬）

……雨帶風襟零落，步雲冷鵝管吹春。相逢舊京洛，素靨塵緇仙掌霜凝。……水空天遠，應念礬弟梅兄。渺渺魚波望極五十弦愁滿湘靈。淒涼耿無語，夢入東風雪盡江淸。（國香慢賦趙子固凌波圖）

寫白蓮、秋蟬、水仙，均哀艷雅潔，足與白石、碧山齊美，同爲古今絕唱。

第二章 一般附庸作家

——蔣捷——施岳——陳允平——羅椅——趙聞禮——薛夢桂——黃孝邁——趙孟堅——李彭老——李萊老——黃公紹——何夢桂——譚宣子——利登——奚淢——陳逢辰——柴望——莫崙——楊炘——王易簡——吳大有——趙與仁——趙淇——

蔣捷（公元一二三五——一三〇〇●）

捷字勝欲，義興人，南宋最末（德祐）進士，自號竹山，入元遁迹不仕。其竹山詞有宋六十家詞本，有雙照樓景刊宋元明本詞本。他的詞造句極纖巧妍倩，而有時失之瑣碎。其學辛之作，則多叫囂直率，如「據我看來何所似，一似韓家五鬼，又一似楊家風子，」「結算平生風流債負，請一筆勾，蓋攻性之兵，花園錦陣，毒身之鴆，笑齒歌喉」等類的句子，皆落下乘，毫無意味。茲錄其本色之作數闋如下：

梨邊風緊雪難晴，千點照溪明。吹絮窗低，唾茸窗小，人隔翠陰行。而今白鳥橫飛處，煙樹渺鄉城。兩袖春寒，一襟春恨，斜日淡無情。（少年游）

黃花深巷，紅紙低窗，淒涼一片秋聲。豆雨聲來，中間夾帶風聲。疏疏二十五點，麗譙門不鎖更聲。故人遠，問誰搖

●竹山生卒，依胡適之詞選。

玉佩，簾底鈴聲。彩角聲隨月墮，漸連營馬動，四起笳聲。閃爍鄰燈，燈前尚有砧聲。知他訴愁到曉，碎噥噥多少蛩聲。訴未了，把一半分與雁聲。（聲聲慢秋聲）

此等詞皆清醇幽暢，爲集中出色之作。他有時鍊字鍊句，亦頗能尖新動人。如永遇樂「梅簷溜滴，風來吹斷，放得斜陽一縷」，高陽臺「燕捲晴絲，蜂黏落絮，天教綰住閒愁」等類的句子，集中極多。

施　岳

岳字仲山，號梅川，吳人，精於律呂。卒葬西湖，楊守齋爲樹梅作亭，薛梯飇爲誌其墓。他的詞頗淡雅有致。例如：

水遶花隈，隔岸炊烟冷。十里垂楊搖嫩影，宿酒和愁都醒。（清平樂）

頃刻千山暮碧，向沽酒樓前，猶繫金勒。乘月歸來，正梨花夜縞，海棠烟冪。院宇明寒食，醉乍醒，一庭春寂。任滿身露溼東風，欲眠未得。（曲遊春清明湖上下闋）

他的水龍吟寫得更爲壯闊：

翠鼇湧出滄溟，影橫棧壁迷烟墅。樓臺對起，闌杆重凭，山川自古。梁苑平蕪，汴隄疏柳，幾番晴雨。看天低四遠，江空萬里，登臨處，分吳楚。　兩岸花飛絮舞，度春風，滿城簫鼓。英雄暗老，昏潮曉汐，歸帆過櫓。淮水東流，塞雲北渡，夕陽西去。正淒涼望極，中原路杳，月來南浦。

陳允平

允平字君衡，一字衡仲，四明人，號西麓。詞集名日湖漁唱，凡一卷，補遺一卷，續補遺一卷，及西麓繼周集一卷，並見彊村叢書本。他最崇拜周美成，其繼周集全和周韻之作，多至百二十一首。（全集共百二十三首）其傾倒之誠，可與方千里、楊澤民並傳。其詞亦清婉有致，學古而不泥於古者。茲舉數闋如下：

赤闌橋畔斜陽外，臨江暮山凝紫。戲鼓纔停，漁榔乍歇，一片芙蓉秋水。餘霞散綺，正銀鑰停關，畫橈催艤。魚板敲殘，數聲初入萬松裏。（齊天樂上闋）

斷空虹雨，傍啼蟹沙草，宿鷺汀洲。隔岸人家砧杵急，微寒先到簾鉤。……紅葉有情，黃花有恨，孤負十分秋。歸心如醉，夢魂飛趁東流。（西江月節錄）

羅椅 公元一二一四——？

椅字子遠，號磵谷，廬陵人。寶祐四年進士，時年已四十三。（登科錄）原為富家子，壯年捐金結客，曾以薦登賈似道之門，宰信豐。度宗升遐，失於入臨，論罷。他的詞僅見柳梢青、八聲甘州二闋，頗韻秀婉柔。茲錄柳梢青如下：

萼綠華身；小桃花扇，安石榴裙。子野聞歌。周郎顧曲；曾惱夫君。悠悠歸旅愁人，似零落青天斷雲。何處銷魂？

「初三夜月，第四橋春。」

趙聞禮

聞禮字正之，號釣月，所編陽春白雪八卷，外集一卷，皆錄南北宋人詞。（惟孟昶、蔡松年、吳激三人爲五代及金源作家）多爲他本所罕見的作家，賴此書以傳。他的詞亦婉和淡雅，佳者不減玉田、草窗。茲錄其賀新郎詠螢如下：

池館收新雨，耿幽叢流光幾點，半侵疏戶。入夜涼風吹不滅，冷燄微茫暗度。碎影落仙盤秋露。漏斷長門空照眼，袖紗寒映竹無心顧。孤枕掩，殘燈炷。 練囊不照詩人苦。夜沈沈拍手相親，騃兒癡女。欄外撲來羅扇小，誰在風廊笑語？競戲踏金釵雙股。故苑荒涼悲舊賞，悵寒蕪衰草隋宮路。同燐火，遍秋圃！

古今詠螢之詞，當以此篇爲最工婉矣。其幽索柔細之筆，何殊碧山詠蟬賦紅葉諸作！其詞錄於趙萬里校輯宋金元人詞者凡十五首，名釣月詞。除此詞外，他作亦多有佳麗之句。

薛夢桂

夢桂字叔載，號梯飈，永嘉人。寶祐癸丑姚勉榜進士。嘗知福清縣，仕至平江倅。其詞錄於絕妙好詞者凡四闋，皆淡雅柔媚，極有情思。茲錄二闋如下：

碧筒新展綠蕉芽，黃露灑榴花。蘸烟染就，和雲捲起，秋水人家。　只因一朵芙蓉月，生怕黛簾遮；燕銜不去，雁飛不到，愁滿天涯。（眼兒媚綠牋）

柳映疏籬花映林，春光一半幾銷魂；新詩未了枕先溫。　燕子說將千萬恨，海棠開到二三分；小窗銀燭又黃昏。（浣溪沙）

黃孝邁

孝邁字德夫，號雪舟，有雪舟長短句一卷。劉克莊暮年曾爲作序，極賞其賦梨花、水仙及暮春等作，以爲「叔原、方回不能加其綿密。」其賦梨花云：

一春花下，幽恨重重，又愁晴，又愁雨，又愁風。

瀟灑而又俊倩，與刻意修琢者不同。茲更錄其水龍吟詠暮春詞如下：

閒情小院沈吟，草深柳密簾空翠。風簷夜響，殘燈慵剔，寒輕怯睡。店舍無烟，關山有月，梨花滿地。二十年好夢不曾圓合，而今老都休矣！（上闋）

趙孟堅❶（公元一一九九——一二九五）

❶見南宋書卷十八。

孟堅字子固，嘉興人。宋宗室。享壽九十有七。入元不仕以終。有彝齋詩餘一卷，見彊村叢書。書畫亦精，與從弟子昂並傳於高節過之。（子昂降元）錄好事近一闋：

春早峭寒天，客裏倦懷尤惡。待起冷清清地，又孤眠不着。　重溫卯酒整瓶花，總待自霍索。忽聽海棠初賣，買一枝添卻。

李彭老

彭老字商隱，號篔房。淳祐中曾爲沿江制置司屬官。與弟萊老有龜溪二隱詞，有彊村叢書本。彭老、萊老同爲宋遺民詞社中重要的作家。其詞佳者亦極工秀。錄數闋於後：

杏花初，梅花過，時節又春半。簾影飛梭，輕陰小庭院。舊時月底鞦韆，吟香醉玉，曾細聽歌珠一串。　忍重見描金小字題情，生綃合歡扇。老了劉郎，天遠玉簫伴。幾番鶯外斜陽，闌杆倚遍，恨楊花遮愁不斷。（祝英臺近）

蘭湯晚凉，鸞釵半妝，紅巾膩雪吹香，擘蓮房賭雙。　羅紈素璫，冰壺露牀，月移花影西廂，數流螢過牆。（四字令）

李萊老

萊老字周隱，號秋崖，咸淳六年曾爲嚴州知州。他的詞較彭老詞更爲凄婉。如揚州慢賦瓊花結句：

九曲迷樓依舊，沈沈夜想覓行雲。但荒烟幽翠，東風吹作秋聲」

以及浪淘沙、小重山等作，皆於婉柔中寓淒怨之情，頗與少游為近。

實押繡簾斜，驚燕誰家？銀箏初試合琵琶。柳色春羅裁袖小，雙戴桃花。　芳草滿天涯；流水韶華。晚風楊柳綠交加。閒倚欄杆無藉在，數盡歸鴉！（浪淘沙）

畫簷簪柳碧如城，一簾風雨裏過清明。吹簫門巷冷無聲。梨花月今夜負中庭。　遠岫斂修顰；春愁吟入譜，付驚鶯。紅塵沒馬翠埋輪，西泠曲，歎夢絮飄零。（小重山）

黃公紹

公紹字直翁，邵武人，咸淳元年進士，隱居樵溪，有在軒詞，有彊村叢書本。其青玉案詞言淺意深，極自然而有含蘊，不似南宋末期人手筆。茲錄如下：

年年社日停針線，爭忍見雙飛燕？今日江城春已半，一身猶在，亂山深處，寂寞溪橋畔。　征衫著破誰針線？點點行行淚痕滿。落日解鞍芳草岸，花無人戴，酒無人勸，醉也無人管！

此詞風調，儼然為北宋元豐元祐間之作，雖使秦、黃為此，亦無以過。

何夢桂㊀

㊀見南宋書卷六十二。

夢桂字嚴叟，淳安人。有潛齋詞一卷，見四印齋所刻詞，錄喜遷鶯一闋：

留春不住，又早是清明，楊花飛絮。杜宇聲聲，黃昏庭院，那更半簾風雨。勸春且休歸去，芳草天涯無路。悄無語，待闌干立盡，落紅無數。（上闋）

譚宣子

宣子字明之，號在庵。其詞有趙萬里輯本名在庵詞一卷，共十三首，附錄一首。他的詞頗善練字。如：

「津館貯輕寒，脈脈離情如水。東風不管，垂楊無力，總兩鬟烟膩。闌干外，怕春燕掠天，疏鼓疊，春聲碎」

以及：

疊鼓收聲，帆影亂，燕飛又起東風歎。目力謾長，心力短，消息斷，青山一點和烟遠。（漁家傲下闋）

人病酒，生怕日高催繡。昨夜新番花樣瘦，旋描雙蝶湊。　閒凭繡牀呵手，卻說春愁還又。門外東風吹綻柳，海棠花斷句。（謁金門）

都能以平常的字句，練成新警的辭采。

利登

登字履道，號碧澗，金川人。著有骳稿一卷，已佚。近人趙萬里輯其詞彙爲一卷，名碧澗詞，刊於校輯宋金元人詞中，凡十首。其風入松詞，於淸暢中頗寓叔世之感，其詞云：

斷燕幽樹際烟平，山外更山靑。天南海北知何極？年年是匹馬孤征。看盡好花結子，暗驚新筍成林。　歲華情事苦相尋，弱雪鬢毛侵。十年斗酒悠悠醉，斜河界白月雲心。孤鶴盤邊天闊，淸猿啼處山深。

奚　淢

淢字卓然，號秋崖。其詞錄於趙萬里校輯宋金元人詞者凡十首，彙爲一卷，名秋崖詞。

笑湖山紛紛歌舞，花邊如夢如熏。響音驚落日長橋芳草外，客愁醒。天風吹送遠，向兩山喚醒癡雲。猶自有迷林去鳥，不信黃昏。　銷凝。錙車歸後，一眉新月獨印湖心。蕊宮相答處，正嚴虛谷應，猿語香林。笑酣紅槳夢，便市朝有耳誰聽？怪玉兎金烏不換，只換愁人。（芳草南屛晚鐘）

此詞寫得極婉柔韻致，既具歐、秦之神韻，復擅姜、張之辭華，尤爲難能可貴。

陳逢辰

逢辰字振祖，號存熙。其詞錄於周密絕妙好詞者凡二首，皆淸婉得歐、秦神髓，爲南宋末期傑出之作，因並錄於後：

月痕未到朱扉，送郎時，暗裏一汪兒淚，沒人知。　攬不住，收不緊，被風吹；吹作一天愁雨損花枝。（烏夜啼）

楊柳雪融，滯雨餘酥玉軟欺風。飛英綴薮叩雕櫳，殘蝶歸來粉重。　罨畫扇題塵掩，繡花紗帶寒鬆。送春先自費啼紅，更結疏雲秋夢。（西江月）

柴　望

望字仲山，號秋堂，衢之江山人。有秋堂詩餘一卷，見彊村叢書。其詞描寫頗工麗生動，茲舉一闋作例：

門外滿池香風，殘梅零落玉鬖莟苔碎。乍暖乍寒渾莫擬，欲試羅衣猶未。鬬草雕闌，買花深院，做踏青天氣。晴鳩鳴處，一池昨夜春水。（念奴嬌下闋）

莫　崙

他於理宗嘉熙、淳祐間，曾以直言忤時宰。宋亡，自號宋逋臣。其人品氣節，有足多者。

崙字子山，號兩山，江都人，寓家丹徒。度宗咸淳四年進士。其小令佳者，亦能如譚宣子、陳逢辰等人之清婉。茲舉二首作例：

三兩信涼風，七八分圓月；愁緒到今年，又與前年別。　衾單容易寒，燭暗相將滅；欲識此時情，聽取鳴蛩說。（生查子）

紅底過綠明，綠外飛棉小。不道東風上海棠，白地春歸了。　月笛曲欄留，露扇芳池繞。爭得閒情似舊時，偏索籬花笑。（卜算子）

楊　恢

恢字充之，號西村，眉山人。其詞錄於周密絕妙好詞者凡六首，多淡雅明秀之作。有姜、張之風調，更以明淨自然出之，尤稱南宋末期高手。詞中佳句極多，如游浯溪詞云：（此詞載浯溪集）

碧崖倒影，浸一片寒江如練，正岸岸梅花村村修竹喚醒春風筆硯，泝水舟輕輕如葉只消得溪風一箭。

滿江紅結句「天空海闊春無極，又一林新月照黃昏梨花白」；又祝英臺近賦中秋「此翁對此良宵，別無可恨，恨只恨古人頭白」等作，皆新雋可愛，不落陳腐。錄三闋於下：

小院無人，正梅粉一階狼籍。疏雨過，溶溶天氣，早如寒食。啼鳥驚回芳草夢，峭風吹淺桃花色。漫玉爐沈水熨春衫，花痕碧。　綠皺水，紅香陌，紫桂棹，黃金勒。悵前歡如夢，後遊何日？酒醒香消人自瘦，天空海闊春無極。又一林新月照黃昏，梨花白。（滿江紅）

月如冰，天似水，冷浸畫欄溼。桂樹風前，醲香半狼籍。此翁對此良宵，別無可恨，恨只恨，古人頭白。（祝英臺近上闋）

瑣窗睡起，閒佇立，海棠花影。記翠楫銀塘，紅牙金縷，杯泛梨花冷。燕子銜來相思字，道玉瘦不禁春病。應蝶粉半銷，鴉雲斜墜，暗塵侵鏡。　還省香痕碧唾，春衫都凝。悄一似荼蘼玉肌翠帔，悄得東風喚醒。青杏單衣，楊花小扇，鬧卻曉春風景。最苦是蝴蝶盈盈，弄晚一簾風靜。（二郎神用徐幹臣韻）。

王易簡

易簡字理得，號可竹，山陰人。登進士，除瑞安簿，不赴，隱居城南，有山中觀史吟。他與王沂孫、張炎等曾結社唱吟，故詞風亦極相近，所作多淒婉遺民之嘆。如：

> 已是搖落堪悲，飄零多感，那更長安道！衰草寒蕪吟未盡，無那平烟殘照，千古閒愁，百年往事，不了黃花笑。漁樵深處，滿庭紅葉休掃！（酹江月下闋）

> 庭草春遲，汀蘋香老，數聲珮悄蒼玉。年晚江空，天寒日莫，壯懷聊寄幽獨。倦遊多感，更西北高樓送目。佳人不見，慷慨悲歌，夕陽喬木！（慶宮春上闋）

從這些歌聲裏已深透露出亡宋遺民的嘆息了。一種幽索淒怨之情，直臨紙背；何殊碧山詠物諸作？其齊天樂長安客賦下闋：

> 東風為誰媚嫵？歲華頻感慨，雙鬢如許！前度劉郎，三生杜牧，贏得征衫塵土！心期暗數，總寂寞當年酒爐花譜；付與春愁，小樓今夜雨。

自遣身世，亦復百感交集。

吳大有

大有字有大，號松壑，嵊人。寶祐間遊太學，率諸生上書言賈似道奸狀。退處林泉，與林昉、仇遠、白珽等七人以詩酒相娛。元初辟爲國子檢閱，不赴。有松下偶抄、雪後清音、歸來幽莊等集。其詞錄於絕妙好詞者，僅點絳脣送李琴泉一闋，然極冷雋淡雅，爲當年傑出之作。其詞云：

江上旗亭，送君還是逢君處。酒闌呼渡，雲壓沙鷗暮。　漠漠蕭蕭，香凍梨花雨。添愁緒；斷腸柔櫓，相逐寒潮去！

趙與仁

與仁字元父，號學舟。燕王德昭十世孫，希挺長子。（宋史宗室世系表）入元爲辰州教授。其詞以明俊自然勝。錄二闋如後：

柳絲搖露，不管蘭舟住。人宿溪橋知那處？一夜風聲千樹。　曉樓望斷天涯，過鴻影落寒沙。可惜些兒秋意，等閒過了黃花。（清平樂）

夜半河痕依約，雨餘天氣溟濛。起行微月遍池東；水影浮花，花影動簾櫳。　量減難追醉白，恨長莫盡題紅。雁聲能到畫樓中，也要玉人知道有秋風。（西江月）

趙淇

淇字元建，潭州人，忠靖公葵次子，與長兄溍俱能詞。宋末官至刑部侍郎。元至元間，行省承制，署廣東宣撫使。入見世祖，拜湖南道宣慰使。卒謚文惠。其謁金門一詞寫得頗明倩動人：

吟望直，春在欄杆咫尺。山插玉壺花倒立，雪明天混碧。　曉露紛紛瓊滴，虛揭一簾雲溼。猶有殘梅黃半壁，香隨流水急。

宋詞通論

第三章　哀時的詩人

——劉辰翁——李演——文天祥——鄧剡——徐一初——陳德武——汪元量——汪夢斗——
附錄略去的作家——

劉辰翁❶　公元一二三四——一二九七

辰翁字會孟，廬陵人。少登陸象山之門。補太學生。景定廷試對策，忤賈似道，置丙第。以親老請濂溪書院山長，薦居史館，又除太學博士，皆固辭。宋亡，隱居。有須溪集附詞。（有彊村叢書本須溪詞一卷，補遺一卷。）辰翁爲宋末一大作家。其詞清豔豪健，兼蘇、辛之長，而無造作矯揉之失，其清豔之作，如浣溪沙感別云：「點點疏林欲雪天，竹籬斜閉自清妍，爲伊顚頓得人憐」；又前調春日卽事云：「睡起有情和畫卷，燕歸無語傍人斜，晚風吹落小瓶花」；以及山花子後段云：「早宿半程芳草路，猶寒欲雨暮春天，小小桃花三兩樹，得人憐」，皆輕靈婉麗，不亞小晏、秦郎。其豪健本色之作，多叔世悱惻感慨之音，尤爲擅長。茲錄二詞於後：

❶見南宋書卷六十三

紅妝春騎，踏月呼影千旗穿市。望不見璃檯歌舞，習習香塵蓮步底。簫聲斷，約彩鸞歸去，未怕金吾呵醉。甚輦路喧闐且止，聽得念奴歌起。　父老猶記宣和事，抱銅仙，清淚如水。還轉盼，沙河多麗。滉漾明光連邸第，簾影動，散紅光成綺。月浸蒲桃十里。看往來神仙才子，肯把菱花撲碎。　腸斷竹馬兒童，空見說三千樂指。等多時春不歸來，到春時欲睡。又說向燈前擁髻，暗滴鮫珠墜。便當日親見霓裳，天上人間夢裏。（寶鼎現丁酉元夕）

丁酉為元成宗大德元年，則此詞之作，已在宋亡（崖山陷後）後十七年矣。詞中均係追念盛世之樂寓無限悽涼之意。然尚不及其蘭陵王送春之沈痛：

送春去，春去人間無路。秋千外，芳草連天，誰遣風沙暗南浦？依依甚意緒，漫憶海門飛絮，亂鴉過，斗轉城荒，不見來時試燈處。　春去；最誰苦。但箭雁沈邊，梁燕無主；杜鵑聲裏長門暮。想玉樹凋霜，淚盤如露。咸陽送客屢回顧，斜日未能渡。　春去；尚來否？正江令恨別，庾信愁賦，蘇隄盡日風和雨。嘆神遊故國，花記前度。人生流落，顧孺子，共夜語。

沈鬱中含無限痛思，允稱佳作。

李　演

演字廣翁，號秋堂，有盟鷗集。其詞頗工巧妍麗，如摸魚兒賦太湖云：

又西風四橋疏柳，驚蟬相對秋語。瓊荷萬笠花雲重，嫋嫋紅衣如舞。……怕月冷吟魂，婉冉空江暮。明燈暗浦。更

短笛衡風，長雲弄晚，天際蕭秋句。（節錄）

又聲聲慢：「徘徊舊情易冷，但溶溶翠波如縠，愁望遠甚雲銷月老，暮山自綠，」皆係全詞中佳句。他有時亦有悲涼感世之作，如其賀新涼詠多景樓成，即係一例：

笛叫東風起，弄尊前楊花小扇，燕毛初紫。萬點淮峯孤角外，驚下斜陽似綺。又婉娩一番春意。歌舞相繆愁自猛，捲長波一洗人間世。空熱我，醉時耳。　綠蕪冷葉瓜州市。最憐予洞簫聲盡，闌干獨倚。落落東南牆一角，誰護山河萬里？問人在玉關歸未？老矣青山燈火客，撫佳期漫灑新亭淚。歌哽咽，事如水！

文天祥 公元一二三六——一二八二

天祥字宋瑞，號文山，吉水人。理宗時進士，官至江西安撫使。元兵入寇，天祥應詔勤王，受命使元軍，被執，遁入眞州。時端宗立於福州，拜天祥右相，封信國公。募兵轉戰，力圖恢復。兵敗被執不屈，作正氣歌以見志。遂就死柴市。（北平街名）享年僅四十有七。有文山集。詞集名文山樂府一卷，有江標靈鶼閣彙刻名家詞本。

文山爲南宋死節重臣，其一生孤忠志事，照耀千古，與明末史可法同一壯烈。他的詞亦冷越剛勁，集中如大江東去等作，歌聲無殊易水，爲詞中絕無之境界。讀其詞可以想見其爲人。

水空天闊，恨東風，不惜世間英物。蜀鳥吳花殘照裏，忍見荒城頹壁？銅雀春情，金人秋淚，此恨憑誰雪？堂堂劍氣，斗牛空認奇傑！那信江海餘生，南行萬里，送扁舟齊發。正為鷗盟留醉眼，細看濤生雲滅。睨柱吞嬴，回旗走懿，千古衝冠髮。伴人無寐，秦淮應是孤月！（大江東去驛中言別友人）

俠情壯志，直凌雲漢，最能表現末季孤臣口吻，和志士心素，與正氣歌同一種手筆。

鄧剡

剡字光薦，號中齋，廬陵人。詳與時歷官禮部侍郎。丞相文信國幕客。厓山兵潰，為張宏範所得，教其次子，得放還。有中齋詞一卷，見趙氏校輯宋金元人詞，共十二首。其詞極帶亡國凄苦之音。如「誰念客身輕似葉，千里飄零」「悵恨西風催世換，更隨我落天涯。」正足代表此期文學上自然的音調，若移在上面任何時期中，都不貼適。錄二詞於後：

疏雨洗天清，枕簟涼生。井欄一葉做秋聲；誰念客身輕似葉，千里飄零！夢斷古臺城，月淡潮平，便須攜酒訪新亭。不知當時王謝宅，煙草青青。（浪淘沙）

雨過水明霞，潮回岸帶沙。葉聲寒，飛透窗紗。悵恨西風催世換，更隨我落天涯！寂寞古豪華，烏衣日又斜。說興亡燕入誰家。只有南來無數雁，和明月宿蘆花。（南樓令）

此詞極淒冷，或本謂文文山北行被執，行次信安，題於壁上之作。時剡方為文山幕客，或係代為捉刀者，因有此誤傳耳。

徐一初

一初生平里居不詳。其摸魚兒一詞極悲壯沈鬱，為當時少有的傑作。其詞云：

對茱萸一年一度，龍山今在何處？參軍莫道無勳業，消得從容樽俎。君看取，便破帽飄零，也得傳千古。當年幕府，知多少時流，等閒收拾，有個客如許。 追往事，滿目山河晉土，征鴻又過邊羽。登臨莫上高層望，怕見故宮禾黍。綠醑澆萬斛牢愁淚閣新亭雨。黃花無語，畢竟是西風披拂，猶識舊時主。

陳德武

德武，三山人，有白雪遺音一卷，見彊村叢書。其詞極悲壯，憤慨處不減稼軒諸作。茲節錄其望海潮詞如下：

樂極西湖，愁多南渡，他都是夢魂容。感古恨無窮：——嘆表忠無觀，古墓誰封！棹艤錢塘，濁醪和淚灑秋風！

悲懷痛語，全從肺胸中流出；不圖於殘蟬尾聲中，乃有此異樣作品！

汪元量❶

❶見南宋書卷六十二。

元量字大有，號水雲，錢塘人。以善琴事謝后及王昭儀，（名清蕙）元兵陷臨安，隨謝后等北走燕京，求爲黃冠。後放還南歸，嘗往來於匡廬、彭蠡間，若飄風行雨，人以爲仙，畫其像祀之。（見金臺集）有水雲集、湖山類稿。其水雲詞一卷，有彊村叢書本。他身歷承平宮闈，復經亡國慘禍，亦如唐之李龜年；惟龜年僅以琴師名，而水雲則更擅於詩詞，爲宋末名士。他因飽經世變，目睹兩朝興亡，故其詞亦悽惻哀怨，如孤鴻之號夜月，爲亡宋一位最富詩意的人物。茲錄其數闋如下：

西園春暮，亂草迷行路。風捲殘花墮紅雨。念舊巢燕子，飛傍誰家，斜陽外，長笛一聲今古。　繁華流水去，舞歇歌沈，忍見遺鈿種香土。漸橘樹方生，桑枝纔長，都付與沙門爲主。便關防不放貴遊來，又突兀梯空梵王宮宇。（洞仙歌毗陵趙府兵後僧多占作佛屋）

人去後，書應絕，腸斷處，心難說。更那堪杜宇，滿山啼血。事去空流東汴水，愁來不見西湖月。有誰知，海上泣嬋娟，菱花缺！（滿江紅和王昭儀韻下闋）㊀

金陵故都最好，有朱樓迢遞。嗟倦客又此憑高，檻外已少佳致。更落盡梨花，飛盡楊花，春也成憔悴。問青山三國英雄，六朝奇偉？　麥甸葵邱，荒臺敗壘，鹿豕銜枯薺。正潮打孤城，寂寞斜陽影裏。聽樓頭哀笳怨角，未把酒愁心先醉。漸夜深月滿秦淮，烟籠寒水。　悽悽慘慘，冷冷清清，燈火渡頭市。慨商女不知興廢，隔江猶唱庭花，餘音亹亹。傷心千古，淚痕如洗。烏衣巷口青蕪路，認依稀王謝舊鄰里。臨春結綺，可憐紅粉成灰，蕭索白楊風起！　因思

㊀王詞末句曾有「願嫦娥垂顧肯相容，從圓缺」語也。

嗟昔，鐵索千尋，漫沈江底。揮羽扇，障西塵，便好角巾私第。清談到底成何事？回首新亭，風景今如此！楚囚對泣何時已，嘆人間今古眞兒戲。東風歲歲還來，吹入鍾山，幾重蒼翠。（鶯啼序重過金陵）

歷訴金陵興亡之迹，筆帶秋聲，百感交錯。若與文山正氣歌對照，則一則流浪天涯，一則從容就死，其慘厲之情，眞令人不堪卒讀！這與一般文人正在寫那吟風弄月的詩詞者，眞覺有兩樣肝腸了！

汪夢斗

夢斗字以南，績溪人。咸淳初爲史館編校，以劾賈似道能歸。元世祖召見燕京，不屈而回。其北遊集（附詞）即作於此時。詞集有彊村叢書本凡一卷。多興亡之感。錄南鄉子一闋於後：

西北有神州，曾倚斜陽江上樓。目斷淮南山一抹，何由？戢淚東風灑汴流。　何事卻狂遊？直駕驪車度白溝。自古幽燕爲絕塞，休愁，未是窮荒天盡頭。

此外本期尚有許多作家，均未曾遍習；茲就較重要的略述如後：

廖瑩中字羣玉，號藥齋，賈似道門客。賈敗，服毒自盡。袁易字通甫，有靜春詞一卷。（趙氏校輯本，凡三十首）張矩字成子，號梅淵，有梅淵詞一卷。（趙氏校輯本凡十二首）姚勉號雪坡，寶祐元年進士第一，有雪坡詞。（江標靈鶼閣叢刻名家詞本）陳著字子微，鄞縣人。寶祐四年進士，有本堂詞一卷。（彊村叢書本）衛宗武字淇父，江南華亭人，淳祐間官尚書郎，有秋聲詩餘一卷。（彊村叢書本）牟巘字獻甫，吳興人，官大理少卿。（公元一二二七——一三一一）有陵陽詞一卷。（彊村叢書本）王鼎翁字炎午，安福人，有梅邊集。趙必瑑字玉淵，東莞人。（公元一二四五——一二九四）有覆瓿詞一卷。（四印齋刊宋元三十一家詞本）熊禾字去非，號勿軒，建陽人，有勿軒長短句一卷。（彊村叢書本）陳深字子微，吳郡人，有寧極齋樂府一卷。家鉉翁字則堂，眉山人，有則堂詩餘一卷。蒲壽宬泉州人，有心泉詩餘一卷。張玉字若瓊，松陽人，有蘭雪詞一卷。（以上四家詞集並見彊村叢書）毛珝字元白，號吾竹，柯山人，有吾竹小稿一卷。

其他雖無詞集，而作品亦多佳麗者。如劉壎字養源，號江村，天台人。嘗爲道士還俗，丙子年卒。李珏字元暉，號鶴田，吉水人，年八十九卒，爲宋末遺詩人。應瀍孫字堯成，號芝室。余桂英字子發，號野雲。朱藻號野逸，曹良史字之才，號梅南，錢塘人，以及呂同老、陳恕可、唐藝孫、唐珏、王茂孫、馮應瑞等幾個詞社中作家，亦間有佳製。

本期女作家中無甚偉異的作家，除王清蕙、徐君寶妻已見上面總論篇中外，其他多不關重要，不再敍述了。

參考書目

王鵬運：四印齋所刻詞及四印齋彙刻宋元三十一家詞　有自刊本。

江標：宋元名家詞　有湖南刻本。

朱祖謀：彊村叢書　有自刊本。

趙萬里：校輯宋金元人詞　有中央研究院刊本。

黃昇：中興以來絕妙詞選十卷　有汲古閣刊詞苑英華本，有商務印書館景印明刊本

趙聞禮：陽春白雪八卷外集一卷　有粵雅堂叢書本，有清吟閣刊本。

周密：絕妙好詞七卷　清查爲仁厲鶚箋，有原刊本。

陳耀文：花草粹編　有南京盋山精舍景印明刊本，共兩函十二冊。

朱彝尊：詞綜三十八卷（附王昶補遺）　有坊間通行本。

張宗橚：詞林紀事二十二卷　有掃葉山房影印本。

周濟：宋四家詞選　有坊間通行本。

胡適：詞選一冊　有商務印書館鉛印本。

鄭振鐸：中國文學史中世卷第三篇上一冊　有商務印書館鉛印本。

錢士升：南宋書六十八卷　有掃葉山房刊四朝別史本。

[日]林謙三著　郭沫若譯《隋唐燕樂調研究》

林謙三（1899–1976），日本著名音樂學家、雕塑家。1924 年東京美術學校雕塑科畢業，長期從事對日本和中國的古代音樂及樂律和樂器的研究。1928 年與郭沫若結識，在郭氏的鼓勵下，撰寫了《隋唐燕樂調研究》，后由郭沫若譯成中文出版。戰後，進行正倉院藏樂器調查，1950 年因其論文《東洋古代樂器研究及正倉院樂器復元》獲『朝日獎』，并被奈良教育大學聘為教授。他發表過很多有學術價值的論文，如《律名新考》《雅樂——古樂譜的解讀》《匏琴考》《方響雜考》《佛典里出現的樂器、音樂、舞蹈》《伎樂曲的研究》等。

此書共分九章：隋代前後的調的意義之變遷、隋代之龜茲樂調、龜茲樂調的影響之片影、唐代之燕樂、燕樂二十八調、燕樂調之律、唐樂調之後繼者、燕樂調與琵琶之關係、結論。並有附論：唐燕樂調之調式、唐代律尺質疑、龜茲部之樂器樂曲、驃國樂器之律、述唐會要天寶樂曲、日本十二律、正倉院藏阮咸及近代中國琵琶之柱制比較、日本所傳琵琶調絃法、樂調起畢之律、日本樂調之實例等，最後附錄有：印度古樂用語（梵語）解。林謙三在 1936 年出版了《隋唐燕樂調研究》，後又重新用日文撰寫了有關內容。《隋唐燕樂調研究》這本書，原來雖用日文寫成，但是從來沒有在日本出版過。此書在中國受到專家們的重視，有 1955 年重印版，1986 年 7 月收錄於《燕樂三書》，足見其學術價值。本書據 1936 年商務印書館版影印。

林謙三著

隋唐燕樂調研究

中法文化出版委員會編輯
商務印書館發行

中華民國二十五年十一月初版

六五二二上

隋唐燕樂調研究一册　(77041)

每册實價國幣貳元
外埠酌加運費匯費

著作者　林謙三

編輯者　中法文化出版委員會

發行人　王雲五
上海河南路

印刷所　商務印書館
上海河南路

發行所　商務印書館
上海及各埠

(本書校對者華國章)

序

林謙三氏(Hayasi Kenzō)是一位雕刻家，但他復擅場音樂，對於中國音樂之史的發展，更透闢地研究了將近二十年。他以藝術家之資格既能接近日本所保存的淵源於我國的樂典及樂曲，時時手製古樂器以作實地試驗；又旁通梵文及英法等國文字，於西邦新近學者關於東方文化的業績也多所涉歷，像他這樣的通材，實在是罕見的。

余識林氏在一九二八年，爾來已歷八載，他的爲人與求學的態度是我所感佩的。他爲人很謙和，而爲學極專摯，積稿如山，但從不見其發表；因而在日本人中也很少有人知道他是這一方面的篤學。他這次撰述了這部隋唐燕樂調研究，願意先用漢文來發表，我便從原稿的形式中替他迻譯了過來。我自己所得的益處是很不少的。我自己對於音樂本是外行，關於本國的音樂的故實以前也少有過問，自結交林氏後算稍稍聞了一些緒餘。以我這樣的人來迻譯這部書，當然是有點不相稱的，文辭的表達有點過於艱澀。又加以初稿譯成後，原作者與譯者更經過了八九個月的長期的推敲，增改，因而在行文上也頗有氣勢不勻稱的地方。這些由譯者的無力所招致的瑕疵，於原著的精粹玷損了不少，但是精心的讀者一定是不會爲這些障礙所阻的。

林氏於此書之外尚有西域音樂東漸史之大作，屬稿已就，尚待整理。將來亦希望其能繼本書之後以漢文問世，使我國文化史中關於這一方面的分野及早得到闡明。

一九三六年三月三日　郭沫若

原作者序

沫若先生乃余多年所兄事之畏友，以數年來之友誼自行爲後進之余執此小著移譯之勞，然此非尋常之移譯也。譯者自身亦努力究探，於所說有不備處則指摘之，稍有矛盾則糾彈之，余由其助言，於初稿譯成後涉歷數月，删正增修之處不遑枚舉。附論數篇亦由譯者之慫恿而成者也。然尚有未能充分釋明之事項，其最大者如唐燕樂正調名之當爲『爲調式』抑『之調式』之問題是也。本書附論中曾提出一折衷之假說，然亦未能遽安。此事之徹底的決定雖尚當期諸異日，但其它大抵均已得到解決，使舊稿之面目一新，均譯者之助力所賜也。書成之日爰追記其大略，以深謝沫若先生之勞。

一九三六年二月一九日

林謙三

卷首插圖

隋唐前後諸律尺黃鐘表

遼東陵壁畫之一部分（以下插圖四幅及文中簡略圖均是原作者林氏手筆）

唐製螺鈿紫檀阮咸（日本奈良正倉院藏）

正倉院藏紫檀琵琶

正倉院藏木畫琵琶頭部

隋唐前後諸律尺黄鐘表

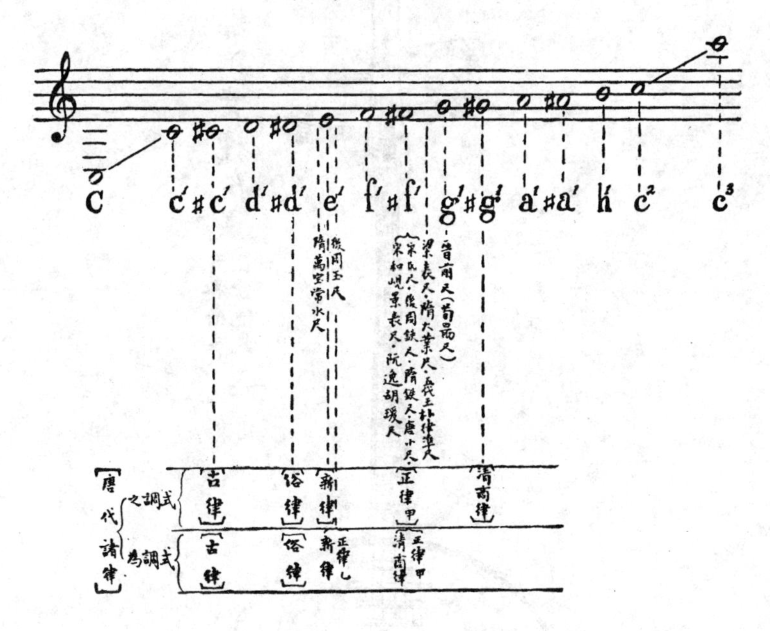
c
c′ #c′ d′ #d′ e′ f′ #f′ g′ #g′ a′ #a′ h′ c² c³
後周玉尺
隋萬宝常水尺
宋氏尺・後周鉄尺・隋鉄尺・唐小尺・
宋和峴景表尺・阮逸胡瑗尺
梁表尺・隋大業尺・五代王朴律準尺
晉前尺（荀勗尺）
唐代諸律
之調式
爲調式
古律
俗律
新律
正律甲
清商律
古律
俗律
新律
正律乙
清商律
正律甲

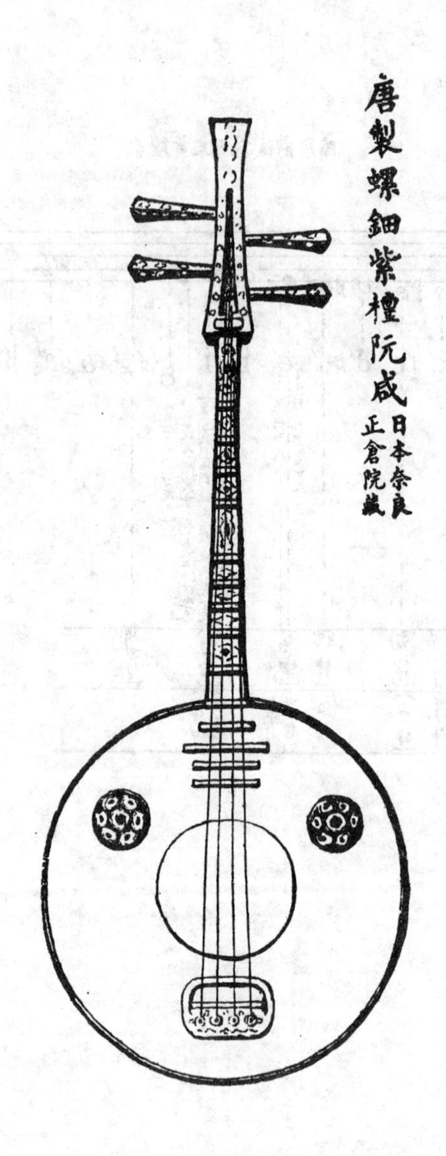

唐製螺鈿紫檀阮咸 日本奈良正倉院藏

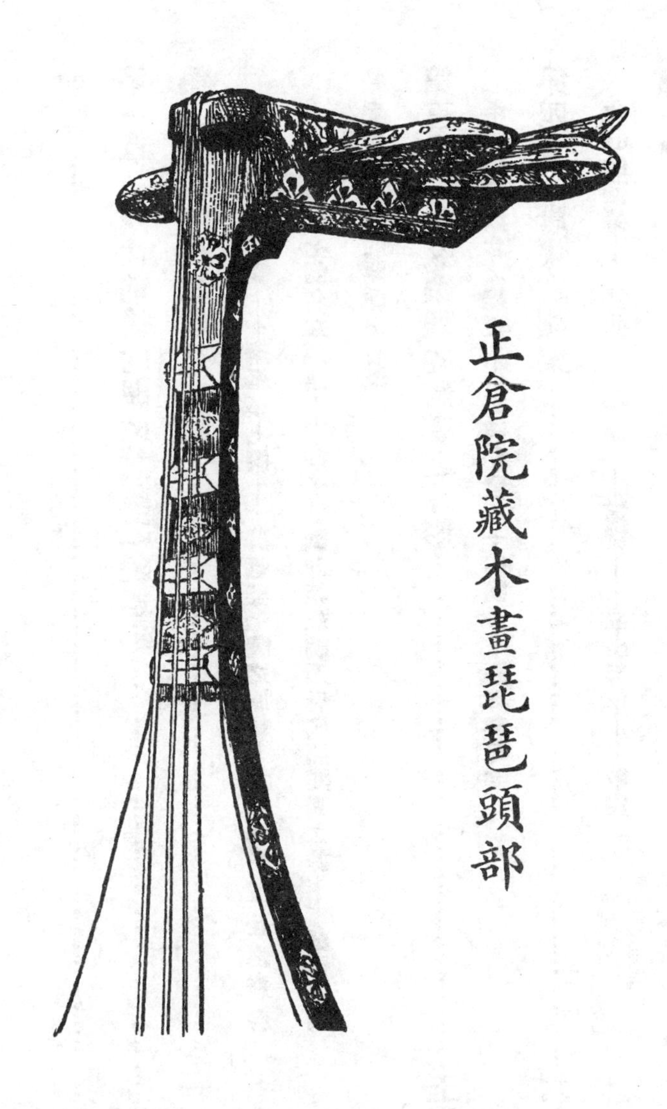

正倉院藏木畫琵琶頭部

目次

附　論

附　錄

隋唐燕樂調研究

隋唐燕樂調研究

前言

燕樂是燕饗時所用的音樂，不問是胡是俗，凡隋高祖之七部樂，煬帝之九部樂，唐之九部樂（後爲十部樂）及坐立部伎等，皆可稱爲燕樂。燕樂諸調可大別爲清樂（一名清商，）胡樂，俗樂的三種，就中除掉清樂而外，胡俗二調幾乎是一體，在唐代可以說並沒有區別。因爲胡樂調，尤其龜茲樂調，傳入中國後稍稍漢化了而有所增損的便是俗樂調；胡俗是同源，所謂俗樂二十八調其中過半沿用胡名，或冠以淵源於胡名的用語者，正不外此故。清商亡於唐，後世的燕樂調只是出於由胡樂調所演化出的二十八調。宋元以來所見使用的漸次減少，到了近世僅傳有九宮（九調之意）之名而已。又在唐代傳到日本的約十調，到近世雖然也半減了，但偕數十種樂曲直至今日都還保存着命脈的。

自清人凌廷堪的燕樂考源以來，從事燕樂諸調之闡發的頗不乏人，如陳澧聲律通考其傑出者也。但關於(一)調之性質，(二)調名之由來，(三)調律之高度，前人所論尚大有未盡。關於這三種的闡明，潛心苦思者數年，雖於調之性質與調名之由來有所弋獲，而於各調相互關係之解釋，遭逢着了很困難的問題，便是把隋唐樂調假想爲相通的，由唐代的資料追溯時，我們可以預想着有兩種相矛盾的調式組織之存在，其一是求於北宋及日本所傳者合致，把當時的正調名解爲『之調式』（例如黃鐘商是黃鐘之商，）其它是與此對立，把正調名看作與當時的雅樂調名相同，解爲『爲調式』（例如黃鐘商乃黃鐘爲商，）（還有名目是『爲調式。』但實際可使與『之調式』相應的解法）關於這兩說的取舍大費躊躕，勞心焦思地考究了數月，終於假定着北宋和日本所傳的傳統是有相當的根據的，應以合於兩傳的第一種的調式爲主，而以第二種調式副之。就這樣草就了本篇的研究，欲於前人的業績有所增補。因此，所論的大抵是限於上述的三項之新見，其它率簡略敍及而已。

隋世僅三十八年，唐興代之，制度文物大抵因襲前代。卽於音樂一項，唐初也沒見到有怎樣改革的痕跡。

新唐書禮樂志云：

『唐興卽用隋樂，武德九年始詔太常少卿祖孝孫協律郎竇璡等定樂。』

孝孫本是隋朝的樂官，而唐所用的隋樂並不限於雅樂，燕饗的九部樂也因襲隋制，入後才稍稍增廣了起來。燕樂於唐代成就了空前絕後的發展，後世的俗樂都是從那兒派演發育出來的，但它的基礎在隋代已經奠定，隋唐二代所使用的樂調可以認爲是共通的東西。那嗎隋唐的樂調就打成一片來敍述也是沒有什麼不可的。我現在在便宜上分成了八章來敍述。

在前三章中要考核隋代燕樂調中最佔樞要地位的印度系的龜茲（今新疆庫車縣）樂調之由來與其名義，考核那樂調的性質，並論到它怎樣成爲了唐代燕樂調之基礎。

在後五章中要舉出唐代燕樂調中與前代之物之相契合者，其餘的也要推測到歸根是由前代之物蕃衍而來而關於諸調的聲律之高度要敍述得特別詳細。就這樣，本來是一貫的隋唐二代的燕樂調，關於其調之性質，調名之由來，調律之高度，由這前後八章所述的合併起來，才稍稍可以得到明白的董理。

還有在行文的方便上，有幾種的規定，今且條列如次：

(一)十二律，黃鐘、大呂、太簇、夾鐘等，有時候用亞剌伯數字來表示。

(二)十二律之聲調的高度(pitch)有時候借用歐洲音樂的形式 c d e f g a h 等來表示。中國古來的十二律管，閉底吹時，其音程大抵比 c^1 還要高。(註一) 對照標準不同的二種以上的樂律，在不分倍律與半律之區別時，c d 等之右肩不附以 1 2 之指標。其它奉臨時處理之。

(三)十二律之音的高度並無定準，依實驗方法之不同可以有僅少的高下之差。目前所採用的是暫以著者之實驗爲基準，而一面參照着前人之考案而定的。

（四）羅馬字梵文有種種的方式。今於便宜上用最通行的來統一了，因而於所引用之原著，在字體上不免時有出入。

（五）不問原名中爲字與之字之有無，例如黃鐘商解作黃鐘爲商者命名爲『爲調式』，解作黃鐘之商者命名爲『之調式』。

（六）均者七聲（或五聲）一羣之主聲所位（律），然言一均必須預想到與立於某一律之主聲有必然關係的其餘諸聲，故此處以與七聲乃至五聲相應的一羣之律爲一均，以其主聲所位之律名爲均名。以宮爲主聲乃古來之定式，漢魏以來均如此。本書所用從此定式。

（註一）參看卷首「隋唐前後諸律尺黃鐘表」。

第一章　隋代前後的調的意義之變遷

調依均而成，均依律而定，律有十二，黃鐘、大呂、太簇、夾鐘、姑洗、仲呂、蕤賓、林鐘、夷則、南呂、無射、應鐘，律之首爲黃鐘。聲有七，宮、商、角、變徵、徵、羽、變宮（註一）（二變聲有時不用，）聲之首爲宮。十二律各配以宮，更使其餘之聲迭相順應時，可得十二段的七聲（或五聲）之列，換言之，卽是十二均。十二均之首爲黃鐘均。（註二）一均以當於宮聲之律爲首（樂曲上最重要之音）而成調，一均得一調，十二均卽得十二調。調之首爲黃鐘宮。（註三）其它的十一宮皆可爲調。這是禮記禮運篇的『五聲六律十二管還相爲宮』的旋宮之理想論。（註三a）在那時候調用宮以外之聲律爲調首（註四）的事，似乎還沒有想到。故爾均＝調＝宮（宮調之意。）（註五）

隋書音樂志牛弘議云：

『周官云「大司樂成均之法，」鄭衆注云「均調也，樂師主調其音，」三禮義宗稱周官奏黃鐘者用黃鐘爲調，歌大呂者用大呂爲調。奏者，謂堂下四懸。歌者，謂堂上所歌。但一祭之間皆用二調，是知據宮稱調，其義一也。明六律六呂迭相爲宮，各自爲調。」

（註一）　七聲之列卽一均之音程，例如：

1	2	3	4	5	6	7	8	9	10	11	12
宮		商		角		變徵	徵		羽		變宮

（註二）　黃鐘均者以黃鐘爲宮，太簇爲商，姑洗爲角，蕤賓爲變徵，林鐘爲徵，南呂爲羽，應鐘爲變宮（魏書樂志引左傳昭二十年服虔註，通典一四二，宋史一二八楊傑所言參照。）

（註三）　黃鐘宮者以黃鐘均之宮爲調首者也。

（註三a）　以宮爲主眼時雖爲旋宮，但同時亦爲旋商旋角等。樂書要錄云「夫旋相爲宮舉其一隅耳，若窮論聲意亦當旋相爲商旋（相）爲角，餘聲亦爾，故一律得其七聲」。又通典（一四二）旋宮條參照。

（註四）　調首乃一調中之最重要的聲律，當於歐洲音樂之 Tonica （主音）。通例，一調須終結於調首之聲律，例如黃鐘宮之曲終於與宮聲相應之黃鐘律，是也。

（註五） 宋人言調七宮稱爲「宮」，七商七角七羽則呼爲「調」，元明以來皆倣此。但唐時不然，例如沙陀調、道調（唐書稱「道調宮」）又如唐六典（十四）唐諸帝樂舞注所見黃鐘宮調、太簇宮調、姑洗宮調之類，即宮亦稱調之證。

（附說） 決定調性者爲一曲中所使用的諸聲之動向與在其中作最主要的活動者之一聲。普通是把一調一曲之結聲認爲主聲（調首）的，但結聲有不必當於主聲者，又有把所謂主聲的宮商等之名稱錯亂者，世俗上所稱謂宮調的東西，實際上並非宮調，其例頗不乏。故爾在定某曲之調性時，應該把一調一曲中之諸聲明辨出來，更考慮到其中以那一聲爲最主要。

古人雖有由旋宮以得十二調之理論，但實際上沒有見諸實用，雅樂相傳自漢世以來所用的幾乎只是黃鐘一均（參照通典一四二）。然自六朝以來受了盛行的胡樂之影響，中國樂調呈出了空前的革新氣運，因爲胡調併行，調之意義便複雜化了。從前宮以外之聲律不認爲調首者，現在卻有以其餘的六聲通用爲調首的曲調出現了。

隋初是樂調革新之行將實現前的混亂之頂點，前後亙歷了九年的開皇樂議，正談說着這項消息。有的主張採用七調（鄭譯，）有的主張雅樂僅限於宮調（何妥牛弘。）結局是隋代雅樂唯奏黃鐘一宮，而俗樂用商、角、徵、羽調，導引出了唐代之絕後的繁榮。

第二章　隋代之龜茲樂調

第一節　隋代之胡俗樂調

隋書音樂志云：

「初開皇初，定令置七部樂，國伎、西涼伎清商伎、高麗伎、天竺伎、安國伎、龜茲伎、文康伎、後改名爲禮畢又雜有疏勒、扶南、康國、百濟、突厥、新羅、倭國等伎……及大業中煬帝乃定清樂、西涼、龜茲、天竺、康國、疏勒、安國、高麗、禮畢以爲九部樂。」

此中之天竺、安國、龜茲、疏勒、康國、突厥諸伎，均屬於胡樂。胡樂之調當然會有彼此相共通的，也會有獨特的；但因龜茲樂最盛，龜茲樂對於中國樂調給與了最深的感化，其它諸樂之調便俱爲龜茲所掩，沒有現到表面上來。

音樂志云：

「龜茲者起自呂光滅龜茲國，因得其聲。呂氏亡，其樂分散，後魏平中原，復獲之。其聲復多變易。至隋有西國龜茲、齊朝龜茲、土龜茲等凡三部。開皇中其器大盛於閭閈。時有曹妙達、王長通、李士衡、郭金樂、安進貴等，皆妙絕絃管，新聲奇變，朝改暮易，持其音伎，估衒公王之間，舉時爭相慕尚。……煬帝不解音律，略不關懷。後大製豔篇，辭極淫綺，令樂正白明達（註一）造新聲，剏萬歲樂……等曲，掩抑摧藏，哀音斷絕。」

大唐西域記云：

『屈支國（即龜茲）管絃伎樂，特善諸國。』

（註一）白明達當是龜茲人，龜茲王白姓，見魏書西域傳，隋書龜茲傳，唐書西域傳，悟空入竺記等書。桑原隲藏氏云『隋書雖不記白明達之生國，但列名於龜茲樂中，可知必是龜茲人。中國人中例如有白敏中，又龜茲以外的胡人中有白元米（突厥），然白明達、白智通必是龜茲人。』隋唐時代來往於中國的西域人考——見內藤博士還歷紀念『支那學論叢』。

隋代之俗樂調大抵是借用着以龜茲樂調為中心的胡調而稍稍漢化了的通

典云：『自周隋以來，管絃雜曲數百曲，多用西涼樂；鼓舞曲多用龜茲樂。』西涼樂本亦出於龜茲。(註一)又唐書禮樂志云：『自周陳以上，雅鄭淆雜而無別，隋文帝始分雅俗二部。至唐更曰部當，凡所謂俗樂者二十有八調。』而遼史樂志云：『四旦二十八調，不用黍律，以琵琶絃協之。蓋出九部樂之龜茲部云。』隋唐之俗樂，據此看來，不外是龜茲樂調之苗裔。

（註一）隋書音樂志云『西涼者起苻氏之末，呂光沮渠蒙遜等據有涼州，變龜茲聲爲之，號爲「秦漢伎」。魏太武既平河西，得之，謂之「西涼樂」，至周魏之際遂謂之「國伎」。』

鄭譯在開皇樂議時提出了這龜茲樂調，使中國樂調起了大革命的本樂調，是由周隋之間的龜茲琵琶工蘇祇婆 Sujiva（梵語，華言『妙生』）傳來的。

第二節　蘇祇婆七調

音樂志載鄭譯說：

『考尋樂府鐘石律呂，皆有宮、商、角、徵、羽、變宮、變徵之名，七聲之內三聲乖應。每恒求訪，終莫能通。先是周武帝時，有龜茲人曰蘇祇婆，從突厥皇后（阿史那氏）入國，（周書九日：「天和三年后至」）善胡琵琶。聽其所奏，一均之中間有七聲。因而問之，答云「父在西域，稱爲知音，代相傳習，調有七種」。以其七調，勘校七聲，冥若合符。

一曰娑陁力　華言平聲　卽宮聲也。

二曰雞識　華言長聲　卽南呂聲也。

三曰沙識　華言質直聲　卽角聲也。

四曰沙侯加濫　華言應聲　卽變徵聲也。

五曰沙臘　華言應和聲　卽徵聲也。

六曰般贍　華言五聲　卽羽聲也。

七曰俟利箑　華言斛牛聲　卽變宮聲也。

譯因習而彈之，始得七聲之正。然其就此七調，又有五旦之名，旦作七調。以華言譯之，旦者卽謂均也。其聲亦應黃鐘、太簇、林鐘、南呂、姑洗五均，已外七律，更無調聲。』

七調名之原語。無疑地是梵語，其大部分在今已被闡明。努力於此等原語之闡明的學者中，以高楠順次郎，枯朗（M. Courant），勒維（S. Lévi）諸氏爲最著，近年由法寶義林之編者（以高楠氏爲主）舉以與南印度庫幾米亞馬來碑銘（Kudimiyāmalai）所刻梵語調名相對照，七調名之語原幾無疑蘊。最後由伯希和（P. Pelliot）氏作該書記之補正，調名遡源之業殆近於完璧。調名既表示着印度起源，則調之本身也當得是印度系（勒維氏已舉出二點認爲印度系），但關於此點的正確的解釋，作者寡聞，似尚無其人。在中國樂調之生長上給與了一大轉機的蘇祇婆調，其本身之本質及其系統，爲我輩之所欲知，當不輸於其名稱及名稱之系統。余有見於此，欲追隨法寶義林之著者及伯希和氏之後，想由隋唐代印度樂調中求其名稱乃至調性與蘇祇婆調相適合者，更由蓋從後者派演出的唐俗樂調與日本所傳諸調之高度之研究，不僅只蘇祇婆七調，連隋唐代之印度樂調本身之高度，也要來考究一下隋唐燕樂調，要把周隋代之印度樂調，蘇祇婆七調，唐傳，宋傳，日本傳諸調打成一片，然後才能接其全貌，各個之間當有密切的關係，這是從事於此研究中所不斷地懷抱着的見解。

關於蘇祇婆七調之原調名曾經加以考核者，有左列諸家之著述：

一、高楠順次郎「關於奈良朝之音樂尤其臨邑八樂」（史學雜誌第十八卷一九〇七年。）

二、M. Courant, "Essai historique sur la musique classique des Chinois" (Encyclopédie de la musique: Histoire, tome I, 1912).

三、Ed. Chavannes, P. Pelliot, "Un traité manichéen retrouvé en Chine" (Journal asiatique, 1913).

四、S. Lévi, "Le Tokharien B, langue de Kautcha" (Journal asiatique, 1913).

五、向達「龜茲蘇祇婆琵琶七調考原」（學衡第五十四期一九二六年。」

六、P. Pelliot, "Neuf notes sur des questions d'Asie centrale" (T'aung Pao, 1929)

七、田邊尚雄「東洋音樂史」（東洋史講座第十三卷一九二九年。）

八、S. Lévi 高楠順次郎監修，「法寶義林」Dictionnaire encyclopédique du Bauddhisme d'après les saurces chinoises et japonaises, 2me fasc. 1930,「舞樂」條下。

九、P. Pelliot「法寶義林」第二輯批評。(T'aung Pao, 1931)

第二節　蘇祇婆七調之原調

蘇祇婆乃周隋間人，他所傳來的樂調要和印度樂調勘定的時候，是應該和同一時代的印度樂論相比較的。研究印度古樂論上最爲重要的巴羅達(Bharata)的"Nāṭyā-śāstra"（演劇論）（註二）大約至遲遲不過五世紀（中國宋齊時代，）在蘇祇婆調的解釋上不用說是重要的線索。

（註一）　此書出版有左列二種：

1. Nâṭyaçâstra of Bharata Muni(edited by Çivadatta, Kâçinath Pandurang Parab, Bombay, 1894)

2. Nāṭya Śāstra of Bharata (edited by Batuk Nāth Sharma, Baldeva Upādhyāya, Benares, 1929)

原書乃梵文，共三十三章。於音樂有關係的是二十七章以下的七章。在　道古樂論上最爲重要的第二十八章Jātilakṣaṇa『調相』有J. Grosse譯註行世"Contribution à l'étude de la musique hindoue," 1888, 又E. Clements "Introduction to the Study of the Indian Music," 1912, 45—53葉有其重要部分之譯註。但此書有後人竄入之處，關於音樂的部分不能遡至四世紀以前。應該更在其後。參照R. Bhandarkar, "Contribution to the Study of Ancient Hindu Music" (The Indian Antiquary, 1912), pp. 158—159.

還有關係更加密切的是"Nāradi-śikṣā"（那羅提式叉——『式叉』者華言『學』）一書中之所說，和西歷一九〇四年在南印度普都可台州庫幾米亞馬來(Pudukkōṭṭai Kudimiyāmalai)所發現的七調碑之記事。(註1)式叉的年代不詳，但其說和碑文相應，足以證明其古遠。碑文由其書體以判斷，是被認爲七世紀（中國隋初至唐武后時代）之物，在表示和蘇祇婆時代約略相同的南印度之樂調上，是最爲貴重的資料。

（註一）碑文之解釋及研究見 R. Bhandarkar, "Kuḍimiyāmalai Inscription on Music" (Epigraphic Indica, Vol. XII, 1913—14), pp. 226—237.

該項碑文把當時所行使着的大約是琵琶的一種四弦樂器之七個「調」(rāgā 除譯爲「調」而外無它義，）依着次列的順序刻記着。

一、Madhyama-grāma

二、Ṣaḍja-grāma

三、Ṣāḍava

四、Sādhārita

五、Pañcama

六、Kaiśika-madhyama

七、Kaiśika

各個調把所使用着的 svara（華言『聲』）和 nyāsa（終止音，華言『殺聲』『結聲』）都是明示着的。本來和中國七聲相似的印度七聲，是 sa ri ga ma pa dha ni，但在碑文上還加了兩個聲便是 a ka，全部要算是九聲。但也並沒有使用着九聲的全部，大抵是只用着其中的七聲或六聲。九聲之排列如次（據 Bhandarkar 氏：）

1	2	3	4	5	6	7	8	9	10	11	12
sa		ra	ga	a	ma		pa		dha	na	ka
羽		變宮	宮		商		角		變徵	徵	

sa＝ṣaḍja, ri＝riṣabha, ga＝gāndhāra,
ma＝madhyama, pa＝pañcama, dha＝dhaivata,
ni＝niṣāda, a＝antara, ka＝kākalī.

ra＝ri, na＝ni 普通的用法本來是作 ri, ni 但該項碑文的七聲是與 a i u e 四母韻相結合，表示着特殊的意味的，故一體以 a 母韻表示。

印度七聲之音階，據 Bhārata 氏所說，ṣadja-grāma 與 madhyamagrāma 本有微細的差異，但與中國七聲相對應時，其差異可以蔑視。Bhārata 所說自 Sir William Jones 以來久爲人所誤解，到了 Bhandarkar 才糾正了舊解之謬誤。現在把新舊兩說的 ṣadja-grāma 之音程並與中國七聲相對照表解如次：

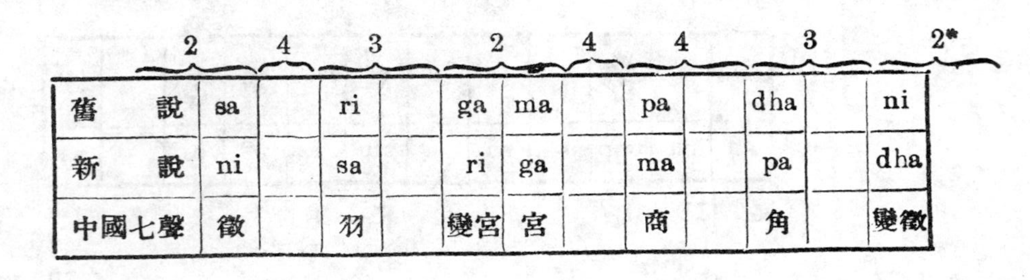

2　4　3　2　4　4　3　2*

舊說	sa		ri		ga	ma		pa		dha		ni
新說	ni		sa		ri	ga		ma		pa		dha
中國七聲	徵		羽		變宮	宮		商		角		變徵

(Stud. anc. Hind, Mus., pp. 185 seg.)

* 各聲間之亞剌伯數字表示印度的律 śruti 之數。

madhyama grāma 之 pa 是要低一律的（參看附錄）。

參看左列二書：E. Clements " Introd. stud. Ind. mus., p. 52.

A. H. Fax Strangways, " The Music of Hindostan " 1914, pp. 109—110.

此二家均是新說。

蘇祇婆所傳的印度調合於那一說呢?

是與新說相符合的。

a，ka二聲在中國無與之相適應者，但鄭譯採用了它們，稱之爲『應聲』（詳後。）這兩聲在轉調上是有用處的。（註一）

（註一）七聲中的ga用a來替換時，可以轉成高五度（七律）的新調；新調中的ni用ka來替換時，可以轉成更高五度（七律）的新調。

碑文七調之諸聲有三種，有不含a ka二聲者，有僅含a者，有兼含a ka二聲者。用中國話來說時，是有黃鐘、林鐘、太簇三均之調。

碑文七調與那羅提式叉所言之七調大抵一致，下邊於碑文七調之各聲把中國七聲配合起來作爲表解使之一目了然。（參照 Bhandarkar, "Kuḍ. inscrip.," pp. 229—230）

表中之均（旦）I II III表示上述的三樣的七聲。I不含a ka，II僅含a，III兼含a ka二聲。由與此聲照應着的中國七聲，可以見到印度九聲在三均之間是怎樣被使用着的。還有七覊首之律僅限於二律，也是當得注意的。

九聲/均	sa	ra	ga	a	ma	pa	dha	na	ka	
I	sa	ra	ga		ṁa	pa	dha	na		— a, ka
	羽	變宮	宮		商	角	變徵	徵		
II	ṡa	ra		a	ma	pa	dha	na		+ a
	商	角		變徵	徵	羽	變宮	宮		
III	sa	ra		a	ma	ṗa	dha		ka	+ a ka
	徵	羽		變宮	宮	商	角		變徵	

• 符……印度均(旦)首一覊聲

Kuḍimiyāmalai 碑文七調

七調名	七調之聲									均(旦)	中國調	蘇祇婆調
1. Madhyama-grāma	羽	變宮	宮		商	角	變徵	徵		I	商調	
2. Ṣaḍja-grāma	羽	變宮	宮		商	角	變徵	徵		I	商調	
3. Ṣāḍava	商	角		變徵	徵	羽	變宮	宮		II	徵調	沙臘
4. Sādhārita	徵	羽		變宮	宮	商	角		變徵	III	宮調	娑陁力
5. Pañcama	商	角		變徵	徵	羽	變宮	宮		II	羽調	般贍
6. Kaiśika-madhyama	徵	羽		變宮	宮	商	角		變徵	III	宮調	
7. Kaiśika	徵	羽		變宮	宮	商	角		變徵	III	商調	雞識
碑文九聲	sa	ra	ga	a	ma	pa	dha	na	ka			

由右表可以見到七調中有三種是調首商聲，兩種是調首宮聲，一種是調首羽聲。調首商聲者商調，調首宮聲者宮調，調首羽聲者羽調。宮調以外，在中國是外來的。

七調中不含a ka，僅以七聲而成的調，是madhyama-grāma與ṣadja-grāma兩調，調首ma是中國的商聲。ma佔有着中國的宮聲那樣的主要的位置，故爾印度均和中國均，其性質不同。(註一)

（註一）近代以sa爲首位，但在古時不然，是以ma爲中心的。參看Bhandarkar "Stud. Anc. Hind. Mus." pp. 254—5.

把碑文七調和蘇祇婆七調比較時，sādhārita與『婆陁力調』俱是宮調，kaiśika與『雞識』俱是商調，ṣāḍava與『沙臘調』俱是徵調，pañcama與『般贍調』俱是羽調，各各是相一致的。這幾調的調名全是對譯，其餘的三調雖稍稍不合，然蘇祇婆調之出於印度樂調，斷無可疑。(註一)碑文之其它的三調，有兩項是商調，一項是宮調。與中國之角調、變徵調、變宮調相應的東西，在碑文中沒有記述。但據Bhārata所說，明明有可以和角調、變徵調、變宮調相比擬的東西。這三調要認爲同是出於印度樂調，不會有什麽大錯。(註二)

（註一）Lévi氏在初以爲七調中至少有（三）沙識＝ṣadja（六）般贍＝pañcama

（七）俟利箑＝vrṣa（四）沙侯加濫＝ṣaḍja grāma 表明着龜茲樂在術語與理論上均明顯地起源於印度。見 "Longue d. Koutcha," p. 352. 其後於法寶義林中始提示出七調碑與蘇祇婆調之親近（同書一五六頁）伯希和氏繼起，遂保證蘇祇婆調之確爲印度調。（義林批評一〇四頁）

（註二） ṣaḍja grāma 與 madhyama grāma 所屬之七聲各有與調首相當之作用，而成十四 mūrchanā（舊譯作『解』。）撰集百緣經 吳月氏優婆塞支謙譯 乾闥婆作樂讚佛緣云『彈一弦琴，能令出於七種音聲，聲有二十一解。』梵文原典『解』字作 mūrchanā (T. S. Speye ed., Avadānaçataka [Bibliotheca Buddhica 3], 1906, t. I, p. 95.)

第四節　蘇祇婆五旦之新釋

隋志：

『（蘇祇婆）七調又有五旦之名，旦作七調，以華言譯之，旦者則謂均也。其聲亦應黃鐘、太簇、林鐘、南呂、姑洗五均，已外七律，更無調聲。』

旦，有人以爲是 tāna 的音譯，但原語沒有中國的均字之義。（註一）如非誤傳，恐怕

是應該尋求別的語源的。（參看附錄二十三項）

（註一）Courant, Essai his. mus. ch., p. 96, note 1.

五世紀的書 Pañcatantra 言古印度有 49 tāna 云。

碑文之調涉於三均，調首存於二律之任一律，已如前述，但蘇祇婆調是言有五旦即五均。五旦之復原一見似很容易，但有種種的問題介在着。想求一通乎隋唐二代有秩序的說明，在目前是很有些困難。我現在所考案出的一個假說也不免有一二處的難點，真實的解決還須得暫時保留。

（一）鄭譯的黃鐘、太簇、姑洗、林鐘、南呂五均與唐代的五商調之間有密切的關係，由五商調調首之位置可以得到五旦解釋之重要的暗示。印度樂調中商調是中心，已如前述，唐俗樂調中有有不據中國律名之特殊的時號者（此中道調一種疑是中國式）商調亦最佔多數（角調準據商調之名，七調碑中無角調，今從略。）有時號者宮調二（沙陁道、）羽調二（平、盤涉）而商調則五（越、大食、雙、小食、水）此可見俗樂中的商調之重要。（高大食以大食調爲準，高平、高盤涉以平調盤涉調爲準。唐會要於俗樂時號凡有高字者皆從略。高字調乃第二次的，蓋鄭譯以後所增益，今亦從略。）凡有特殊時號的調大概本是印度樂調，以原有的高度化爲了中國樂調的。五商調調首之音程與鄭譯所言五均之律之音程完全一致，此可見五商調是由蘇祇婆時代連綿地傳衍了下來，而且令人想到他的五旦怕是或由五商調調首之五律，五商調之各各的七聲所構成的。現在以鄭譯五律與五商調調首之律相對照時。

	1	2	3	4	5	6	7	8	9	10	11	12
鄭譯五律	林		南			黃		太		姑		
唐五商調調首	越調 黃商 黃鐘		大食調 太商 太簇			雙調 仲商 仲呂		小食調 林商 林鐘		水調 南商 南呂		

鄭譯所謂『均』如不限是舊來的均之意義指五聲之首的宮聲所位，而同時

亦指商調之商、角調之角等所當之律，則右表爲正當。而且此表於五商調調首有五律被給與着，與印度以商聲爲首位的『旦』之本義相合。然而唐越調調首似當於當時的正律之南呂（黃鐘商之調首認爲南呂之解說詳後），如不把唐正律視爲比譯律低二律，則越調調首無從與林鐘相應。如把譯之律與唐正律認爲同格，則越調調首高二律，不得不置諸南呂。這是和把所謂五律視爲宮聲首位的中國式的均之五律相同，因而五律便比五調首各低二律。

	1	2	3	4	5	6	7	8	9	10	11	12
鄭譯五律	林		南			黃		太		姑		
唐五商調調首			越調		大食調			雙調		小食調		水調

（二）鄭譯的五律卽使認爲是當時施行的東西，究竟是玉尺律乎，鐵尺律乎，或清商律乎？隋書律歷志言『平陳後廢周玉尺律，便用此鐵尺律，』然則開皇七年在平陳之前是用的玉尺律。（周代於玉尺（保定中創成）之後已用鐵尺（乾德六

年平齊後蘇綽制定，）玉尺古，鐵尺新，尙有疑問。有言兩尺併用者）玉尺之黃鐘爲e^{I}，鐵尺則爲$\#f^{I}$。然而鄭譯律當是鐵尺律，其所言五均之律是當以此律爲準的。(註)

（註）律歷志云『萬寶常所造水尺律，說稱黃鐘律當鐵尺南呂倍聲，』萬寶常傳云『寶常奉詔遂造諸樂器其聲率下鄭譯調二律，』鐵尺律比水尺律高三律。寶常傳所言二律恐是二律半之意。隋時無與此類似之律，鄭譯之律爲鐵尺無疑。

又譯與蘇祇婆之關係在平陳以前，譯於樂議中提出此事，通典屬之於開皇二年，按以隋志當在七年以後（文在『高祖大怒曰我受天命七年•，樂府猶歌前代功德耶?』之下，又高祖紀開皇九年紀事參照，）然則譯以鐵尺論均正屬當然。

鐵尺律之倍律林鐘是$\#c^{I}$，故越調調首，依前二表，如非是$\#c^{I}$，則當是$\#d^{I}$。唐貞元中驃國所貢獻的兩頭笛（其制於隋唐樂調解釋上大有貢獻，詳後）如是依當時的律尺——鐵尺（小尺，）黃鐘商，越調調首則以$\#d^{I}$爲至當；如此，則鄭譯五均是可以解爲準據鐵尺律的中國式的均（宮聲首位。）

（三）隋之娑陀力調與唐之沙陀調同爲宮調，隋之般贍調與唐之般涉調同爲羽調，更由其名稱之各相類似上看來，應該各歸於一調是無可疑的，但此等與唐之五商調在律上的關係是怎樣呢？這在關於調的高度中是最難的問題，結局是看把唐俗樂正調名（唐會要所錄）認爲『之調式』或『爲調式』便可以誘導出相反的二說。

第一、把蘇祇婆七調認爲表示着七調原樣之相互關係，七調調首並非同律，則娑陀力調比雞識調調首低二律，比般贍調調首低九律。雞識調如卽大食調，則娑陀力調與越調調首相比，般贍與般涉完全一致。此相互關係與把唐俗樂調正調名解爲『之調式』者一致，與宋傳及日本所傳相符合。

隋	娑陀力調		雞識調							般贍調
唐	越調 沙陀調		大食調			雙調		小食調		般涉調 水調

第二、把蘇祇婆七調認爲調首都是同律的七調，則娑陀力、雞識、般贍三調調首

同律之關係，在唐之沙陀、大食、般涉三調中也當得認定，這樣便和把唐俗樂正調名解爲『爲調式』的相一致。

在這兒且把七調碑引列來以檢查這兩說以那一說爲合於原義吧。

碑文七調中與蘇祗婆調名有關係者爲娑陀力、雞識、沙臘、般贍四調。此中雞識與般贍，調首同律；娑陀力與沙臘，調首俱低此二律。蘇祗婆七調如作第一說看時，則除娑陀力對雞識，沙臘對般贍以外，相差太遠。如作第二說看時，雞識般贍調首同律可無問題，而娑陀力與沙臘調首俱低二律則不相一致。碑文七調（其實只宮商徵羽四調）涉乎三均，調首之律配分於二律，蘇祗婆作第一說解，則七調皆當在一均之上，相互關係不同。是故，蘇祗婆調在化爲中國調之必要上怕是把原調改編過而使羅列於一均之上的，這層雖大有可能，然而亦難遽斷。因爲蘇祗婆調與碑文七調雖同爲印度系，但與碑文七調並非完全一致——角、變徵、變宮三調爲碑文所無，且蘇祗婆有五均而碑文則僅三均——兩者怕是同源而異流，調名與調之高度同爲蘇祗婆七調之原型者，恐尙別有所在。總之，其中是經過了龜茲的中介的，多少當得有些變化。目前的吟味究竟以何說爲適當，殊難斷定。

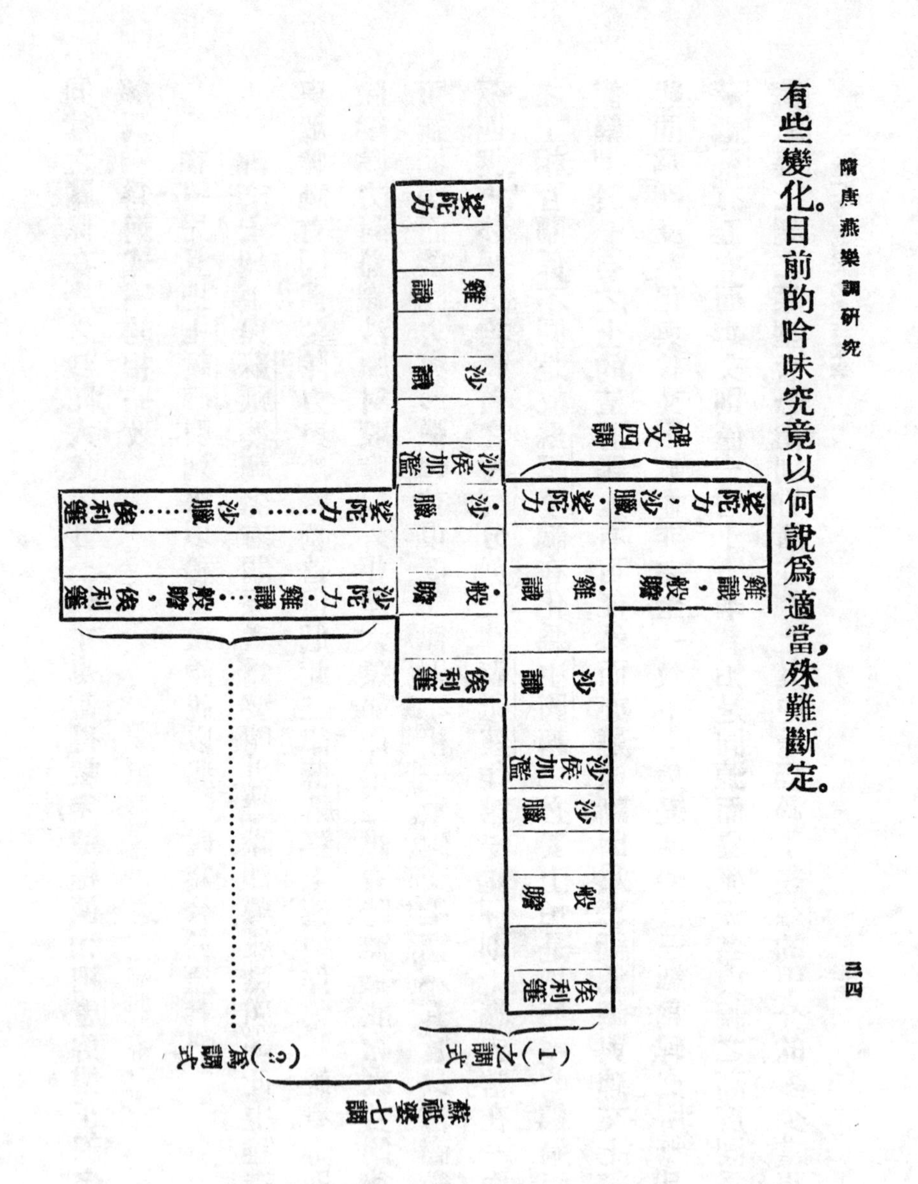

把以上所說撮合起來時：

(1)蘇祇婆五旦與唐五商調所屬的五均有密切的關係。

(2)唐五商調之第一調——越調調首之律爲鐵尺律之南呂。

(3)唐俗樂正調名如解爲「之調式」時，沙陀調越調兩調首同律。其在隋代，與七調碑同樣，娑陀力調與爲越調之原型的 ṣaḍja-grāma, madhyama-grāmā 調首同例，又雞識調與唐之大食調調首均爲同律。(如採「爲調式」說，則越調比沙陀調調首低二律。)

以此爲根據所考核出的蘇祇婆五旦之復原，有如下圖。

* 下表中有 * 符標示着的下截，表示鄭譯之原義如是以五律爲五商調調首時所有的情形。但此時則於隋唐樂調之間當視爲有二律之移動。

蘇祇婆五旦想像圖

	#c	d	#d	e	f	#f	g	#g	a	#a	h	c	七調碑之三旦
五旦	ni		sa		ri	ga		ma 5		pa		dha	
五旦	ga		ma 1		pa		dha	ni		sa		ri	1
五旦		dha	ni		sa		ri	ga		ma 2		pa	2
五旦		ri	ga		ma 3		pa		dha	ni		sa	3
五旦		pa		dha	ni		sa		ri	ga		ma 4	
唐五商調 調首			ma 1 越調		ma 3 大食調			ma 5 雙調		ma 2 小食調		ma 4 水調	
五均之律（鐵尺律）	林		南			黃		太		姑			

	h	c	#c	d	#d	e	f	#f	g	#g	a	#a
五均之律（鐵尺律）			林		南			黃		太		姑

碑文的三旦本應用着九聲，沒有用其它諸旦的七聲，但在這表中沒有用 a 與 ka，故對於五旦各各排比了七聲。旦首常是當於 ma（商聲）的。

又把蘇祇婆七調名與唐之五商、二宮、二羽倂記起來列爲左圖，則五旦之理解會更加容易。（圖見次頁）

以五旦各旦之七聲爲調首時，在理論上本可以得到五七三十五調，但在實際上不知其然否。由唐代之二宮、五商、二羽之『時號』來推想時，就在蘇祇婆時代，如七調碑之二宮、三商、一徵、一羽及唐代所用的角調之外，其它諸調，於理論以上曾否見諸實用，實是疑問。一旦如是宮、商、角、徵、羽五調，則五旦便只能得二十五調。而唐之五商調，又其同均之他調中各只二宮、二羽是有『時號』的，由這個事實看來，原調之數似乎是愈見的少。

		#c	d	#d	e	f	#f	g	#g	a	#a	h	c
Λ	黃鐘均	徵		羽		變宮	宮		商		角		變徵
									雙調				
I	林鐘均	宮		商		角		變徵	徵		羽		變宮
				越調									
II	太簇均		變徵	徵		羽		變宮	宮		商		角
						平調			道調		小食調		
III	南呂均		變宮	宮		商		角		變徵	徵		羽
			侯利箑調	沙陀調 婆陀力調		大食調 雞識調		沙識調		沙侯加濫調	沙臘調		般涉調 般贍調
IV	姑洗均		角		變徵	徵		羽		變宮	宮		商
													水調
	鐵尺律	林°•	夷•	南°•	無	應•	黃°	大•	太°•	夾	姑°•	仲	蕤•

五旦：I—IV

驃國兩頭笛及日本篳篥之律度應之（林鐘均、太簇均）

°符：鄭譯所言五律

•符：驃國兩頭笛律

如作爲三十五調，則於五商調首之五律以外之律有調首者十有三。但依我的想像看來，怕本如七調碑所示（雖有角聲而不以爲調首，）就是當於五商調首之律，其全部也不見得通被使用——因而其他的律不用說是不會通爲調首的——蘇祇婆調之總數怕連三十五調之半數都不及吧。後來由鄭譯所組成的十二均八十四調，雖宛然如在蘇祇婆的五均三十五調上加上了七均四十九調的一樣，但實際的情形不必一定如此。

七調碑雖有三均，而調首之律有二，此二律當於二商調首。蘇祇婆調依右表看來，除掉角調與二變調之外，其它也通於五商調首中之某一調的調首律相等。真是不可思議。七調碑之二律，蘇祇婆調之五商調首之五律，怕是印度龜茲樂之實用上的重要音（尤以越調調首之律爲最，）大約是以此等律調協絃樂器與鼓類之律的吧。隋志所謂『就此七調又有五旦之名，旦作七調』云者，或者怕如上所言，於五商調調首之五律上，其它七調各置其調首，餘外的律是不用爲調首的吧。若然，則蘇祇婆之一角二變之三調如不是把別均（五律之任一律得爲此三調首之聲）的東西移到於南呂均，便是與宮商徵羽等調於同一律上有其調首。此點尚未明。

要之，由於標準的重要五音與五旦的關係之深切，隋唐間的燕樂調有使其嚴密地一致之必要，如無此必要，則解爲五旦卽五律之意亦可。

唐之黃鐘商越調居五商調之首位（觀其正調名自明）越調所屬的五旦（印度式）之第一旦全與鄭譯雅樂律的鐵尺律之林鐘均相當，以越調調首的商聲（南呂）作爲龜茲樂之第一標準音。以此律爲宮聲者（卽南呂均）乃唐之太簇宮沙陀調，一名正宮。正宮是中國俗樂之中心。因而南呂律無論在龜茲在中國都算得是標準。然而在傳統上是以五商第一之越調所屬的林鐘均爲第一均（因爲在龜茲樂比較起宮聲沙陀調來是以商聲越調爲中心的，）其結果是生出了以此均首之宮聲（林鐘）亦可置爲中國俗樂標準律之思想。以鐵尺律之倍林鐘爲該律之黃鐘時，則得到比鐵尺律低五律之律，這是鄭譯學習龜茲律，使其樂調漢化時所誘導出的律（權稱之爲鄭譯俗律，）便是後來的唐代的古律之淵源。龜茲樂之標準律一經漢化而成爲唐代俗律，鐵尺律則作爲唐代之正律而被活用了（諸律之關係詳見後章。）

	♯c	d	♯d	e	f	♯f	g	♯g	a	♯a	h	c
鐵尺律	林	夷	南	無	應	黃	大	太	夾	姑	仲	蕤
鄭譯俗律	黃	大	太	夾	姑	仲	蕤	林	夷	南	無	應
蘇祗婆律	無	應	黃	大	太	夾	姑	仲	蕤	林	夷	南

第五節　蘇祗婆七調名之原語

蘇祗婆所傳的七調，其梵語原名有過半數如上所述已有若干先覺把它們闡明了，但還有和這些有關係的調名以及舊有的異說，我在這兒要把它們類集起來，略略加以批判。

伯希和氏（Pelliot）於所著法寶義林批評中曾論及該當於碑文七調中的蘇祗婆調名等之音譯的當否。但今於兩者之音韻的類似以外既知有調性之一致，則瑣碎的音韻之相異是可以等閑視的。

文中所用的一部分的資料之略稱：

敦煌＝敦煌石室遺籍佛曲。　日本＝日本所傳雅樂。

陳暘＝陳暘樂書　宋志＝宋史律歷志及樂志。

一

娑陀力（隋志）　婆陀力（遼志，宋志（律）通典，陳暘）。

沙陀（唐會要日本）　婆陀（敦煌）

「娑陀力」是七調碑的 sādhārita 的對譯，「沙陀」即「娑陀力」之略，足知『婆』是誤字，當以娑沙爲正。唐之沙陀調是正宮，即宮調。日本所傳雖業經後世之變革，然沙陀調曲中尚有保存其宮調之面影者。日本舊說，「沙陀」是沙陀國之調，那不用說是臆說。（註一）日本所傳僞林邑樂曲（註二）以壹越沙陀兩調爲主，或據此僞傳以爲日本之沙陀調爲林邑直系，與近世印度的 sadji 調實類似。（註三）其實日本的沙陀調是後來改變了的。

（註一）高楠臨邑八樂（七九〇頁）曾論其非，參照法寶義林一五六頁。伯希和氏反對高楠氏說，以爲大食調既來自大食（阿剌伯）則沙陀調因沙陀國（土耳其族）而得名，亦未使否認。如沙陀調名在沙陀國之出現（九世紀中葉以前，以前其原語當求之於如 ṣaḍja 乃至 ṣaḍava 等與 ṣaḍ 有關聯之語。案沙陀調之名已見天寶十三年（八世紀中葉），且娑陀力與沙陀俱爲宮調，於娑陀力以外之類語求其爲宮調者殊難。此二者俱處於胡俗樂之中心的地位，其爲一揆毫無可疑。且大食調據余所見實與大食國無關，伯希和氏說不足信。

（註二）　俗傳聖武天皇代天竺僧婆羅門僧正菩提，林邑僧佛哲傳來林邑樂八曲，但毫無歷史的根據。當是在隋唐代由扶南地方傳入中國之樂，而當時的樂曲已亡。後世所稱爲林邑八曲者大約是日本製的林邑曲或唐樂中的胡曲。高楠林邑八樂沿舊說以爲古傳，今不從。津田左右吉關於林邑樂（東洋學報第六卷）則以爲僞。法國 P. Demiéville, "La Musique čane au Japon" (Etudes asiatiques, t. I, 1925) 參照，乃津田說之介紹增補也。

（註三）　高楠同書中（七九五——六頁）提出了一種假說，以爲沙陀是 sa ri ga ma pa dha ni 的音階之略稱，即是 sa＋dha＋ni （參看法寶義林 一五六頁）。田邊尙雄氏又因爲與近世印度的 ṣaḍja grāma 相當，便直接以 ṣaḍja grāma 第一調 ṣaḍji 爲沙陀調。（田邊『論印度樂律與林邑樂的沙陀調之關係』——東洋學藝雜誌三十五卷）向達氏也和田邊氏相類，以爲沙陀＝ṣaḍja （七調考原。）但唐的沙陀調出自隋的娑陀力，本是宮調，原名都已經判明了，這些學說不用說是該遺摒棄。

二　雞識（隋志通典）　稽識（宋志(律)）

乞食（日本，敦煌）　大乞食（陳暘）

大食（唐會要，宋志，遼志，日本）　小食（唐會要，宋志，遼志）

小植（唐書驃傳）　大石、小石（琵琶錄，宋志，夢溪筆談，日本）

乞食與雞識音相近，兩調又可認爲同是一均的商調，故爾乞食也一定是七調碑之Kaiśika之異譯。日本舊說以『大食』爲大食國（Tajik）之調，（註四）實則大食或大石即大乞食之略，同是雞識的異稱，因異均的商調中有小食（小石）故加大字以示區別，『大』不外是大小之大。識、食、石三字音相近，此等調名是有密切的關係的。大食者大（乞）食，大石者大（乞）石，同樣則小食者小（乞）食，小石者小（乞）石也。

（註四）大日本史禮樂志『按唐書大食本波斯地，此調蓋出於此，故名食一作石音通。』高楠臨邑八樂七九〇頁參照（參看法寶義林一五六頁）。

Courant 氏亦云大食調卽大食國之調似屬可信，但小食調則不知當作何解。(Essai hismus. ch. p. 118)伯希和氏更深信大食調出於大食而不疑。

又關於乞食，大日本史有異說言「乞食調疑歇指調，卽林鐘商南呂也」註云「狛氏所傳猗蘭琴譜有碣石調，他無所見。碣石乞食音亦近，疑乞食之轉也」又日本所傳於大食調曲之外尙有乞食調曲，二者似有多少區別，未能詳。

三　沙識(隋志，通典，宋志(律))　涉折(陳暘)

沙識與涉折聲同是角聲，調同被認爲角調，而字音亦略相近，大抵是由同一語原來的。Lévi 氏以爲沙識＝ṣadja (註五)，但調之性質有異。

(註五) Lévi, "Langue d. Koutcha," p. 352 伯希和氏云金剛頂經略出經(沙臘項參照)之「破音」或卽此。

四　沙侯加濫(隋志，通典)

Lévi 氏解爲 saha grāma (註六) 七調碑裏面有 ṣadja-grāma，法寶義林以此當之，但調之性質不一致。

（註六）同註五。伯希和氏以爲加濫爲 grāma 之音譯甚適，但 dja 譯爲俟則不可。（譯者案俟殆侯字之誤，與 dja 音相近。）

五　沙臘（隋志通典宋志（律））　娑臘（陳暘）　灑臘（金剛頂經略出經）

沙臘即七調碑 sādava 之對譯，中亞地方 d→l 是不稀罕的事。（Pelliot, ibid, p. 102）娑字不用說是字誤，當以沙，娑爲正。

金剛頂經瑜伽中略出念誦經（大唐南印度三藏金剛智譯）卷四有『灑臘』，言『其讚詠法，晨朝當以灑臘音韻（即 sādava）午時以中音（即 madhyama），昏黃以破音（原語未詳）中夜以第五音韻（即 pañcama）讚之。』（註七）灑臘自是同語之異譯。

（註七）法寶義林九七頁參照。

六　般贍（隋志通典（宋史律歷志作「般瞻」））

般涉（唐會要，敦煌，宋志（樂）陳暘）　盤涉（日本）

蘇祇婆般贍調，日本般涉調，都是認爲同均的羽調，同是七調碑 pañcama 之對

譯自無疑。(註八)高楠氏舊說，謂日本『般涉』疑是 Panjab（印度五河地方）之樂調，難以信從。(註九)

（註八）般贍＝Pañcama 說，高楠，Courant，Lévi，田邊向氏等均主張之。高楠臨邑八樂；Courant, Essai his. mus. ch., p. 96, note 4; Lévi 同前；田邊東洋音樂史向達七調考原，又法寶義林一五六頁參照。

（註九）高楠臨邑八樂七九〇頁，法寶義林一五六頁。伯希和氏云，波斯語 Panǰab 於唐宋時代未出此對比，殊不合。又云此譯語當有中亞的中間型。(Pelliot, ibid., p. 97)

七　俟利箑(隋志)　俟利蓮(宋志(律))

隋志謂『華言斛牛聲』，遂有 ṛṣabha (註十) vṛsa (註十一) vṛṣabha (註十二) 等之比擬。此三語通是牡牛之意。

（註十）Courant 同上。伯希和氏以此說為甚是。(Pelliot, ibid., pp. 103—4) 案 ṛṣabha（略稱為 Ri）乃印度七聲之一。

（註十一）Lévi 同上。

（註十二）法寶義林一五六頁。

第六節 蘇祇婆調卽龜茲調乃唐代燕樂調之源

蘇祇婆七調出自印度樂調已如上述，但乃龜茲樂調也無可疑。（一）蘇祇婆是龜茲琵琶工（隋志）。（二）龜茲受印度文化之感化特著（大唐西域記）（註一）龜茲音樂也是印度系毫不足異。（三）在唐代胡樂中，最爲有力的龜茲部之樂調是與俗樂調相同。（見唐書、通典、唐會要等書詳後。）（四）遼史云『四旦二十八調蓋自九部樂之龜茲部出。』

（註一） 西域記云『屈支國文字取則印度，粗有改變。伽藍百餘所，僧徒五千餘人，習學小乘教說，一切有部。經教律儀，取則印度，其習讀者卽本文矣。』

向達氏便極力提說着秦漢以來龜茲文化與印度之關係之緊密（七調考原）。

蘇祇婆調中，與唐燕樂調在調名（時號）調性（宮商羽）上保持着親誼的，有娑陁力（唐沙陁）般贍（唐般涉）雞識（唐乞食、大食=大乞食）之三種。其它諸調，不幸隋代文獻缺，如來歷不詳，難以一一對照，但要把唐之二十八調認爲是胚胎於隋以來之龜茲部之樂調，大抵是不會錯的。又諸調之高卽來自印度或龜茲的原調固有的高也約略無可疑。

唐代燕樂諸調，除開清商一部而外，大抵是用着由這龜茲樂調所派衍出來的東西。龜茲樂調是唯一的存在，其它的在今日是無從稽考了。以龜茲樂調爲唐燕樂調之原型或母胎，決不會是不妥當的。

第七節　蘇祇婆調與伊蘭樂調的關係之有無

蘇祇婆七調不僅名稱是來自印度，而且調的性質也來自印度樂調，已無可疑。但在印度之外，有沒有西域文化之重大要素的伊蘭（Iran, Eran以波斯爲盟主）分子混入的痕跡呢？關於這一點，在樂調上很難斷言。七調碑所錄的是琵琶樣的四絃樂器之調，印度也有四絃琵琶此外尚有他證。蘇祇婆所用的胡琵琶（蓋龜茲琵琶）恐亦四絃四柱。（後章參照）但由樂論上說來，四柱琵琶之起源與其求之於印度，無寧求之於波斯，而從遙遠的古代以來印度波斯兩文化之接觸早已是開始了的，在音樂上兩者也有相類似的部分沒有什麼的不可思議。（註一）四絃四柱琵琶在印度樂調上也被應用而調和了，那是不足驚愕的。（註二）

（註一） C. Forsyth ("A History of Music") 以爲印度音樂之形式，大部分是由亞剌伯音樂傳來。

（註二） 由印度樂論之二十二律所生出的七聲，與唐琵琶之柱聲並不嚴密地一致，不過理論之實用究竟到了怎樣的程度殊屬不明；而和伊蘭樂論之諸聲之一致點大概是可以看出的。

比探討和蘇祇婆同時代的印度樂調還要更加困難的是波斯樂調。珊瑳朝代行使着七種的調是由亞剌伯史家麻索烏提 Mas'ûdî 所記錄着的，但在調名以上其實際無從得知。又在 Khusrau II 時代，有應着三十日考案出了三十調之史話，其詳細也不明。（註二）這些樂調中大約有些調子是和印度的有些調子相類似罷。安國樂與康國樂是被認爲伊蘭系的，六朝時代在這兩樂之外有同系的音樂之東遷，有充分的可能。然在移入中國之後與印度樂調混淆了起來，當於宮調的混入宮調，當於商調的混入商調，於是用着印度樂調名的龜茲樂之優越，遂於中國樂調名中拒絕了伊蘭系者之侵入。故爾在唐樂的『時號』中，其特殊者只是梵語之音譯乃至意譯。不過伊蘭系之樂調總得有些是在什麼地方混存着的。樂器樂調以外，唐代樂曲中有些彷彿是梵語以外的西域語，在唐會要天寶十三年所改名的樂曲裏面可以見到。(註二)

（註一） A. Christensen, "L'empire des Sassanides," 1907, p. 104. C. Huart, "Musique persane" (Encyclopédie de la musique: Histoire, t. V,) p. 3065.

（註二） 小食調曲『蘇羅密』改爲『昇朝陽，』由朝陽看來蘇羅解爲蘇利耶 Sūrya（太陽，日天之意，）似亦無所不可。但朝陽寧是『密』字之意解。宿曜經（不空譯楊景風註）云『日曜太陽胡名「蜜」mihr 波斯名曜森勿天竺名阿儞底耶 (āditya = sūrya)』經中所謂『胡』乃指粟特。S. Lévi『龜茲國語與其研究之端緒』（現代佛教第四卷三十八號）四十九至五十頁參照。又會要所錄中有稱爲某某胡歌者，其原語之復原殊難，就中當有基於粟特等伊蘭系之語者。例如『蘇莫遮』，其原語雖不明，但此樂劇出於伊蘭地方爲無疑。向達『唐代長安與西域文明』六十五至九頁參照。

結局是中國樂調上的伊蘭影響爲印度樂之光輝所蔽，沒現出表面上來。伊蘭影響自然不能夠說是完全沒有，而蘇祇婆所傳由其調名與調的性質說來，雖明白地是印度系，但是否完全一致也難斷論。多數的印度文化是由伊蘭人的中介稍稍伊蘭化了然後傳入中國的，這種的痕跡屢屢爲學者間所指陳，在音樂上是否也有這同樣的現象，是否在龜茲樂調中已經可以看出伊蘭化的片影呢？像琵琶那樣被稱爲唐代燕樂器之中心的樂器，在唐時於其音制理論上，比較起和印度的來寧是和伊蘭系之亞剌伯樂理嚴密地一致，要認爲在印度樂調之採用時多少加添了些伊蘭化也未嘗不可能。（唐琵琶與亞剌伯琵琶之柱聲比較表詳後。）不過印度琵琶之實際是否使用着和理論一致的聲也還是疑問。關於這一層是不好作怎樣的斷案的。總之唐樂上所受的伊蘭影響之有無是應該留待將來的一個問題。

王光祈氏以胡琵琶與阿剌伯琵琶之類似爲根據斷言周隋時代之「西域各國音樂實在亞剌伯波斯音樂文化勢力範圍之下」（中國音樂史上册第一〇八頁，）但以龜茲言則印度音樂文化之感化卻強大，今由蘇祇婆七調之研究已經得到了闡明，王說是不能不加以補正的。

第三章　龜茲樂調的影響之片影

第一節　中國樂調觀念之變更

龜茲樂調給與中國音樂的影響是有種種的，但其中當以使中國傳統的調的觀念之變更爲最。中國古時一均中之七音其宮聲以外者不以爲調首，因而調與宮調不外是同意語，但其後宮聲以外的六聲都可以爲調首而成爲調了。那種思想之被涵養了出來的，當是龜茲樂輸入的影響。那不一定便是周隋代蘇祇婆鄭譯等少數人所創，大約是在六朝或其稍前隨胡樂之輸入而徐徐地生育了出來的東西，(註)但蘇祇婆鄭譯輩特有偉功，是可以說的。

(註)南朝所傳清商三調(瑟調、清調、平調)中，相傳清調以「商爲主」(魏書一〇九樂志陳仲儒所言)，南傳雖不明，然既有商調，則足爲清樂胡化之一證。

第二節 鄭譯琵琶八十四調

蘇祇婆調雖止於五旦（均）但理論地發展起來，十二均全部都可以應用。鄭譯用琵琶來嘗試了，創出了一均七調，十二均八十四調。

隋書音樂志云：

『譯遂因其所捻琵琶，絃柱相飲爲均。推演其聲，更立七均。合成十二，以應十二律。律有七音，音立一調，故成七調。十二律，合八十四調。旋轉相交，盡皆利合。仍以其聲考校太樂所奏，林鐘之宮，應用林鐘爲宮，乃用黃鐘爲宮，應用南呂爲商，乃用太簇爲商，應用應鐘爲角，乃取姑洗爲角。故林鐘一宮七聲，二聲並戾。（沫若案「二聲」當作「聲聲」，二乃重文符，形近而譌。）其十一宮七十七音，例皆乖越，莫有通者。』

隋代於譯之外提倡八十四調說者尚有萬寶常。陳澧疑鄭出於萬，於事或然。余今據隋志以探究蘇祇婆鄭譯所傳之龜茲樂調之消息爲眼目，暫置不論。

唐祖孝孫之八十四調不用說是鄭譯萬寶常等前人遺志之再興，但於調律及其他是當有相異之處的。譯之律乃依琵琶絃，孝孫之律乃用管。孝孫調乃雅樂調，今亦不說。

關於蘇祇婆調之律已由唐代之俗樂調得其比定，鄭譯八十四調也準據着琵琶，不外是蘇祇婆七調之增補，當然是準據着同一的律，與雅樂律沒有直接的關係。鄭譯之新律表示着對於太樂之律要低五律，隋唐俗樂律認爲與此相同時，則所謂太樂律可比於鐵尺律。

第三節　應聲與勾字

由蘇祇婆原調之研究所得到的副產物，是『勾』字應聲說。隋書音樂志云『（鄭譯）又以編懸有八，因作八音之樂，七音之外更立一聲，謂之應聲。』這種意義的『應聲』是爲前後典籍所不見。(註)在宮商角徵羽變宮變徵之外再加一聲，決不是單應八音之名而取的名目，假使我的推想是不錯時，鄭譯是把印度樂調所用的 a (antara) 與 ka (kākali) 那樣的兩聲，從蘇祗婆學習來應用了的。

(註)　此外如宮對淸宮之類，聲之相應者亦謂之應聲。夢溪筆談云『琴瑟絃皆有應聲，宮絃應少宮，商絃卽應少商，其餘皆隔四相應。』朱載堉之所謂『應』亦如此（參看律呂精義。）但此自有別。

應聲之名稱後來廢了，但在字譜中是殘存着的，而且在胡樂器中還往往用着應聲之律，可證鄭譯所言不單是一片的空談。應聲之位置在宮與商之間。隋志大業中刪定樂曲一百四十曲中，有宮調黃鐘，應調大呂，商調太簇，應調和應聲有關係，而且暗示着它的位置。因此可知應聲是以大呂爲正位。

利用應聲時，五度（七律）的轉調便可以辦到，也可以把當於八聲（七聲加上應聲）的八律通於二均。把應聲當成變徵看時，則徵當於宮，就這樣便可以通於二均。例如黃鐘、林鐘之七聲。這二均之關係在唐貞元中驃國所貢獻的兩頭笛以及日本所傳的九孔篳篥之律制上（律制詳後）可以見到，在胡樂中並不稀罕，認爲鄭譯是由蘇祇婆學來，要算是穩當的見解。

十二律	黃	大	太		姑		蕤	林		南		應
黃鐘均	宮		商		角		變徵	徵		羽		變宮
林鐘均一		變徵	徵		羽		變宮	宮		商		角
林鐘均二		應	商		角		變徵	徵		羽		變宮
鄭譯八聲	宮	應	商		角		變徵	徵		羽		變宮

在字譜上「應聲」是當於「勾」字。那是由字譜所有的音程關係上可以知道的，但其結果是古來多有問題的「合」字，究竟是宮聲或徵聲的，便可以決定下去。「合」字者徵聲，林鐘爲其正位。

林	夷	南	無	應	黃	大	太	夾	姑	仲	蕤
合		四		一	上	勾	尺		工		凡
徵		羽		變宮	宮	應	商		角		變徵

宋人以『合』字爲黃鐘，清人凌廷堪以『合』字爲黃鐘徵聲，今以應聲之位置爲根據，知道二說均非。然而應聲不固執於大呂，如是移行於蕤賓時，則可成爲『合』字黃鐘徵聲。

黃	大	太	夾	姑	仲	蕤	林	夷	南	無	應
合		四		一	上	勾	尺		工		凡
徵		羽		變宮	宮	應	商		角		變徵

韓邦奇律呂通解和凌廷堪燕樂考原(註一)都主張『勾字低尺』，這也是錯誤了的。韓氏等在把燕樂十字譜和七聲相配的時候，對於勾字找不出所當配的聲，遽爾爲此說。這兩家都不曾注意到鄭譯所說的『應聲』上來。

唐之七角還含有疑問，依仁宗景祐樂髓新經及沈括夢溪筆談所示，宋之七角不是正角，而是變宮位的角調。借宋人之言可一名爲閏。(註二)閏不外是由應聲之使用所導引出的五度(七律)關係之異均上的正角。例如黃鐘閏是與黃鐘均成五度關係的林鐘均之正角。

（註一）燕樂考原云「案遼史所云五凡工尺上一四六勾合十聲內，四字即低五字，合字即低六字，勾字即低尺字，其實只七聲也。」

（註二）　宋人所謂閏頗不一致。宋史（一二八）房庶說「當改變徵爲變羽，易變爲閏。」又宋史（一二九）政和七年左旋右旋七均之法以閏徵閏宮代替着變徵變宮，以變宮位之角聲爲閏者，見張炎詞源。其所謂「黃鐘閏」乃黃鐘之閏之意，以應鐘爲角聲者也。宋史（一四二）所載蔡元定燕樂書所言俗樂七聲頗異，當作別解。其中亦有閏。謂「一宮二商三角四變爲宮，五徵六羽七閏爲角，五聲之號與雅樂同。惟……變宮以七聲所不及，取閏餘之義，故謂之閏。……俗樂以閏爲正聲，以閏加變，故閏爲角而實非正角。」（王光祈氏之解說參看中國音樂史上册一二四頁以下。但在論隋唐之俗樂調上，是不妨用雅樂式之七聲的。）本書依詞源以變宮位之角聲爲閏或閏角。

第四章　唐代之燕樂

去隋而入於唐，雅俗樂以更淆混着的姿態，展開在我們的眼前。唐代並不是沒有雅樂。唐初沿用隋樂，其後祖孝孫張文收等前後定雅樂，其樂調與龜茲調亦不無關係，而當代的龜茲樂之盛隆更促進了俗樂的勃興，高宗立部伎之破陣樂（更名爲七德），慶善樂（九功，）上元樂作爲三大舞，竟以俗樂系的燕樂侵入了雅樂之領域。

唐代是諸樂之大成期。燕樂、立坐部、散樂等都是繼承着前代的俗樂之流，於清樂之外大抵都是用着由龜茲樂調演化出來的俗樂諸調。（註一）隋氏以來，胡樂並不限於龜茲樂一種，但移入了中國樂調的胡樂大抵爲龜茲樂調所掩蔽，可以和宮調相比的作爲宮調，可以和商調相比的作爲商調，大都混入了由龜茲樂調所組織着的俗樂諸調之中。故爾當時的胡調卽是俗樂調，通典一四六云『自周隋以來，管絃雜曲將數百曲，多用西涼樂，鼓舞曲多用龜茲樂，其曲度皆時俗所知也。」

（註一）在天寶年代，似乎清樂曲也移入了俗樂調，唐會要天寶十三年改名樂曲中林鐘角曲堂堂本是清樂曲中所有的；又日本所傳唐樂（用唐俗樂調）有玉樹後庭花，泛龍舟，這兩曲也本來是清樂。怕是傳入日本以前已經用了俗樂調罷。（泛龍舟是白明達所造，恐與龜茲樂有關係。）再據唐會要，知天寶年代的清樂，立坐部伎，法曲等所屬諸曲都用着共通的俗樂調。這表示着「道調法曲與胡部新聲合作」的眞相之一面。

唐時燕饗樂所用的胡樂，除高昌樂一部之外，均已爲隋世所用。通典一四六云，

「讌樂，武德初未暇改作。每讌享因隋舊制，奏九部樂，一燕樂，二淸商，三西涼，四扶南，五高麗，六龜茲，七安國，八疎勒，九康國。至貞觀十六年宴百寮，奏十部。先是高昌平，收其樂付太常；至是增爲十部伎。……其後分爲立坐二部。」

唯九部樂之次第與內容亦與隋略異，隋之九部樂乃淸樂，西涼，龜茲，天竺，康國，疎勒，安國，高麗，禮畢（隋書音樂志）；唐以扶南代天竺，其樂本是同系，一之燕樂則

九之禮畢也。禮畢卽文康伎，隋志云：

『禮畢者本出自晉大尉庾亮家，亮卒，其伎追思亮，因假爲其面，執翳以舞，象其容，取其謚以號之，爲之謂文康樂。每奏九部樂，終則陳之，故以禮畢爲名。其行曲有單交路，舞曲有散花，樂器有笛、笙、簫、篪、鈴槃、鞞、腰鼓等七種，懸爲一部，工二十二人。』

視此可知乃清樂系，入唐則改名爲『燕樂』而首奏之。新唐書禮樂志云『燕樂、高祖卽位仍隋制設九部樂。燕樂伎樂工舞人無變者，』九部既因仍隋制，則狹義的燕樂可知卽是隋之禮畢若文康。因是清樂系，故唐以之冠於清商之上，與胡部別爲類聚也。

狹義的燕樂後有增益，新唐書禮樂志云。『高宗卽位，景雲見，河水清。張文收採古誼（沫若案宋史樂志載和峴言『採古朱雁天馬之義』）爲景雲河水清歌，亦曰燕樂。……舞分四部，一景雲舞、二慶善舞、三破陣舞、四承天舞。』此在坐部伎中。

狹義的燕樂又有法曲之名。舊唐書音樂志云：

「(開元中)太常舊相傳有宮商角徵羽讌樂五調歌詞各一卷。或云貞觀中侍中楊仁恭妾趙方等所銓集，詞多鄭衛，皆近代詞人雜詩，至縚(太常卿韋縚)又令太樂令孫玄成更加整比爲七卷。又自開元已來，歌者雜用胡夷里巷之曲，其後孫玄成所集者，工人多不能通，相傳謂爲「法曲」。……其五調法曲，詞多不經。』

新唐書禮樂志謂法曲起於隋，言：

『初隋有法曲，其音清而雅，其器有鐃、鈸、鐘、磬、幢簫、琵琶，琵琶圓體修頸而小，號曰「秦漢子」。蓋絃鼗之遺制，出于胡中傳爲秦漢所作。其聲金石絲竹以次作。隋煬帝厭其聲澹，曲終復加解音。玄宗既知音律，又酷愛法曲，選坐部伎子弟三百教於梨園，聲有誤者，帝必覺而正之，號皇帝梨園弟子。宮女數百亦爲梨園弟子，居宜春北院。梨園法部更置小部音聲三十餘人。……文宗好雅樂，詔太常卿馮定采開元雅樂，制雲韶法曲及霓裳羽衣舞曲。雲韶樂有玉磬四虡，琴、瑟、筑、箎、簫、籥、跋膝、笙、竽皆一，登歌四人，分立堂上下，童子五人，繡衣執金蓮花以導，舞者三百人。……樂成，改法曲爲仙韶曲。』

其實當言濫觴於隋，實唐所新製也。唐會要云：

『文宗開成三年改法曲爲仙韶曲。』按法曲起於唐，謂之「法部」。其曲之妙者其破陣樂，一戎大定樂，長成樂，赤白桃李花。餘曲有堂堂、望瀛、霓裳羽衣、獻仙音、獻天花之類，總名法曲。』

法曲由所用樂器及有清樂曲之堂堂觀之，確是清樂系；然又有與坐立部伎同名之破陣樂大定樂等，蓋乃利用清樂器以演奏新聲，實清樂之胡俗樂化。

清商卽清樂。通典一四六云『清樂者，其始卽清商三調是也。並漢氏以來舊曲。……屬晉朝遷播，夷羯竊據，其音分散。苻永固平張氏於涼州，得之。宋武平關中，因而入南，不復存於內地。及隋平陳後獲之。……徵更損益，去其哀怨者，而補之以新定呂律，更造樂器，因置清商署，總謂之清樂。……隋室已來，日益淪缺。……樂用鐘一架、磬一架、琴一、三絃琴一、擊琴一、（三絃以下七字，原作『一絃琴一』，此據舊唐書校改）

懸一。秦琵琶一、臥箜篌一、筑一、箏一、節鼓一、笙二、笛二、簫二、箎二、葉二、歌二。自長安已後，朝廷不重古曲工伎轉缺能合於管絃者唯明君、楊伴、驍壺、春歌、秋歌、白雪、堂堂、春江花月等八曲』

承清樂之流而終至胡樂化者尚有所謂道調。

道調之名起於老子之所謂『道』唐書禮樂志云『高宗自以李氏老子之後也，命樂工製道調。』（註一）

玄宗時增廣之同志云『帝（玄宗）方寢喜神仙之事，詔道士司馬承禎製玄真道曲，茅山道士李會元製大羅天曲，工部侍郎賀知章製紫清上聖道曲。太清宮成，太常卿韋縚製景雲、九真、紫極、小長壽、承天、順天樂六曲，又製商調君臣相遇樂曲』景雲以下諸曲唐會要於天寶十三年與坐立部胡俗樂曲同列於沙陁調（俗樂調）曲中，同年又有『道調法曲與胡部新聲合作』之詔，會要曲目與此詔相表裏。然則至少在天寶年代道調也明明是用了俗樂調的。

（註一）　唐會要天寶十三年改名樂曲林鐘宮時號『道調』，其名之由來疑與此有關。

立坐部伎者舊唐書音樂志云:

『高祖登極之後,享宴因隋舊制,用九部之樂。其後分爲立坐二部。(註)今立部伎有安樂、太平樂、破陣樂、慶善樂、大定樂、上元樂、聖壽樂、光聖樂凡八部。……自破陣舞以下皆雷大鼓,雜以龜茲之樂,聲振百里,動蕩山谷。大定樂加金鉦,惟慶善舞獨用西涼樂,最爲閑雅。破陣、上元、慶善三舞皆易其衣冠,合之鐘磬,以享郊廟。……安樂等八舞聲樂皆立奏之,樂府謂之立部伎,其餘總謂之坐部伎。……坐部伎有讌樂、長壽樂、天授樂、鳥歌萬歲樂、龍池樂、破陣樂凡六部。……自長壽樂已下皆用龜茲樂。……惟龍池用雅樂而無鐘磬。』

(註)文獻通考(一四六)云『玄宗時分樂爲二部,堂下立奏謂之立部伎,堂上坐奏謂之坐部伎』然高宗儀鳳二年太常卿韋萬石奏中已有立部伎之名,又記其曲。(唐會要三三參照)

坐部伎中的讌樂卽張文收所造者。凡坐部伎中之樂均爲高宗以後之新樂,最被尊重。白居易樂府詩立部伎云:

『……太常部伎有等級，堂上者坐，堂下立。堂上坐部笙歌清，堂下立部鼓笛鳴。笙歌一聲衆側耳，鼓笛萬曲無人聽。立部賤，坐部貴，坐部退爲立部伎，擊鼓吹笙和雜戲。立部又退何所任？始就樂懸操雅音。……』

散樂，舊唐書音樂志云：『散樂者歷代之有，非部伍之聲，俳優歌舞雜奏。』又云『大抵散樂雜戲多幻術，幻術皆出西域，天竺尤甚。……歌舞戲有大面、撥頭、踏搖娘、窟礧子等戲。』後世戲劇萌芽於此。宋元以來其劇的分子特別發達，導誘出了近代戲劇，

第五章 燕樂二十八調

胚胎於龜茲樂調的燕樂調，其典型者以唐代二十八調爲最。新唐書禮樂志云：

『凡所謂俗樂者二十有八調。正宮、高宮、中呂宮、道調宮、南呂宮、仙呂宮、黃鐘宮爲七宮。越調、大食調、高大食調、雙調、小食調、歇指調、林鐘商爲七商。大食角、高大食角、雙角、小食角、歇指角、林鐘角、越角爲七角。中呂調、正平調、高平調、仙呂調、黃鐘羽（羽疑調字之誤）般涉調、高般涉爲七羽。皆從濁至清，迭更其聲。下則益濁，上則益清。漫者過節，急者流蕩。其後聲器寖殊，或有宮調之名，或以倍四爲度，有與律呂同名而聲不近雅者。其宮調乃無夾鐘之律。燕設用之。』

唐會要云：

『天寶十三載七月十日，太樂署供奉曲名及改諸樂名。太簇宮時號沙陁調。太簇商時號大食調。太簇羽時號般涉調。太簇角。林鐘宮時號道調。林鐘商時號小食調。林鐘羽時號平調。林鐘角。黃鐘宮。黃鐘商時號越調。黃鐘羽時號黃鐘調。中呂商時號雙調。南呂商時號水調。金風調。』

隋代俗樂調，見諸實用的調數不明，在理論上當有八十四調，但不見得是全盤見諸實用的。

唐之俗樂調，唐書稱爲宮商角羽二十八調，其實宮商角徵羽各七調，通共三十五調當是見諸實用的，大約其後七徵調滅亡，故成爲了二十八調的罷。（宮商角徵羽讌樂五調參照前引舊唐書音樂志法曲項。）

又隋代樂調之俗稱雖不明，但唐代二十八調之名大抵是由隋代承繼下來的。因爲有左列的數種和蘇祇婆七調有近親的關係。

一　沙陁與娑陁力　兩者都是宮調，且以俗樂之黃鐘爲調首。

二　大食（大石）與雞識　兩者都是商調，調首律之關係亦同。大食當是大乞食之略，乞食者雞識之異譯也。大食又稱爲大石同樣，小食當是小乞食之略，小食一稱小石，唐書驃傳又稱爲『小植。』小食比大食高四度（五律，）就在印度樂調中，兩者也一定是有關係的。

三 般涉與般贍 兩者都是羽調，調首律之關係亦同。

此外高大食大食角，高大食角，小食角，高般涉調之名均二與三之派演。歇指調當是胡語，更恐怕是梵語，但目前難於比定。（註）

（註） 大日本史禮樂志云『乞食調疑歇指調，即林鐘商南呂也。』乞食歇指音雖相近，然亦難於遽定。

越調唐書驃傳作『伊越調』日本所傳稱『壹越調。』或者怕是胡語（註一）其它不帶中國律名的調名——如雙調（註二）平調（註三）（一作正平調，）水調等——怕都是梵語的意譯罷。

（註一） 法寶義林（一五六頁）以爲『壹越』是吐魯番附近 Idiqutshari 地方之謂。伯希和氏以此地名乃極近代之物，比擬不倫。又云伊越之伊殆是伊州（Qomul）。（Pelliot, ibid p. 98）Courant 氏云越之語義雖不明，疑是某種運指法。歇指之稱恐亦然。（Essai his. mus ch,

p. 119）

（註二）　法寶義林（一五六頁）以雙調爲印度之 dvipadi 又以水調爲印度之 rāga sindhuka 但二解恐不確。

（註三）　淸樂三調之一亦有「平調」，玉海引魏書樂志云「平調以羽爲主」，若然則不無關係。但現行本魏書作「以宮爲主」，恐誤。

唐會要天寶十三年改名樂曲之諸調中正名與時號並記者有宮調二（沙陁調、道調），商調五（越調、大食調、雙調、小食調、水調）羽調三（平調、黃鐘調、般涉調）。此外，又有宮調三（仲呂宮、南呂宮、黃鐘宮），羽調二（仲呂調、黃鐘調）由其律名可以判定其位置，與前者相合可得十五調。尚有一羽調（高平調，）宋人又稱爲南呂調。如所傳確實，則當更加一調。又有二角調（太簇角，林鐘角）但角調之位置有二說，尚未能定。

一　宮調

『太簇宮時號沙陁調』

『林鐘宮時號道調』

沙陁調亦稱正宮，其調首如以爲俗樂之黃鐘，則應當有比之低二律的黃鐘，卽黃鐘宮之所在。同樣，仲呂宮南呂宮也都要比俗律的仲呂南呂低二律。（以下所表列者專用『之調式』後章附有『爲調式』的二十八調表可參照。）

古律	俗律	五宮
黃	無	黃鐘宮
大	應	
太	黃	太簇宮沙陁調
夾	大	
姑	太	
仲	夾	仲呂宮
蕤	姑	
林	仲	林鐘宮道調
夷	蕤	
南	林	南呂宮
無	夷	
應	南	

其它二宮調，據北宋所傳，則高宮當古律夾鐘（宋大呂），仙呂宮（註）當古律無射（宋夷則）。

（註）羽調有仙呂調。Courant 氏云仙呂之名恐亦有道教之含義。(Essai his. mus. ch.,

p. 119）

二　商調

『黃鐘商時號越調，』（驃傳『黃鐘商伊越調，』日本壹越調）

『太簇商時號大食調，』

『中呂商時號雙調，』

『林鐘商時號小食調，』（驃傳『林鐘商小植調』（註））

『南呂商時號水調。』

越調與沙陁調兩調首同律，古律太簇（俗律黃鐘，）由日本所傳與驃國兩頭笛歸納起來，調首之律相當於$\#d^1$。太簇宮（沙陁調）與黃鐘商（越調）調首同律，故黃鐘商者應該解爲黃鐘之商（黃鐘爲宮，太簇爲商。）

古律	俗律	五商
黃	無	
大	應	
太	黃	黃鐘商越調
夾	大	
姑	太	太簇商大食調
仲	夾	
蕤	姑	
林	仲	仲呂商雙調
夷	蕤	
南	林	林鐘商小食調
無	夷	
應	南	南呂商水調*

*日本所傳水調在小食調之位置，蓋是誤傳。

其它的兩商調，依北宋所傳，高大食調當在古律仲呂（宋夾鐘，）林鐘商當在古律黃鐘（宋無射。）

（註）陳暘樂書（一三七）高大食角作高大植角。琵琶錄以下凡大食小食多作大石小石，食植石音通。

三　羽調

『林鐘羽時號平調，』（唐書正平調同）

「黃鐘羽時號黃鐘調，」

「太簇羽時號般涉調。」

由日本所傳右三調的位置以求之，平調與大食調同位，調首在古律姑洗（俗律太簇，）黃鐘調在南呂，般涉調在應鐘。

中呂調由其律名自示其位置，與宮調的中呂宮相同。

這樣所求得的四調，對於古律，林鐘羽爲林鐘之羽。黃鐘羽爲黃鐘之羽。

古律	黃	大	太	夾	姑	仲	蕤	林	夷	南	無	應
俗律	無	應	黃	大	太	夾	姑	仲	蕤	林	夷	南
五羽			中呂調		林鐘羽平調		〔南呂羽＝高平調〕			黃鐘羽黃鐘調		太簇羽般涉調

〔　〕唐代文獻無可徵者

其它三羽調，據北宋所傳高平調（又號『南呂調』）在古律蕤賓（宋姑洗，）仙呂調在林鐘（宋仲呂）高般涉調在黃鐘（宋無射。）

羽調，在此外尙有『移風調』一曲，見敦煌佛曲中。陳暘樂書䟽黎六調之般贍調是平調移風，其爲羽調無疑。

四　角調

唐會要所記角調有二，太簇角與林鐘角。兩者都沒有附帶着時號。唐書俗樂二十八調中有七角的時號，七角中如有與此二角相當者，則應該有時號並記。據宋人所說，七角不在正角位，而在變宮位，唐會要之二角也是在宮商羽三調之後，據此看來則二角怕與宋人之閏角相當。唐書二十八調之七角卻不同，其順位是在宮商之後，羽之前，卽是在正角位。與唐會要異。而其時號與宋閏位之角調同。然則唐書之七角是正角，唐會要之二角是閏角，二者蓋有別。

唐書	宮	商	角a	羽	
唐會要	宮	商		羽	角b
宋教坊樂	宮	商		羽	角b（閏）

今將唐會要之二角，由正角（角a）閏角（角b）兩方面求其位置列表如次：

古律	黃	大	太	夾	姑	仲	蕤	林	夷	南	無	應
俗律	無	應	黃	大	太	夾	姑	仲	蕤	林	夷	南
正角							太簇角（大食角）					林鐘角（小食角）
閏角		太簇角（大食角）					林鐘角（小食角）					

宋之七角由沈括所言來判斷時正調名均當高七律讀（如黃鐘角讀爲林鐘角），沒有用所屬的均之正角，用的是使用應聲（宮與商之間的一聲）而立於比正角低五律（或高七律）的變宮位的角調（非變宮調）。今以小石角（南呂角（註））爲例小石角是說於仲呂均之道調宮、小石調、正平調所用的九聲——高五、高凡、高工、尺、上、高一、高四、六、合——之外加以勾字爲十聲，但其實是用不到勾字的。勾是應聲，在小石角則轉爲變徵聲。其結果是由道調宮、小石調、正平調三者之共通的均（仲呂均）轉到有五度關係的均（黃鐘均）之角調。其調首雖在舊均之變宮位，但決不是調首爲變宮聲的變宮調。小石調如當併用上字，則通於黃鐘仲呂二均於閏角之外，也可與正角等相應。

（註）　仁宗景祐樂髓新經云『姑洗角爲小石調（調乃角字之誤）。』筆談與新經角調之正名雖不合，其實質相同。

宋教坊律	黃	大	太	夾	姑	仲	蕤	林	夷	南	無	應	黃清	大清	太清	夾清
道調宮、小石調、正平調　字譜	合		高四		高一	上		尺		高工		高凡	六		高五	
九聲	徵		羽		變宮	宮		商		角		變徵	徵		羽	
調首			正平調			道調宮		小石調								

仲呂均

字譜	合	高四	高一	勾	尺	高工	高凡	六	高五
小石調 九聲	宮	商	角	變徵	徵	羽	變宮	宮	商
小石調 調首			小石角						

黃鐘均

沈括云『今之燕樂二十八調布在十一律。唯黃鐘仲呂林鐘三律各具宮商角羽四音，其餘或有一調至二三調，獨蕤賓一律無』（夢溪筆談六）欲求與此說相合，七角調非正角不可。後揭唐燕樂二十八調圖Ⅰ『之調式』參照。宋教坊律與唐俗律相當。沈氏說可見與該表確相一致。然而在字譜上是與閏角相應的。沈所記前後似相矛盾，此點恐當有特殊的解釋方法吧。前例小石角如通於黃鐘仲呂二均，由其殺聲（高一）來判斷時，乃是閏角，但取高工爲殺聲時則成正角。

時號中有所謂『金風調』者，尚不知當何屬。

二十八調所屬之均凡七，其中古律的黃鐘、太簇、仲呂、林鐘、南呂之五均最爲確實，蓋自蘇祇婆之五旦傳衍而來；餘下的夾鐘、無射兩均，於唐人文獻無徵，只好暫從宋人之說。龜茲樂調本有五旦，餘二旦當得是隋唐人所考案出的。其源是在鄭譯八十四調。

Courant 氏根據唐樂調中黃鐘仲呂林鐘（余之太簇林鐘南呂）三均多特殊之名，以爲此等調在唐樂調中是最古而最被多用的。又同氏對於俗樂調名之意見亦可參照。(Essai his. mus. ch., p. 119)

第六章　燕樂調之律

第一節　唐之五律

關於燕樂諸調之實際的高度，隋代的資料無可徵攷，今就唐代的加以詳論。唐會要所載俗樂調全部是十四調，此中除去金風調一調之外，均是把律名應用爲正調名的，這些正調名所依據的律是什麼呢？陳澧據宋人說，以爲唐宋俗樂宮調之黃鐘低於王朴律二律，但依此律，正宮（沙陁調）如非黃鐘宮時，則與宋之正宮不一致。而唐之正宮是太簇宮，是要高二律的。這是陳澧說的疏漏之一點。

唐律凡五律尺所造之律（正律，）新古之雅樂律，俗律，及清商律，是也。雅樂之律，唐初者與玄宗時代者相同，並稱爲古律，肅宗以後者則稱爲新律。俗律蓋出自隋以來的龜茲樂，也可以稱爲胡律。玄宗時代之俗樂調名，不據俗律反基於古律，其存在頗有可疑，但作爲俗樂之一標準而承認之，也未嘗不可。正宮調首之所位者此也。古律其實是可以認爲由龜茲樂之標準音所誘導出來的俗律之一種。此法蓋自隋代以來而存在着的，清商律是漢魏以來的淸樂所用之律。

以上五律之高度及其相互之關係，陳澧曾爲之考證，但我現在要完全由別的根據來立論。五律之中互爲不卽不離的關係的古律與俗律，如依據正律以先行究明時，由與古律之比較，可以把新律和淸商律闡明得出。

關於俗律，遼史以爲是用琵琶絃定的（『四旦二十八調，不用黍律，以琵琶絃定之。』）絃音非一定之物，調絃時不用說是須用管色，但沒有別的標準律時，管絃調協依然是不可能。此標準律之謎，幸於新唐書驃傳中可以發現出它的管鍵。

第二節 驃國樂調之律

驃國在今之緬甸地方，由其地理的關係，浴沐於西鄰的印度文化之恩惠處甚深。貞元時貢獻於德宗朝的樂曲與樂器中，是明白地表現着的，驃傳云。

『雍羌（驃國王）亦遣弟悉利移城主舒難陀獻其國樂至成都韋皋（劍南西川節度使）復譜次其聲以其舞容樂器異常乃圖畫以獻工器二十有二。』（參看舊唐書一九七南蠻傳。）

其時所獻者，今就樂曲與樂器分論之。（參看附論四。）

一　樂曲

『凡曲名十有二。一曰佛印，二曰讚娑羅花，三曰白鴿，四曰白鶴游，五曰鬥羊勝，六曰龍首獨琴，七曰禪定，七曲唱舞皆律應黃鐘商。八曰甘蔗王，九曰孔雀王，十曰野鵝，十一曰宴樂，十二曰滌煩，亦曰笙舞，五曲律應黃鐘（林鐘）二字原奪兩均：一黃鐘商伊越調，一林鐘商小植調。』

十二曲所用的只限於黃鐘商＝伊越調，林鐘商＝小植調之二商調。唐之越調是黃鐘商，小食調是林鐘商，故爾

伊越調＝越調＝壹越調日本壹越調，與越調同位。

小植調＝小食調。

商調，尤其越調，是印度調之基礎，已如上述。屬於印度系的驃國樂僅用商調，這是有深甚的意義的。

二　樂器

所貢獻的樂器二十二種，有一大半是印度系，其餘是土俗器。樂曲已限於黃鐘林鐘二均，此等樂器之律要認爲也是適於二均之樂的，是理所當然，而在事實上驃傳也沒有辜負這個期待。把通於諸均的絃樂器除外，凡與黃鐘林鐘二均有關聯的，其物如次。

橫笛一　黃鐘商。

二　荀勗律，淸商律，蓋是林鐘均。

兩頭笛　黃鐘，林鐘兩均。

小匏笙　林鐘商。

此中通於兩均的兩頭笛，在唐樂律決定上有最重要的效用。

『有兩頭笛二，長二尺八寸。中隔一節，節左右開衝氣穴，兩端皆分，洞體爲笛量。左端應太簇，管末三穴，一姑洗、二蕤賓、三夷則。右端應林鐘，管末三穴，一南呂、二應鐘、三大呂。下托指一穴，應清太簇。兩洞體七穴，共備黃鐘林鐘兩均。」

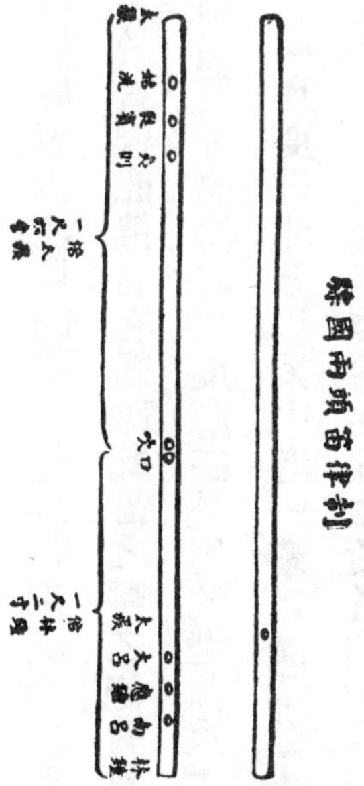

隸國兩頭笛律制

太簇　姑洗　蕤賓　夷則　大口　太簇　大呂　應鐘　南呂　林鐘

所言黃鐘林鐘兩均是指堪以吹奏黃鐘商（伊越調，）林鐘商（小植調）之兩調。此笛該得是兩端開口，中間有兩個吹口駢接，就像長短兩隻橫笛把吹口的一端連合着的一樣。兩吹口之中隔是在兩端所應的太簇律與林鐘律之比4:3之分割點上，由這一點到兩端之長各當於其所應的律之剛剛兩倍。（朱載堉律呂精義內篇八有略相類似之笛，名黃鐘篪，外形雖似而構造實異。）

黃鐘＝9 寸

林鐘＝9 寸×$\frac{2}{3}$＝6 寸，故 12寸＝倍林鐘

太簇＝6 寸×$\frac{4}{3}$＝8 寸，故 16寸＝倍太簇

這個事實是最值得注目的儘管是外邦來的樂器，表示着於當時的造律尺所定之律與長，又於音皆能協合，在認識此笛之律之絕對價上，不能不說是給與了重大的暗示。唐制鐘磬等樂器之尺度應該是用的造律尺之小尺，唐六典三云：

「凡度以北方秬黍中者一黍之廣爲分，十分爲寸，十寸爲尺，一尺二寸爲大尺。……凡積秬黍爲度量權衡者，調鐘律，測晷景，合湯藥，及冠冕之制則用之（小）。內外官私悉用大。」

唐三百年間律尺之制前後不一，尚未能得其究竟（參看『附論二』）今暫依現時最廣泛地被人承認着的律尺卽鐵尺說，以求各律之高度時：

$\#f^{1}$	g^{1}	$\#g^{1}$	a^{1}	$\#a^{1}$	h^{1}	c^{2}	$\#c^{2}$	d^{2}	$\#d^{2}$	e^{2}	f^{2}
黃	大	太	夾	姑	仲	蕤	林	夷	南	無	應

檢點驃傳所記載的兩頭笛之律時，所與律有林鐘均七聲，但黃鐘均則缺黃鐘，故不完備。而且又別有於兩均爲無用的夷則律，驃傳所云之黃鐘林鐘兩均，與所與律無關，是很明瞭的。

兩頭笛律	太		姑		蕤	林	夷	南		應		太清	太清
黃鐘均	商		角		變徵	徵		羽		變宮	宮		商
林鐘均	徵		羽		變宮	宮		商		角		變徵	徵
太簇均	宮		商		角		變徵	徵		羽		變宮	宮

觀右表可知反與所與律的太簇，林鐘二均相通。把這太簇、林鐘二均當成爲黃鐘林鐘二均時，便須得想定有另一種律之存在，卽前者之林鐘爲後者之黃鐘，前者之太簇爲後者之林鐘，這結局是比依據造律尺的律要低五律（俗樂調如爲『爲調式』

則低二律）的一種律。(註)這一種律正是唐人的調名所依以爲基準的律，唐史所稱之古律，宋人所稱之唐律也。

（註）唐俗樂調正調名如爲『爲調式』則各均七聲當依調性而異（僅宮調與『之調式』同。）通於黃鐘林鐘兩均的兩頭笛欲求其協於黃鐘爲商與林鐘爲商之二調，則所謂二均之首非爲商聲不可。

兩頭笛律	太		姑		蕤	林	夷	南		應		大
調名所依之律	仲	蕤	林	夷	南	無	應	黃	大	太	夾	姑
黃鐘均 黃鐘爲商	徵		羽		變宮	宮		商		角		變徵
林鐘均 林鐘爲商	宮		商		角		變徵	徵		羽		變宮

於均首宮聲之外並承認均首商聲時，驃傳既別言驃樂之調止於黃鐘林鐘二商，則其所論兩頭笛「共備黃鐘林鐘兩均」者解爲適用於二均的商調之意亦可通。

日本所傳壹越調（唐越調），調首是d^1，依據兩頭笛的伊越調，調首依鐵尺則爲$\#d^1$，要高一律。然而檢點日本所傳的九孔篳篥時，假定古時比現今要高一均，(註一)

則與兩頭笛幾乎若合符契，故兩頭笛之尺寸實準依鐵尺。鐵尺之律雖於調名無直接關係，然已爲唐代所用則毫無可疑。準依着尺度的律，以下稱之爲正律。（本書以鐵尺律爲正律。）

		#g		#a		c	#c	d	#d		f		g	#g		#a
兩頭笛律(小尺律)		太		姑		蕤	林	夷	南		應		大	太清		
唐古律		林		南		應	黃	大	太		姑		蕤	林		
古律	黃鐘均	徵		羽		變宮	宮		商		角		變徵	徵		
	林鐘均	宮		商		角		變徵	徵		羽		變宮	宮		
日本篳篥譜		舌		五		工	凡	ㄙ	六		四		一	上		丅
同復原		合		四		一	上	勾	尺		工		凡	六		五
陳暘樂書	漆鬚篥律(六孔)	太		姑		蕤		夷	南		應		大			
	雙鬚篥律(七孔)*	太		姑		蕤		夷	南		應		大			

* 全閉音律不明

（註一）日本所傳曲尺（唐大尺）後世稍稍增長，管笛也隨之增長而音律則低下，是理所當然的。現今所傳的律，看作比往時低一律或半律，與事實不相懸隔。

右表中，當於古律之大呂聲者乃鄭譯所創立之『應聲』。蓋鄭譯學此於龜茲之蘇祗婆，而其源則發於印度。

篳篥相傳本是出於龜茲。唐李頎『聽安萬善吹觱篥歌』云『南山截竹爲觱篥，此樂本是龜茲出』。樂府雜錄云『篳篥者本是龜茲樂也』。事物紀原引唐令狐揆樂要云『篳篥出於胡中，或出龜茲國也』。但此樂器之源當更在西天（參看C. Sachs, "Geist und Werden der Musikinstrumente," 1929, Kurz Oboe 條下）其律制似爲與以印度樂調爲主的龜茲樂調相和合地而制定下的。儘管天南地北的兩相懸隔，驃國的兩頭笛與龜茲系的篳篥這兩種樂器之律制竟全相契合，真使千載下的我們不能不生出驚異。陳暘樂書所載的漆觱篥，雙觱篥（大約是唐制）之律制，除掉都缺林鐘一律之外，均與兩頭笛律相應，也是一件奇事。

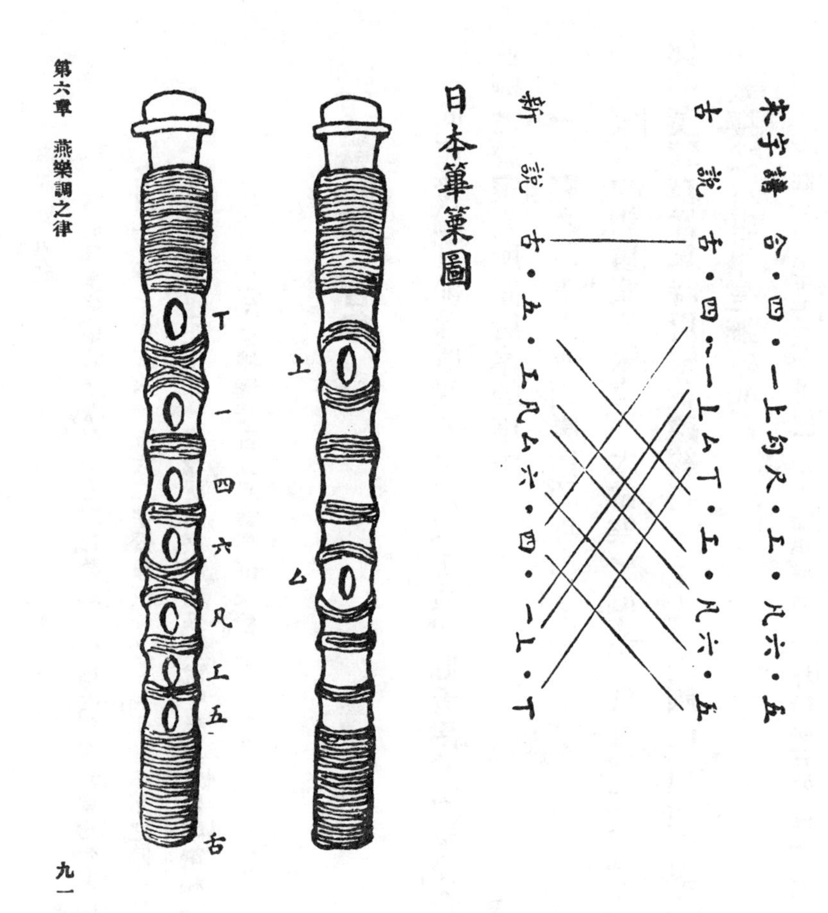
宋字譜　合・四・一上勾尺・工・凡六・五
古說　合・四・乚一上厶丅・工・凡六・五
新說　合・五・工凡厶六・四・一上・丅
日本篳篥圖
上
厶
丅
一
四
六
凡
工
五
合

關於日本篳篥的字譜，有今古二說。教訓抄（狛近眞撰，天福元年宋理宗紹定六年）云「穴名四一丄丅工凡五六（五六二字蓋顚倒，）乃古說，今世不用之。四一丄丅五工凡六舌皆塞音，勾裹下穴名。當世用之。」據我所考察，所謂「古說」殆與宋代字譜相一致，後來改變了。舌是合，ム是勾，丅是尺。在轉變時，舌ム止於舊位未變。

第三節　古律

回頭來論到前節所說的比律尺所造律低五律的一種律，余所以擬之於古律，並擬之於宋人所謂唐律的理由。

一　擬之於宋人所謂唐律的理由

宋人均謂唐樂比宋樂（太常樂）低，或言低五律，或言低六律有半。（註二）由宋樂的黃鐘來推算時，唐樂黃鐘約得 $\#c^1—d^1$。由兩頭笛所推算出的黃鐘是 $\#c^1$，能相一致，擬之於唐律是無礙的。

（註一）玉海（七）景祐二年李照建言云「王朴準視古樂（唐樂）高五律，視禁坊樂（玉海一

○五註云胡部）高二律，聲黃鐘則爲仲呂，聲夾鐘則爲夷則。」

王應麟困學紀聞引范鎮仁宗實錄序云「王朴始用尺定律，而聲與器皆失之。太祖患其聲高，特減一律，至是又減半律。然太常樂比唐之聲猶高五律，比今燕樂高三律。」

宋史一三一樂志朱熹云「鎮（范鎮）以所收開元中笛及方響合於仲呂，校太常樂下五律，教坊樂下三律。」

沈括夢溪補筆談云「本朝燕部樂，經五代離亂，聲律差舛。傳聞國初比唐樂高五律。近世樂聲漸下，尚高兩律。」

宋人所論唐宋律之差，均有僅少之差，因唐律本因時而異。

二　擬之於古律的理由

驃傳南詔奉詔樂之所示，古律比當時新律要低三律。其文云：

「南呂羽之宮，應古律黃鐘爲君之宮。樂用古黃鐘方響一、大琵琶、五絃琵琶、大箜篌、倍黃鐘觱篥、小觱篥、竽、笙、壎、搊箏、軋箏、黃鐘簫、笛、倍笛、節鼓、拍板等，皆一人坐奏之。」

新律之絕對値尚是疑問。（註一）由所使用的樂器看來，是俗樂、胡樂、清樂用的東西

（與坐部伎之讌樂類似），彷彿天寶年間所謂『道調法曲與胡部新聲合作』之情況。南詔樂中，尤其奏古律黃鐘宮之曲的樂器中，協於古律黃鐘者有數種。古律與胡俗律有密切的關係，是無容疑的。唐樂之黃鐘，比宋人所說的宋樂甚低，而和驃國樂調之物則相近。（註二）以後者之律擬諸古律，大約是沒有差誤的。這種說法如不謬時，新律黃鐘之高度是e^1。此與玉尺律之黃鐘極相近。（註三）

（註一）關於新律，唐書禮樂志云『然以漢律考之黃鐘乃太簇也。當時議者以爲非』，所謂『漢律』所指爲何雖不明。然新律黃鐘爲e'時，則漢律黃鐘爲d'（如高下相反時則爲$\#f^1$（＝鐵尺黃鐘））

（註二）宋范鎮所收之開元中笛及方響，校太常樂低五律，蓋與協於南詔樂之古律黃鐘的笛與方響爲同類。

（註三）假設新律即玉尺律時，則兩頭笛乃依據新律，當時的正調名當解爲『爲調式』。

第四節　俗律（燕律）

依古律時，與越調同調首的正宮是當於太簇，不當於黃鐘。以正宮之調首爲俗樂之黃鐘時，須得假定有比律尺所造律低三律者在。在龜茲原調中，越調與正宮之調首是基礎，故此調首之律正當為俗樂之標準。今以此為俗律。俗律者唐代胡俗樂之律，如以此名為不雅馴，亦可稱為燕律。但是否有十二律名之稱呼，則不明。正宮以俗律黃鐘為調首，黃鐘宮以古律黃鐘為調首。

第五節　黃鐘宮與正宮（註）

（古律與俗律之對立地存在着的理由）

太簇宮為正宮，視此低二律而有黃鐘宮者，據舊說是因為俗樂律比雅樂律高二律之故。唐書卻以為高三律，謂『其（俗樂）宮調乃應夾鐘之律，』二說不一致。余由印度原調來判斷，相信以二律之差為妥當。唐書之記事，大約是因為肅宗時代的新律比古律高三律，與俗樂之宮調相差一律，幾於接近，遂致混淆了。

印度樂調是認商調為中心，不是宮調。蘇祇婆所傳商調是由雞識（唐大食）調所代表着，而 madhyama-grāma 與 ṣaḍja-grāma 兩商調之任一項成為越調，與沙陁調（正宮）調首同律。在中國，因爲把宮調放在首位，越調（商）遂爲沙陁調（宮）所蔽，而在印度則相反越調是首位，沙陁調是副位。因此之故，印度調移入中國時，越調調首之律（ma聲，#d^1）被認爲是俗樂之黃鐘。然而越調是商調，在中國的均上當然要把它認爲是低二律的同均之宮調。那便是俗樂的黃鐘宮，而且也就是古律的黃鐘宮。在天寶十三年，雅俗樂部依據古律，俗律在調名上是無關係的。黃鐘宮之發生是在把印度旦換爲中國均的時候，因彼此制度之相懸，所當然地導誘出的；比黃鐘宮高二均的沙陁調反被稱爲正宮，比前者更樞要地被看重了的理由，蓋在乎此。黃鐘宮沒有正宮那樣的重要，因而在宋代時是把正宮調首卽越調首之律直接認爲俗樂黃鐘，黃鐘宮＝正宮，無射宮＝黃鐘宮，有兩均之差的調名被使用着。舊黃鐘宮可以說是僅存虛位。這所以然的原故，如溯源於印度原調時，便立地可以明瞭，因爲印度是以商爲均首，而中國是以宮有此差異，故黃鐘宮馴致虛位化也。唐之古律是以此虛位化的黃鐘宮調首爲黃鐘，是把和 madhyamagrāma 與 ṣadja-grāma 之調首（#d^1）同均的宮調之調首（#c^1）定爲了黃鐘的。

		ga	a	ma		pa		
古律		黃	大	太	夾	姑		
俗律		無	應	黃	大	太		
古	黃鐘均	宮・		商		角	無射均	宋教坊俗律同
		黃鐘宮		越調				
	太簇均			宮		商	黃鐘均	
				沙陁調		大食調		
律								

（註）本節所論乃以『之調式』爲前提。

第六節　正律（小尺律）

唐代雖有律尺所造之律—正律，而不爲燕樂諸調（恐雅樂諸調亦然）之正調名（黃鐘宮，黃鐘商等）所依據，僅僅樂器之律以之爲稱呼，這個事實算已明瞭了，但正律與古律倂用之事也可作如次的解釋。

古律不是直接由尺度所造出來的東西，其固有之十二律理論上無所規定，故借用了律尺所造的律，便是把正律的倍林鐘直接轉用爲古律黃鐘，同樣把倍南呂轉用爲太簇。這樣解釋的時候，儘管有協於律尺之分寸的鐘磬笛，儘管有以正律稱呼着的諸樂器，而一方面又有古律的調名之原故，才可以得到了解。古律已經屢次說過是鄭譯由龜茲樂調所考慮出的，在胡樂全盛的隋唐時代，胡樂調之高度不能夠置諸度外，而同時中國古來的律尺所造之律也不能夠置諸度外。其結果便是律尺之律－（正律）與古律之倂用。徵諸隋書所載鄭譯及牛弘之說，隋初之雅樂黃鐘似乎是下徵林鐘宮（註一）把比律尺所造的黃鐘低五律的倍林鐘認爲黃鐘，和唐正律與古律間所表見的關係是相等的。這大約是被南北朝以來其標準音比中國低的胡調之流行所感化了的結果。然則，唐代正律與古律倂用之制，可以說是始於隋以前的。

（註一）隋書音樂志云『譯又與夔蘇夔俱云：案今樂府黃鐘，乃以林鐘爲調首，失君臣之義。……今請雅樂黃鐘以黃鐘爲調首』。牛弘傳云『（弘）議曰：「今見行之樂用黃鐘之宮，乃以林鐘爲調，與古典有違。晉內書監荀勗依典記以五聲十二律還相爲宮之法制十二笛。黃鐘之笛，正聲應黃鐘，下徵應林鐘，以姑洗爲清角。大呂之笛正聲應大呂，下徵應夷則。以外諸均皆如是。然今所用林鐘，是勗下徵之調，不取其正，先用其上，於理未通，故須改之。」上甚善其議。』

至五代周之王朴，漸返漢魏古法，專用依尺之律。宋人從之以爲雅樂。故宋樂之律比唐樂約高五律。宋人不知唐樂何以如是低，李照范鎮等以尺度推求之之結果，李照遂以大府布帛尺，（註）范鎮遂以真黍正尺之長而大者，用爲律尺矣。

（註）玉海一〇五參照、布帛尺實比古尺（西晉尺）一尺二寸有奇。

第七節　清商律

唐書驃國傳言驃國樂器的橫笛之一『穴六，以應黃鐘商，備五音七聲』『又一管，律度與荀勗笛譜同，又與清商部鐘磬合。』案荀勗律卽晉前尺律之黃鐘，當於

g¹。唐之清商是漢魏以來南朝所傳的清樂，平陳後入於隋，而爲唐所繼承，假如是沒有受東晉以來的雅樂律降低一律的影響，其黃鐘當在g¹，假如是受了影響，則當在#f¹。於是把驃國橫笛之不是黃鐘商的一管作爲是協於驃國樂之另一調林鐘商者的時候，卽便得到它的七聲是比西晉律之黃鐘宮七聲高一均的東西。唐代清商部之律蓋是比小尺律高二均的。

	g	#g	a	#a	b	c	#c	d	#d	e	f	#f	g
西晉律	黃	大	太	夾	姑	仲	蕤	林	夷	南	無	應	黃
同黃鐘均七聲	宮		商		角		變徵	徵		羽		變宮	
唐正律(小尺律)	大	太	夾	姑	仲	蕤	林	夷	南	無	應	黃	大
唐古律	蕤	林	夷	南	無	應	黃	大	太	夾	姑	仲	蕤
同林鐘均七聲		宮		商		角		變徵	徵		羽		變宮
唐清商律	應	黃	大	太	夾	姑	仲	蕤	林	夷	南	無	應
同黃鐘均七聲		宮		商		角		變徵	徵		羽		變宮

第八節　燕樂與五律之關係

唐五律之存在與其相互關係既已明瞭，其爲燕樂之規準者雖本來是俗律，而正調名是基於古律，樂器之律是基於小尺律（正律）的。新律施行後，俗律似乎和新律混淆了。把清商一律除外，唐之四律都是和燕樂有交涉的。唐代雅樂，大約在初是依從古律，後來是改從新律的。故爾在古律時代，可以認爲雅俗樂是同一水準。天寶年代的調名只與古律有關，俗律的存在似覺不無可疑，然由越調（黃鐘商）與正宮（太簇宮）調首 ma（商）之高度是印度龜茲樂以來的中心看來，其高度（比古律黃鐘高二律）要認爲是當時俗樂之一標準，不會僅僅是推臆而已的。宋傳以正宮及越調兩調首之律爲黃鐘，日本所傳亦以壹越調沙陁調兩調首之律置於黃鐘位（日本稱『壹越』）在相對的關係上均與唐之俗律相合，這怕是於唐代有所承受的。

唐代五律之高度及其相互關係等，已如上文所述，今更將五律之對照，列表如次：

	$\#c^1$	d^1	$\#d^1$	e^1	f^1	$\#f^1$	g^1	$\#g^1$	a^1	$\#a^1$	b^1	c^2	$\#c^2$	d^2	$\#d^2$	e^2	f^2	$\#f^2$	g^2
正律(鐵尺律)						黃	大	太	夾	姑	仲	蕤	林	夷	南	無	應		
古律	黃	大	太	夾	姑	仲	蕤	林	夷	南	無	應							
俗律(燕律)			黃	大	太	夾	姑	仲	蕤	林	夷	南	無	應					
新律				黃	大	太	夾	姑	仲	蕤	林	夷	南	無	應				
清商律								黃	大	太	夾	姑	仲	蕤	林	夷	南	無	應

右表所據乃正律卽鐵尺律說，正調名卽『之調式』說，如宜爲『爲調式』時，則稍有異同。

古律黃鐘之高度在隋時以認爲鐵尺之倍林鐘爲至當，故依然宜認爲$\#c^1$。然如採取『爲調式』時（尤其於兩頭笛），則正律當認爲玉尺律（但於某時期間正律卻是鐵尺律。）因而玉尺律同時卽是新律。清商律黃鐘與鐵尺律黃鐘約略一致。

	#c	d^1	$\#d^1$	e^1	f^1	$\#f^1$	g^1	$\#g^1$	a^1	$\#a^1$	b^1	c^2	$\#c^2$	d^2	$\#d^2$	e^2	f^2
正律甲（鐵尺律）清商律						黃	大	太	夾	姑	仲	蕤	林	夷	南	無	應
正律乙（玉尺律）新律				黃	大	太	夾	姑	仲	蕤	林	夷	南	無	應		
古律	黃	大	太	夾	姑	仲	蕤	林	夷	南	無	應					
俗律（燕律）			黃	大	太	夾	姑	仲	蕤	林	夷	南	無	應			

第九節　唐燕樂二十八調圖

唐之燕樂諸調，凡其中可以互相比較者，其名稱，調性，律高，要認爲與隋氏以來的龜茲樂調有密切的關係，是毫不困難。隋代之俗樂調名雖不明，但唐之俗樂二十八調大約在隋代是已經有了它們的先驅者的。二十八調中，七角調究竟是正角或閏角，雖然還是疑問，但其它諸調，關於調名，調性，律高之三點都是可以闡明的。現在把諸調之關係表解如次，先列『之調式』而以『爲調式』副之使於一覽之中可以容易辯別。

七角暫且假定爲正角，其調首不明者，依北宋所傳。沈括於各調或舉九聲或僅舉七八聲，今悉作九聲（唯「爲調式」中有一例外，僅八聲。）各調之聲並非嚴密地與十二律相合。在一部分的標準音外，可以認爲是依從琵琶絃音。

又「之調式」表依宋傳越調沙陁調調首之律（唐古律太簇，宋教坊律黃鐘）爲最濁的調首律而排列。「爲調式」表則將依據古律之五調名排列於其本位，故最濁的調首律在古律黃鐘。

第七章　唐樂調之後繼者

第一節　燕樂二十八調之流轉

經唐末五代之亂，樂工四散，唐代遺曲大抵滅亡，深幸宋初置教坊，招集散亡樂工，燕樂又稍稍呈出了再興的氣運。當時於二十八調中，七角與高宮高大石，高般涉十調之外，十八調是照樣使用着的。（宋史一四二樂志）但其調之高度，比諸唐代當有若干的差異。（關於教坊律有數說，參看前章論唐古律條下）燕樂調之正名與唐代不合。其所以不合的理由是（一）把正宮調首當成了黃鐘，（二）唐代的黃鐘商是『黃鐘之商』，而北宋的是『黃鐘爲商』。南宋與唐同式，但律與北宋同，以正宮爲標準，故比諸唐代生出二均之差。例如越調，唐是黃鐘商，而南宋是無射商。

依據沈括，角調在宋代明明是被置於變宮位的，其理由不得而詳。宋史言徽宗時曾復興徵角二調，然其後復廢，在南宋時，據張炎詞源，當時所實用的不過七宮與十二調（共十九調）二十八調中失掉了九調，卽一商（高大石調）一羽（高般涉調）和七角。詞源中雖羅列着八十四調之名，但僅存名目而已。

宮調單稱爲『宮』，其餘諸調通稱爲『調』的這種區別法，大約是宋以來的事體，後人皆沿用着這種稱呼。

元代有六宮十一調（參看中原音韻），其最通行者實只五宮四調。此九調亦稱爲九宮。

關於近代的燕樂調可參看吳梅顧曲麈談上，童斐中樂尋源及許之衡中國音樂小史諸書。

第二節　日本所傳的唐樂調

隋煬帝大業中，由日本有『遣隋使』之派遣。唐興又改爲『遣唐使』。其後約二百八十年至昭宗之乾寧元年廢使節爲止，兩國之交涉甚深，唐燕樂諸曲被傳到日本的在百曲以上，其樂調在十一二種以上。和名類聚抄（源順撰，五代宋初人）

教訓抄（狛近真撰，宋理宗時人）拾芥抄（洞院公賢撰，元前半期人）等所記雖不一定，但所傳之樂調見於二十八調中者有沙陁調、道調、壹越調（唐越調）、大食調、乞食調、雙調、水調、平調、黃鐘調、盤涉調等。其它難於比定的有壹越性調、性調、角調。沙陁調、壹越調、大食調、雙調、平調、黃鐘調、盤涉調等至今猶傳，但諸調之律比余所擬定的唐俗律要低一律。在僧徒之間還有別種的樂調是傳承着的。

（註）今日日本僧徒所用之聲樂即聲明，梵唄本導源於天竺，但乃在中國經了一度變化爲入唐的日本僧所傳來的。在傳來的舊曲之上復加添新作，經過種種的盛衰以至於今日。其樂調與日本所傳唐樂調無大差，僅其種類互有出入而已。天台眞言兩宗所傳者，有天台十調（一）呂曲宮調　三（平調、雙調、黃鐘調）（二）律曲商調　四（平調、下無調、雙調、盤涉調）（三）中曲羽調　四（壹越調、平調、下無調、黃鐘調）。眞言五調（一）呂宮調　二（壹越調、雙調）（二）律羽調　二（平調、盤涉調）（三）中曲角調　一（黃鐘調）。所傳有無錯誤，暫置不論。又關於兩宗聲明之由來與沿革，可參看多田道忍『天台聲明之梗概』及大山公淳『眞言宗聲明沿革史概說』，均收在日本宗教大講座第十三卷中。

又由唐所傳來的琵琶諸調律，與後世燕樂諸調之律不合，似乎要低五律。三五要錄（藤原師長撰，南宋前半期人）言及雙調、風香調、返風香調、黄鐘調、清調、啄木調等。在當時商調曾轉爲宮調，近世又恢復了唐制。

日本琵琶調名大抵都是由唐傳來的，但不幸於唐人文籍無徵。琵琶調有二十六（壹越調、壹越性調、雙調、沙陁調、平調、大食調、乞食調、小食調、道調、黄鐘調、水調、盤涉調、風香調、返風香調、仙女調、林鐘（一作林擺）調、淸調、殺孔調、難調、仙鴈（一作仙懨仙寫）調、鳳凰調、鶯鷥調、南呂調、玉神調、珀玉調、啄木調。）（註）但除上所記者之外，與燕樂諸調之關係不詳。

（註）此中除二十八調名中所有者外，見於中國典籍者有碧玉調（宋史一二六太宗代之五絃阮用）及鳳香調（見陳暘樂書一三七）。

第八章　燕樂調與琵琶之關係

遼史云『四旦二十八調，不用黍律，以琵琶絃協之。』琵琶絃有張弛，聲音便因之而有高下，在調絃時須得借一定的規準是不用說的。唐人在琵琶調絃的時候，據說黃鐘、太簇、林鐘之三宮是依管色定絃。(註一)

(註一)沈括夢溪筆談引唐賀懷智琵琶譜序云『琵琶八十四調，內黃鐘、太簇林鐘宮聲絃中，彈不出須管色定絃。其餘八十一調皆以此三調爲準，更不用管色定絃。』

琵琶由有固定的柱以自行限制其聲音，與依據十二律的聲並不全部嚴密地一致。琵琶柱制與調絃法既決定着燕樂諸調之聲，故爾要知道燕樂調之實際，琵琶柱制與調絃法是不可付諸等閑的。

中國所傳的琵琶有兩種。一種是漢代以來所已知道的，(後人稱爲『秦漢子』或『秦琵琶』)形是圓體修頸，有四絃十二柱，這和稍稍後起的目前所引以爲問題的琵琶（亦稱『胡琵琶』註一）是當得截然區別的。後者似乎以四絃四柱爲最普通的型式。這種琵琶發祥於西亞細亞地方，是波斯印度中央亞細亞諸地方的重要的樂器之一，隋唐胡樂中天竺龜茲疎勒諸樂沒有不使用這種琵琶的；與六朝隋唐時代相當的西域地方之壁畫雕刻等中琵琶之表現也頗多，足見當時盛行之狀態。絃柱制本無一定（註二）但其中有和中國所傳的四柱琵琶完全同型的。（註三）

（註一）　見北齊書後主紀，文襄六王傳外戚傳恩倖傳等及隋書音樂志蘇祇婆條下。

（註二）　Al-Fārābi（見下）言及七柱的波斯琵琶。

（註三）　關於西域及近東的琵琶之情況，Karl Geiringer, "Vorgeschichte und Geschichte der Europöischen Laute" (Zeitschrift für Musikwissenschaft, 1928) 之前篇有一讀之價值（此論文誤解了漢代琵琶是其微疵）

C. Sachs, "Geist und Werden der Musikinstrumente," 235—237.

又關於西域琵琶之圖象可參看 J. Fergusson, J. Burgess, J, Griffith, A. Foucher, A. Stein, A. Grünwedel, A. von Le Coq 等氏之著書。

近世亞剌伯之『阿五德』(e'oud) 也與琵琶同源。其形制後來雖大有改變，但到十世紀時代也還是四絃四柱，與日本所傳的琵琶同制，而且調絃法之樣式也和日本所傳盤涉調（琵琶平調）之調絃法完全相同，在阿法拉比 Al-Fārābi（十世紀中國五代宋初時人）的書中是紀錄着的。

日本正倉院所藏的奈良朝時代之琵琶（蓋唐製）五具中，除掉五絃五柱的一具之外，其餘都是四絃四柱，與近世日本的雅樂琵琶相同。(註一)陳暘樂書中此外還揭載有多絃多柱的琵琶，但最普通的唐制琵琶大約都是這樣四絃四柱的。(註二)日本所傳琵琶之四絃四柱，其配置如左。（所註記的音是現行盤涉調調絃之諸音，古時當高一均。）(註三)

	第一絃	第二絃	第三絃	第四絃
	#F	H	e	a
第一柱	#G	#c	#f	h
第二柱	A	d	g	c'
第三柱	#A	#d	#g	#c'
第四柱	H	e	a	d'

（註一）　參看東瀛珠光（一九〇八—九，六卷）正倉院御物圖錄（一九二八—三一，六卷）正倉院樂器調查報告，正倉院在日本奈良市本是聖武天皇與唐玄宗約略同時所建立的東大寺之倉庫，天皇崩後以其愛玩之遺物獻於同寺之盧舍那佛，即藏於此。其後歷代君臣均有獻納，官家保護頗嚴，故至今猶得見當代之遺物。現存遺物由聖武天皇至嵯峨天皇與唐憲宗穆宗同時的歷代御物在數千點以上，其中可認為唐製者不少。遺寶中樂器有琴（七絃）琵琶（四絃四柱及五絃五柱）阮咸（十四柱）豎箜篌、尺八、橫笛、三彩腰鼓胴等，均是在稽考唐制上的絕好的參考品。）

（註二）　陳暘樂書有二絃琵琶，六絃琵琶，均四隔一孤柱（半柱）可知均是以四柱為基礎。

（註三）　本節所論參看下列諸書：

F. J. Fétis, " Histoire générale de la musique," t. II, p. 104.

S. J. É. Collanguettes, " La musique arabe " (Journal asiatique, 1904, Ser. X. t. IV), pp. 402 seq.

J. Rouanet, La musique arabe (Encyclopédie de la musique: Histoire, t. V) pp. 2702—8.

王光祈中國音樂史上册，一〇九頁以下

蘇祇婆之琵琶不必限於龜茲部所用，但龜茲琵琶依然四柱，是有法證明的。龜茲琵琶以『屈茨琵琶』之名在隋以前已傳入中國。通典一四二云：

『自宣武（後魏世宗）已後始愛胡聲，洎於遷都屈茨琵琶、五絃、箜篌、胡簫、胡鼓、銅鈸、打沙羅、胡舞、鏗鏘鏜鏜、洪心駭耳。』

屈茨卽龜茲。悟空入竺記（圓照撰十力經序所載）『龜茲國王白環（原註亦云丘茲）正曰屈支，』屈支屈茨均龜茲之異譯。（註一）陳暘不解『屈茨』之意，以爲『說者謂制度不存，八音之器所不載，以意推之，豈琵琶爲「屈茨」之形然也，』純屬望文生訓，非是。

唐書驃傳『有龍首琵琶一，如龜茲製，而項長二尺六寸餘，腹廣六寸，二龍相向爲首，有軫柱各三。』又云『有獨絃匏琴，……有四柱，如龜茲琵琶。』據此可知唐代的龜茲琵琶比普通的琵琶稍稍細長，且具有四柱。六朝隋唐代的龜茲故趾中所發見的壁畫裏面，有四軫五軫六軫的，因而是四絃五絃六絃的琵琶，（註二）怕是以四絃乃至五絃爲經常的絃數罷。壁畫中，柱是沒有明白地畫出的，實際上大抵是四柱，而日本所傳及舊時亞刺伯的絃音分劃大抵就是準據着這四柱所規定出的。

（註一） Lévi, " Langue d. Koutcha " 所列譯名頗多。

（註二） A. Grünwedel, " Altbuddhistische Kultstätten in Chinesische Turkistan, 1912, S. 128, 九十四圖。

同 " Alt-Kutscha " 1920 琵琶圖頗多。

隋唐代的最普通之琵琶四絃四柱，是無可疑的。四柱由其位置以決定各絃之音。印度樂論，波斯亞刺伯樂論，中國樂論，三者的音制上本互有出入，但在琵琶絃上其差僅少，故龜茲琵琶之諸聲以宮商呼之亦不生妨礙。

正倉院所藏唐製的五絃琵琶，阮咸（十四柱中之四）之柱制最與亞刺伯樂論相合，這證明着唐代使用着這些樂器的燕樂諸調之律，是決沒有嚴密地守着中國十二律的。現在把這些古器的音制和中印亞三音制對照着，將其相互之異同表解如次。

（註） 參照正倉院樂器之調查報告； Bhandarkar, "Stud. Anc. Hind. Mus."; Collanget tes, "Musique arabe" 諸書。

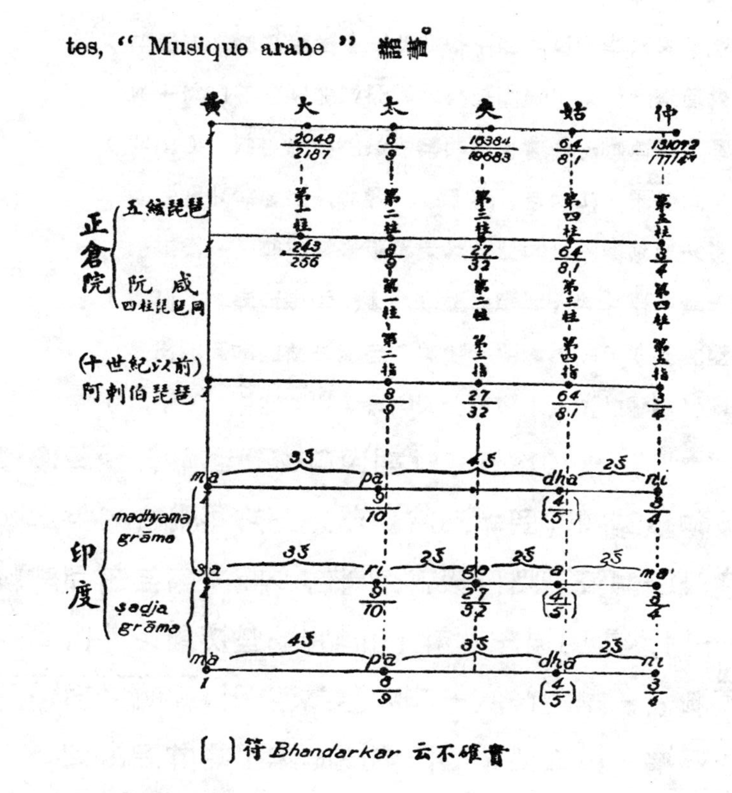

〔 〕符 Bhandarkar 云不確實

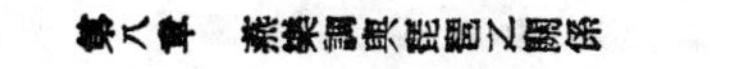

四絃四柱時一絃是五聲，五四只能得二十聲。淩廷堪不明唐琵琶之真相，爲唐段安節琵琶錄之不明瞭的琵琶七運之記載（註一）與遼史之四旦（註二）說所惑，因燕樂有二十八調，遂創爲琵琶「一絃具七調四絃故二十八調」之謬說（註三）。陳澧亦承其說而稍加擴充，至今猶有人信奉之，或則以爲唐之燕樂琵琶具備着多柱。其反證是就在宋仁宗時代，遼人都還使用着四柱琵琶，這是遼東陵（聖宗或興宗墓）的壁畫所昭示着的（卷首插圖二）（註四）。

（註一） 琵琶錄云「去聲宮七調，第一運正宮調，第二運高宮調，第三運中呂調，第四運道宮調，第五運南呂宮，第六運仙呂宮，第七運黃鐘宮。」（商角羽三調皆有七運。）

（註二） 遼史樂志云「大樂調，雅樂有七音，大樂亦有七聲，謂之七旦，一曰娑陁力，平聲。二曰雞識，長聲。……自隋以來樂府取其聲四旦二十八調爲大樂。娑陁力旦正宮、高宮、中呂宮……雞識旦越調、大食調、高大食調……。」遼志四旦已失隋志旦之原義，於聲或調之意爲近。

（註三） 燕樂考原引隋志鄭譯說「律有七音，音立一調，故成七調。」註云「案杜氏通典一絃琴十有二柱，如琵琶。以隋志考之則琵琶一絃具七調四絃故二十八調也。」

（註四） 鳥居龍藏「由考古學上所見之契丹文化」所收。

依凌氏說，其琵琶之柱聲當如次：

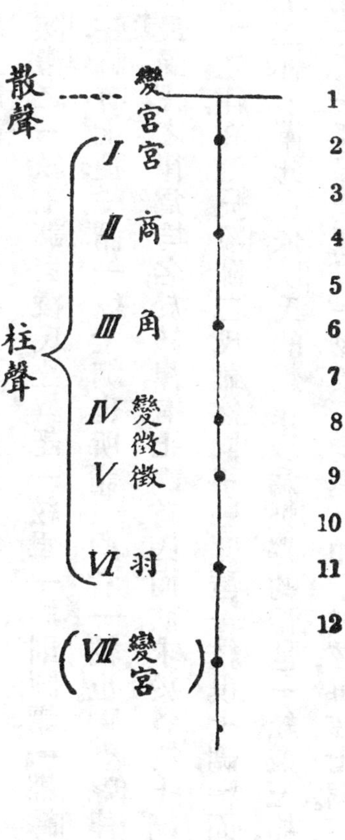

故凌氏琵琶至少須具六柱。若用散聲之淸聲，則需七柱。波斯琵琶有有七柱的之存在，Al-Fārābi曾言之（註一）但由此七柱所生的四七二十八聲是含着依波斯理論所規定出的甚微小的音程的，不足爲凌氏說之保障。

（註一）Fétis, Hist. mus., t. II, p. 108.

凌氏之一絃七調，其義亦甚特異。依七聲之七律所成的一均（但均首非宮聲）

之旋轉而生七調雖然無牾，但於該七調賦以同性之調名（正宮高宮俱爲宮調，同性。越調大食調俱爲商調，亦同性，）那卻是重大的錯誤。此實可爲其勞作之致命傷。（近代中國諸宮調之亂雜，亡失其原義之處有與此相似者，或緣凌氏作其俑。）以其第一絃所生的七宮爲例時，其所謂正宮是變宮調，高宮是宮調，中呂宮是商調，道調宮是角調，南呂宮是變徵調，仙呂宮是徵調，黃鐘宮是羽調，凌氏卻誤以爲宮一均之七調，其所說七商七角七羽皆與此同。

陳澧之一絃七調與凌氏全異，認一絃爲一均則同，謂『鄭譯言「一均之中間有七聲，調有七種，」謂一絃七調也。所謂一均者一絃也。』（聲律通考七）然其一均以最濁聲之律爲均名，於該律有七調首，因而欲求於各均七調之七聲相應，則需要全十二律在這兒。凌陳二氏雖然同稱『琵琶一絃俱七調，』而陳氏之琵琶不得下十二柱。不僅此也，依陳氏的想像，以爲鄭譯的琵琶一絃兼三均，則還要更多數的柱。陳氏云『鄭譯琵琶以一絃兼三均，四絃如十二絃，每絃七調。』（同上）陳氏所夢想着的宋代琵琶蓋與清代制相近，清代制者有十五柱，這是想以一絃而得宋樂之十六律（自黃鐘至清夾鐘）者也。

（註）近人童斐氏之見解採取陳說，見中樂尋源上，三十五頁。

像漢以來的琵琶卽秦漢子（十二柱）與唐代的阮咸（十四柱）雖然有多柱者見諸實用，然一紘應七調的那種多柱琵琶之效用由四紘之交互使用可以達到，而且唐制的四柱琵琶之遺品於今猶存，而日本的雅樂更用着與之同型的琵琶演奏着唐代傳來的樂曲，知道了這些理論和事實，可知凌氏的一紘具七調說，陳氏的一紘一均七調說，均是與唐代琵琶之制不相容的紙上空論而已。（註）

（註）參看附論七與八。

第九章　結論

中國古來的樂調似乎是以宮調爲本義。宮調者以七聲之宮爲調首者也。六朝以來由胡樂之傳入，知道了有別種的調。不知何時，宮聲以外者也可以爲調首的思想便生長了出來。雅樂雖還固執着宮調，俗樂便因胡樂之影響而使用着自由的調。隋書所云『荀勗論三調爲均首者得正聲之名，明知雅樂悉在宮調，以外徵羽角自爲謠俗之音耳』者，謂此。在隋唐的俗樂調中，因胡樂而致的調觀念之變化，是顯明地反映着的。俗樂諸調可以說是穿着中國衣裳的胡樂調。唐時胡俗幾乎同調，冠有胡名或由胡名而來的字面之調及其增補者，是爲胡俗樂所使用着的。故爾俗樂調不外是稍稍中國化了的胡樂調。這樣對於中國樂調之進步有所貢獻的胡樂中之最重要者，或寧是其唯一者，是龜茲樂。

隋唐燕樂，華夷雜滙着本有數種，其所使用的胡樂固不限於龜茲一系，唐代中次第淘汰之結果，由龜茲樂所生出的俗樂調最佔優勢，其它的胡調被包攝於其內，沒現到表面上來。南朝所傳的清樂調也漸漸衰亡了。唐代燕饗之胡樂都依照着中國化了的龜茲樂調（卽俗樂調），是沒有什麽疑慮的。龜茲樂何以獨於蕃榮了呢？那是因爲龜茲國人對於音樂有特別的才能（大唐西域記所言），自南北朝以來頻繁地向東方來活躍，建築了絕大的地盤的原故。蘇祇婆、白明達、白智通、都是同國出身的樂工、而於中國音樂多所貢獻。在唐代中，壓倒其它的胡樂，謹龜茲樂獨顯光輝者，實非無故。

龜茲樂，和其它西域諸樂一樣，是在伊蘭印度兩樂系的影響感化之下發展出來的，但在周隋以後者，其樂調實源於印度，印度文化的影響對於龜茲特別地顯著。西域記云『屈支國，文字取則印度，粗有改變，』當代的龜茲語中包含有多數的梵語系語彙，早已爲前人所揭發了(S. Lévi 氏之業蹟最著。)蘇祇婆所傳的龜茲樂調名都是梵語，毫不足異。其樂調不僅限於名稱，連調之性質，調之高度，都是來自印度樂調。唐俗樂二十八調可以說是以龜茲爲中介而傳入了中國，而稍稍華化了的印度樂調。在當時的東亞諸地，印度樂是如何地優勢，請看伊蘭系的樂器並以龜茲爲介始得知其名的篳篥，與印度系的驃國（今之緬甸）樂器兩頭笛，不怕南北兩地遠遠相隔，而同與印度樂調兩相契合的這一件事情，是足以窺見其一端的。

但諸調之實際，如遼史所言，是以琵琶柱聲爲依據時，則個個的音制較之印度寧是由伊蘭派的樂論受了多少的變形，其痕跡，不能斷言沒有。然而印度樂論，在琵琶的使用上究竟被遵守到了怎樣的程度，並不明瞭，大體上和伊蘭派的或相類似，關於這一點要立卽談到伊蘭的影響，是不能不躊躇的。而且在樂調上，印度系之龜茲樂之優越，妨礙了伊蘭樂調之中國化，或者隱蔽了它，沒使表現出來，要指點出伊蘭樂調樣的傳入之事實，是不可能的。但就這樣，也不敢斷定說全無影響。印度與伊蘭是西域文化之二大源泉，伊蘭成分由流入中國的胡樂，尤其安國康國等，對於中國樂當得是生過了一些的感化。

在樂器上，豎箜篌、琵琶、篳篥的三者無疑地是伊蘭系，在天竺樂中後二者雖也使用，但在天竺元本是外來的東西。在伊蘭印度兩文化之混和點的中央亞細亞，兩系的音樂在實際上是怎樣行使着的，是有興味的問題，但我們除掉由隋唐的胡樂與西域出土的遺像，關於龜茲國內的印度樂調之施行與西域諸國之樂器多少知道得一些而外，還剩下有不少的疑問。

唐代俗樂調之正調名，看解爲『之調式』或『爲調式，』則諸調之相互關係及高度便有不同，假如認定宋傳與日本所傳爲唐樂之直傳，則正調名當解爲『之調式。』

唐代俗樂調既解爲『之調式，』則唐代諸樂律之高度便相關聯地得以考知。俗樂調之標準的俗律（燕律）似乎是印度龜茲樂的直系，是當於商調之越調調首之律。隋之鄭譯一面以此爲依據，更斟酌着中國的均之意義，於低二律的宮調（黃鐘宮）調首給與了黃鐘之名，那便是唐代的古律之由來。故爾俗律和古律該是以必然的關係結締着的。連宋人也不明此理，見到黃鐘宮、仲呂宮、南呂宮三宮之調首都比俗律高二律，遂以爲燕樂至後世上昇了兩均，（沈括夢溪筆談說）其實非是。

隋初的黃鐘宮其實是稱爲下徵林鐘宮，卽是把比正律低五律者認爲了黃鐘的，其源如龜茲樂調之標準所示，大約是受了胡調低抑之感化。鄭譯琵琶八十四調之律也大約是比鐵尺律低五律的，唐之古律比正律（小尺律）低五律，恐亦其遺制。知道唐小尺有時是出於鐵尺，唐古律是出於鄭譯琵琶律，這個現象毫不足異。

唐代之燕樂諸調似乎是依據着古律。（在天寶年代有其明證）而在另一面，樂器之分寸則是依據小尺，樂器之律呂是依據正律。俗律之使用法不明，但其存在可以認爲是燕樂之標準音。唐史言俗樂之宮調當於夾鐘者以此。但據我所見，由古律與俗律之關係推證起來，是應該當於太簇。應該當於太簇而言當於夾鐘者，當是由於肅宗以後的新律當於古律之夾鐘而生出的混淆，不然便是中唐以後俗樂調上昇了一律，遂致忘記了古律與俗律之原義。

唐正律是小尺律，由貞元中所貢獻的驃國兩頭笛與日本篳篥之關係看來，可以推知是見諸實用的。唯小尺律有玉尺制與鐵尺制之屢相替代，其詳雖未能明，但中唐代殆是鐵尺律。今以鐵尺律爲正律，由兩頭笛之律與調之關係，比正律低五律的古律，比古律高二律的俗律，高三律的新律，當於古律之林鐘的淸商律，便得到了闡明。由此發見，而隋代鄭譯八十四調之律，蘇祇婆所傳的龜茲樂調之律，更加之從未被人夢想過的印度古樂律之高度，也才得了推闡的可能。

由唐燕樂調的高度之決定，唐燕樂調與宋教坊樂之比較纔可以辦到。兩者大體是相近的，只是宋人以唐之俗律爲標準，故正調名是完全改變了。

唐代的琵琶以四絃四柱爲最普通。淩廷堪等昧於此，建立出『一絃具七調』之說，這是與當時的琵琶制不能相容的謬說。

唐燕樂二十八調是後世宋元明俗樂諸調之淵源，在唐時也傳到了日本。在中國傳世愈久便愈失掉其本來的調義，而日本所傳則和樂器一道是還保存着唐代之遺制的，然則在唐樂之研究上，對於日本所傳的唐世遺調遺曲之調查是最重要的事體之一，特別對於中國學者願進一言。

在本論之外，還提出了應聲之新釋，合字林鐘徵聲等之新說。

綜合以上諸論，算把後世樂調之淵源的隋唐燕樂調，關於其調的性質，調名之由來，調律之高度的三點，大抵是闡明了的。

附論

一　唐燕樂調之調式

調名之表現法古來本無定制，有應用律名者，有借用聲名者，此外也還有別種的表現。

周禮所云『奏黃鐘，歌大呂，』又『函鐘爲宮，太簇爲角，姑洗爲徵，南呂爲羽』等，似乎是應用律名以爲調名的，但其眞相尙有疑問。唐宋代倣效周禮的某律爲宮爲商等的調式，恐怕與周禮的用意有別。又黃鐘宮太簇商等的調名也是應用律名的最普通的名稱，是唐宋以來所通用的。

借用聲名爲調名者如古時的淸角、流徵，暫且不論，晉荀勖三調中之下徵調，淸角調，毫無疑義地是以聲名爲調名的，但無一定的音度。黃鐘笛之下徵調是林鐘宮，淸角調是姑洗宮大呂笛之下徵調是夷則宮淸角調是仲呂宮。唐俗樂調的正宮高宮等，要看成這一類也未始不可。

此外如清商三調之瑟調、清調、平調（瑟調或作側調，）荀勗三調中之正聲調等，與律名聲名均無關係，此等怕也同樣是無絕對音度的。隋代龜茲樂調之梵名，唐俗樂調之『時號』的大部分，近世的某字調等，都可以算成這一類。

隋代是際會着未曾有的調之進化期的，調名之表現上怕也有種種的方法的罷。要表示有一定的律的商調、角調、羽調等之調名，把舊有的律名應用起來，不用說是最爲理想的。譬如黃鐘宮是黃鐘爲宮而同時也是由以宮爲調首的黃鐘均七聲之律而成的調，與此相準，以黃鐘均之商（太簇律）爲調首的調稱爲黃鐘商，以黃鐘均之羽（南呂律）爲調首的調稱爲黃鐘羽的這種表現法，當是考慮出來了的。隋書歷律志萬寶常律呂水尺條下云『南呂黃鐘羽也。』此處雖不是指的調名，卻也暗示着有這樣的調名之存在。與此對立的是借調首的聲律以爲調名之法，如以黃鐘爲商，且以商爲調首之調，（無射均商調）稱爲黃鐘商者是此亦稱爲黃鐘爲商。（唐樂『夾鐘均之黃鐘羽』陳澧認爲夾鐘宮與黃鐘羽區別。在這時前者僅示黃鐘律當於羽聲，羽聲不爲調首，後者是羽調。）蓋倣照周禮之古式而通行於唐代者上二制中，前者是余所謂『之調式』後者是『爲調式』。隋代俗樂調的情形暫置不問，在唐代則二者之取舍於諸調相互關係（宮調羣商調羣羽調羣等間之相互的律之高低關係）之決定上極關重要，今且略加考核如次。

唐俗樂調名有應用調所依據之律名者，稱之爲俗樂正調名。在此正調名之外有時俗相傳之調名，此稱爲時號。時號中也有應用律名聲名者。

把唐俗樂正調名要限定於『之調式』或『爲調式』的任一邊，都當得躊躇。把唐代的雅樂調名來檢討時，『爲調式』通行着的痕跡是很昭著的。有明白地把爲字插入的例證，如『圜鐘爲宮』『黃鐘爲角』『太簇爲徵』『姑洗爲羽』等，（張文收所制定十二和之第一『豫和』此種調名基於周禮。以下例多，參看唐書禮樂志）是此。等有時又略去爲字，稱爲『黃鐘角』、『太簇徵』、『姑洗羽』。（舊唐書音樂志）又有『羽調』『商調』『宮音』『商音』等例，後二者一作『黃鐘宮調』、『太簇商調』等，固知仍是『爲調式』。其次有附帶均名之例，如『夾鐘均之黃鐘羽』等，這也是『夾鐘均之黃鐘爲羽』，依然是『爲調式』。（但此形式作爲『夾鐘（均）

之〈黃鐘〉羽』則與『之調式』通。）反之，所謂『之調式』僅張文收十二和之一的舒和之『太簇之商』此外無適例。

俗樂調大率有時號，其正調名似該認爲借用了雅樂調名式的。唐代的雅樂調名幾全部爲『爲調式，』這個事實使我們覺得把俗樂正調名也解成『爲調式，』是極其自然。但依然躊躇着不能採取『爲調式』者，是因爲有與『之調式』符合的宋傳與日本所傳。此兩傳並非是把唐代的俗樂正調名對時號之關係照原樣保存着的，（北宋傳僅七商用唐制。）是保存着了把正調名作爲『之調式』時的時號調相互關係之態。此如是由於宋人之獨斷而改造，則信奉兩傳的我輩實屬至愚，果其然乎？

把唐樂作爲『爲調式，』並於相互關係上得與宋日兩傳相一致，有唯一的一個方法，便是名目爲『爲調式』而實則導出與『之調式』同一結果的方法。如清人陳澧所提倡宮商角羽各調各與以正位發始之高度不同的十二律，把調名解作『爲調式』時，在其結果上是與準據各調共通律的『之調式』相合。但陳氏把這種想法延長至宋樂去了，此法如不局限於唐，則唐宋不能一致。唐宋正調名不同，陳氏把唐宋遼俗樂正調名同一視了，這已和古籍不合。

陳氏聲律通考序云「唐宋俗樂，凌氏巳徵引羣書披尋門徑，然二十八調之四均，實爲宮商角羽，其四均之第一聲皆名黃鐘。凌氏於此未明，故其說尚多不合。」

陳氏說宮商角羽諸調律呂表

五聲正位	宮		商		角			徵		羽											
宮調律	黃	大	太	夾	姑	仲	蕤	林	夷	南	無	應									
商調律			黃	大	太	夾	姑	仲	蕤	林	夷	南	無	應							
角調律					黃	大	太	夾	姑	仲	蕤	林	夷	南	無	應					
羽調律										黃	大	太	夾	姑	仲	蕤	林	夷	南	無	應

唐末暨五代，數十年間天下騷亂，使盛極一時的唐俗樂衰頹了下來，然而奉守着唐樂遺曲的伶人是並未絕滅的，宋初尚有唐樂之遺存。太宗時代所存的一十八調卽使有多少變革，總不能認爲是從新再造起來的東西。俗樂調是以時號爲本號的。宋人把唐暨五代的越調作爲越調，沙陁調（正宮）作爲正宮，把它們的律之相互關係照樣傳承着，是理所當然的事體。但正調名唐宋不同者，是由於稱呼法之改

革，兩代諸調之相互關係，唐樂爲『之調式』北宋樂爲『爲調式』（南宋是『之調式』）則相符合。假使唐宋並爲『爲調式』則七商以外調名與調之相互關係凌亂，成爲並無何等的血脈相通之物。北宋的『爲調式』如爲踏襲唐制，因宋樂標準律提高之故，與此相應的正調名自當有變化，然而相對的關係兩代當一致，而實際亦不然。唐樂如不爲『之調式』則與宋樂之『爲調式』不合，殊足異也。（註）

（註）　北宋爲『爲調式』之證見沈括夢溪筆談，補筆談，宋史律曆志引仁宗景祐樂髓新經。南宋『之調式』之跡見朱子儀禮經傳通解風雅十二詩譜（又參照宋史樂志小雅歌二南國風註）姜堯章白石集，張炎詞源等。唯宋人之角當作別解。不知是否唐之遺式。日本所傳幾無角調，關於此點無可闡發。

俗樂時號												
二宮調			沙陀調（正宮）					道調（道調宮）				
五商調			越調		大食調（大石調）			雙調		小食調（小石調）		水調（歇指調）
二羽調					平調（正平調）							般涉調

附論 一 燕樂調之調式

俗樂正調名			律	黃	大	太	夾	姑	仲	蕤	林	夷	南	無	應	
俗樂	唐		宮調			太簇宮					林鐘宮					之調式
			商調			黃鐘商		太簇商			仲呂商		林鐘商		南呂商	
			羽調					林鐘羽							太簇羽	
正調名			律	黃	大	太	夾	姑	仲	蕤	林	夷	南	無	應	
	宋	北	宮調	黃鐘宮					仲呂宮							爲調式
			商調	黃鐘商		太簇商			仲呂商		林鐘商		南呂商			
		宋	羽調			太簇羽							南呂羽			
		南	宮調	黃鐘宮					仲呂宮							之調式
			商調	無射商		黃鐘商			夾鐘商		仲呂商		林鐘商			
		宋	羽調			仲呂羽							黃鐘羽			

一三五

日本律	宮調	商調	羽調
壹越	沙陀調	壹越調	
斷金			
平調		大食調	平調
勝絕			
下無			
雙調		雙調	
鳧鐘			
黃鐘			黃鐘調
鸞鐘			
盤涉			盤涉調
神仙			
上無			

又唐代傳至日本之調雖僅十調左右，然其相互關係與宋傳一致。傳來之後樂制有數度之改革，必與唐代之物相同，殊難斷言。日本傳非唐制之原樣，(1)有特殊之十二律名（壹越、斷金、平調、勝絕、下無、雙調、鳧鐘、黃鐘、鸞鐘、盤涉、神仙、上無（鳳聲、）壹越當中國之黃鐘，乃古來定說）(2)各調之調首稱宮，(3)殘存之三商三羽調分爲律調呂調得其均衡，此外尚有數件爲人所列舉，但這些怕是在日本遇着了什麼必要而變革了的。不幸其變革之跡無由詳悉，但至遲南宋初代之日

本樂制與今日無大差，這一點在古籍上是有明徵的。假如北宋代在中國有了大變革，受其影響之結果，日本所傳遂與宋傳一致，則唐樂調爲『爲調式』與宋日兩傳不合亦無足怪，或者有人會這樣懷疑。但是日本所傳唐曲比宋人所傳者爲多（其名目見和名類聚抄（宋初撰，）宋初唐遺曲之鮮少實不堪比較，）於一部分的樂論之外，樂器等至少猶存，殆無何等顯著的改善之痕跡，想到有這樣忠實的傳承之事實，何以定要把樂調改組以追縱變革後的（假定）宋傳呢？這是值得反問的。宋代文化傳入日本之迹，於宗教美術上相當顯著，已爲世所公認。然而宋樂曲卽使有什麼傳來，而於文獻上卻連名目也無留存，是値得注意的。宋日樂之相關固未充分地探求盡致，但如唐日樂間之關係這樣密切，是不會有的。樂調上的宋傳與日本傳之一致寧是由同祖派生出的血族關係之結果。日本十二律名，一部分是借用俗樂調名（時號）以爲其調首律位之名，（註） 假如這日本十二律名之起源是在宋代以前發祥於日本，則唐俗樂調之排列與宋傳日傳相同便毫無可疑，但不幸關於這一點古籍是完全沈默着的。

（註）　壹越（唐越、伊越、）平調、雙調、黃鐘、盤涉之五律爲同名之調的調首之律。

照現在所有的資料看來，二途之中積極地採定其一的啓示是沒有的，但如上說以宋傳日傳合致之理由認爲同祖如較爲合理時，則唐俗樂正調名是當解爲『之調式』的（或者陳澧式之『爲調式』）就這樣，一邊承認着有『爲調式』之跡的雅樂調，一邊又言有『之調式』的俗樂調，一見雖覺矛盾，但雅俗樂調其機構各別，俗樂調不必一定是雅樂調的模倣『爲調式』的雅樂調與『之調式』的俗樂調之併存是不足異的。以千古傳統自誇的日本所傳唐樂調如出於意外乃是後世把唐樂一變了的宋傳之派衍，有那樣的確證揭發了出來時，則於本書所述之根幹當大施改革之斧鉞，作者是不會躊躇的。

本書所述於合於『爲調式』之說也並不排斥，且屢屢稱其爲可能者，正因有上述的情形而礙難決定之結果。

二　唐代律尺質疑

唐代律尺有鐵尺說與玉尺說兩種。

通典一四四云：

『大唐貞觀中，張文收鑄銅斛秤尺升合咸得其數。詔以其副藏於樂署。至武延秀爲太常卿，以爲奇翫，以律與古玉斗升合，獻焉。開元十七年將考宗廟樂。有司請出之。勅惟以銅律付太常而亡其九管。今正聲有銅律三百五十六，銅斛二、銅秤二、銅甌十四。斛左右耳與臀皆正方，積十而登，以至於斛。銘云「大唐貞觀十年，歲次玄枵，月旅應鐘，依新令累黍尺，定律、校龠、成茲嘉量，與古玉斗相符，同律度量衡。協律郎張文收奉敕修定」秤盤銘云「大唐貞觀秤，同律度量衡。」匣上有朱漆題「秤尺」二字。尺亡，其跡猶存。以今常用度量校之，尺當六之五。衡皆三之一。一斛一秤是文收總章年所造。斛正圓而小，與秤相符也。』

新唐書禮樂志亦云：

『文收既定樂復鑄銅律三百六十，銅斛二。……斛左右耳與臀皆方，積十而登，以至於斛。與古玉尺玉斗同。』

此古玉斗古玉尺，蔡元定以爲後周玉尺（見律呂新書，）日本荻生徂徠樂律考（村瀨之熙撰藝苑日涉卷三所引）亦同此說。但古玉斗不必卽是後周代所掘得之物，說者有謂此古玉斗如非東晉或劉宋以後物，則當是後周代蘇綽（鐵尺之創始者）所造。如以後周玉尺爲唐尺，則與丁度所說宋景表尺爲唐尺較晉前尺長六分三厘者（玉海卷八所記）不合。（猪谷望之『本朝度量權衡攷』所說。）唐之大尺爲小尺之一尺二寸，正倉院藏奈良朝時代之大尺（大抵乃唐制撥鏤尺）比現今日本曲尺（一尺＝〇・三〇三米）稍短，平均得九寸八五七一有奇。（正倉院圖錄第一輯及第六輯所載十二枚大尺之平均數。）同類之尺日本法隆寺慧日寺及嘉納氏均有所藏。烏程蔣氏藏尺亦略與此等相合（王國維觀堂集林十九參照。）又續日本紀十二載『天平七年（唐開元二十七年）四月辛亥，入唐留學生從八位下上道朝臣真備獻唐禮大衍歷經大衍歷立成測影鐵尺一枚，銅律一部，鐵如方響寫律管聲十二條，樂書要錄十卷，』此與六典調鐘律測晷景用小尺之說合校，可知當時所輸入的唐律是依據鐵尺，此足為正倉院藏尺於鐵尺有關係之一證。大尺之六分之五為小尺合八寸二一四有奇（嘉納氏藏唐小尺八寸。）以此為鐵尺，依隋書律歷志所載之比率以求周尺西晉尺時得七寸七二有奇。馬衡氏『隋書律歷志十五等尺』依據現存王莽嘉量（劉歆銅斛）測得西晉尺為〇・二三一米（七寸六二三——余曾以 A. Stein 氏所發見之漢尺等為根據，得七寸五五（〇・二二八七八：米，）相差甚微。）今依據之，知唐小尺之鐵尺為〇・二四五七八米，其一・二倍之大尺為〇・二九四九三六米，合日本曲尺九寸七三二有奇。與正倉院大尺之差雖有一分二厘餘，但於律上無大影響。

（註）正倉院所藏『尺八，』有一管與唐小尺（鐵尺）之一尺八寸（倍黃鐘）確切地相一

。致但其『筒音』（全閉孔音）之實驗振動數為 353.3，是在勝絕與下無之中間（f^1—$\sharp f^1$）

據正倉院樂器之調査報告　這應該是唐小尺律（即正律）之黃鐘，古律之仲呂，與古時日本律之勝絕相當的東西。

唯郭沫若氏據上舉通典所載張文收銅斛銘，以為唐代尺度屢有變更。貞觀十年前當是鐵尺，武德四年所制定之『開元通寶』錢可證。貞觀十年依據『古玉斗』所『修定』者當是後周玉尺。文收總章年所造之第二斛『正圓而小』，是為總章年間又由玉尺制改鐵尺制之證。然大斛之尺既合開元時常用尺『六之五』，則開元時復已改為玉尺，改制之時期大率在武后時代也。尺雖有鐵尺玉尺之分，大小尺之比例不變。

案於古代日本度量衡制曾與以大影響者為唐制，觀其變革之跡，其感化並不敏速。推古帝代（隋煬帝代）與大陸作正式的直接交通以來，彼此之交涉雖繁，與唐代大小度量衡之實際相接近者實在元明帝之和銅六年（唐開元元年）。在其約十年前，文武帝大寶二年（唐中宗嗣聖十九年）雖有大小尺度，但小尺反當於唐之大尺，大尺乃高麗尺。其前所用的是高麗尺。聖武帝代乃蹈襲和銅制現存正倉院藏尺（大尺）如爲當代制度之遺品，則所謂小尺當擬爲鐵尺。總之鐵尺之輸入不問是何時代，以鐵尺定爲小尺，實費了數十年的歲月。就這樣大陸之影響，其速度有如此遲緩，則唐制縱屢有變革，不至一一都影響到日本。日本開元代已採用玉尺，日本也依然可以固執着鐵尺的。（假如正倉院藏撥鏤尺非開元代的遺品。）

余感於正倉院藏撥鏤尺，『開元通寶』錢及其它考古學的資料之重要性，又鑑於採用鐵尺說之便於說明，雖於張文收銅斛銘之疑惑不能解，暫以開元天寶代律尺卽鐵尺說爲主，而以玉尺說附之，澈底的決定當期諸它日。

三　龜茲部之樂器樂曲

龜茲樂之東來據隋志言始於西秦呂光之時，但西秦時所傳樂器未必卽與隋志所載者一致。唐代所傳新舊唐書通典六典等互有出入而新唐書獨加彈箏、擔鼓、齊鼓，疑是西涼樂之竄入，除此而外，隋唐龜茲部的樂器大抵是一致的。

樂器的系統有伊蘭印度中國的三種。豎箜篌、琵琶五絃、篳篥無疑地是伊蘭系。橫笛、都曇鼓毛員鼓腰鼓羯鼓貝是印度系笙當然是中國系，但簫於西域亦有之，龜茲部所用的簫不知何所屬。銅鈸是伊蘭印度所共有的，由來已久。琵琶五絃於天竺部中亦有之。又屬於細腰鼓的正鼓、和鼓，伊蘭系的康國安國兩樂裏面均有，這些應該都是外來的，

龜茲部樂器	隋	唐	南詔	宋
	竪箜篌	竪箜篌		
	琵琶	琵琶		
	五絃	五絃		
	笙	笙		
	笛	横笛	横笛	笛
	簫	簫	長短簫	
	篳篥	篳篥	大小觱篥	觱篥
	毛員鼓	毛員鼓（通典云今亡）		
	都曇鼓	都曇鼓		
	答臘鼓	答臘鼓	揩鼓	揩鼓
	腰鼓	腰鼓	腰鼓	腰鼓
	羯鼓	羯鼓	羯鼓	羯鼓
	雞婁鼓	雞婁鼓	雞婁鼓	雞婁鼓（鞉鼓附）
	銅鈸	銅鈸	大銅鈸	
	貝	貝	貝	
		彈箏　侯提鼓　擔鼓　齊鼓（新唐書）		
			拍板	拍板
			方響	
			短笛	

隋唐代的龜茲樂之優越，致其所使用之樂調成爲二代俗樂調之基礎，而於唐代則俗樂中最爲重要的坐立部伎也有龜茲樂參與着。但龜茲樂一普遍化，其本身也就次第變形了起來，所使用的樂器有淘汰，有代用，遂化爲貞元中南詔樂的龜茲

部所見的那樣，乃甚至如宋教坊的龜茲部所見的那樣。南詔龜茲部固然是地方的成品，但如宋教坊之龜茲部則當視爲前代之繼承，然則晚唐的龜茲部也就可想而知了。

南詔龜茲部已經失掉了竪箜篌、琵琶、五絃等，而有方響、拍板、短笛等清樂系之樂器滲入。這怕是盛唐時代的胡俗混淆之孑遺。宋龜茲部更加衰頹，所使用的樂器僅僅八種，樂曲僅二，隋唐盛時之面影已經沒有了。

龜茲或屬於其系統的樂曲於典籍中有明徵者不少。隋志云：『龜茲者起自呂光滅龜茲國，得其聲。呂氏亡，其樂分散，後魏平中原，復獲之。其聲多變易，至隋有西國龜茲、齊龜茲、土龜茲等凡三部。』

隋代有曹妙達、白明達輩製新曲。白明達見隋志龜茲樂項下，當亦龜茲人。志云『煬帝不解音律，略不關懷，後大製豔篇，辭極淫綺。令樂正白明達造新聲，剏萬歲樂、藏鈎樂、七夕相逢樂、投壺樂、舞席同心髻、玉女行觴、神仙留客、擲磚續命、鬥鷄子、鬥百草、汎龍舟、還舊宮、長樂花、十二時等曲，掩抑摧藏，哀音斷絕。帝悅無已。』此中汎龍舟一曲，唐代尚在清樂中兩唐書及通典均以爲隋煬帝作，殆是一曲。

隋志龜茲樂條下又云『（煬帝）六年高昌獻聖明樂曲帝令知音者於館所聽之，歸而肄習及客方獻，先於前奏之胡夷皆驚焉。其歌曲有善善摩尼，解曲有婆伽兒，舞曲有小天，又有疎勒鹽。』隋志缺高昌樂，故於龜茲樂下紀之。『其歌曲』云云以下，依其它諸樂文例，當是指龜茲樂。曲名解釋頗有異說。勒維氏 Lévi 以爲『善善』雖有 Bien! Bien!（善哉善哉）之意，但由有疎勒鹽之記載，疑是關於鄯鄯（漢樓蘭）的東西。（註一）但如『善善摩尼』爲一曲名時，則當從沙畹 Chavannes 說爲『善哉摩尼』。（註二）（mani 波斯摩尼教祖 或 mani 佛語「如意珠」「無垢」。）勒維又疑婆伽兒爲 Bagar。唐之樂曲名多附有『鹽』字者（註三）此疎勒鹽爲其先驅。

（註一） S. Lévi, Long. d. Kautcha, p. 351.

又同氏於曲名讀作『善善』『摩尼解』（以摩尼爲 mani）『婆伽兒舞』等。案當以讀爲『解曲』『舞曲』爲近是。

（註二） Éd. Chavannes et P. Pelliot, Un traité manichéen retrouvé en chine

(Journal asiatique, 1913, t. II,) p. 150, note 1.

（註三）例如野鵲鹽、神雀鹽、白蛤鹽、（以上唐會要）突厥鹽、大秋秋鹽、要殺鹽、鵪嶺鹽、（以上羯鼓錄）一捻鹽、一斗鹽、（以上教坊記）

三台鹽、安樂鹽、壹德鹽。（以上日本所傳）

想到唐代的龜茲樂之盛行，唐會要所載天寶十三年的改名樂曲中屬於龜茲樂的當復不少，但要一一指出是很困難的。今揭出數種如下。

一　沙陀調『龜茲佛曲』改為『金華洞真』

『龜茲佛曲』之名見燉煌所發見的佛曲沙陀調中，又『金華』之稱可聯想到西域記所載龜茲之金花王，（註四）這一曲當得是和龜茲樂有關係的。

（註四）大唐西域記云「屈支國國東境城北天祠前有大龍池。……聞諸先志曰近代有王，號曰金花。政教明察，感龍馭乘，王欲終沒，鞭觸其耳，因卽潛隱，以至于今。」案唐初龜茲王有蘇伐勃駃與高祖同時蘇伐疊與太宗同時　具見唐書。勒維氏以為『蘇伐』Su-var 自可聯想到 suvarna 或 svarṇa（華言『金』）而龜茲出土的木札（通關證）有 Swarnate 與 Swarnabuspe 之名，前者當卽蘇伐疊，後者當是蘇伐勃駃，卽西域記之金花王，Swarnabuspe = suvarnapuspa

（梵語,華言爲『金花。』）("Lang.d. Koutcha," pp. 319－320）又後涼呂光之龜茲有寺名『金華。』S. Lévi, Le sūtra du Sage et du Fou 賢愚經 dans la littérature de l'asie centrale (Journal asiatique, 1925), p. 328.

二 沙陀調『蘇莫遮』改爲『萬宇清』

水調『蘇莫遮』

金風調『蘇莫遮』改爲『感皇恩』

蘇莫遮當是龜茲樂,其證有二。

證一、希麟續一切經音義大乘理趣六波羅密多經音義云『蘇莫遮冒……案「蘇莫遮」胡語也本云「颯磨遮,」此云戲也。出龜茲國。至今有此曲,卽大面撥頭之類是也。』大面卽蘭陵王,撥頭卽拔頭、鉢頭。此語不得爲梵語,唐代音義家決無稱梵語爲『胡語』者。原語不詳。當時在包含着龜茲的東土耳其斯坦地方所謂『胡語』（指伊蘭語系尤其粟特語）是流通着的,有胡名的龜茲樂曲並不足異。

證二、宋代教坊之龜茲部,據宋史一四二云『其曲二,皆雙調。一曰宇宙清,二曰感皇恩。』宇宙清當卽會要之萬宇清。會要所載蘇莫遮三曲不必僅調不相同，蓋是有所關聯的三部異曲。三異曲中至宋代僅存其二也。又會要三曲屬於水調者沿用胡名。日本所傳盤涉調有蘇莫者，又大食調有賀王恩，一名感皇恩。

又『蘇莫遮』有油帽之義。宋史四九〇云『高昌國……俗好騎射，婦人戴油帽，謂之蘇幕遮。』

三　金風調『婆伽兒』改爲『流水芳菲。』

婆伽兒已見上揭隋志龜茲樂條下。

四　大食調『耶婆色雞』改爲『司晨寶雞。』

『耶婆色雞』（悟空譯十力經序作『耶婆瑟雞』）乃龜茲山名，又寺名。Lévi氏以爲龜茲語 yurpāṣke 之音譯（Lévi: Langue d. Koutcha, p. 320, not 1; p. 372, not l.）向達氏據此以爲龜茲樂曲（唐代長安與西域文明五十八頁及七十一頁註二〇）是也。

四　驃國樂器之律

貞元中貢獻於唐朝的驃國樂，在唐樂調研究上是重要的資料已如本文所述，但關於驃傳所載驃國樂器之律今再稍稍補說如次。

金二、貝一、絲七、竹二、匏二、革二、牙一、角二之中有律之註記者爲大匏琴、小匏琴、獨絃匏琴、橫笛二、兩頭笛、小匏笙、牙笙、兩角笙、三角笙的十種。

「有大匏琴二……大絃應太簇，次絃應姑洗。

有小匏琴二……大絃應南呂，次絃應應鐘。

有獨絃匏琴……頂有四柱如龜茲琵琶，絃應太簇。

有橫笛二，一穴六以應黃鐘商，備五音七聲，又一管……律度與荀勗笛譜同，又與清商部鐘聲合。

有兩頭笛二（前出今從略）

有小匏笙二……律應林鐘商。

有牙笙……雙簧皆應姑洗。

有兩角笙……簧應姑洗。

有三角笙……一簧應姑洗，餘應南呂。」

『橫笛二』中，一應黃鐘商，則另一是暗示應林鐘商。又大匏笙之律無所標記，然由小匏笙之應林鐘商，則可以推測大抵當應黃鐘商。因爲驃國樂是只限於黃鐘林鐘二商的。

倣兩頭笛律之例，以上諸樂器之律均以爲正律（小尺律）並依『之調式』表解之如次：

驃國樂器音律一覽

正律（小尺律）	太	夾	姑	仲	蕤	林	夷	南	無	應	黃	大	太
兩頭笛 左	太		姑		蕤		夷						
兩頭笛 右						林		南		應		大	太

橫笛一（黃鐘商） 〔大匏笙（黃鐘商?）〕		徵		羽		變宮	宮		商		角		徵變	徵
小匏笙（林鐘商） 〔橫笛二（林鐘商?）〕		宮		商		角		變徵	徵		羽		變宮	宮
牙笙（雙簧）				姑$_{1,2}$										
兩角笙（雙簧）				姑$_{1,2}$										
三角笙（三簧）				姑$_1$					南$_{2,3}$					
大匏笙	二絃	太$_1$		姑$_2$										
小匏笙	二絃								南$_1$		應$_2$			
獨絃匏琴		太		〔•	•	•	•〕							
三面鼓				〔•$_1$					•$_3$〕					
古	律	林	夷	南	無	應	黃	大	太	夾	姑	仲	蕤	林
古	黃鐘商（黃鐘均）	徵		羽		變宮	宮		商		角		變徵	徵
律	林鐘商（林鐘均）	宮		商		角		變徵	徵		羽		變宮	宮

此中三個的匏琴，於散聲以外不明，但獨絃匏琴言如龜茲琵琶有四柱，依照日

本琵琶與阿刺伯琵琶之絃音分劃時，可得如左之諸律。

第一柱　第二柱　第三柱　第四柱

大　姑　仲　蕤　林

牙笙，多角笙，三角笙，均不堪用於樂曲之吹奏，前二者僅能奏林鐘商調首之律，後者勉强可以吹奏得黃鐘商、林鐘商兩調首之二律。

琵琶之類沒有一件說到了調絃法的，大約是沒有一定的方法罷。

三面鼓是三聯的片鼓。驃傳云：

「有三面鼓二，形如酒缸，高二尺，首廣下銳，上博七寸，底博四寸，腹廣不過首。冒以虺皮，束三如一，碧條約之。下當地則不冒。四面畫驃國工伎執笙歌以爲飾。」

這種三聯鼓，古印度已有其制，（註一）以各鼓之音異其高度爲其特徵。與驃樂貢獻之年代約略相同的爪哇之大佛蹟 Bôrô boudour （千佛壇）之浮雕中也有表現。（註二）三聯鼓之音制，依據 Natyā-śastra 所說，右鼓是sa左鼓是ga，一鼓是pa；又有ri（右）sa（左）pa；或sa（右）ri（左）pa等的調音法。（註三）驃樂三面鼓之調音法由此也就可以推得。（註四）

此外，應律無所記註的鳳首箜篌，拍子樂器之類二十二點之過半數是印度系，應律有所標示的管類甚適合於黃鐘商、林鐘商二商調的樂曲之演奏。尤其黃鐘商越調在印度樂中居於中心地位，這已經是再三指陳過的。

（註一） 印度 Sanchi 塔門浮雕（一世紀頃）有兩面鼓，參看 Fergusson: " Tree and Serpent Worship," Pl. XXIV, fig. 2.

（註二） C. Leemans: " Bôrô-boudour dans l'Ile de Java," 1874, Pls. CX 189; CLXVII, B. 66; CCXCIV 128 etc.

（註三） J. Grosset: "Inde, histoire de la musique depuis l'origine jusqu'à nos jours (Encyclopédie de la musique: Histoire, tome I), p. 358.

（註四）　今以隋唐樂調之研究所探得了的印度九聲之高度來檢點這幾種調音法時，小食調首如取Sa聲時，則無與越調首相當者，小食調首如取Pa聲，則Sa聲與越調首相配，頗覺妥適。惟在驃樂三鼓中至少有二鼓當有與二商調首律相應之聲，是無可疑的。

五　述唐會要天寶樂曲

對於唐會要所載天寶十三年改名樂曲加以一瞥時，其中有胡部新聲，有立坐部伎，有道調，法曲，諸樂均使用着淵源於龜茲樂調的俗樂調，足見唐代中的胡樂之壓倒的勝利。

此紀錄與同年的『道調法曲與胡部新聲合作』一詔是相爲表裏的，表示着唐代諸樂結局是不能不集合於以龜茲樂爲主盟的胡樂的旗幟之下了。

唐會要所載之樂曲中，有與清樂曲同名者一二，如日本所傳唐樂曲（均用唐俗樂調）中與清樂曲同名之曲實際是同曲或由同曲所演變，那嗎我們可以作這樣的想念，便是天寶代的清樂殘曲中是有用着與胡部新聲同調之俗樂調的。又在法曲中有與清樂同名的堂堂，大約是由清樂化爲了法曲的。

會要所載之樂曲中所屬部之稍稍明瞭者，略說如次。

（沙＝沙陀調，道＝道調，越＝越調，大＝大食調，雙＝雙調，小＝小食調，水＝水調，平＝平調，黃＝黃鐘調。）

一　坐立部伎

破陣樂在立坐部伎，會要收有越、大、雙、小、水五商調之破陣樂。長壽樂（沙，）天授樂（越，）太平樂（雙、小，）大定樂（大）等無疑地是立坐部曲。太平樂與大定樂，羯鼓錄列入太簇商，日本所傳太平樂爲大食調。景雲（沙）承天（沙）二曲依其排列之先後關係看來，似乎是道調（道曲）之曲。

二　法曲

法曲中有破陣樂，一戎大定樂，與坐立部之破陣大定當有關係。（註一）霓裳羽衣（越）本稱爲婆羅門，羯鼓錄太簇商中有此曲。赤白桃李花堂堂二曲並林鐘角，羯鼓錄以堂堂爲太簇商，日本所傳赤白桃李花與會要同調。又淸樂中亦有曲名堂堂。

元稹樂府法曲中有『火鳳』『春鶯囀』之語,當是曲名。(註二)會要有火鳳(平、黃,)急火鳳(道、平、黃,)真火鳳(平。)會要與日本所傳又有越調之春鶯囀。羯鼓錄之太簇商黃鶯囀疑是同曲。

望瀛(道)獻仙音(小)二樂,會要闕舉,宋之法曲部傳之。(宋史一四二樂志。)

(註一)新唐書禮樂志言高宗征高麗,作一戎大定樂。其舞容與通典所記立部伎大定樂相同。破陣樂有種種,雖難於比定,但準大定樂之例,可見法曲與坐立部之親近。

(註二)元稹樂府法曲云:「明皇度曲名新態,宛轉侵淫易沉著。赤白桃李取花名,霓裳羽衣號天落。……火鳳聲沉多咽絕,春鶯囀罷長蕭索。……」

又通典一四六坐立部伎注云「……初太宗貞觀末有裴神符妙解琵琶,初作勝蠻奴、火鳳、傾盃樂三曲,聲度清美,太宗深悅之。高宗之末其伎遂盛流於時矣。」

三 道調(道曲)

唐俗樂二十八調中之林鐘宮時號『道調』(一作『道調宮』)此與『高

宗自以李氏老子之後』命樂工所作的『道調』疑是同源。會要道調（道曲）中有景雲九真紫極承天順天諸曲（均爲玄宗時韋縚所製見唐書禮樂志）均屬沙陀調。（羯鼓錄以景雲承天順天三曲爲太簇宮。）君臣相遇錄（沙）玄宗時作。九仙（沙）蓋卽羯鼓錄之九仙道曲。

四　清樂

堂堂林鐘角，羯鼓錄以堂堂爲太簇商。泛龍舟，會要列於小食調，日本所傳乃水調，蓋後來之誤變。

萬歲樂（大）亦在清樂中，日本所傳入於平調。

日本所傳玉樹後庭花（越）亦清樂曲名，但於會要未見。

清樂在盛唐時代甚爲衰微，通典云『合於管絃者唯明君、楊叛、驍壺、春歌、秋歌、白雪、堂堂、春江花月夜等共八曲。……開元中有歌工李郎子。……自郎子亡後，清樂之歌闕焉，又闕清樂，唯雅歌一曲辭典而音雅。……』疑其樂曲中有移入於胡樂調而殘存者，會要所載諸曲其傳至日本者，大率卽此類。若然，則清樂亦不能不說是已經捨棄了它的固有之律，而與法曲道調等同用了俗樂調的。

關於淸樂調之移入當成爲問題的是所選擇的樂調之種類。淸樂本來是南朝舊樂，受胡樂之影響比較地少因而中國古來之宮調應該是於淸樂最有關係的，但其實際的情形不明。後人或以淸商三調（平調、淸調、瑟調）（註一）擬諸晉荀勗之三調（正聲、下徵、淸角，）（註二）此三調之調首爲宮，卽是宮調。但北朝所傳平調瑟調雖以宮爲主，淸調則以商爲主。（註三）又據鄭譯所言，隋初淸樂黃鐘宮以仲呂爲變徵而不以蕤賓。（註四）然則淸商黃鐘宮以黃鐘爲調首時，則爲仲呂均之徵調，又當時雅樂同樣以林鐘爲調首時，則爲仲呂均之商調。淸樂曲中泛龍舟爲龜茲樂工白明達所造，則雖隋代淸樂已自由使用龜茲調亦未可知。

（註一）通典一四五云：『平調淸調瑟調皆用周房中之遺聲也漢代謂之三調。』

（註二）荀勗三調見本論第六章。燕樂考原云『唐之俗樂有二一曰淸樂，卽魏晉以來之淸商三調也三調者淸調也平調也側調也。龜茲樂入中國以前，梁陳之俗樂如此。……荀勗之正聲、下徵、淸角，亦祇三調也。』

（註三）魏書一〇九樂志神龜二年陳仲儒所言云『……又依琴五調調聲之法以均樂器。其瑟調以宮爲主，清調以商爲主，平調以宮爲主，五調各以一聲爲主，然後錯採衆聲以文飾之，方如錦繡。』

（註四）隋書音樂志云『譯與變俱云「案清樂黃鐘宮以小呂（仲呂）爲變徵，乖相生之道。今請清樂去小呂還以蕤賓爲變徵。」』

今觀會要與日本所傳清樂曲之調，有商、角、羽三種，而缺宮調。這不知是唐代清樂調之本來面目呢，還是移入俗樂調時所修改了的。想到唐代胡樂之盛隆，清樂難保其固有之調，怕也是理所當然的罷。

五　胡部新聲・俗部樂

通典一四六『又有新聲自河西至者，號胡音聲與琵琶樂，散樂，俱爲時重，諸樂咸爲之少寢。』

會要所載樂曲，除立坐部，道調，清樂之外，其餘的大多數如非舊有胡樂，則當屬於新聲或俗部樂的。

會要之改名樂曲，多以胡名換爲華名。這些大約本來是外來的胡樂在佛教用語上見慣了的梵語，有沙陀調曲之摩醯首羅 maheśvara，華言爲『大自在』。有羅刹末羅羅刹者 rākṣasa 華言『可畏』，末羅者 malla 華言『力士』。又有越調曲之婆羅門，卽 brahmaṇa 印度四姓之一，又『淨行』之義。大食調之優婆師卽 upāsika 舊或譯作優婆夷或鳥波斯迦，華言爲『近事女』或『近善女』。盤涉調之蘇刺耶疑卽 sūrya 『日天』等等不一而足。

又小食調蘇羅密改爲『昇朝陽』，由朝陽之意推之，『密』疑卽宿曜經（不空譯）之蜜，經云『日曜，太陽胡名「蜜」（粟特語 mihr），波斯名「曜森勿」，天竺名「阿爾底耶」（aditya）』經中所謂胡，指粟特 Soghd 也。（註一）

（註一） S. Lévi 『龜茲國語與其硏究之端緒』（現代佛教第四卷三十八號四十九——五十頁）參照。

調種	曲名	調名 有*符者乃舊名所在處		舊曲名
	景雲	沙	道	

宮調							
九仙	沙	道					
萬國歡	沙	道					
曜日光	沙	道					
欽明	*沙	道					舍佛兒
寶輪光	*沙	道					俱倫僕
紫雲騰	*沙	道					色俱騰
破陣樂	越	大	雙	小	水		
傾盃樂	越		雙				
蟬曲	越		雙	小	水		
光離歸渚	越		雙				
慶淸風	越			*小			厥磨賊
來賓引	*越			*小	水		越＝高麗 小＝訖陵迦胡歌
金光引	*越		雙				牟雞胡歌
昇朝陽	越			*小	水		蘇羅密

商調

天長寶壽	*越		雙			老壽
英雄樂		大		小		
歡心樂		大		小	水	
山香樂		大		小		
丸野歡		*大		小	水	婆野娑
泛金波		*大	雙		水	優婆師
司晨寶雞		*大	雙	小		耶婆色雞
卷白雲		大		小		
慶惟新		*大	雙			半射沒
太平樂			雙	小		
月殿			雙	小		
迎天樂			雙	小		
五更轉			雙	小	水	
金風			雙	*小		金波借席

	天地大寶				小	水	
	凌波神				小	水	
羽調	火鳳	平	黃				
	急火鳳	平	黃				
	濮陽女	平	*黃				百舌鳥
	春楊柳	平	黃	般			
	大仙都	平	黃	*般			移師都

把各調的曲名比較起來同名的頗不少而且同名之曲雖有一二例外幾乎都用着同性的調，這點和日本所傳是一致的。在日本凡某固有調之曲移入同性之它調者，稱爲『渡物』（watasi mono）。這種『渡物』之移調是以行於有五律乃至七律上下之關係的同性的二調內爲原則，然在實際上二律關係者也有（如黃鐘調與盤涉調，）這是因爲以仲呂林鐘爲調首的二調（相差二律）間之移調，藉着以黃鐘爲調首的調之中介，可以把五律至七律關係之原則延長而應用。

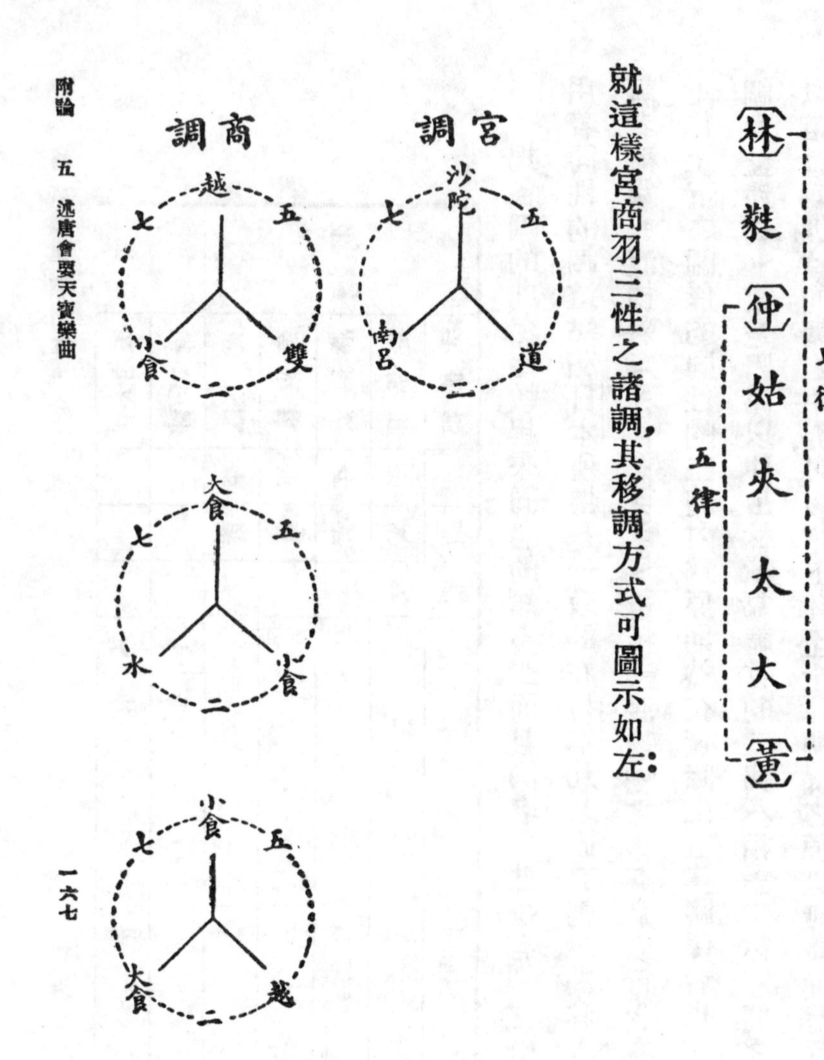

就這樣宮商羽三性之諸調，其移調方式可圖示如左：

羽調

平　五　黃鐘　上　般涉　七

天寶樂曲之移調痕跡是可以依着這個方式解釋的。

1 宮調　沙陀調與七律上之道調可以交互移調。景雲九仙萬國歡曜日光四曲在初究竟是屬於沙陀調或道調雖然不明，但看欽明寶輪光紫雲騰三曲於沙陀調中有其舊名，應該是本屬於沙陀調而移入了道調的。

2 商調　五商調中如破陣樂雖然五商通用，然以二商爲最多，其次三商，四商者僅一曲。這些樂曲之原調由有舊名併記者越調三曲，大食調四曲，小食調四曲，是確實的。移調之方向應用着上述的方式雖然可以說明，但有三律之差的大食調與雙調之移調方法是不明瞭的。泛金波、司晨寶雞、慶惟新之三曲似乎是以大食調爲原調，由此而移入雙調時，大食→小食→越調←雙調的路徑未免迂迴。而且如無小食與越調的慶惟新是難於説明的。大約日本所傳是沒有固執的必要罷。

3 羽調　平調、黃鐘、般涉可以相互移調，其關係較宮商二調間者更爲親密。

此外可以視爲移調之例外或同名異曲者有二。

其一、沙陀調蘇莫遮改爲萬宇淸——水調蘇莫遮——金風調蘇莫遮改爲感皇恩，前二曲乃宮調與商調，金風調性質不詳。

其二、羽調急火鳳（平調、黃鐘調）之外有宮調的道調急火鳳改爲舞鶴監，怕是不同的樂曲。

除掉這二項之外，唐代燕樂曲之移調可以確認爲是只在同性的調間移轉的。

六　日本十二律

本篇中以日本所傳十二律爲根據而立論者屢屢，今就其由來、現狀及古今之變遷，略述如次。

自來日本音樂所用的十二律名，爲

壹越　斷金　平調　勝絕　下無（龍吟）　雙調

鳧鐘　黃鐘　鸞鐘　盤涉　神仙　上無（鳳聲）

與中國十二律名不同。中國十二律之智識，至遲由隋唐代的中、日直接交通早就該傳到了日本奈良朝時代（其盛期與盛唐代同時）的音樂恐怕是沿用着中國律名的。（註一）不知何時產出了今日所見的這樣爲日本所獨有的律名。其年代如被闡明時，唐樂調之調式之謎，或可由此而解。這些律名中，有一半如壹越、平調、雙調、黃鐘、盤涉等是借用着由唐代之俗樂調而來的日本雅樂調名，其它則由來不詳。但與其説是日本人的獨創，寧是仍於唐代所傳有所根據的。就這樣於『黃鐘』一律之外全與中國律名不同。又與調名有關係的幾個律都是該調調首之律——如壹越律爲壹越調首之律，平調律爲平調調首之律——是值得注意的。

（註一）續日本紀卷十二『天平七年（唐開元廿三年西紀七三五年）四月辛亥，入唐留學生從八位下上道朝臣眞備獻唐禮一百三十卷，大衍歷經一卷，大衍歷立成十二卷……銅律管一部，鐵如方響寫律管聲十二條，樂書要錄十卷……』

原來日本雅樂調相傳爲淵源於唐俗樂調，其高度與各調之相互關係大約也是承繼着唐制。其律之位置與日本雅樂調相契合，同時與唐俗樂調之調首也應有密切之關係。我把日本律名和日唐調名對照着表列如次：

日本十二律	壹越	斷金	平調	勝絕	下無	雙調	鳧鐘	黃鐘	鸞鏡	盤涉	神仙	上無
日本雅樂調調首位置	壹越調		平調			雙調		黃鐘調		盤涉調		

唐俗樂調調首位置（之調式）	越調（伊越調）		平調			雙調		黃鐘調		般涉調		
唐古律	太	夾	姑	仲	蕤	林	夷	南	無	應	黃	大
唐俗律	黃	大	太	夾	姑	仲	蕤	林	夷	南	無	應

唐之越調是黃鐘商，平調是林鐘商，雙調是中呂商，黃鐘調是黃鐘羽，般涉調是太簇羽（具見唐會要），把此等唐調與日本所傳相契合地（卽「之調式」的地）排置時，其所準則之律是比日本十二律低二均的律。這便是我所說的古律。因而日本十二律是與比古律高二均的俗律相一致的。宋的教坊律是把正宮及越調調首認爲黃鐘的，在相對的關係上是和唐俗律或日本律相等的東西。但律之絕對音的高度，唐宋是應該小有差違的，日宋間也不能不認爲是有同樣的差違。今日的壹越是與d^1（振動數 290·33）極相近的，古與今不見得是保存着同一的高度。如有一定高度的音，亘了千年之久尙毫無差池地保存着了，那倒反是奇蹟。在這長久的歲

月中，昇降的變遷當然屢屢是有的。因此之故，儘管努力着要保持一定的音之高度，而終至有一律上下之偏差生出，在我看來反覺得是自然。正倉院所藏『尺八』中，有一管與唐小尺（鐵尺）之一尺八寸（倍黃鐘）確切地相一致。但其『筒音』（全閉孔音）之實驗振動數爲353.3，是在勝絕與下無之中間（f^1—$\#f^1$）（註二）這應該是唐小尺律（卽正律）之黃鐘，古律之仲呂與古時日本律之勝絕相當的東西。

就這樣，我在日本律之高度中認定有古今之差，古時是當得高半律乃至一律的。

	壹	斷	平	勝	下	雙	鳧	黃	鸞	盤	神	上
今	d^1	$\#d^1$	e^1	f^1	$\#f^1$	g^1	$\#g^1$	a^1	$\#a^1$	h^1	c^2	$\#c^2$
古	$\#d^1$	e^1	f^1	$\#f^1$	g^1	$\#g^1$	a^1	$\#a^1$	h^1	c^2	$\#c^2$	d^2

中日十二律之對照，在今已經是沒有疑問之餘地了，但在前關於中國之黃鐘當於日本何律的問題卻起過論爭。便是中國黃鐘卽日本壹越說與中國黃鐘卽日

本黃鐘說之對立。前說不問音之高度，是根據自來樂家間之傳說與律名調名之關係所主張出的（中村清二博士說。）（註二）後說於黃鐘（指中國尤其周漢代之黃鐘）之名稱相一致以外，不問其它的律名，專就兩黃鐘之高度之比較而主張出的（荻生徂徠著樂律考。）後說於周漢黃鐘之高度偶然與日本黃鐘之高度相近而外，別無充分的根據，在今日已無人信奉矣。

（註一）正倉院樂器之調查報告。

（註二）中村清二「日本支那樂律考」（東洋學藝雜誌一九五號）參看田邊尙雄「最近由科學上所見的音樂之原理」三五六——三六三頁。

七　正倉院藏阮咸及近代中國琵琶之柱制比較

近世論樂家之通弊好以與古相違之近代資料爲根據而論古，讀凌廷堪陳澧關於隋唐或宋代琵琶之考說，均未能免此弊。

凌氏以爲燕樂琵琶『一絃具七調，四絃故二十八調，』欲得凌氏所言一絃七調，至少須有六柱。

又陳氏云：

『通典載傅玄琵琶賦曰「柱有十二，配律呂也。」據此二語則古之琵琶每絃有十三聲，至宋人有十六字譜，以配十二律，四清聲，則其協琵琶每絃十六聲，必爲十五柱也。合字配黃鐘爲散聲，則六字配黃鐘清，其柱必當絃之中半。中半之上十一柱，爲下四、高四、下一、高一、上、勾、尺、下工、高工、下凡、高凡、十一字，配大、太、夾、姑、仲、蕤、林、夷、南、無、應、十一律。中半之下三柱，爲下五、高五、緊五三字，大呂清、太簇清、夾鐘清。蓋必有十五柱，乃并散聲而有十六聲也。今琵琶與古不同，第九柱當絃之中半，其上減去三柱矣。中半之下有五柱，則又多二柱矣。』

案傳玄琵琶乃『秦漢子，』並非如龜茲琵琶那樣的胡琵琶。胡琵琶以四絃四柱爲最普通，已詳本論。陳氏將此二系之琵琶混而爲一，故以爲宋琵琶亦具有十五絃，實則就在宋代，除掉阮咸那樣的秦漢子系之琵琶外，這樣多柱的琵琶殊屬難於想像。

日本正倉院中有唐制的十四柱阮咸二面，一面甚精。其柱制如次：

絃之全長	一柱	二柱	三柱	四柱	五柱	六柱	七柱	八柱	九柱	十柱	十一柱	十二柱	十三柱	十四柱	
二・三一〇	一・九七五	一・八五六	一・七五二	一・六五三	一・四六三	一・三八八	一・三一五	一・二三〇	一・一一三	〇・九七八	〇・九〇六	〇・八四五	〇・七八二	〇・七四五	由下駒之距離

（據正倉院樂器之調查報告）

此與今之十四柱（四相十品）的中國琵琶幾乎一致，可謂一奇。（參看童斐中樂尋源三十四頁琵琶柱聲圖）陳氏所謂『今琵琶與古不同，第九柱當絃之中半，其上減其三柱，中半之下有五柱』云云，與右列阮咸柱制幾乎一致，把今日的琵琶之第十四柱移在第十二與十三之間，則與古阮咸柱制密合。

	合	四	一	上	尺	工	凡六	五	乙仩	伬	仜
琵琶柱	0	1	2 3	4	5 6	7 8	9	10	11 12	13	14
阮咸柱	0	1	2 3	4	5 6	7 8	9	10	11 12	13 14	

近代中國的琵琶，據我想來大約是於胡琵琶之身體上應用了秦漢子十二柱或阮咸而成的，不會是唐代以來的制度。唐時的燕樂琵琶並不就是阮咸，凌氏所謂『琵琶一絃具七調』說，陳氏之『鄭譯琵琶以一絃兼三均……每絃七調』說，均不能成立。兩氏論著中凡以琵琶柱聲為基礎而展開的部分，在這兒當得接受重大的修正。

八　日本所傳琵琶調絃法

日本所傳的琵琶調絃法，其名稱有今古之不同。平安朝末（十二世紀）與笛笙之調同名的調比前者低五律，因而要與笛笙之壹越調相合時，須得用琵琶雙調。近世一變，改爲使用與笛笙同名同律之調。其結果是前代的琵琶雙調呼爲壹越調，琵琶黃鐘調呼爲平調。今依今制壹越調絃法以列舉四柱琵琶所產之各聲。（一、二、三、四示四絃。）

	一						二	三						四				
唐古律	南		應	黃	大	太		姑	仲	蕤	林	夷	南		應	黃	大	太
唐俗律	林		南	無	應	黃		太	夾	姑	仲	蕤	林		南	無	應	黃
唐林鐘均	宮		商		角		*變徵	徵		羽		變宮	宮		商		角	
唐仲呂均	商		角		變徵	徵		羽		變宮	宮		商		角		變徵	徵

俗	夾鐘均	角		變徵	徵		羽		變宮	宮		商		角		變徵	徵		羽
律	黃鐘均	徵		羽		變宮	宮		商		角		變徵	徵		羽		變宮	宮
	無射均	羽		變宮	宮		商		角		變徵	徵		羽		變宮	宮		商
日本律		黃		盤	神	上	壹		平	勝	下	雙	鳧	黃		盤	神	上	壹

林鐘均雖缺變徵一聲，然可知足以演奏黃鐘、夾鐘、仲呂、無射四均所屬的各調（正宮、大食調、般涉調、黃鐘宮、越調、黃鐘羽、道調、小食調、平調、中呂宮、雙調、中呂調。）然琵琶非止於奏單音之曲，乃是以奏重音爲特色的（日本所傳如是），右列壹越調絃法在日本專用於壹越調（唐越調），此外雙調、平調（及大食調）黃鐘調、盤涉調等是各有各的調絃法的，今示之如左表。

日本律	平	勝	下	雙	鳧	黃	鸞	盤	神	上	壹	斷	平	勝	下	雙	鳧	黃	鸞	盤	神	上	壹
唐古律	姑	仲	蕤	林	夷	南	無	應	黃	大	太	夾	姑	仲	蕤	林	夷	南	無	應	黃	大	太
唐俗律	太	夾	姑	仲	蕤	林	夷	南	無	應	黃	大	太	夾	姑	仲	蕤	林	夷	南	無	應	黃

調	音列	律數
壹越調	林　南無應黃　太夾姑仲蕤林　南無應黃	十五律
雙　調	仲　林夷南無應黃　太夾姑仲　林夷南無	十五律
平　調 大食調	太　姑仲蕤林　南　應黃大太　姑仲蕤林　南無應黃	十八律
黃鐘調	林　南無應黃大太夾姑仲蕤林　南無應黃	十六律
盤涉調	姑　蕤林夷南　應黃大太　姑仲蕤林　南無應黃	十七律

右五種調絃法中與近代中國所傳承着的方法同型的是壹越調（中國合上尺合）與雙調（中國上尺合上）式。陳澧引琵琶錄言彼二調絃法協於唐制，（註二）

近人王光祈氏亦據唐賀懷智琵琶譜序同爲此論。（註一）

（註一）聲律通考六云「琵琶錄所謂宮逐羽音商角同用者，琵琶調絃之法也。余觀樂工彈琵琶而悟得之。樂工彈琵琶有兩調，一曰「上尺合上」，第一絃第四絃散聲皆上字，第二絃散聲尺字，第三絃散聲合字也。一曰「合上尺合」，第一絃第四絃散聲皆合字，第二絃散聲上字，第三絃散聲尺字也。「上尺合上」者七宮七羽調絃法，「合上尺合」者七商七角調絃法。宮逐羽，商角同用，故四均只用兩法也。」陳氏以爲琵琶調絃限於二法，實是誤謬。日本所傳尚別有三法。古時當更多。

（註二）王光祈中國音樂史上冊一三九——一四三頁。

又盤涉調調絃法與阿剌伯琵琶是完全同式，這是不足驚異的。因爲這種調絃法怕是隨着四柱琵琶（阿剌伯琵琶爲四絃四柱）一道由伊蘭人傳到東方來的。

琵琶四絃散聲之律之高度如上表所示，是

第一絃	太——林	互六律
第二絃	林——黃	互六律
第三絃	黃——太	互三律

第四絃　仲——林　　互三律

可知大絃比小絃之緊弛度大。試僅取各絃之最低律以按四絃時，即與盤涉調調絃法同型；又僅取最高律以按四絃時，則與壹越調調絃法一致。然而奈良朝時代的琵琶調絃之律果否與今日日本所傳之物相同（古今有一律之差暫置諸度外，）實難遽定。據三五要錄（註三）及正倉院藏奈良朝時代之琵琶譜一葉（註四）所暗示者而判斷，當時調絃比後世似乎要高五律。

（註三）同書調子品云「上古（指奈良朝）各用本調，絃管無異，即以琵琶平調合笛之平調，琵琶黃鐘調合笛之黃鐘調。」

（註四）大日本古文書第九卷所載照片參照。標題爲「黃鐘番（香）假崇」與此曲名相類似之物任何書中均無所見。「黃鐘」殆是琵琶之黃鐘調。今以此譜與三五要錄時代之琵琶黃鐘（今之平調）及今之黃鐘調併讀，知與前者幾相適合。再依前註之意見而判斷時，奈良朝時代之黃鐘調絃雖爲今之平調式，但怕是要高五律的。關於此點尚未能究明。

九　樂調起畢之律

宋蔡元定起調畢曲之說，以爲黃鐘宮、無射商、夷則角、仲呂徵、夾鐘羽之五調皆起調於調首律之黃鐘，亦畢曲於黃鐘；大呂宮、應鐘商、南呂角、蕤賓徵、姑洗角之五調亦同樣起畢於大呂；其它準此。（註一）清人凌廷堪極端排擊之。但據余所見，蔡氏說雖稍稍流於理想論，然決非一片淺薄之空論。（註二）

（註一）參照律呂新書所說及六十調圖，又宋志一三一樂志。朱載堉以蔡說爲是，曾舉曲例以證之。（律呂精義）

（註二）燕樂考源一，凌氏說並未擊中蔡說要害。王光祈氏引據歐洲音樂之調式爲蔡氏辯護，其論不誤。（參看中國音樂史上册一六九——一七一頁。）

與蔡說相合的情形在宋以前已見諸實行，不過沒有蔡說那樣的一般化而已。

把存世的宋代樂譜來看，朱熹儀禮經傳通釋所述趙彥肅所傳開元風雅十二詩譜，

（註三）及姜夔白石詞集十曲中之四曲，（註四）都與蔡說相合。再就傳統更古的日本所傳唐樂或仿唐樂（日本製）來檢點時，有四分之一是以同律起畢的。畢曲之律以常結於與調名有關係的律爲原則，宋譜與日本所傳唐譜均不相悖。調首是位於此律的。

（註三）聲律通考十所載十二譜均以黃鐘律起畢。但有用清黃鐘者。又童斐中樂尋源卷下，一至二頁，揭有關雎一詩。

（註四）聲律通攷十所載，又夏敬觀詞調溯源二十九頁至三十五頁，參照。

今就日本所傳唐樂及林邑樂之主要者，示其所使用的橫笛譜與篳篥譜之起畢之律（便宜上用唐俗律），以供讀者參攷。

唐俗律	黃	大	太	夾	姑	仲	蕤	林	夷	南	無	應
日本律	壹	斷	平	勝	下	雙	鳧	黃	鸞	盤	神	上
篳篥譜	六		四		一	上舌		丁五		工	凡	ㄙ
橫笛譜	六口		干		五	上		夕		中	丁	

調首位置	沙陀調・壹越調		大食調・平調			雙調		黃鐘調		盤涉調		

所屬調	曲名	篳篥 起	篳篥 畢	橫笛 起	橫笛 畢
沙陀調	羅陵王 破	黃	黃	南 ※南	黃
壹越調	春鶯囀 颯踏	太	黃	太	黃
	春鶯囀 入破	太	黃	太	黃
	賀殿 破	黃	黃	黃	黃
	賀殿 急	仲	黃	太 仲	黃
	武德樂	黃	黃	黃	黃
大食調	太平樂 序	南	太	南	太
	太平樂 破	南	太	南	太
	太平樂 急	太	太	太	太
乞食調	還城樂	太	太	太	太
平調	萬歲樂	姑	太	姑	太
	甘州	姑	太	姑	太
	越天樂	黃	太	黃	太
	慶德	南	太	南	太
盤涉調	蘇莫者	林	南	林	南
	輪臺	太	南	太	南
	青海波	黃	南	黃	南

※半譜作丁中‖無南　但實演時有別

如右例所示，篳篥橫笛二譜起畢之律大抵一致，然時亦有異例，如平調之慶雲樂、五常樂急、陪臚（林邑樂）及盤涉調之越天樂等，蓋當視爲破格者也。

十 日本樂調之實例

日本所傳唐樂曲爲伶人父子世世相傳以至於今日的，有人把它立卽認爲唐代樂曲以爲音樂史的直接資料，但又有人謂古今樂譜相異，今世所傳樂曲不能認爲唐樂，不能作爲音樂史之資料，甚且連音樂史之能否成立都加以懷疑。（兼常清佐日本音樂）已經經過了千年的長久的歲月自然不免有徐徐的變遷，現今所有的和唐代的自不能全同，然亦不能說全異。其中關於古代的面影氣息，總是可以感得一些的。古今之樂調亦有不同，宮調、商調、羽調之性質一變而失其原義者不少。後人不察其所以，竟以今所傳者爲正，實則把今所傳的樂調來加以一瞥時，其未失原義者反是很少的。羽調寧帶有商調的性質，商調中轉有帶羽調之性質者。此現象不限於今世，在七八百年以前本來是屬於商調的壹越調、雙調、水調等，據三五要錄、仁智要錄（並十二世紀之著作）看來，同是帶有宮調之性質的。

後世日本之俗樂調，說者以爲是由所謂羽調之通稱的『律旋』所胚胎的。然而觀其所謂『律旋』實不好說是真正的羽調，在理論上寧當視爲商調。

律旋如真是羽調時，其七聲關係當如次：

日本稱呼	宮*		商	嬰商		角*		徵		羽	嬰羽		宮
羽調	羽•		變宮	宮		商		角		變徵	徵		羽

* 律角

然而樂曲中『嬰商』幾乎是沒有用的，則律旋與其認爲羽調，寧可認爲商調或徵調。

商調	商•		角		徵		羽		變宮	宮		商
律旋 上原說* 下行	宮•		商		角		徵		羽			宮
律旋 上原說* 上行	宮•		商		角		徵			羽		宮
律旋 田邊說**	宮•		商		角		徵		羽			宮
徵調	徵•		羽		宮		商		角			徵

* 上原六三郎俗樂旋律考

** 田邊尙雄音樂之原理

例如日本所傳唐樂之平調越天樂，要讀爲羽調時，則爲商、角、徵、羽、變宮而成，缺少宮聲（畢曲羽聲）；如讀爲商調時則爲宮商角徵羽而成（畢曲商聲）。後者轉覺貼切。然而當於羽調之變宮者在字譜上要高一律，因而是相當於宮的，在字譜上則是羽調，（註）

（註） 篳篥譜之丄（g^1）依口傳在這時候是要低一律吹作$\#f^1$的丄多先吹爲$\#f^1$，在移入次音之直前吹爲g^1。

就這樣在字譜上儘管是羽調，而在實演上已經轉爲了他調的東西，依然稱爲羽調是否正確；而由唐時傳入以來羽調是否是這樣的東西；這些都是疑問。理論與實際相反的現象是所在多有的，在這些地方不去深加穿鑿，或許怕是賢明的辦法。

卷末所揭載的三種樂曲，宮調以屬於沙陀調者爲例，商調以壹越調，羽調以平調。最後者如上所述與其認爲羽調，寧是傾於商調，依照字譜則是屬於羽調。

古來在實演上有種種的技術，字譜的一字雖然是一音，其音中斷有成爲二音的時候，又有加上裝飾音經過音等等的字譜，與實演不必一致，不過在大體上總是照應着的。檢查調性時，須得不要爲這些上層的附加物所囿。（沙陀調的c音在理論上是錯誤，但用爲裝飾是不妨事的。）

所錄三種的樂曲，採用橫笛譜一曲，篳篥譜二曲者，是爲要表示兩種樂器之字譜與曲的特色。字譜對照了家藏的古寫本數種，五線譜對照了近衛直麿遺稿雅樂五線譜稿（一九三五）而成，盡了可能地求其與現時伶人所傳的實際相近。二種樂器所用字譜之律，今表列如次：

	唐俗律	篳篥譜	橫笛譜	
d^1	黃		六	1
$\sharp d^1$	大			
e^1	太		干	
f^1	夾			
$\sharp f^1$	姑		五	
g^1	仲	舌	上	
$\sharp g^1$	蕤			
a^1	林	五	夕	
$\sharp a^1$	夷			
h^1	南	工	中	
c^2	無	凡	下	
$\sharp c^2$	應	厶*		
d^2	黃清	六	六	2
$\sharp d^2$	大清			
e^2	太清	四	干	
f^2	夾清			
$\sharp f^2$	姑清	一	五	
g^2	仲清	上	上	
$\sharp g^2$	蕤清			
a^2	林清	下	夕	
$\sharp a^2$	夷清			
h	南清		中	
c^3	無清		下	
$\sharp c^8$				
d^3			六	3

*實際不用

此外笛譜中有『ミ』字，篳篥譜中有『ノ』字，均表示重文。例如『五ミ』乃五五，『一ノ』乃一一。

又笛譜『由』字表示比前聲低一聲之後又回到前聲，例如『五由』乃由干五。『乜』字表示當吹奏前聲之高八度（十二律）者，前聲如爲正聲時『乜』爲其清聲例如『六乜』是六（正）六（清。）

沙陀調　羅陵王，破

丁一工六或作工五工六

壹越調　武德樂
起調
横笛譜:
商調声: 商 商 角 徵 変徵 変徵 角 商
畢曲

〔註〕"上"本當於g^2（在平調為宮），今當於$\#f^2$（變宮），故在譜上有用"一"以代"上"者。"舌"音原當於g^1，今用$\#f^1$。因此之故，羽調遂帶商調性質。

附録

印度古樂用語（梵語）解

本書引用印度古樂之處頗多，論及印度古樂之專門書籍坊間多有之。為避免繁縟，關於其一般的智識少所敘述。但過簡轉恐不能達意，茲為讀者便利起見，擇其要者略加詮釋如次。

一　svara「聲」

此聲與中國宮商角徵羽等之聲同義，有七聲。ṣaḍja, ṛṣabha, gāndhāra, madhyama, pañcama, dhaivata, niṣāda 是也。這七聲普通是略稱為 sa, ri, ga, ma, pa, dha, ni 別有 antara gāndhāra 與 kākali niṣāda 之臨時聲，合稱為九聲。隋代鄭譯模倣這臨時聲，置之宮商之間稱為『應聲』。字譜的『勾』字實即此應聲。七聲之首為 ma，當於中國的商聲。七聲之音程參照 śruti 及 grāma 二項。

中國之聲頗似歐洲音樂之 do re mi fa 式的稱呼法，其自身無絕對音，與律相結合始有之。其在印度，各聲有時有一定之音。如七調碑卽然。

中國五聲有種種的附會說，（如附會以五行，又如宮爲君商爲臣等，）印度七聲亦然，今舉一二例如次：

羽	sa	Agni	阿耆尼，火天	火天
變宮	ri	Brahmā	婆羅賀磨，梵天	梵天
宮	ga	Soma	蘇摩　月天	辨財天
商	ma	Viṣṇu	毗紐　那羅延天	大自在天
角	pa	Nārada		吉祥天
變徵	dha	Tumburu		歡喜天
徵	ni	”		日天

陳暘樂書所載的婆羅門所言，與此稍稍類似，但有出入。

ga	宮調	婆陁力調	阿修羅聲	Asura
ma	商調	大乞食調	帝釋聲	Indra = Śakra-devendra

pa	角　調	涉折調	大辨天聲	Sarasvatī
ni	徵　調	婆臘調	那羅延天聲	Nārāyaṇa
sa	羽　調	般贍調	梵天聲	Brahmā
ri	變宮調	阿謊調		?Agni(火天)

又有以九聲配四姓者：

Brāhmaṇa	婆羅門	sa(羽)	ma(商)	pa(角)
Kṣatriya	刹帝利	ri(變宮)	dha(變徵)	
Vaiśya	毗舍	ni(徵)	ga(宮)	
Sūdra	首陀	a	ka	

二 śruti 『聞』

在決定各聲之音程上有微小的音程之律。一個 octave（例如由黃鐘（宮）至清黃鐘（清宮）之音程）之間中國只有十二律，而印度有二十二個 śruti。

一個 śruti 約等於中國的半律。各個 śruti 均有專稱，且曾有一定之高度，但其高度古今自有違異。準此，可知印度的 śruti 與中國的律之觀念相近。

七聲所有的 śruti 數，ṣadja grāma 與 madhyama grāma 稍有不同。

	sa	ri	ga	ma	pa	dha	ni
ṣadja grāma	4	3	2	4	4	3	2
madhyama grāma	4	3	4	2	4	3	2

其它尚有 gāndhāra grāma 因與本書無關，今從略。

各聲所有的 śruti 數看是取在相鄰接的高音之間或是在低首之間，則 grāma 之性質懸異。在 Bhandarkar 以前的學者採取前說，以後則後說起而代之。前說由 Sir W. Jones 作俑，Sir W. Ousely, J. O. Paterson, W. C. Stafford, Capt. Williard, Col. French, C. Engel, Rājā S. M. Tagore, J. Grosset（前期說），A. J. Ellis, A. W. Ambros, Cap. Day 等蹈襲之。今人中猶有從諸家之說而誤者。

三 ṣaḍja 『生於六』之義，七聲之一，有四 śruti，略稱爲 sa，當中國羽聲。在今日是和中國的宮聲相似的主要聲。

四 ṛṣabha 『牡牛』七聲之一，有三 śruti 略稱爲 ri，當中國變宮聲。

五 gāndhāra 『健陀羅』古地名。七聲之一，有二 śruti 略稱爲 ga，當中國宮聲。

六 madhyama 『居中』，七聲之一，有四 śruti，略稱爲 ma，當中國商聲。在古代乃七聲中之主要聲。

七 pañcama 『第五』有般贍，般涉等譯音。（1）七聲之一，依 madhyama grāma 與 ṣaḍja grāma 之異而異其 śruti 數。前者爲三，後者爲四。當中國羽聲。（2）又爲七 Rāga 之一，詳後。

八 dhaivata 七聲之一，有三 śruti，略稱爲 dha，當中國變徵聲。

九 niṣāda 七聲之一，有二 śruti，略稱爲 ni，當中國徵聲。

十 antara 『間』 antara ga 者 ga 前二 śruti 之聲，略稱爲 a。

十一 kākali 『極簿』 kākali ni 者 ni 前二 śruti 之聲略稱爲 ka。

十二 grāma 『邑』『羣』

指七聲之羣而言，與七聲爲一組的中國『均』之意相近。中國之均有物理的構成（黃鐘生林鐘，林鐘生太簇……），而調是在奏樂之實際上以均中之某聲爲主所生出的東西。在古代一均之五聲（乃至七聲）僅以宮爲主，因而一均不過一調。而在印度則七聲之羣的本身已有三樣的構成法，並且一均之七聲皆可爲奏樂上的主要聲（尤其爲結聲，畢曲），因而一均有七調。Bharata 言及二個的 grāma

一、ṣadja grāma　sa $\overset{3}{\wedge}$ ri $\overset{2}{\wedge}$ ga $\overset{4}{\wedge}$ ma $\overset{4}{\wedge}$ pa $\overset{3}{\wedge}$ dha $\overset{2}{\wedge}$ ni $\overset{4}{\wedge}$ (sa

二、madhyama grāma　ma $\overset{3}{\wedge}$ pa $\overset{4}{\wedge}$ dha $\overset{2}{\wedge}$ ni $\overset{4}{\wedge}$ sa $\overset{3}{\wedge}$ ri $\overset{2}{\wedge}$ ga $\overset{4}{\wedge}$ (ma

二之 pa 比一之 pa 低一 śruti，因而兩 grāma 便有差異。但在和中國之聲相對照上，此差可以置諸度外。故兩 grāma 俱是 ga 等於宮。

十三 mūrchanā 『伸長』『漸進』

以兩個 grāma 的各各的七聲爲起音所成的七聲之列，有十四個。頗似中國之調，但寧可視爲音階發音法(Solmization, Solmisierung)之一種較爲適切。"Avadānaśataka"（撰集百緣經）言有二十一 mūrchanā。"Pañcatantra"亦云然。

十四 jati 『生』

中國之調。ṣaḍja 與 madhyama 兩 grāma 所屬之七聲在理論上雖均可爲主聲而組織成調，但在實際上認爲可以成調的只有 ṣaḍja grāma 的 sa, ri, dha, ni 四聲及 madhyama grāma 的 ga, ma, pa 三聲，以此七聲爲主聲而成七調。

	調名	主音	
ṣaḍja grāma	1. ṣaḍjī	sa	羽
	2. arṣabhī	ri	變宮
	3. dhaivatī	dha	變徵
	4. niṣadī	ni	徵
madhyama grāma	1. gāndharī	ga	宮
	2. madhyamā	ma	商
	3. pañcamī	pa	角

十五 rāga 「色」「情」

亦是調義。七調碑中的七個調屬此，此七個 rāga 在 Nāṭya-śāstra 時代還沒存在，其發生的時期雖不明，但在"Nāradī-śikṣa"那羅提·式叉（年代不詳）及 Sāriṅgadeva 的"Saṃgīta-ratnākara"樂海（十三世紀）中是有揭載的。（前書僅七 rāga，後書更錄有多種。）

七調碑之七 rāga 中 madhyama grāma 與 ṣaḍja grāma 兩者，與 Bharata 所說的雖屬同名，但各僅一調，彼此是當區別的。又 pañcama 雖可以聯想到屬於 Bharata 所說的 madhyama grāma 的 jati（調）之一個 pañcama，但兩者無何類似之點。因爲前者有中國的羽調之性質，而後者卻有角調之性質。(jati 及 pañcama 條參照。）

近世的 rāga（及 rāginī）有數十個，因與本文無涉，今從略。

十六 madhyama-grāma （1）grāma 之一種（參看 grāma 條。）（2）七 rāga 之一。樂海用 ka，式叉用 ni，七調碑與式叉相符。式叉又云 dha 聲弱，碑文亦有其證，因無終於dha之聲羣故也。弱聲絶無用爲結聲（畢曲）或中間之準結聲者。結聲是ma（商，）中國之商調也。

十七 ṣaḍja-grāma （1）grāma之一種（參照grāma條。）（2）七 rāga之一。樂海含a ka兩聲，式叉用ga ni兩聲。七調碑與式叉相符。又式叉雖輕視ni聲，但碑文有終於ni的聲羣結聲ma（商）中國之商調也。

十八 ṣāḍava 七 rāga 之一。『沙臘』爲其音譯。依樂海含a ka兩聲式叉於一面舉出ni，其它無所指摘，大約是用ga。但碑文有a與ni兩聲。又碑文不見有終於a pa ni的聲羣結聲ma*（徵），中國之徵調也。

* ma本是商聲，因用ka則轉調，故此處相當於徵。

十九 sādhārita 七 rāga 之一，『娑陀力』爲其音譯。略稱爲『沙陀。』依樂海用ga ni兩聲，式叉借a ka兩聲。碑文與式叉合。碑文無終於a ka之聲羣，結聲ma*（宮），中國之宮調，尤其沙陀調。

* ma本是商聲，因用a ka則轉調，故此處相當於宮。

二十 pañcama 『第五』般贍，般涉爲其音譯。（1）七聲之一（見前）。（2）七 rāga 之一。依樂海含 a ka 兩聲，式叉言用 a ni 兩聲，碑文與式叉合。碑文無終於 a 之聲羣。結聲 pa *（羽），中國羽調也。

* pa 本是角聲，因用 a 則轉調，故此處當於羽。

二十一 kaiśika-madhyama 七 rāga 之一，樂海言用 ga ka 兩聲而放棄 ni pa，式叉僅言與 kaiśika （7 rāga 之一）所用之聲同，但其結聲則兩者相異云。按式叉之 kaiśika 僅舉 ka 之一聲，則其它諸聲當非特異，式叉似與樂海相同，認爲用 ga ka。然而碑文用 a ka 兩聲。又碑文中無終於此兩聲之聲羣，更全缺 ga 聲。此調與下 kaiśika 調，碑文與式叉不合。結聲 ma *（宮），中國宮調也。

* 參照 sādhārita 注。

二十二 kaiśika 『細如髮』七 rāga 之一。『雞識』、『稽識』爲其音譯。樂海言含 ka 聲，式叉亦云用 ka 聲。（ga 聲似不同用）然碑文用 a ka 兩聲。結聲 pa *（商），中國之商調，尤其大食調也。

* pa 本是角聲，因用 a ka 則轉調，故此處是商聲。

二十三 tāna 『伸長』 mūrchanā 音階發音法之一類，有六聲（ṣāḍava），或五聲，（audava）者爲 tāna，凡有 84 tāna 云。

六聲 ṣaḍja grāma ……………… 28 ; madhyama grāma ……………… 21
五聲 ṣaḍja grāma ……………… 21 ; madhyama grāma ……………… 14
（合計 84）

五世紀之書“Pañcatantra”言及 49 tāna。tāna 與中國均之意不符，且蘇祇婆所傳僅有五旦，然所謂旦者捨 tāna 之外難求其語源，蓋術語之誤用也。

主要參考書：

J. GROSSET, Inde. Histoire de la musique depuis l'origine jusqu'au nos jours. (Encyclopédie de la musique: Histoire, t. 1.)

B. BHANDARKAR, Contribution to the Study of Ancient Hindu Music.